U0028409

黑特冤家

The Hating Game

Sally Thorne

莎莉・索恩 ——著 李麗珉 ——譯

1

我有一個理論。恨一個人和愛一個人有極高的相似性。我有很多時間在比較愛和恨，而這些都是我的觀察。

愛和恨都是發自內心的。你一想到某人，就感到胃在絞痛。你胸口裡的心跳是沉重還是輕快，幾乎都可以透過你的肌膚和衣服看得到。你的胃口和睡眠都被搗碎了。每一個互動都以一種危險的腎上腺素在刺激著你的血液，讓你處在戰鬥或者逃跑的邊緣。你的身體幾乎不受你的控制。你被吞噬了，而那讓你感到害怕。

愛和恨是同一種遊戲的鏡像版本——而你必須要贏。為什麼？為了你的心和你的自尊。相信我，我就是知道。

星期五的中午剛過。我還得困在我的辦公桌前好幾個小時。我真希望我是被單獨監禁的，然而，很不幸地，我還有一個獄友。他的手錶每滴答一下，就好像又計數了一次，嵌進了監獄的牆壁裡。

我們在一個幼稚的遊戲裡互動，這無須多說。就像我們所做的其他事情一樣，這件事也同樣不成熟。

關於我，首先要知道的是：我的名字叫做露西．哈頓。我是伊蓮娜．帕斯卡的行政助理，伊蓮娜．帕斯卡是貝克斯里＆佳茗的聯合CEO。

很久很久以前，我們那間小小的佳茗出版社瀕臨倒閉。經濟的現實狀況顯示，人們沒有錢償還貸款，而文學也變成了一種奢侈品。城市裡的書店像被吹熄的蠟燭一樣紛紛關門大吉。我們雖然還在苦撐，卻也已經確定了即將關門的命運。

十一點鐘的時候，另一家同樣在風雨中掙扎的出版社提出了一個交易。佳茗出版社被迫和知名的惡魔帝國企業貝克斯里書店聯姻，同樣搖搖欲墜的貝克斯里的掌門人，就是令人難以忍受的貝克斯里先生本人。

兩家公司都頑固地相信是自己救了對方，雙方在打包好之後，一起搬進了他們的新家。不過，任何一方對此都並不感到高興。貝克斯里人很懷念他們以前午餐室裡深褐色的老式桌上足球台。他們不敢相信嬌小的佳茗竟然在鬆散的關鍵績效指標和視文學為藝術的夢幻堅持下生存了這麼久。貝克斯里相信，數字比文字重要多了。書籍就是商品單位。賣掉這些單位。擊掌慶祝，然後重複這樣的行為。

佳茗人則在驚恐中看著他們殘暴的異父異母兄弟，務實地把他們的勃朗特和奧斯汀撕掉。貝克斯里是怎麼聚集了這麼多志同道合的自命不凡的傢伙？而這些人似乎更適合去會計事務所或法律事務所工作。佳茗人討厭把書當成商品的單位。書籍就是、而且也一直會是，具有那麼一點點魔力、值得尊敬的東西。

一年以後，你仍然可以從一個人的外表，一眼就看出他或她是從哪家公司來的。貝克斯里人就像嚴苛的幾何學，而佳茗人則像輕柔的塗鴉。貝克斯里人總是像鯊魚群一樣地行動，高聲談論著數字，而且時不時就霸佔會議室，召開他們那些令人不安的計畫會議。說是密謀會議可能更像一點。佳茗人則蜷縮在他們各自的小隔間裡，像鐘塔裡溫柔的鴿子一般，研讀著每一篇手稿，尋找著下一個文學的感動。他們四周的空氣裡瀰漫了茉莉花茶和紙張的香味。莎士比亞就是他們貼在牆上的偶像。

搬到新辦公室造成了一點小創傷，特別是對佳茗人來說。拿張這座城市的地圖，然後在兩家公司的舊址之間畫一條直線，將直線等分為兩段，用紅點標示在兩段之間，就是我們的所在。新的貝克斯里＆佳茗座落於一條主要的交通幹道上，是一棟像蛤蟆般的廉價灰色水泥建築；每當到了下午的時候，交通更是堵塞到無法動彈。早晨的時候，建築物裡面因為受到陰影遮擋而冷到讓人發抖，下午的時候卻又熱到讓人揮汗如雨。這棟建築唯一的好處就是：地下停車場——車位通常都被早起的人佔走，或者我應該說，是被貝克斯里人佔滿。

伊蓮娜．帕斯卡和貝克斯里先生在搬進來之前，已經先來看過這棟大樓，結果發生了一件很不尋常的事：他們在某一件事情上達成了共識。這座樓的頂樓是個侮辱。只有一間行政辦公室？公司需要全部重新改裝。

在經過一個小時充滿敵意的腦力激盪後，室內設計師的眼裡閃爍著遮擋不住的淚光，伊蓮娜和貝克斯里先生在辦公室應該呈現的新美學上，終於找出了一個兩人都認同的形容詞：閃閃發亮。這是他們有史以來唯一的共識。改裝的結果確實符合了設計時的要求。十樓現在是由玻璃、鉻金屬，以及黑色磁磚所組成的一個立方體了。你可以用任何地方的表面當作鏡子來拔眉毛——牆壁、地板、天花板。即便我們的桌子也是用大片玻璃做成的。

我聚焦在我對面的巨大倒影上。然後舉起手，看著我的指甲。我的倒影也跟著做。我抓了抓頭髮，然後拉直了衣領。我一直處在一種恍惚的狀態中，幾乎忘記我還在和喬許玩這個遊戲。

我之所以和一個獄友坐在這裡，是因為每一位權力狂的將軍，都需要有一名副手來幫他們做見不得人的事。共用一個助理從來就不是個選項，因為這樣一來，其中一名CEO就需要讓步。我們各自坐在兩扇新辦公室的門外，然後各自獨立作業。

這就好像被推進羅馬競技場一樣，只是我並不是一個人。

我再度舉起右手。我的倒影很自然地跟著做出一樣的動作。我把下巴靠在我的掌心上，然後重重地嘆了一口氣，這同樣也引起了迴響。我揚起我的左眉，因為我知道他做不到，果不其然，他的前額只能沒用地皺成一團。我贏了這場遊戲。但是贏的快感並沒有在我臉上帶來任何表情。我仍然平靜，像洋娃娃一般地面無表情。我們就這樣坐在這裡，下巴撐在手上，注視著彼此的眼睛。

我在這裡從來沒有落單過。坐在我對面的是貝克斯里先生的行政助理，他的心腹兼男僕。第二件事，任何人需要知道關於我的第二件最基本的事，那就是：我討厭喬許．譚普曼。

他正在模仿我所做的每一個動作。這是一場鏡像遊戲。看在一般人眼裡，不會立刻就明顯地看出來；他就像影子一樣不明顯。但是對我來說可不是這樣。我所做的每一個動作，在他所在的那一頭，都以些微的時差受到復刻。我把下巴從掌心裡抬起，然後轉而貼到桌面上，他也無縫銜接地跟著做。我已經二十八歲了，但是，看來我似乎落入了天堂和地獄之間的裂縫，然後直接掉到煉獄裡了。一間幼兒園教室。一間精神病院。

我鍵入我的密碼：IHATEJOSHUA4EV@。我之前的密碼組成全都和我有多討厭喬許有關。

以後也永遠不會改變。他的密碼幾乎可以確定也一定是IHateLucinda4Eva。我的電話響了，是版權和授權部門的茱莉・阿特金斯，她是我的另一根刺。我真想把電話拔掉，然後丟進焚化爐裡。

「哈囉，你好嗎？」我通常在電話裡都會讓語氣聽起來更溫暖一點。房間另一頭的喬許翻了個白眼，開始用力敲擊他的鍵盤，彷彿在懲罰他的鍵盤一樣。

「露西，我需要你幫個忙。」我幾乎可以用嘴型先她一步，幫她說出她要說的話。

「我這個月的例行報告需要延期。我想，我的偏頭痛犯了。我沒有辦法再盯著電腦螢幕多看一分鐘。」她是那種會把偏頭痛的發音唸成遍——頭痛的人之一。

「是啊，我了解。那你什麼時候可以做好呢？」

「你最好了。週一下午可以給你。我那天要晚點才能進公司。」

如果我說好的話，週一那天晚上我就得熬夜，才能把報告在週二早上九點的行政會議前整理好。下週都還沒到，但是現在看起來下星期已經讓我倒胃口了。

「好吧。」我覺得胃在緊縮。「那就麻煩你盡快了。」

「喔，還有，布萊恩今天也沒辦法交他的報告。你人真好。我實在太感激你了。我們都說，你是行政管理那層樓裡最好相處的人了。那層樓裡有些人簡直就是個惡夢。」她的甜言蜜語稍微緩解了一點我對她的厭惡感。

「沒問題。週一見了。」我掛斷電話。我甚至不用看喬許，就知道他一定在搖頭。

過了幾分鐘之後，我看了他一眼，而他也正在盯著我瞧。試著想像這樣一個畫面，在你就要展開你人生中最大的一場面試前兩分鐘，你低頭看著你的白襯衫，結果發現你的孔雀藍鋼筆墨水滲透出你的口袋。你的腦子裡飆罵著各種髒話，你的胃因為神經緊張而湧上了一陣恐慌。你覺得自己像個白痴，因為一切都毀了。這就是喬許此刻看著我的眼神。

我真希望我能說他長得像個豬頭。他應該是個短腿、肥胖的山怪，還有兔唇和軟弱的眼睛。一個跛腳的鐘樓怪人。長了一臉的肉疣和疹子。然而他不是。他長得幾乎和這些相反。這更加證明了這個世界上沒有正義公理。

我的郵箱發出了叮的一聲。我匆匆把目光從喬許身上挪開，注意到伊蓮娜發了一封郵件過來，要求我把預算的預估數字給她。我打開上個月的報告作為參考，立刻開始工作。

我懷疑這個月的前景會出現什麼改善。出版業現在每況愈下。我已經不下一次地在辦公室裡聽到有人在說重組，而我也知道這會造成什麼結果。每次我踏出電梯看到喬許的時候，我就不禁自問：我為什麼不找份新工作？

在我十一歲的時候，一場關鍵性的實地考察讓我開始對出版社著迷。我本來就對書籍充滿激情。每週一次的鎮上圖書館之行就是我生活的重心。我每次借書的數量總是達到圖書館的上限，而我也可以從每一名圖書館員走在書架之間的腳步聲，分辨出他們是哪一個圖書館員。在那次的實地考察之前，我一直立志要當個圖書館員。我甚至還幫自己收藏的書籍，編列了一個目錄系統。我就是那樣一個小書呆子。

在那次的出版社之旅前，我從來都沒有仔細想過一本書是如何騰空出世的。那次考察是一個頓悟。居然有人願意花錢讓你去發掘作家、看書，甚至創作書籍？全新的封面，沒有被摺邊、也沒有鉛筆註記的完美書頁？我的腦子立刻就炸了。我喜歡新書。我最喜歡借新書。我回到家的時候告訴我父母，我長大以後要在出版社工作。

我很高興兒時的夢想成真了。不過，如果我夠誠實的話，為什麼我現在不去找份新工作的主要原因其實是：我不能讓喬許贏我。

在我工作的同時，進入我耳朵裡的只有他像機關槍掃射一般的鍵盤敲擊聲，以及空調微弱的風扇聲。他偶爾會拿起他的計算機按一按。我敢打賭，貝克斯里先生也交代喬許把預估的數字算出來。然後，這兩位CEO就可以帶著他們所得到的數字作為武器、步上戰場，而這兩份數字可能並不一致。這是點燃他們彼此仇恨之火最好的燃料。

「不好意思，喬許。」

他有整整一分鐘的時間完全沒有理睬我，只是急遽地敲打著鍵盤。那種敲打的方式絕對完勝在鋼琴上彈奏貝多芬。

「什麼事，露辛達？」

就連我父母也不會叫我露辛達。我狠狠地咬著下巴，不過還是帶著罪惡感放鬆了我的肌肉。我的牙醫已經央求我要注意了。

「你在做下一季的預估數字嗎？」

他把兩手從鍵盤上舉起來，然後看著我。「不是。」

我吐出了半口氣，隨即將目光轉回我的桌上。

「那東西我兩個小時前就做完了。」他又開始打字。我盯著眼前攤開的資料，然後在心裡數到十。

我們兩個工作速度都很快，而且有終結者的稱號——你知道的，就是會把麻煩的、難搞的，而且是每個人都避之唯恐不及的那種工作做完的員工。

我喜歡坐下來，和別人面對面討論事情。喬許則嚴格使用電子郵件。他郵件的最下面永遠都是：此致，喬。完整地打出**致上我的問候**，喬許是會要了他的命嗎？顯然那得多敲幾次鍵盤。他可能很清楚他一年幫B&G省了多少分鐘吧。

我們勢均力敵，但是又完全不和。我盡了最大的努力讓自己看起來很融入，但是我所有的一切對B&G來說，都有點不太對勁。骨子裡，我就是個佳茗人。我的唇膏太紅，我的頭髮太亂，我的鞋子踩在磁磚地板上太大聲。我似乎就是沒辦法去刷卡買一件黑色套裝。我在佳茗的時候，從來就不需要穿黑套裝，而且，我現在也固執地拒絕被貝克斯里人同化。我的衣服都是針織、復古的，是一種很酷的圖書館員式的時尚，我希望可以這麼說。

我花了四十五分鐘的時間完成了這項任務。雖然數字從來就不是我的強項，不過，我還是要和時間賽跑，因為我猜喬許大概要花一個小時才能做完。即便在我的腦子裡，我也在和他競爭。

「謝謝你，露西！」當我把文件發出去的時候，我很快就聽到伊蓮娜的聲音從她那扇亮閃閃的辦公室門後面隱約傳來。

我再度檢查了一下我的收件箱。所有的東西都是最即時的。我看了一下時鐘。下午三點十五分。我對著我電腦螢幕旁邊那面光滑磁磚牆上的反射，檢查著我的唇膏。我瞄了一眼喬許，他正帶著輕蔑的眼神虎視眈眈地盯著我。我毫不客氣地反瞪回去。現在，我們玩的就是互瞪遊戲。

我應該提一下，我們這些遊戲的最終目的就是讓對方發笑，或者把對方弄哭。差不多是這個意思。等我贏的時候我就會知道了。

我在第一次見到喬許的時候犯了一個錯：我對他微笑了。那是我最陽光燦爛的笑容，而且還露出了牙齒，我的眼睛裡閃爍著愚蠢的樂觀，認為公司合併並不是發生在我身上最糟的事。他的眼光則把我從頭頂到腳底掃瞄了一遍。我只有五呎高，所以那花不了太多時間。然後他就看向了窗外。他完全沒有回報笑容，從那時候起，不知怎麼地，我就覺得他把我的笑容隨身裝在了他胸前的口袋裡。他佔了上風。在我們有了這樣一個糟糕的開始之後，不到幾個星期，我們就屈服在彼此的敵意之下，放任它們自行發展了。那就好像滴進浴缸的水，最終還是會滿到溢出來。

我用手遮住嘴打了個呵欠，然後看著喬許胸前的口袋，那個口袋就貼在他的左胸肌上面。他每天都穿著同樣的商務襯衫，只是顏色不同而已。白色、米白條紋、奶油色、淺黃色、芥末色、粉藍色、蛋殼藍、鴿灰色、海軍藍，還有黑色。連哪天穿哪一件的順序都沒有改變過。

順帶一提的是，我最喜歡的是蛋殼藍那件，最不喜歡的是芥末色的，也就是他現在身上穿的那一件。所有的襯衫穿在他身上看起來都不突兀。每個顏色都很適合他。如果我穿了芥末色的話，我看起來就會像一具屍體。然而，他坐在那裡，金色的皮膚和健康的外貌就像平常一樣。

「今天是芥末色，」我大聲地說。我幹嘛要招惹事端呢？「真等不及粉藍色的星期一了。」

他看我的眼神得意中帶點不爽。「你那麼注意我啊，奶油蛋糕。不過，我可以提醒你一下嗎，你那些關於外表的評語，可是違反B&G人資政策的。」

「啊，所謂的**人資遊戲**。我們好久沒玩這個遊戲了。「不要再叫我奶油蛋糕，不然我就上報人資。」

我們都保有對彼此的紀錄。我只能假設他也有；他似乎記得我所有的過錯。我的紀錄檔案藏在我私人的硬碟裡，而且還用密碼保護了起來；那些紀錄按照時間先後，列出了所有喬許．譚普曼和我之間的過節。過去一年裡，我們各自都向人資部門投訴過四次。

針對他叫我的綽號，他已經收到了口頭上和文字上的警告。而我也收到過兩次警告；一次是口頭傷人，另一次則是不小心失控的青少年式的惡作劇。我一點都不引以為傲。

他似乎沒有辦法回應我，所以，我們就又開始互瞪。

我期待看到喬許襯衫的顏色越來越深。今天是海軍藍，接下來就會輪到黑色。那天正是美妙的發薪日。

我的財務狀況大致是這樣的：我會從B&G步行二十五分鐘，去向傑瑞（「那個技師」）拿回我的車，然後朝我信用卡刷卡額度的上限又接近一步。明天就是發薪日了，我會把我的信用卡償還餘額付掉。我的車子會在整個週末滲出更多油膩膩的髒污，而等到喬許的襯衫換成獨角獸側腹那麼白的顏色時，我就會注意到車子的問題了。然後我會打電話給傑瑞。把車子再度交還給他，縮衣節食地過日子。隨著襯衫的顏色越來越深，這樣的情況也周而復始。關於那輛車，我得做點什麼。

喬許正靠在貝克斯里先生的房門口。他的身體擋住了門口的一大部分。我之所以能看得到這個畫面，是因為我正透過我電腦螢幕旁那面牆的反射在監視他。我聽到一聲沙啞的輕笑，貝克斯里先生那驢子般刺耳的聲音絕對無人能出其右。我用手掌搓了搓前額，好把我的那些細毛壓平。

我不會為了看清楚而轉過頭去，因為這樣就會被他逮到。他向來都抓得到。然後就會對著我皺眉頭。

時鐘緩慢地滑向下午五點的位置。透過佈滿灰塵的窗戶，我可以看到聚集在天空裡的烏雲。伊蓮娜在一個小時前就離開了——當聯合CEO的好處之一就是工作時間可以像學生一樣，然後把所有事情都分派給我做。貝克斯里先生會花比較多的時間在辦公室裡，是因為他的椅子比別人的舒服太多，而且當下午的陽光斜射進來時，他往往都在打瞌睡。

我不想把事情說得好像是喬許和我掌管了頂樓這一層，不過坦白說，有時候感覺還真的是這樣。財務和銷售部門會直接向喬許報告，然後他就會把大量的信息過濾成可以一口咬下的報告，填鴨式地餵食給苦苦掙扎、漲紅著臉的貝克斯里先生。

至於編輯、企業和市場部門則向我報告，而我需要把他們每個月的報告濃縮成一份總報告給伊蓮娜……我猜，我也同樣是用填鴨式的方式向她匯報。我會用線圈把報告裝訂起來，方便她在踩步機上的時候可以閱讀。我用的字體是她最喜歡的那種。在這裡的每一天都是一個挑戰、一份殊榮、一種犧牲，也是一份沮喪。不過，當我想到我為了坐上這個位置，從十一歲開始至今所踏出的每一小步，我就會重新集中起精神。我都記得。然後我就會再繼續容忍喬許。

我和各部門的負責人開會時，都會準備自製的蛋糕和他們分享，這讓大家都很喜歡我。我在他們口中被稱為是「等同黃金」、難能可貴。至於喬許則只會把壞消息帶到他的部門會議裡，而他的分量也被用其他不同於黃金的東西來衡量。

貝克斯里先生正好從我桌子前面經過，手上還拿著他的公事包。他一定是在矮胖子服飾店專屬的大號與小號男性專櫃買的衣服。不然的話，他還能在哪裡找到這麼短、這麼寬的西裝？他頂上無毛，臉上有雀斑，但是卻罪惡般的富有。他的祖父創立了貝克斯里書店。他總是喜歡提醒伊蓮娜，說她只是被雇用而已。根據伊蓮娜的說法和我自己的觀察，他是那種墮落的老頭。我讓自己對他露出一抹笑容。他的名字是理查德。肥胖的小理查。

「晚安，貝克斯里先生。」

「晚安，露西。」他在我的桌子前面停下腳步，低頭看著我的紅色絲質上衣。

「我希望喬許有把我為你拿來的那本黑暗的玻璃給你？那是首刷書的第一本。」

肥胖的小理查有一個塞滿B&G出版品的書櫃。每一本書都是發行當下的第一本；這是他祖父留下來的傳統。他喜歡向來訪的賓客炫耀這些書，不過，我有一次看到那個櫃子裡的書，它們的書背連一點裂縫都沒有。

「你拿來的，呃？」貝克斯里先生半轉過身看著喬許。「你怎麼沒有說過，小約醫生？」

肥胖的小理查會叫他小約醫生，可能是因為他總是不帶感情吧。我聽說昔日當貝克斯里書店陷入慘狀的時候，喬許在幕後獻計裁減了三分之一的人力。我不知道他這樣做，晚上怎麼睡得著覺。

「只要你拿到了就好，那不重要。」喬許一副稀鬆平常地回答他，而他的老闆這時記起了他自己才是**老闆**。

「對，對，」他很滿意地說道，然後再度低頭看著我的上半身。「做得好，你們這一對。」

他說著走進了電梯，而我也低頭看了看我的襯衫。每一顆釦子都釦得很好。他能看到什麼？

我抬頭看著天花板磁磚上的倒影，從這個角度隱約可以看到胸口有一道三角形的溝。

「如果你的釦子再扣高一點點的話，我們就連你的臉都看不到了。」喬許在登出電腦時，對著他的電腦螢幕說道。

「也許你可以告訴你老闆，偶爾可以看看我的臉。」我也登出我的電腦。

「他可能是想要看你的電路板，或者你都靠什麼燃料在運轉的吧。」

我穿上外套聳聳肩。「我只是靠厭惡你來運轉而已。」

喬許的嘴扭曲了一下，我差點就擊中他的要害了。我看著他換上一副中性的表情。「如果你覺得困擾的話，你應該要告訴他，為你自己發聲。話說回來，你今晚打算在家塗指甲油，絕望地享受一個人的孤獨嗎？」

他猜中了，那算很幸運嗎？「是啊。那你今晚是打算在手淫中哭著入睡嗎，小約醫生？」

他看著我襯衫上的第一顆釦子。「沒錯。還有，不要那樣叫我。」

我硬生生地嚥下湧到嘴邊的笑聲。我們互不相讓地擠進電梯。他按了B，我則按了G。

「打算搭便車？」

「我的車在車行。」我把腳套進我的平底鞋裡，然後把高跟鞋塞進我的包包裡。現在，我就更矮了。從電梯門黯淡的表面，我可以看到自己幾乎還不到他二頭肌的一半高。我看起來就像站在大丹狗旁邊的吉娃娃。

電梯的門會在這棟樓的門廳打開。B&G外面的世界一片陰鬱；冷得像冰箱一樣，還充滿了強暴犯、謀殺犯和毛毛細雨。一張報紙被風吹過，來得還真是時候。

他用一隻大手撐著電梯的門，探出身體看著外面的天氣。然後他那雙深藍色的眼睛轉向我，眉頭開始皺了起來。我的腦子裡出現了熟悉的獨白泡泡。真希望他是我的朋友。不過，我用別針把泡泡刺破了。

「我送你一程吧。」他勉強說道。

「哎呀，才不要呢。」我頭也不回地說著，然後衝進了雨中。

2

今天是奶油色襯衫的星期三。喬許很晚才出去吃午餐。他最近對我喜歡的東西和我做的事多所批評。那些評語都正中要點，讓我相信他一定偷看了我的東西。知識就是力量，而我沒有太多的知識。

首先，我對我的桌子進行了法醫式的檢驗。伊蓮娜和貝克斯里先生都討厭電腦化的行事曆，所以，我們必須像狄更斯筆下的律師助理一樣，互相核對彼此的紙本行事曆。我的行事曆裡只有伊蓮娜的約會行程。就算我只是走到印表機去，我也會執意將我的電腦鎖屏。難道我解鎖的電腦螢幕被喬許看到了？那我現在可能也得把核武啟動碼給他了。

在佳茗出版社的時候，我的桌子是書本堆砌起來的城堡。我把筆放在書背和書背之間的縫隙。當我在新辦公室拆箱時，我看到喬許的辦公桌貧瘠到不行，讓我覺得實在很幼稚。我把我的每日一句行事曆和藍色小精靈公仔再度帶回家了。

在公司合併以前，我在公司有一個最好的朋友。薇兒．史東和我會坐在休息室的舊皮椅上，玩我們最喜歡的遊戲：有條不紊地破壞雜誌上一張張漂亮臉孔的照片。我會在娜歐咪．坎貝爾的臉上畫上鬍鬚。接著，薇兒用墨水塗黑一顆牙齒。很快地，疤痕、眼袋、充滿血絲的眼睛和惡魔的長角就陸續攻佔了那張臉，直到照片被毀到我們都覺得沒有意思了，然後就再挑另一張照片重新開始。

薇兒是被遣散的員工之一，而她對我沒有事先警告她感到很不爽。其實，就算我事先就知道了，公司也不予許我走漏風聲。但是她並不相信我。我慢慢地轉身，只見我的影像反射在二十個不同物體的表面。從音樂盒到螢幕上都看得到不同尺寸的我。我那櫻桃紅的裙子因為轉身而飛旋起來，於是我再次原地旋轉，企圖把每次想到薇兒就油然而生的那股惱人的感覺甩走。

總之，在我的查核下，我確定我的辦公桌上有一支紅、黑、藍三色的鋼筆、粉紅色的即時貼、一條口紅、一盒用來擦拭我的口紅和沮喪淚水的面紙，以及我的行事曆。除此之外，沒有其他東西了。

我輕快地踩著踢踏舞舞步，滑過那道大理石的超級高速公路。現在，我已經來到喬許的國度了。我坐在他的椅子上，用他的視角看著每一樣東西。他的椅子高到我的腳趾都搆不到地面。我在那張皮椅上蠕動著屁股，讓自己稍微坐得深一點。這種感覺實在很猥褻。我用一隻眼睛定定地注視著電梯，另一隻眼睛則在他的桌上尋找著線索。

他的辦公桌可以說是我辦公桌的男性版。藍色的即時貼。他有一支削尖的鉛筆，還有三支鋼筆。他沒有口紅，不過有一罐薄荷糖。我偷了一顆，塞進我裙子上那個之前完全沒有用途的口袋裡。我想像著自己在藥房的瀉藥區，試著要找到足以匹配的東西，然後在心裡暗笑了一下。我輕輕搖晃了一下他的抽屜。鎖住了。他的電腦也是。諾克斯堡❶。幹得好，譚普曼。我猜了幾次密碼都沒有成功。也許他不再恨我了。

這張桌上沒有任何另一半或者愛人的照片。沒有開心咧嘴笑的狗，或者熱帶風情的海灘紀念品。我猜，沒有什麼人值得他尊重到可以把他們的照片放在這裡。在喬許召開的一場小型銷售檢討會上，肥胖的小理查曾經諷刺地大聲說：我們得幫你弄個一夜情，小約醫生。

喬許的回答是：你說得沒錯，老闆。我就看過嚴重的乾旱會對一個人造成什麼樣的影響。他說的時候還一邊看著我。我記得那一天。我在我的人資紀錄上寫下了這件事。

我覺得鼻孔有點搔癢。喬許的古龍水？他毛孔裡滲出的費洛蒙？我翻開他的行事曆，然後注意到一件事；每一天都有一個鉛筆輕輕寫下的代碼，出現在該日的那一欄上。這也實在太詹姆士．龐德了吧，我舉起手機，打算拍下來。

電梯的電纜聲讓我從椅子上站了起來。我跳到他辦公桌的另一邊，試著在電梯門打開、在他出現之前，把那本行事曆闔上。我的眼角餘光可以瞄到他的椅子還在旋轉。這下糟了。

「你在幹嘛？」

我的手機此刻很安全地塞在我內褲的腰帶上。我提醒自己：要幫手機消毒。

「沒什麼。」我的聲音裡有一絲顫抖，這立刻就讓我被判了死刑。「我只是想要看看今天下午會不會下雨。結果撞到了你的椅子。抱歉。」

他像一個漂浮的吸血鬼似地往前走。不過，他手上那個體育用品店提袋撞在他腿上發出的聲音破壞了那股威脅感。從提袋的形狀來看，裡面應該是一個鞋盒。

我想像著那個不幸的銷售助理得幫喬許挑選他的鞋子。我需要一雙鞋子確保我可以有效地撞倒我的目標，那個目標是我在空檔時兼差要去暗殺的人。我的錢得要花得值得。我穿十一號。

❶ 美國國家金庫存放地，號稱地表最安全所在。

他看著他的桌子、他電腦螢幕上的登入畫面，以及他闔上的行事曆。我在自我控制下吐出了一口氣，看著喬許把提袋放到地上。他距離我太近，以至於他的皮鞋碰到了我漆皮高跟鞋的鞋尖。

「你為什麼不告訴我，你到底在我的辦公桌附近幹嘛？」

我們從來沒有這麼近距離地玩過**互瞪遊戲**。我是一個身高剛好五呎的小矮人。這是我背負一輩子的十字架。我身材上的矮小一直都是痛苦的話題。喬許至少有六呎四吋高，五吋、六吋，也許還不止。根本就是個巨人。而且他還很壯。

我頑強地維持著眼神的接觸。只要我喜歡，我可以站在這間辦公室裡的任何一個地方。去他的。我雙手扠腰，就像一隻在威脅下想要讓自己看起來威武一點的動物。

他長得並不醜，就像我之前說過的，不過，我一直想不出來要如何形容他。我記得前不久我在沙發上吃晚餐時，看到電視上出現一則小新聞。一本舊的超人漫畫在一場拍賣會上，以天價售出而破了紀錄。當那隻帶著白手套的手翻著頁面時，克拉克·肯特老派的圖像讓我想起了喬許。

一如克拉克·肯特[2]一樣，喬許的身高和力氣都被隱藏在了他的穿著底下，服裝是他用來掩護自己、並且幫助自己融入人群的手段。在星球日報裡，沒有人知道關於克拉克的任何事情。在這些緊扣的襯衫底下，喬許可能是個相對毫無特色的人，或者像撕開襯衫後的超人。這是個沒有人知道的謎題。

他的前額沒有捲髮，也沒有戴書呆子式的眼鏡，不過，他的下巴線條很陽剛，那張看起來永遠在生氣的嘴也很賞心悅目。我一直以為他的頭髮是黑色的，但是在此刻這麼近的距離下，我才看出那其實是深棕色。他不像克拉克那樣把頭髮梳得服貼，不過，他絕對擁有一雙墨水藍的眼睛，以及雷射般犀利的眼神，搞不好還擁有其他什麼超能力也說不定。

不過，克拉克．肯特是個甜心；有點笨拙卻又溫和。但是，喬許絕對不是那個溫文爾雅的記者。他是一個愛諷刺的、尖酸苛薄的比札羅．克拉克．肯特❸，不僅在新聞室裡到處恐嚇別人，也把可憐的小露易絲．蓮恩惹火到連做夢也要尖叫。

我不喜歡大個子的人。他們太像馬了。如果你被他們踩在腳下，他們可能會踩爛你。他正瞇著眼睛在審視我的外觀，就像我在對他做的一樣。我不知道我的頭頂看起來像什麼。我可以確定，他私通的對象只會是亞馬遜人。我們四目相對，把我們交會的目光比喻成一點墨水的污漬也許有點太過分。那對眼睛長在他臉上真是浪費了。

為了不想死掉，我不情願地穩穩地吸入了一大口雪松的香辛味。他聞起來彷彿剛削好的鉛筆，彷彿一棵放在冷冷的、漆黑房間裡的聖誕樹。儘管我脖子的肌腱快要抽筋了，我也不予許自己的眼光垂下來。這樣一來，我可能只能看到他的嘴了，不過，當他坐在我對面、對著我出言不遜時，我就已經看夠他的嘴了。我現在幹嘛還需要這麼近距離看他？我不會看的。

彷彿像在回應我的祈禱一般，電梯叮的一聲響了。快遞安迪走了進來。

安迪看起來就像電影工作人員名單裡註記為「快遞」的臨時演員。皮革般粗糙的皮膚，四十多歲，穿著一件螢光黃的上衣。那副太陽眼鏡宛如皇冠一樣地端坐在他的頭頂上。他就像大部分

❷ 超人，美漫史上第一位超級英雄。
❸ 擁有超人相似能力，美國DC漫畫旗下超級反派。

的快遞一樣，會對每一個六十歲以下的女性打情罵俏，藉此來豐富他們辛苦的工作時光。

「可愛的小露！」他叫得實在太大聲了，我聽到肥胖的小理查在他辦公室裡被吵醒時發出了一聲吸鼻涕的呼嚕聲。

「安迪！」我回應著叫了他一聲，然後快速地向後退開。我真想給他一個擁抱，因為他打斷了一個看似全新的怪遊戲。他的手裡有一個小包裹，看起來還沒有一個魔術方塊大。那一定是我的一九八四年棒球選手造型的藍精靈。這款藍精靈很稀少、品項也很好。我向來都想要收藏，而且一直都透過運貨單在追蹤他的運送過程。

「我知道你要我到樓下的時候，和你的藍精靈一起從門廳打電話給你，但是你沒有接電話。」

我桌上的座機已經轉到了我個人的手機，而我的手機此時正包覆在我內褲腰帶上靠近髖骨的地方。那就是剛才我的手機為什麼吱吱震動的原因了。哎喲。我想，我得去檢查一下腦子了。

「藍精靈，他在說什麼？」喬許瞇起眼睛，彷彿我們瘋了一樣。

「我想你應該很忙，安迪，我會讓你趕快走的。」我伸手去拿包裹，但是晚了一步。

「那是她生活的熱情。她靠藍精靈生活和呼吸。那些藍色的小人，大概這麼大吧。還戴著白色的帽子。」安迪用兩根手指比了一個一吋寬的距離。

「我知道藍精靈是什麼。」喬許有點不耐煩。

「我沒有靠他們在活，也沒有靠他們在呼吸。」我的聲音背叛了我。喬許突然咳了一聲，但是聽起來卻疑似在笑。

「藍精靈，哈？那就是那些小盒子裡的東西啊。我還以為是你在網路上買的小衣服。你認為把私人的物品快遞到你工作的地方適合嗎，露辛達？」

「她有一整個櫃子的藍精靈。她有……那叫什麼，小露？湯姆士版的藍精靈？那個很少見，小約。那是她父母在她高中畢業時送她的禮物。」安迪繼續興高采烈地羞辱著我。

「閉嘴，安迪！你好嗎？你今天過得怎麼樣？」我用汗濕的手在他的簽收裝置上簽名。他真是個大嘴巴。

「你父母買藍精靈當作你的畢業禮物？」喬許懶洋洋地坐在他的椅子上，揶揄地看著我。我暗自希望我的餘溫沒有留在那張皮椅上。

「是啊，是啊，我想你父母大概送車或什麼給你當禮物吧。」我覺得顏面盡失。

「我很好，甜心。」安迪回答我，一邊說著，一邊從我手中拿回那個小發明，然後在按下幾個按鍵之後塞進他的口袋。現在，我們在公事上的接觸已經結束了，他揚起嘴角，露出了一抹消遣的笑容。

「很高興見到你。這麼說吧，我的朋友小約，如果我坐在這麼漂亮的小動物對面的話，那我肯定什麼工作也做不了。」安迪說著，把大拇指雙雙插進他的口袋裡，然後對著我笑。我不想傷了他的感情，所以就善意地翻了翻白眼。

「確實很掙扎，」喬許嘲諷地說。「你應該很高興你要走了。」

「他一定是鐵石心腸的人。」

「他當然是。如果我可以把他打暈，然後裝在箱子裡，你可以把他快遞到其他偏遠的地方嗎？」我傾靠在我的辦公桌上，注視著我的小包裹。

「國際貨運費用已經漲價了。」安迪警告道。喬許搖了搖頭，明顯對這段對話覺得無聊，於是便開始登入他的電腦。

「我存了一點錢。我想，喬許應該會喜歡去辛巴威，來個奇幻之旅的度假。」

「你內心裡一定住了一個小惡魔，對吧！」安迪的口袋突然嗶嗶作響，他一邊檢查著口袋，一邊走向電梯。

「好了，可愛的小露，我每次來都很愉快。等下次你的網路競標結束後，我們肯定很快就會再見面的。」

「再見。」他一消失在電梯裡，我立刻就轉過身回到我的辦公桌前，同時立刻回歸到中庸的表情。

「真可悲。」

我模仿著遊戲節目危險！裡的搶答蜂鳴聲。「誰是喬許．譚普曼？」

「露辛達和快遞調情。太可悲了。」

喬許又在他的鍵盤上重重的敲擊了。他絕對是一個厲害的打字高手。我蹓躂過他的桌邊，看到他沮喪地按著倒退鍵真是讓人滿足。

「我對他很好。」

「你？對他好？」

我很驚訝自己居然感到受傷。「我既親切又友善。你可以去問每一個人。」

「好吧。小約，她親切友善嗎？」他大聲地自問自答。「嗯，我得好好想想。」

他拿起桌上的薄荷糖罐子，打開盒蓋檢查了一下，然後蓋上蓋子，看著我。我立刻把嘴張開，吐出了舌頭，就像在領藥窗口的精神病人一樣。「我猜，她大概有幾個親切友善的地方吧。」

我伸出一根手指，字字清晰地說：「人力資源。」

他坐直了身體，不過嘴角卻動了一下。我真希望我可以用我的兩根大拇指，把他的嘴角往上撐高，露出神經病一樣的笑容。當警察幫我銬上手銬、把我拖出這裡時，我一定會尖叫，笑啊，去你的。

我們需要打成平手，因為這樣太不公平了。我已經對他微笑過，而他也看過我對無數人笑過。但是我從來沒見過他笑，除了面無表情、無聊的神情、粗魯的、懷疑的、警戒的，以及憎惡的表情之外，我沒有看過他臉上出現過其他的表情。在我們發生爭執之後，他偶爾會出現另一種表情。他那連續殺人犯的表情。

我再度走到磁磚的中線，感覺到他的頭立刻轉了過來。

「我並不在乎你怎麼想，不過，我在這裡很受歡迎。每個人對我的讀書俱樂部都感到很興奮，只有你毫不保留地說那很遜，不過，那會讓大家凝聚在一起，而且從我們工作的性質來看，這也很有關聯性。」

「你還真重要啊。」

「我挑出要捐贈給圖書館的書、我計畫聖誕派對，我還讓實習生跟著我。」我用手指細數著這些事。

「這些都無法說服我相信你不在乎我怎麼想。」他往後靠在椅背上，修長的手指輕鬆地交叉在他平坦的腹部上。他拇指附近的一顆釦子已經半鬆開了。不管我的臉上出現的是什麼樣的表情，都讓他低頭瞄了一眼，很快地重新扣好。

「我不在乎你怎麼想，不過，我希望正常人都喜歡我。」

「你中了想讓別人喜歡你的慢性毒癮。」他說這句話的方式讓我感到有點噁心。

「不好意思，我是在盡我所能地保持我的好名譽，並且保持積極樂觀。而你中的毒則是想讓別人都討厭你，我們還真是天生一對啊。」

我坐到我的位子上，用力地按著我的滑鼠至少按了十次。他的話如芒在背。喬許就像一面鏡子，讓我看到了我自己不好的那一部分。我完全又回到了學生時代。纖細、弱小的露西藉由她悲慘的可愛，來避免被其他的大孩子欺負。我向來都受到寵愛、都很幸運、都是坐在鞦韆上被推的那個，以及坐在在馬車上被拉的那個。我是被抱著、被呵護的那個，或許我是有那麼一點點可悲。

「有時候你應該試試什麼也不在乎。我告訴你，這就叫解放。」他繃緊了嘴，臉上出現一抹奇怪的陰鬱。不過，一眨眼就不見了。

「我又沒有要你給我建議，喬許。我對我自己感到生氣，因為我總是讓你把我拉低到你的程度。」

「在你想像中，你覺得我把你往下拉到了什麼程度？」他的聲音聽起來有一點溫柔，然後他咬了咬嘴唇。「躺平的程度嗎？」

我在腦子裡登入了人資，開始一行新的輸入。

「你真噁心。下地獄去吧。」我想我得要到地下室去尖叫一下。

「你看，你完全可以叫我去下地獄。這是個好的開始。這很適合你。現在，試試看用在別人身上吧。你甚至沒有發現有多少人在踐踏你。你怎麼能期待別人認真對待你呢？不要再讓同樣的那些人每個月都延後他們交報告的期限了。」

「我不知道你在說什麼。」

「茱莉。」

「哪有每個月都這樣。」我恨他，因為他說得沒錯。

「是每一個月，而你就得拚了命地去趕自己的期限。你看過我這樣做嗎？沒有。樓下那些混蛋都會準時把報告交給我。」

我從我床頭那本建立自信、自我幫助的書裡搬出一個句子。

「我不想繼續這個話題了。」

「我是在給你一些好的忠告，你應該接受。不要再去幫伊蓮娜拿她的乾洗衣服了——那不是你的工作。」

「我現在要結束這段談話了。」我站起身。也許我會出去，讓自己在下午的車流裡發洩一下。

「還有那個快遞。不要理他。那個可憐的老頭以為你是在和他調情。」

「別人就是那樣說你的。」我脫口而出地回嘴。我企圖想讓時間倒回，但是沒有用。

「你覺得那就是你和我在做的事嗎？調情？」他以一種我絕對無法做到的方式靠在椅子上。每當我想要靠在椅子上時，我的椅背連動都不會動一下。我只能往後倒退，然後撞到牆上。

「奶油蛋糕，如果我們在調情的話，你會知道的。」我們的目光相對，我突然感到一陣奇怪的墜落。這段對話已經脫軌了。

「因為我會受到重大創傷嗎？」

「因為你晚上回到家會躺在床上反覆想起。」

「你一直在想像我的床嗎？」我試著回話。

他眨了眨眼睛，臉上出現一抹新的、少見的神情。我真想一巴掌甩掉那樣的表情。那看起來好像他知道了什麼我不知道的。我討厭那種自鳴得意和雄性動物的感覺。

「我敢打賭你的床一定很小。」

我真的要冒出火來了。我想要衝到他的桌子前面，把他的兩腿踢開，站在他張開的兩腿之間。然後把一邊的膝蓋壓在他胯下那道小小的三角形椅面上，再往上爬一點點，讓他發出痛苦的呻吟。

我會抽掉他的領帶，解開他襯衫的鈕子。然後把兩隻手圍繞在他古銅色的喉嚨上，用力再用力，用力到他的皮膚在我的指尖下發燙，他的身體在我的身體下掙扎，讓雪松的味道瀰漫在我們之間的空氣裡，像煙一樣地燃燒著我的鼻孔。

「你在想什麼？你的表情好猥褻。」

「我在想掐死你。用我的雙手。」我迸出這句話。我的聲音比一個連值兩班的色情電話接線員還要沙啞。「那就是你的癖好？」他的眼睛逐漸深沉了起來。「只有對你才這樣。」他的雙眉挑起，眼睛的顏色已經完全變深，他張開了嘴，不過卻似乎一句話也說不出來。太好了。

今天是粉藍色襯衫的日子，我想起我在他行事曆上拍下的照片。在我看完出版季刊展望報告，並且擬了一份行政摘要給伊蓮娜之後，我把那張照片從我的手機傳輸到我工作的電腦上。然後像罪犯一樣地四下張望了一下。

喬許整個早上都在肥胖的小理查辦公室裡，而這個早上很奇怪地變得好漫長。沒有人在這裡惹人厭，這裡突然變得好安靜。

我按了打印，然後鎖住我的電腦，啪啪地走到走廊。我把印出來的東西再影印了兩遍，讓辨識度可以加深，直到那些鉛筆的痕跡變得比較容易辨識。不用說，我把不需要的證據全都撕碎了。我真希望我能再撕碎兩倍。

喬許現在已經開始把他的行事曆鎖起來了。

我靠在牆上，把紙張斜對著光線。這張照片拍到的是幾星期前的週一和週二。我可以很清楚地看到貝克斯里先生的約會。但是在週一旁邊是一個D。週二則是S。還有一整排細小的線條，總共是八條。在午餐時間附近畫了一些黑點。還有四個X和六個小斜槓組成的一行。

我一整個下午都在偷偷想著這些。我還計畫要去保全那裡，向史考特要這段期間的保全錄影帶，不過，伊蓮娜可能會發現。那我就不只是非法影印和工作懈怠了，還要揹上浪費公司資源的罪名。

答案一直都沒有出現。已經是下午很晚的時間了，而喬許也已經回到他的座位上，像往常一樣地坐在我的對面。他的藍襯衫像冰山一樣耀眼。當我終於想到要如何解碼那些鉛筆的記號時，我用力地拍了一下額頭。我真不敢相信我竟然這麼遲鈍。

「謝啦。我整個下午都渴望要那麼做。」喬許說著，不過眼光卻連一秒鐘都沒有離開過他的電腦螢幕。

他不知道我看過了他的行事曆和那些鉛筆密碼。我只要在他使用鉛筆的時候多加留意，然後釐清其中的關聯性就好。

間諜遊戲開始了。

3

我並沒有在間諜遊戲裡很快地就得出結果，而且等到喬許換穿鴿灰色襯衫時，我已經束手無策了。他已經感覺到我對他的舉止出現了高度興趣，因此，他所有的動作就變得更加隱密，並且也起了疑心。我得想辦法套出答案。如果他只是繼續在他的電腦前面半皺著眉頭的話，我就永遠看不到他使用鉛筆了。

我想出了一個叫做**你就是那麼……**的遊戲。玩法是這樣的：「**你就是那麼……**啊，算了。」

我嘆了一口氣。他上鉤了。

「英俊。聰明。不，等等。傲視群倫。你越來越開竅了，露辛達。」

喬許鎖上他的電腦，打開了行事曆，一手停在插著鋼筆和鉛筆的杯子上方。這讓我屏住了呼吸。他皺皺眉，又把行事曆闔上。照理說，那件灰色的襯衫應該讓他看起來像個生化機器人，但是他看起來卻很帥氣、而且聰明。他實在很差勁。

「**你就是那麼**容易被猜到。」我多少知道這會讓他受到重傷。他的眼裡果真出現了恨意。

「噢，是嗎？怎麼說？」

基本上，**你就是那麼……**的遊戲，賦予了兩造玩家絕對的自由度，讓他們可以告訴對方他們有多麼討厭彼此。

「襯衫。情緒。模式。像你這樣的人是不會成功的。如果你哪一天做出了和你性格不相符合的事，而且是出乎我預料的事，我一定會休克而死。」

「我得把這當成是個人的挑戰嗎？」他看著他的辦公桌，顯然在深思。

「我很樂意看到你的嘗試。**你就是那麼**的沒有彈性。」

「而你**就是那麼**有彈性？」

「當然。」我太有彈性了，這是真的。我現在就可以把腳搆到臉上。我揚起一邊的眉毛，帶著得意的笑容仰頭看向天花板。等到我再度把目光放回他身上時，我的唇角已經回復成一個不帶任何情緒的小花苞，反射在上百個發光物體的表面。

他緩緩地看向地板，而我也交叉起腳踝，然後才想到我稍早的時候已經把鞋子脫掉了。當你露出你鮮紅色的腳趾頭時，實在很難當個適格的復仇女神。

「如果我做了和我性格不相符合的事，你就會休克而死？」

我可以從他肩膀附近的鑲板反射上看到自己的臉。我的倒影就像一個有著黑色眼睛的野人版的自己。我那頭深色的頭髮參差不齊地披散在肩上。

「那也許值得我努力看看。」

週一到週五，他讓我變成一個看起來很恐怖的女人。我看起來活像個尖聲宣布某人大限已到的吉普賽算命師，或者一個精神病院裡隨時都可能把自己眼睛挖出來的瘋子。

「很好，露辛達．哈頓。有彈性的小女孩。」他再度靠回他的椅背。雙腳平放在地板上，腳尖正對著我，就像狂野西部片裡一場槍戰對決的左輪手槍一樣。

「人資。」我回擊他。不過，我已經輸了這個回合，而他也知道。搬出人資就像彈盡糧絕一樣。他拿起鉛筆，把筆尖那頭壓在自己拇指的肉上。如果一個人可以皮笑肉不笑的話，那他剛才就做到了。

「我的意思是，你對你要做的事就是那麼地有彈性。這一定歸功於你健全的家教吧，奶油蛋糕。你父母是做什麼的？我忘了。你能提醒我嗎？」

「你很清楚他們是做什麼。」我沒空理睬他這些無聊的話。我拿起一疊舊的即時貼，開始分類。

「他們在種……」

他注視著天花板，佯裝絞盡腦汁在思考的樣子。

「他們是種……」他故意不說下去，彷彿永遠都不會想起來似的。這真的很煩人。我試著不要去打破沉默，但是那個讓他覺得好笑的字眼，還是像詛咒般地從我嘴裡脫口而出了。「草莓。」所以我才會有草莓奶油蛋糕的綽號。我又開始狠狠地磨牙了。不過，我的牙醫師不會知道的。

「天空鑽石草莓園。真可愛。我還把它的部落格標記起來了。」他在滑鼠上點擊了兩下，然後把電腦螢幕轉向我。

我覺得超級尷尬，尷尬到我內心好像都扭傷了。他是怎麼發現這個的？我母親可能現在正在大聲叫我父親。奈吉爾，親愛的！有人在我們的部落格點讚！

天空鑽石日報。是的，你沒聽錯。日報。我已經好一陣子沒有看了，因為我跟不上它更新的進度。我母親認識我父親的時候，還是當地報社的記者，但是她為了生我而辭職了，之後，他們就成立了農場。當你知道她的故事背景之後，這些每日記要就蒙上了一點悲傷感。我瞇起眼睛看著喬許的螢幕。今天的特寫文章是關於灌溉。

我們家的農場是三家本地的農夫市集和一間連鎖雜貨店的供貨來源。還有一塊區域專攻遊客自行採摘，而我母親也會自製罐裝的果醬。天空鑽石在兩年前獲得了有機認證，這對他們來說是一件大事。生意的起起落落，都端視天氣來決定。

每當我回家的時候，我還是得輪流站在大門口，向遊客解釋耳光草莓和鑽石草莓的差別；卡米諾雷亞爾草莓和永生草莓的不同。這些名字聽起來都像是很酷的老爺車。沒有什麼人會注意到我的名牌，然後把我的名字和農場的名字聯想在一起。披頭四的粉絲就對他們自己感到沾沾自喜。

我敢打賭，你一定猜得到我想家的時候會吃什麼。

「不。你不會那麼做吧。你怎麼——」

「你知道嗎，還有一張最棒的家庭照在……這裡。」他又點擊了一下，幾乎可以不需要看著螢幕。他看著我，眼裡閃爍著不懷好意的笑意。

「好棒的照片。這是你父母，對嗎？這個黑色頭髮的可愛小女孩是誰啊？是你表妹嗎？不對……這張照片看起來很舊了。」他把照片放大到滿屏。

我的臉漲得比該死的草莓還要紅。廢話，那當然是我。我從來沒有看過那張照片。背景那棵朦朧的樹，讓我立刻想起了那個熟悉的環境。當我父母在農場西邊四分之一的區域種上一排排新的草莓田時，我剛好滿八歲。那時候的生意蒸蒸日上，從我父母臉上的笑容，就可以看得出來他們是多麼地引以為傲。我並沒有因為我的父母而感到羞恥，不過，那些在城市裡長大的小孩，卻從來都沒有停止嘲笑過我的出身。大部分像喬許這樣的白領人渣，都認為在農場長大是一件古怪而逗趣的事。他們以為我們的家人都是簡單的鄉下人，是生活在佈滿藤蔓的山丘上的土包子。對於像喬許這樣的人而言，草莓的來源就是那些販售著塑膠盒裝草莓的商店。

在這張照片裡，我就像一匹小馬一樣地攤坐在我父母的腳邊。我身上穿了一件有污漬的、髒兮兮的短工作服，還頂著一頭雜亂無章的深棕色頭髮。我那只圖書館的拼布袋就掛在身上，裡面毫無疑問地塞著一本保姆俱樂部和其他關於馬匹的老式故事書。我的一隻手放在一株植物上，另一隻手裡則抓滿了草莓。陽光照得我滿臉通紅，我的體內甚至還可能維他命C過量。也許那就是我為什麼這麼矮的原因。太多的維他命C阻礙了我的生長。

「你知道嗎，她長得和你好像。也許我應該發一個連結到B&G全體員工的郵箱，讓他們猜猜這個狂野的小女孩是誰。」他很明顯地因為忍住不笑出來而在顫抖。

「我會殺了你。」

我在這張照片裡看起來確實是很野。我瞇著那雙看起來比天空還要清澈的眼睛看向太陽，還用力露出大大的笑容。那是我這輩子一直都掛在臉上的笑容。我的喉嚨開始感覺到一股壓力，鼻腔裡彷彿在燃燒。

我看著我的父母；他們都還很年輕。我父親的背在照片裡看起來很挺直，然而，每一次我回家，他的背就一次比一次更佝僂。我把眼光轉向喬許，他看起來已經不想笑了。我還來不及想到此刻自己身在何處，以及對面坐的是誰之前，淚水已經湧上了我的雙眼。

他慢慢地把電腦螢幕轉回去，不疾不徐地關掉瀏覽器，典型的男人，一看到女人流淚就不知所措。我轉過身看向天花板，試著讓淚水流回它們原來的地方。

「不過，我們是在談論我。我要怎麼做才能更像你？」如果有人正在偷聽的話，一定會以為他聽起來人很好。

「你可以試著不要這麼混蛋。」我的聲音像耳語一樣。不過，從天花板的倒影裡，我可以看到他的眉頭正在深鎖。噢，天啊。他在擔心。

我們的電腦同時響起了一聲提醒：十五分鐘後召開全體員工會議。我舒展了眉頭，用牆壁當作鏡子來修補我的唇膏。然後用手腕上的鬆緊帶，困難地把頭髮抓成一個低低的髮髻。再抽了一張面紙揉成團，輕輕拭了拭眼角。

想家這兩個沒有說出口的字眼一直在我胸口攪動。寂寞。當我睜開眼睛時，我看到他正在起身，也看到了我自己的倒影。他的手上多了一支鉛筆。

「什麼？」我斥聲道。他贏了。他把我弄哭了。我站起來，伸手攫取一只檔案夾。他也做了同樣的動作，我們無縫接軌地又落入了鏡像遊戲裡。我們各自輕輕地在我們尊敬的老闆辦公室門上敲了兩下。

進來，我們同時被老闆們招手。

伊蓮娜正皺著眉頭盯著她的電腦。她是那種喜歡用打字機的女人。在我們搬到這裡以前，她有時候會用打字機，而我也很喜歡聽到從她辦公室裡傳出來的那股有節奏的敲擊聲。現在，那台打字機已經被收進她的櫃子裡了。她擔心肥胖的小理查會譏笑她。

「嗨。我們在十五分鐘後要開全體員工會議？就在那間主要的會議室裡。」

她輕嘆一聲，然後抬起那雙螢幕裡才會出現的眼睛看著我。在姣好的雙眉下，那雙又大又黑、又會說話的眼睛，正眨動著薄薄一層的睫毛。我可以看得出來她臉上沒有化妝的痕跡，只有淡淡地上了玫瑰色的唇膏。

她在十六歲的時候和父母從法國搬到了這裡，而即使她現在已經五十出頭了，她的腔調裡依然隱約帶著一股咕嚕咕嚕的喉音。

她有一頭整齊的短髮。修剪得很短的指甲總是塗著粉紅色的指甲油。她的衣服都是在前往聖埃蒂安探望她的父母之前，先到巴黎採購的。她現在身上這件純羊毛毛衣的價值，大概比裝滿三個購物車的日常用品還要貴。

讓我說清楚一點吧，我很崇拜她。我之所以不再畫那麼濃的眼妝，就是因為她。我希望等我再成熟一點的時候可以變成她這樣。

她最喜歡說的幾個字是親愛的。「親愛的露西，」她現在就在這麼說，然後伸出了一隻手。我也立刻把檔案夾放到她手上。「你還好嗎？」

「過敏。我的眼睛很癢。」

「噢，那可不太好。」

她掃視著會議議程。通常，在大型一點的會議裡，我們都會多做一些準備工作，不過全體員工會議向來都很直接，因為發言的大部分都是各部門的負責人。CEO們的出席只是代表他們也有參與而已。

「艾倫五十歲了？」

「我訂了一個蛋糕。我們會在會議結束時拿出來。」

「這樣對員工的士氣很有幫助。」伊蓮娜心不在焉地回應。她張開了嘴，但是卻遲疑了一下。在她思考要如何遣詞用字的時候，我只是安靜地看著她。

「貝克斯里和我會在這個會議裡宣布一件事，這對你來說會很重要。會議結束之後，我們再來談這件事。」

我的胃緊縮了一下。我肯定被解雇了。

「不，親愛的，這是個好消息。」

全體員工會議按計畫地進行。在這種會議裡，我通常不會坐在伊蓮娜旁邊，而是和其他人坐在一起，融合在群體裡。藉此，我就在提醒他們，我也是這個團隊的一部分，不過，我仍然可以感到他們對我的態度有所保留。他們真的以為我會向伊蓮娜打小報告嗎？

喬許就總是和肥胖的小理查一起坐在桌子的最前端。大家都不喜歡他們，他們兩個就像一起坐在了一個隱形的泡泡裡。

當我把蛋糕拿出來的時候，艾倫的臉頰微微泛紅，而且顯然很開心的樣子。他是財務部裡一名強硬的老貝克斯里人，這讓我覺得更應該要為他做點事。我在雙方陣營的圍籬之間，提供了一塊蓋滿糖霜的蛋糕。這就是我們佳茗人做事的方法。在貝克斯里村裡，他們可能會用新的計算機電池來慶祝生日。

會議室裡擠滿了晚到的人，他們或者靠在牆上、或者坐在低矮的窗台上。比起安靜的十樓，這裡完全籠罩在一片嗡嗡的交談聲中。

即便蛋糕就在咫尺之間，喬許也完全沒有去觸碰。他不是愛吃零食的那種人，也不是個吃貨。我會用咀嚼胡蘿蔔的清脆聲和啃咬蘋果的韻律聲來填滿我們寬敞的辦公室。一袋袋密封的爆米花和一小罐一小罐的優格，也會消失在我無底洞的胃裡。每天，我都會吃光那些酥脆的小東西，相反地，喬許只會吃薄荷糖。天哪，他居然還是我的兩倍大。他簡直不是人。

當我檢視蛋糕的時候，我忍不住大聲慘叫。明明有那麼多烘焙的材料可以用，蛋糕店卻偏偏只用了那一種。你猜。

喬許彷彿讀腦大師一般地往前傾身，然後拿起一顆草莓。他剝掉草莓上面的糖霜，然後看著握在他大拇指上的那顆象牙般的小圓球。他要怎麼做？吸進去？用繡有字母的手帕把他的大拇指擦乾淨？他一定感覺到了我在期待他的下一個動作，因為他把目光轉向了我。我感到臉頰發燙，立刻把頭轉開。

我很快地詢問瑪格麗有關她兒子學習吹喇叭的進展（他進步得很慢），還有迪恩的膝蓋手術（他很快就要開刀了）。他們都很驚訝我還記得這些事，並且都笑著回答我。我想，那是因為我總是觀察、傾聽，而且會蒐集瑣事的情報。不過，絕對不是為了什麼邪惡的目的。我這麼做，不過是因為我是個寂寞的失敗者。

我還和凱斯聊了他的孫女（她正在長大），也關心了艾琳廚房重新裝潢的事（她說那是一場惡夢）。不過，我的腦子始終都圍繞在一個念頭上旋轉。我比你強多了，喬許．譚普曼。我很可愛。每個人都喜歡我。我是這個團隊的一部分，而你只是孤苦伶仃的一個人。

封面設計部的丹尼．佛雷契在會議桌另一邊對著我做了做手勢，想要引起我的注意。「我看了你推薦的那部紀錄片。」

我翻遍了我的腦袋，但是我的腦袋裡還是一片空白。「噢，嗯？哪一部？」

「前陣子有一次在全員會議裡，我們聊到你正在看歷史頻道播出的一部關於達文西的紀錄片。所以，我就下載了。」

我和不少人閒聊，但是我從來不覺得有人注意在聽。他的平板電腦畫面邊緣有一些錯綜複雜的繪圖，所以我就偷瞄了一眼。

「你喜歡嗎？」

「噢，喜歡。他應該算是一個極致的人類了，不是嗎？」

「完全同意。我就很失敗——我什麼也沒有發明。」

丹尼笑了笑，他的笑聲開朗又響亮。我把眼光從他的平板移到他的臉上。這大概是我第一次好好地端詳他。當我把我內心裡那個自動駕駛的開關關掉之後，我覺得自己的胃好像被一道小小的驚訝踢了一下。噢，他還滿可愛的。

「話說回來，你知道我很快要離開這裡了嗎？」

「不知道，為什麼？」我胃裡那個渺小的調情泡泡破掉了。玩完了。

「我的一個死黨和我正在發展一個新的自我出版平台。我還有幾週就要走了。這是我最後一次參加全體員工大會。」

「真可惜。不是對我可惜，是對B&G來說很可惜。」這種澄清就好像一個被愛情沖昏頭的女學生所說的話一樣無足輕重。

相信我，我居然沒有注意到這樣一名可愛的男子。現在，他就要離職了。唉。是好好看一眼丹尼．佛雷契的時候了。迷人、精瘦、外形良好，還有一頭柔軟的金色捲髮。他不高，對我來說剛剛好。他是貝克斯里人，不過不是典型的的那種。雖然他的襯衫像生日卡那麼硬挺，不過，他把袖口捲起來了。那條領帶上還點綴著不明顯的剪刀和剪貼板的圖案。

「領帶滿好看的。」

他低頭看了看，然後咧嘴一笑。「我常常做剪貼。」

我往旁邊看向主要由貝克斯里人組成的設計部門，他們的穿著清一色都像葬禮承辦人一樣。我可以了解他為什麼要離開B&G，因為這是地球上最無聊的設計團隊。

接著，我看了看丹尼的左手。他那正在輕輕敲打著桌面的五根手指，每一根都沒有戴任何東西。

「如果你有一天想要一起合作發明什麼的話，隨時都可以找我。」他的笑容裡有一絲調皮的味道。

「你既是自由發明家，也改造了自我出版？」

「沒錯。」他顯然很欣賞我的用詞。

公司裡從來沒有人和我調情過。我偷偷瞄了喬許一眼，他正在和貝克斯里先生說話。

「要發明什麼日本人還沒發明的東西實在滿難的。」

他想了一下。「像那些小嬰兒可以穿在手上腳上的小拖把嗎？」

「對啊。你看過那種做成丈夫肩膀形狀、可以讓寂寞的女人靠著睡的枕頭嗎？」

他的下巴有稜有角，還留了一點帶著銀色光澤的鬍碴，而他的嘴看起來有一絲絲的冷酷，不過一旦笑起來就完全是兩回事了。此刻，他就帶著笑容注視著我的眼睛。

「你應該不會需要那種枕頭吧，不是嗎？」他壓低了聲音，讓室內的談話聲凌駕在他的聲音之上。他的眼睛正在對著我閃爍。

「也許吧。」我做了一個悲傷的表情。

「我相信你可以找到一個真人志願者吧。」

我試著把我們的話題拉回正軌。但是很不幸地，我說的話聽起來卻像是在向他暗示什麼。

「也許發明東西會很有趣吧。」伊蓮娜正在把她手裡的檔案弄整齊，我也很不情願地在座位上轉過頭來。喬許正怒氣沖沖地瞪著我，我只能用腦波把我的侮辱傳給他，從他在椅子上挺直背脊的坐相看起來，我就知道他收到了。

「散會之前還有一件事，」貝克斯里先生說著。伊蓮娜試著不板起臉來，因為她最討厭貝克斯里先生表現出他是會議上唯一的領導者模樣。

「我們有一項事情要宣布，是關於行政部門重組的事。」伊蓮娜不著痕跡地接著他的話說，而貝克斯里先生則不高興地繃緊了嘴，然後才打斷她的話。

「我們即將會有第三個管理高層的職位——首席營運官。」

喬許和我彷彿被電到了一樣，各自在我們的座位上抖了一下。

「這個職位會在伊蓮娜和我之下。我們想把監督公司營運的職位正式化，好讓CEO們可以空出時間來，專注在更多的策略性事務上。」

他說完笑著看了喬許一眼，後者則熱切地點頭回應著他。伊蓮娜則看向我，寓意深長地挑了挑眉。有人屬意我。

「這件事明天就會開始宣傳——徵人網站和網路上都可以看到細節。」他說得好像網路是什麼新奇的玩意兒一樣。

「這個職位對內部和外部都開放申請。」伊蓮娜說著，拿起她的文件站起身。

肥胖的小理查也跟著站起來，同時又拿了一片蛋糕。伊蓮娜跟在他的身後，搖了搖頭。在他們雙雙離開之後，會議室裡立刻爆發出各種噪音，蛋糕盒也在桌上被拖來拖去。喬許站在門邊，當我還頑固地坐在椅子上時，他已經悄悄地偷溜出去了。

「看來你有事情做了。」丹尼對我說道。我點點頭，倒吸了一口氣，然後對會議室裡的眾人揮手說再見，這個消息讓我震驚到難以優雅地退場。一踏出會議室，我立刻就奔跑了起來，三步併作兩步地奔上樓梯。在我衝進伊蓮娜的辦公室、打滑著停下腳步，還不忘把我身後的門甩上，然後用我的背緊緊把門關上時，我看到貝克斯里先生辦公室的門是關著的。

「報告的層級呢？」

「你會是喬許的老闆，如果你是在問這個的話。」

一股純然的得意像潮水般淹沒了我。喬許的老闆。他得要做我所說的每一件事，包括好好尊重我。光想到這點，我現在就快要尿褲子了。

「這會是一場災難，不過，我希望你能拿到這份工作。」

「災難？」我重重坐在椅子裡。「為什麼？」

「你和小約在工作上不和。你們兩個截然不同。如果再加上權力的話……」她說著發出了懷疑的咋舌聲。

「但是我可以勝任的。」

「當然，親愛的。我希望你可以拿下這個職位。」

在我們談論這個職務角色的同時，我的興奮之情也隨之升高。另一場重組迫在眉睫，不過，這次我一定要親自介入。我可以拯救其他人的職位，而非把他們裁員。這份工作責任重大，而且加薪的幅度也很大。我可以更常回家。我也可以換一輛新車。

「你應該要知道，貝克斯里希望小約拿到這個職位。我們之前為此大吵了一架。」

「如果喬許變成我的老闆，我就只能辭職了。」我立刻脫口而出。這就像電影裡的角色會說的話一樣。

「我們要找出更多讓你能拿下這個位子的理由，親愛的。如果能按我的意思做的話，我們早就可以直接宣布你獲得陞遷了。」

我啃著我的大拇指。「但是，這要怎麼樣才會是公平的競爭呢？喬許和貝克斯里先生一定會蓄意阻撓我的。」

「這點我也想過。面試會由一個獨立的徵人顧問小組來進行，所以，你們可以在公平的基礎上競爭。也會有來自B&G之外的申請者。也許這個競爭會很激烈。我希望你能好好準備。」

「我會的。」希望如此。

「還有，做簡報也會是面試的一部分。你得要開始準備了。他們會希望聽到你對B&G未來發展方向的想法。」

我等不及回到我自己的座位上了。我需要更新我的履歷。「你介意我在午餐的時間準備我的申請資料嗎？」

「親愛的，在申請書截止收件以前，我不在乎你是不是一整天都在準備申請資料。露西・哈頓，貝克斯里&佳茗公司首席營運官。聽起來很順耳，不是嗎？」

一抹笑容在我的臉上蕩漾開來。

「這個位子是你的。我可以感覺得到。」伊蓮娜做了一個把嘴拉上拉鍊的手勢。「去吧。把它拿下。」

我坐在辦公桌前，解鎖了我的電腦，然後打開我那份早已過時的履歷。這個新的契機點燃了我的內心。今天的每一件事都因此而改變了。呃，幾乎是每一件事。

在我編輯了幾分鐘之後，我注意到我的頭頂前方有一個身形。我吸了一口氣。雪松的辛辣味。他皮帶上的釦子正在對我眨眼，但是我在鍵盤上的手並沒停下來。

「那份工作是我的，奶油蛋糕。」喬許的聲音響起。

為了讓我自己不立刻從椅子上站起來，狠狠地一拳落在他的肚子上，我在心裡數著一、二、

三、四……

「真有趣，伊蓮娜剛才也是這麼對我說的。」我從我發亮的辦公桌面看到他走開的背影，然後暗自在心裡誓言，喬許．譚普曼將會輸掉我們有史以來最重要的一場遊戲。

4

今天是米白色條紋襯衫日，在我的行事曆裡，週五那一天已經被我打了一個紅色的大叉叉。我敢賭一百元，喬許的行事曆上一定也有一個同樣的紅色叉叉。我們的工作申請截止日期就在週五。

在重新把我的申請資料看過一遍之後，我覺得自已經半瘋了。對於簡報這件事，我已經變得太過投入，甚至連做夢也會夢到。我需要喘一口氣。我鎖上我的電腦螢幕，饒有興趣地看著和我做著同樣事情的喬許。我們就像下棋的棋友一樣說好了。各自雙手合十。我依然沒有看到他動過鉛筆。

「你好嗎，小露西？」他明亮的語調和柔和的表情暗示著我們正在玩一場從來沒有玩過的遊戲。這是一種叫做**你好嗎？**的遊戲。基本上，這個遊戲在一開始的時候會覺得我們好像並沒有互相厭惡。我們表現得就像一般的同事一樣，誰也不想讓自已的手沾上別人的血。這讓人有點心煩。

「很好，謝謝。大約，你好嗎？」

「再好不過了。我得去倒點咖啡。要幫你倒杯茶嗎？」他手裡拿著他那只重重的黑色馬克杯。我最討厭他的馬克杯了。

我低下頭；我的手已經握在我的紅色圓點馬克杯上了。不管他幫我倒什麼，他都會在裡面吐口水。他以為我腦子壞了嗎？「我想，我跟你一起過去好了。」

我們果斷地邁著一致的步伐走向廚房，左、右、左、右，就像電視影集法律與秩序在一開頭的工作人員字幕出現時，那些走向鏡頭的檢察官。這種走法讓我得要跨出雙倍的步伐才能趕得上他。同事們紛紛停止對話，轉而帶著猜測的表情看著我們。喬許和我齜牙咧嘴地彼此看了一眼。是時候表現得文明一點了，就像個行政高層一樣。

「啊—哈—哈，」我們友善地對彼此笑著，假裝在說什麼笑話一樣。「啊—哈—哈。」

我們快步走過一個轉角。安娜貝爾剛好從影印機旁走過來，嚇得手上的一疊紙差點掉到地上。「發生什麼事了？」

喬許和我只是對她點點頭，然後便繼續往前邁進，回到我們無止境的遊戲，看誰能佔得上風。我身上的條紋洋裝在重力加速度之下不停地在飛舞。

「媽咪和爹地是那麼地愛你們，孩子，」喬許的聲音小到只有我聽得到。在尋常人看來，他只是在禮貌地和我交談。幾隻狐獴從他們一格格的小空間裡探出頭來，彷彿我們是什麼傳奇員工一樣。「我們有時候會因為太過興奮而起爭執。不過不要嚇到了。就算我們在吵架，那也不是你們的錯。」

「我們只是在討論大人的事。」我輕聲地對那些關切的臉孔解釋道。「有時候爹地會睡在沙發上，不過那沒什麼關係。我們還是愛你們的。」

到了廚房之後，我一邊把茶包吊掛在我的馬克杯上，一邊忍住彷如海浪般向我襲來、讓我幾乎招架不住的笑意。我扶在流理台邊，無聲地顫抖著。

喬許則無視我的存在，只是逕自準備著他的咖啡。我抬頭看到他的手正在打開距離我頭頂上幾呎的櫃子，我可以感覺得到他身體的熱氣就在我背後幾吋之處，彷彿陽光一樣。我已經忘記了別人也是有體溫的。我可以嗅到他皮膚的味道。想笑的衝動突然消退了。

自從我的髮型師安吉拉幫我做過頭部按摩之後，我就再也沒有和任何人類有過身體的接觸了，那大約是八週前的事了。此時此刻，我想像著把背靠著他，讓我的肌肉放鬆。如果我暈倒的話，他會怎麼做？他也許會讓我直接倒在地上，然後用他的腳趾擼我。另一個畫面也浮上我的腦海。喬許抓住我，讓我免於摔倒。他的手扶在我的腰上，指尖深深陷入了我的肌膚。

「你真好笑，」在意識到我自己已經沉默了好一會兒時，我開口說道。「太好笑了。」我嚥了一口口水，聲音大到我自己都聽得到。

「你也是。」他走向冰箱。

人資的珍妮特突然出現在門口，就像一個肥胖又疲憊不堪的鬼魂。她人很好，不過她對我們的這些鳥事已經覺得很煩了。

「怎麼了？」她把手扠在臀上。至少我認為她是在做這個動作。她看起來就像一個披了一件披風的三角錐，這件叮噹響的西藏披風一定是她在上一趟心靈之旅時和別人交換來的。她當然也是個佳茗人。「珍妮特！我在沖咖啡。要我幫你也沖一杯嗎？」喬許拿著馬克杯對她搖了搖，而她則不耐煩地揮了揮手。她很討厭他。她和我是同一類人。

「我接到一通緊急電話。我是來這裡仲裁的。」

「不用，珍妮特。一切都很好。」我輕輕地把茶包浸入水裡，看著杯子裡的水瞬間變成紅磚色。喬許倒了一湯匙的糖到我的杯子裡。

「不夠甜，不是嗎？」

我朝著眼前的櫃子擠出一絲假笑，對他怎麼會知道我喝茶的方式感到奇怪。他怎麼會知道我所有的事？珍妮特露出了懷疑的眼神。

喬許溫和地看著她。「我們正在泡熱飲。人力資源部門有什麼新鮮事嗎？」

「這家公司最愛投訴的兩個人不應該單獨相處。」她覆蓋在披風底下的手指著廚房。

「噢，我們是綁在一起的。我們一整天都一起坐在同一個房間裡。我一週要花四十到五十個小時和這個好女人在一起，而且都是單獨相處。」他的語氣聽起來好像很愉快的樣子，但是他的潛台詞其實是滾蛋。「關於這點，我已經建議你的老闆好幾次了。」珍妮特陰沉地回應他。她的潛台詞也有同樣的意思。

「噢，我很快就會變成露辛達的老闆了。」喬許說完，我們立刻怒視著彼此。「我很專業，我可以駕馭得了任何人。」

他咬字清楚地說出任何人三個字，意思就是在暗指我智能低下。

「事實上，我很快就會變成你的老闆了。」我像糖漿一樣甜美地告訴他。珍妮特那雙小手出現在她的斗篷下。她揉了揉眼睛，把她的眼影都揉花了。

「我的工作光是處理你們兩個人就夠了。」她小聲地說，一副絕望的模樣。我覺得好像被罪惡感刺了一下。我的行為實在不像一個即將成為資深管理層的人。是修復這段關係的時候了。

「我知道，過去我和譚普曼先生的溝通一直有點……緊張。我很樂意改善這點，加強B&G的團隊精神。」我用我聽起來最好、最專業的語氣說道，只見她臉上出現一絲懷疑。喬許則把眼光掃到我身上，彷彿兩道雷射光一樣。

「我已經起草了一份建議書要給伊蓮娜，是打算召集企業、設計、管理和財務部門，在某個下午舉行團建的企劃。」我們把這些部門簡稱為CDEF，或者字母部門。這是我最新的腦力激盪所得出來的結果。這在面試的時候聽起來會有多棒啊？一定很棒。

「我會共同連署以示我的支持。」喬許立刻補充著說，這個該死的劫機犯。我發現我的手腕在發抖，因為我想要把手中的熱茶潑到他的臉上。

「你不用擔心了。」我們雙雙站在珍妮特前面時，我對她說道。「不會有事的。」當我們離開的時候，我聽到她的披風響起了悲傷的叮咚聲。

「等我成為你的老闆之後，我會把你操到不行。」喬許的聲音聽起來既淫穢又粗暴。

我努力地要追上他的步伐，不過，我還是得走得像樣點。我馬克杯裡的茶灑了一點在地毯上。「等我成為你老闆之後，不管我叫你做什麼，你都得笑著做完我交代的事。」我一邊說著，一邊禮貌地對坐在位子上的瑪妮和艾倫點頭。

我們像賽馬一樣地在角落轉彎。

「等我成為你老闆之後，你只要在財務計算上犯超過三個以上的錯誤，你就會收到正式的警告。」

我憋住氣地喃喃自語，不過他還是聽到了。「等我成為你老闆之後，我會因為謀殺被定罪。」

「等我成為你老闆之後，我會實施由公司提供制服的政策。不准你再穿那種怪異的、小號的復古裝扮。我甚至已經在企業服裝型錄上圈選好了。灰色的直筒連衣裙。」他刻意停了一下以製造效果。「聚酯纖維的布料。長度應該在膝蓋左右，不過穿在你身上的話，應該就到腳踝了吧。」

我對我的身高極其敏感，而且我最痛恨合成纖維。我張開嘴，發出了一聲可愛的動物咆哮聲。我快步往前走，用屁股撞開通往管理層辦公室的玻璃門。

「你得要這樣做才能停止對我的渴望嗎？」我怒斥道，而他則抬頭看了一眼天花板，然後重重地嘆了一口氣。

「被你發現了，奶油蛋糕。」

「噢，被我抓到了吧。」我們比正常情況下喘得稍微厲害了一點。於是我們把各自的馬克杯放下來，再次面面相覷。

「我絕對不會在你底下工作的，所以也不需要穿聚酯纖維的衣服。如果你得到那個職務的話，我就會辭職不幹。這用膝蓋想也知道。」

他看起來真的很驚訝，不過也只是不到一秒的時間。「噢，是喔。」

「聽起來好像如果我得到了那份職務，你並不會辭職。」

「我不確定。」他銳利的眼神裡帶著一抹猜疑。

「喬許，如果我得到那份工作的話，你需要辭職。」

「我從來都不會放棄。」他的聲音聽起來好像被刺激到了一樣，只見他把手扠在胯上。

「我也不會放棄。但是，如果你很確定你一定會得到那份工作的話，你為什麼不敢承諾要辭職呢？」我看到他正在仔細考慮我的話。

我要他成為我的下屬，在我審查他的報告時緊張得瑟瑟發抖，然後看著我把他的報告撕掉。

我要他手腳都跪在地上，從我的腳邊把那些撕碎的紙片撿起來，語無倫次地對他的無能頻頻道歉。然後在珍妮特的辦公室，哭著厲聲檢討自己的不當。我要讓他緊張到焦慮不安。

「好吧，我同意。如果你晉升了，我保證我會辭職。你的眼睛又在燃燒慾火了。」他說著轉身回到他自己的座位坐下。然後打開抽屜的鎖，拿出他的行事曆，忙著翻閱頁面。

「你又在腦子裡掐死我了嗎？」

他正在用鉛筆做記號，當他注意到我的時候，我看到他的鉛筆畫了一個垂直的標記。

「你在傻笑什麼？」

我想，每當我們爭吵的時候，他就會在他的行事曆上做一個記號。

「我應該要上床睡覺了。」我一邊告訴我父母，一邊清潔著我的藍色小精靈，那是我幾週前，用兩塊錢在eBay上連同一根兒童牙刷一起買來的。我的身後正在播出法律與秩序，裡面的人物目前正在追查一個假線索。我的臉上塗了一層灰泥的面膜，腳趾上的指甲油也快乾了。

「好吧，小精靈。」我父母像雙頭怪物一樣地把頭貼在一起地說。他們還不知道其實他們不需要臉頰貼臉頰地面對鏡頭，才能把他們的臉都拍進視訊的螢幕裡。或者，也許他們已經知道了，只不過他們就是喜歡這樣做。

我父親被太陽曬得很嚴重，臉上明顯地留下了太陽眼鏡邊框的線條。這個視覺效果剛好和浣熊相反。他很愛笑，也很愛說話，所以在吃肋排的時候，我總是頻頻看到他露出來的牙齒。他穿了一件運動衫，那是我從小看到大的一件衣服，這讓我更想家了。

我母親從來就不曾好好地盯著鏡頭看。螢幕上那個可以讓她看到自己的小視窗總是讓她分神。我想，她老是在看自己的皺紋。她的分心讓我們的交談總是斷斷續續，而那也讓我更想念她。

她白皙的皮膚承受不了戶外的陽光，當我父親被曬成古銅色時，她則被曬出了雀斑。我們有著同樣的膚色，所以，我知道如果我不擦防曬霜的話會發生什麼後果。她臉上和手臂上的每一吋皮膚都長滿了斑點，甚至連眼皮上都有。她有一雙晶瑩的藍眼睛，以及一頭總是在頭頂上綁成一團的黑髮，不管走到哪裡，她總是會讓人們多看兩眼。我父親被她的美貌所征服，這點我很清楚，因為他大概在十分鐘之前才對她說過。

「好了，不要擔心。我相信你是那裡最有決心和毅力的人。你想要在出版社工作，而你就做到了。此外，你知道嗎？不管發生什麼事，你永遠都是天空鑽石草莓園的老闆。」我父親已經花了很長的時間，把我應該得到晉升的各種理由都說清楚了。

「噢，爹地。」我笑了出來，企圖掩飾自從在喬許面前、因為看到那個部落格而崩潰所殘留下來的情緒。「我當上CEO之後的第一件事，就是要命令你們兩個早點上床睡覺。希望露西四十二號很順利，媽。」

吃晚餐的時候，我瀏覽了十篇最新的部落格記要。我母親的寫作風格很清晰、真實。我想，如果當年她沒有辭職的話，總有一天她會在某個重要的職場工作。安妮．哈頓，採訪記者。然而，她的時間卻用在了挖掘腐爛的植物、包裝運送的貨箱，以及彷彿作繭自縛般地培育各種不同的草莓。無論我父親是多好的一個人，或者因為有了他們的結合，我現在才得以坐在這裡，然而在我看來，她為了一個男人而放棄她夢想的工作就是個悲劇。

「我希望它們不會變成露西四十一號。我從來沒見過這種事。它們從外表看來都很正常，但是裡面卻完全是空心的。不是嗎，奈吉爾？」

「它們就像是水果氣球。」

「你的面試會很順利的，親愛的。他們用不了五分鐘，就會知道你是屬於出版界的。我還記得你在那次校外考察之旅結束後回家的樣子。你看起來就像墜入愛河了。」我母親的眼裡充滿了回憶。「我了解你的感受。我還記得我第一次踏進報社印刷間的感覺。墨水的味道就像毒藥一樣。」

「你在公司和傑洛米還是處得不好嗎？」我父親現在終於知道喬許的名字了，不過，他就是選擇不那樣叫他。

「他叫喬許。是啊。他還是很討厭我。」我抓了一把腰果，有點激動地開始咀嚼。

我父親刻意裝作困惑地說道：「真是難以想像。誰會討厭你？」

「誰有辦法討厭你？」我母親一邊附和著，一邊伸出手指摸著眼睛旁邊的皮膚。「她那麼嬌小可愛。沒有人會討厭嬌小可愛的人。」我父親立刻同意她的說法，然後他們就開始自說自話，彷彿我並不存在似的。

「她是世界上最甜美的女孩。朱利安顯然有什麼自卑情結在作祟。不然，他就是那種性別主義者。他想要把每個人都踩在腳下，好讓他自己感覺舒服一點。拿破崙情結、希特勒情結。他一定哪裡有問題。」我父親用手指數著各種情結的名稱。

「所有的情結他都有。爹地，用一張即時貼把那個小視窗貼起來，這樣她就看不到自己了。

她根本沒有好好在看我。」

「也許他是無可救藥地愛上她了。」我母親第一次認真地看著螢幕，然後樂觀地提供了她的意見。我聽了胃差點掉到地上。我看了一眼自己的臉；我看起來就像一尊被嚇壞了、驚訝的泥雕。

我父親嘲弄著說道：「他那樣做實在太荒謬了，不是嗎？他讓她在那個地方變得那麼悲慘。我告訴你，如果哪天我遇到他，他就得好好巴結我一番。你聽見了嗎，小露？叫他要好好改進，不然的話，你老爸會搭飛機去和他好好談一談。」

一想到他們兩人面對面的畫面不免讓人覺得詭異。「我才不想費這個心呢，爹地。」我母親正好接下去說：「說到飛機，我們會存點錢到你的帳戶，這樣你就可以買張機票回來看我們了？我們已經很久沒看到你了。好久了，露西。」

「不是錢的問題，是時間的問題。」我試著要告訴他們，但是他們異口同聲地打斷我，又是央求、又是請求、又是爭辯地綜合了各種我難以理解的說話方式。

「只要我一有空，我就會盡快回來，但是可能還需要一陣子。如果我得到陞遷的話，我就會更忙了。如果我沒有……」我看著鍵盤。

「然後呢？」我父親警覺到了什麼。

「那我就得再找新工作了。」我承認道，然後抬起頭來。

「你當然會獲得陞遷。你絕對不會幫那個混蛋賈斯汀工作的。不過，如果她能回來的話也很好。」我父親對我母親說道。「家裡那些書沒什麼用，我們需要多一點腦力的貢獻。」

我可以看到我母親還在為我的工作狀況感到煩躁。她是一個很節省的人，加上她在農場住得實在太久了，以至於在她的想像裡，城市就是超級無敵貴的繁華之地。不過，她的理解也沒有太離譜。我的薪水不錯，但是，在銀行把我的房租都吸光之後，我的手頭就變得很緊了。而找個室友分租的念頭又讓我望而卻步。

「她怎麼會……」

我父親噓了她一聲，然後揮揮手，像揮掉一縷輕煙般地作勢揮掉失敗的念頭。「不會有問題的。強尼才會是那個因為失業要睡到橋下的人，不是她。」

「那種事絕對不會發生在她身上的。」我母親警覺地說。

「你和你以前那個同事和好了嗎？她叫做薇樂莉，是嗎？」

「不要問她，她會覺得很沮喪。」我母親斥責道，只見我父親舉起雙手投降，然後看著天花板。

沒錯，這件事確實讓我沮喪，不過，我還是讓自己的聲音聽起來沒有受到影響。「在公司合併之後，我試著約她出來喝咖啡，想要好好對她解釋清楚，但是她丟了工作，而我沒有。她無法原諒我。她說，如果是真朋友的話，就會事先警告她。」

「但是你又不知道。」我父親說道。我點點頭。那是真的。然而，在事情發生了之後，我內心一直糾結的想法是，我是不是多少應該要幫她先了解一下狀況？

「她的朋友圈那時已經開始變成了我的朋友圈……結果看看我現在的樣子。一切又回到了原點。」真是一個悲哀又孤單的失敗者。

「職場上一定還有其他可以當朋友的人。」我母親說道。

「沒人想和我做朋友。他們覺得我會把他們的秘密都告訴老闆。我們可以換個話題嗎？我這週和一個男的講話。」說完我立刻就後悔了。

「噢，」他們同時做出反應。「噢。」然後互相交換了眼神。

「他人好嗎？」

他們永遠都會先問這個問題。「喔，是啊，他人很好。」

「他叫什麼名字？」

「丹尼。他是公司設計部門的員工。我們還沒有一起出去或做什麼，不過……」

「太好了！」我母親發出了一聲歡呼，而我父親則同時說道：「也是時候了！」

他把大拇指蓋在麥克風上面，然後兩個人開始交頭接耳起來，感覺上非常可疑。

「就像我說的，我們還沒有約會過。我也不知道他想不想要約會。」我想起了丹尼，想起他側看著我、嘴角還帶著微笑的模樣。他應該想和我約會。

我父親的嗓門大到讓麥克風不時發出吱吱的雜音。「你應該問他。那總比一天要坐在辦公室裡十個小時、對著詹姆士扔泥巴好吧。走出門去，及時行樂。穿上你的紅色派對服。我希望下次我們Skype的時候，我能聽到你告訴我說你去約會了。」

「你們可以和同事約會嗎？」我母親問道，但我父親卻對她皺了皺眉頭。他對負面的想法和最糟的狀況都不感興趣。不過，我母親倒是提出了一個好問題。

「不可以，不過他就要離職了。他打算自己接案子。」

「這男孩不錯，」我母親對我父親說道。「我有好的預感。」

「我真的應該要睡覺了。」我提醒他們。一個呵欠讓我臉上的泥面膜裂開了。

「晚安，親愛的。」他們像男女合聲般地說道。在我父親關掉視訊時，我可以聽到我母親難過地對我父親說：「她為什麼不回家來——」

事實是？他們總是把我當作一個名人訪客，好像我是什麼成功的大人物一樣。他們對朋友的吹噓聽來真的很荒謬。每次我回家都覺得自己好像是個騙子。

我一邊洗臉，一邊試著不去理會我內心那股壞女兒的罪惡感，轉而思考著如果我得住在橋下的話，我應該帶些什麼東西過去。睡袋、刀子、雨傘、一個瑜伽墊，我既可以睡在上面，也可以用來做瑜伽保持我身體的靈活。我還可以把我所有的藍色小精靈都裝在一個釣具盒裡。

喬許的行事曆影印本就在我的床尾，是時候來做點分析了。一想到和喬許·譚普曼有關的東西侵佔了我的臥室，我就覺得渾身不舒服。我在腦子裡對自己大聲說道：用點想像力！然後斬斷了不舒服的想法。

我研究著眼前的影印本。一道破折線——我覺得那代表我們發生的爭吵。我在頁面邊緣的空白處寫上附註。這天裡發生了六次爭吵；聽起來好像沒錯。至於那些小斜槓，我就完全沒有概念了。那些X呢？我聯想到情人節卡片和親吻。但這些都是在我們辦公室裡不會發生的事。這應該是他的人資紀錄吧。

我闔上我的筆記型電腦，把它放到一邊，然後在刷完牙後上床。

喬許對我上班服裝的嘲諷——我的「古怪的小號復古裝扮」——讓我立刻從床上彈起來，從我衣櫥最後面找出那件黑色的短洋裝，作為明天上班的服裝。這和灰色及膝的連衣裙簡直就是天壞之別。這件洋裝不僅讓我的腰看起來很纖細，更讓我的臀部看起來驚為天人。這簡直就是拇指姑娘遇見了潔西卡兔子。他以為他知道什麼叫做小號衣服嗎？他還沒有真正見識過呢。

像我這樣的小個子通常給人的印象都是可愛而非強大，所以，我打算使出渾身解數。我的網眼連身褲襪彷彿柔軟的沙子一樣精緻，而我的紅色高跟鞋會讓我瞬間增高到五呎五吋。

明天，草莓這個字眼連一次都不會出現。當我走進辦公室的時候，喬許．譚普曼口中的咖啡將會從他的鼻孔裡噴出來。我不知道為什麼我希望他從鼻子裡噴出咖啡——不過，我就是希望如此。

我就這樣帶著這個奇怪的想法進入了夢鄉。

5

在他的名字還停留在我腦海之際睡著，可能是我做夢的原因。午夜時分，我趴在床上，臉頰貼在枕頭上。他撐住我，手貼在我的背脊上，溫暖得有如陽光一樣。他的聲音像熱呼呼的低語在我耳邊響起，他的胯部磨蹭在我的臀上。

我會把你操到不行。操。到。不。行。

我完全可以感受到他的重量和身材尺寸。我再次試著把他推開，卻再次地感受到他的重量，他低聲地叫著我的名字，彷彿在懲罰我一樣，然後他往上爬，讓他的膝蓋跨在了我的胯上。他的指尖沿著我的胸側緩緩移動。他呼出來的熱氣輕撫過我的脖子。我沒有辦法好好呼吸，他太重了，而我也受到了極大的挑逗。我內心裡敏感而被遺忘的那個部分活了起來。我不停地用指尖抓著床單，直到它們因為摩擦而燃燒了起來。

我意識到自己居然做了一個和喬許・譚普曼有關的春夢，這讓我嚇得突然醒來，雖然我已經處在清醒的邊緣，不過，我並沒有睜開眼睛。我需要看看我的思緒會把這個夢帶往何處。幾分鐘之後，我又沉沉地睡去。

我會做任何你要我做的事，露辛達。不過，你得開口求我。

他慵懶的語氣就像他有時候會帶著某種表情看著我說話時一樣。那就好像他透過牆上的一個洞看到了我，知道我骨子裡看起來是什麼樣子。

我扭過頭，看到他的手腕撐在我的頭旁邊，他工作襯衫的袖子在沒有袖扣下鬆開。我可以看到他手腕上一小时的面積；他的髮絲、脈搏，以及肌腱。他的手握拳，而僅僅是想到他被我馴服，就讓我體內不由得緊繃。

我無法看到他的臉。即便翻身可能會讓夢醒而毀了一切，我還是翻過了身，毛毯和床單開始纏繞在我身上。我纏住了他的手臂和雙腿。我發現自己已經慾火焚身，當我注視著他湛藍色的雙眼時，我意識到自己私密處可能已經濕透了，這讓我彷彿受到了一記當頭棒喝。我戲劇性地在恐懼下倒吸了一口氣，而他則發出一陣沙啞的笑聲來回應我。

*很遺憾，事實就是如此。*但他看起來一點也不覺得抱歉。

一股歡愉的重量將我壓住。壓住了我的胯和手。我抵著夢裡的喬許蠕動著，感覺到他使勁地忍住呻吟，突然之間，我發現到一件讓我震驚的事。

你極度渴望著我。

這句話迴盪在我口中，那麼的真實、那麼的無可否認。一抹落在我下巴上的吻確認了我已經知道的事。這比吸引還要強烈；比渴望還要邪惡。這是我們之間從來沒有真正發洩出來的一份不安，直到現在。我的米色床單已經在我的肌膚底下發燙。

*你對我感到了異常的焦慮。*我感覺到一雙手在我身上游移，掂秤著我的曲線，我的釦子彈開、衣服的縫線爆裂。我被剝開了、被檢視了。我感到有人在咬我，我被吞噬了。從來都沒有人像這樣為我燃燒過。我的慾火可恥地遭到了點燃，不過，即便我是被壓在下面的那一方，但從他的眼神看起來，我才是贏了這場遊戲的人。我試著把他拉下來吻我，但是他卻躲開並且嘲笑了我。

你一直都知道，他對我說著，那抹燦爛的笑容結束了我的夢境。我顫抖著醒來，震驚地把手從我濕掉的睡衣上揮開，我的臉在黑暗中紅得發燙。我無法決定該怎麼做。繼續把夢做完，還是去沖個冷水澡？最後，我只是躺在床上，什麼也沒做。

吊掛在我床尾的那件黑色洋裝看起來充滿了威脅感，我一直看著它，直到我的呼吸平緩下來。我看了看我的電子時鐘。我有四個小時可以壓抑這份記憶。

奶油色襯衫日，早上七點半。電梯門上的倒影確認了我的風衣比我那件小洋裝要長，這讓我看起來像個裡面只穿了吊帶襪、正要去一間飯店閣樓的高級應召女郎。

我今天得搭公車。我幾乎無法在不露出內褲的情況下，從路邊跨上公車的第一個階梯；而當車門在我身後關上時，我知道這件洋裝根本就是災難性的判斷失誤。在我步履蹣跚地走上通往B&G的人行道時，一輛路過的卡車發出了一連串熱情的喇叭聲，再次證實了這一點。如果塔吉特商場有這麼早營業的話，我一定會衝進去買件長褲。

我可以撐過去的。我將得要一整天都坐在座位上。電梯的門開了，喬許當然已經坐在他的辦公桌前面了。為什麼他總是要那麼早來上班？他有回家嗎？他睡在鍋爐室的一個停屍格裡嗎？我猜他可能也對我有同樣的疑問。

我真希望能有一兩分鐘的時間獨處在辦公室裡，好幫自己在接下來這一天都只能坐在椅子上做好準備。但是他偏偏就在那裡。我躲在衣帽架後面，假裝在翻找手提袋裡的東西，好為自己爭取一點時間。

如果我把洋裝當作是主要的問題，我就可以不去想起昨天晚上的那個夢。他握著一支鉛筆，從他的行事曆上抬起了視線。他注視著我，直到我開始解開我風衣上的腰帶，但是我沒有辦法繼續完成我的動作。他湛藍色的眼睛甚至比我在夢境裡看到的還要鮮明。他看著我的樣子彷彿他正忙著在讀我的心思。

「這裡面很冷，不是嗎？」

他抿著嘴，讓人升起一種想要親吻的困擾，他揮手畫著圓圈，彷彿在說繼續。我做了一個深呼吸，鼓起勇氣脫掉外套，把風衣掛在我那只裝有襯墊的特別衣架上。在我走向我的辦公桌時，我可以感覺到連身褲襪上那些細微的網鑽在我的大腿之間摩擦。我就像穿了一件泳衣一樣。

我看著他垂下目光注視著他的行事曆，深色的睫毛在他的臉頰上留下了兩道半月形的影子。他看起來很年輕，直到他抬起頭，眼神裡的猜疑和堅毅才顯露出男人的模樣。我的腳踝晃了一下。

「哇塞，」他拉長聲音說道，我看到他的鉛筆正在做某種記號。「有約會啊，奶油蛋糕？」

「是啊。」我本能地說了謊，只見他把鉛筆塞在耳朵後面，露出一副尖酸的模樣。

「看得出來。」

我試著讓自己的屁股若無其事地靠在我的桌子邊緣。冷冰冰的玻璃抵在我的大腿後側。這真是一個可怕的錯誤，但是我現在沒辦法挺直站回去了，那會讓我看起來像個白痴一樣。我們兩人的目光都落在我的腿上。

我低頭看著我那雙鮮紅色的高跟鞋，同時依稀可以看到我自己的洋裝，地上的磁磚實在擦得很晶亮。我讓頭髮垂下來蓋住眼睛。如果我繼續專注在這件愚蠢的洋裝上，就可以忘記我的腦子有多麼希望他能舔我、咬我、褪去我的衣服。

「你還好嗎？」他的聲音難得聽起來很正常。「發生什麼事了？」

我面無表情地摳著大腿上一顆不規則的網眼鑽石。那個夢境一定在我臉上表露無遺了，因為我可以感覺到臉頰越來越熱。他今天穿的是那件奶油色襯衫，柔軟絲滑得像我夢裡的床單。我的潛意識是個變態。我試著要迎向他的目光，但是卻又退卻了，只好試著往我自己的椅子閒晃過去。我真希望我能晃出這裡，直接晃回家。

「喂，」他的語氣稍微尖銳了起來。「怎麼了？告訴我。」

「我做了……一個夢。」我說的方式好像別人說我祖母死了一樣。我坐在椅子上，緊緊地把膝蓋靠在一起，直到我的骨頭都要磨碎了。

「說一下你的夢。」他的鉛筆又回到了手上，而我就像隻盯著刀叉的㹴犬一樣。我們開始玩**網球對話**的遊戲，誰先回答不出來誰就輸了。

「你的臉都紅了，紅到脖子上了。」

「不要再看我了。」他說得沒錯，當然了。這間像鏡面球一樣的辦公室確認了他的說法。

「沒辦法。你就在我的視線裡面。」

「那就試著不要看吧。」

「我很少在工作場合看到這麼有趣的露大腿的服裝選擇。在人資手冊裡，合宜的工作服裝——」

「你沒辦法把眼光從我的大腿上挪開夠長的時間，好去查詢一下手冊。」我說的是真的。他看了一下地板，不過，才一秒鐘的時間，他眼裡那道狙擊手的紅色光點就又重新回到了我的腳踝，然後往上挪移。

「手冊的內容都在我的腦子裡了。」

「那你就應該知道大腿不是一個合宜的話題。如果我拿到我的聚酯纖維布袋裝的話，我猜，你就得和我的大腿吻別了。」

「我很期待那天的到來。我是指我獲得陞遷。不是指吻別你的大腿——算了。」

「繼續做夢吧，變態。」我鍵入我的密碼。之前那個已經過期了。現在我的密碼是**DIE-JOSH-DIE!**「那個職位是我的，不是你的。」

「話說回來，你約會的對象是誰？」

「一個男的。」從現在到下班之前，我會找到一個人的。如果必要的話，我也會雇一個人。我會打電話給模特兒經紀公司，要他們給我一個今天最搶手的貨色。他會搭禮車到B&G前面來接我，好讓喬許出醜。

「你幾點要約會？」

「七點。」我冒險地說。

「約會地點呢？」他慢慢地用鉛筆做了一個記號。是一個X嗎？還是斜槓？我看不出來。

「你這麼感興趣。為什麼呢？」

「研究顯示，如果管理階層佯裝對他們員工的私人生活表示興趣的話，可以增加員工的道德感，並且讓他們感覺到自己有價值。在我成為你的老闆之前，我得先練習練習。」他專業的雄辯和他眼裡那股詭異的關注根本就互相矛盾。他只是完全被約會這個話題迷惑住了。

我對他露出了我最輕蔑的表情。「我要在聯邦大道的體育酒吧和他碰面，喝上幾杯。還有：你永遠也當不了我的老闆。」

「怎麼有這麼巧的事。我今天晚上正好要去那裡看球賽。七點。」

我的小謊竟然讓我犯下戰略上錯誤。我研擬著他的臉，不過卻看不出他說的話哪部分是騙人的、哪部分又是真的。

「也許我們可以在那裡碰面。」他繼續說道。真是個不折不扣的惡魔。

「是啊，也許吧。」我刻意用很無聊的聲音回應他，這樣他就察覺不出來我現在既惱怒又慌張。

「所以說，你的這個夢——夢裡有個男人，對嗎？」

「噢，是啊，那當然了。」我的眼光在沒有獲得我的允許下，竟然在喬許的身上暴走。我想，我可以看到他鎖骨的線條。「非常情色的一個夢。」

「我應該要寫一封郵件給珍妮特。」他在短暫的沉默之後清了清喉嚨說道。只見他假裝在鍵盤上敲擊著，甚至連螢幕都沒有看。這也實在太假了。

「我剛才是說情色嗎？我想要說的是艱澀。我把這兩個字弄混了。」

他瞇起眼睛。「你的夢很……神秘？」

我豁出去了。是時候抓住機會來試試我的人體測謊機。

「夢裡出現很多符號和隱藏的意義。我在花園裡迷路了，然後有個男人在那裡。某個我花了很多時間在相處的人，但是這回他卻像個陌生人一樣。」

「繼續。」喬許說著。他的臉上並沒有露出無聊的表情，和這種狀態下的喬許講話感覺還真奇怪。

我盡可能優雅地蹺起腿，我看到他的視線瞄到我的桌子底下，然後很快又回到了我臉上。

「我什麼都沒穿，只裹了床單。」我用一種信任他的語氣說道，然後停了一下。

「你絕對不會說出去的，對吧？」

他點點頭，好像聽得很入迷一般，我在心裡對自己擊掌，因為我贏了這局的**網球對話**遊戲。我得拖延這個狀態；通常，我佔上風的機會並不是太多。我把牆壁當成鏡子來塗口紅。這個顏色叫做噴射火焰，是我的註冊商標。邪惡的、劇烈的、帶有毒性的紅色。割腕般的紅。根據我父親的說法，那是魔鬼內褲的顏色。我有很多唇膏，所以，在我周遭半徑三呎以內，我都可以找得到一支唇膏。我天生就是黑色和白色的組合，不過，感謝噴射火焰，讓我也可以變成彩色的存在。由於深怕製造商會停止生產，因此，我已經囤了不少貨。

「我穿過這個花園，而那個男人就在我身後。」我今天變成了一個病態說謊家。這都是喬許．譚普曼造成的。

「他就在我後面。就像，貼著我一樣，緊壓在我的臀部上。」我站起身，用力在臀部上拍了一下來強調我的重點。我的話聽起來很真實，因為我所說的大部分確實都是真的。喬許緩緩地點點頭，他的喉嚨因為嚥了一口口水而收縮了一下，而他的眼神則順著我的洋裝往下滑。

「我好像認得他的聲音。」我停了三十秒，用面紙壓了壓我的嘴唇，然後把面紙拿起來，欣賞著上面那個紅心狀的小印記，接著才把面紙揉成團，丟進我腳趾邊的垃圾桶裡。我又開始重新塗起口紅。

「你向來都要塗兩遍嗎？」喬許被這種誇張的說故事方法弄得發出煩躁的咆哮。他的指尖不耐煩地敲擊著桌面。

我眨了眨眼。「我不希望口紅在接吻的時候被親掉，不可以嗎？」

「你到底要和誰約會？他叫做什麼名字？」

「一個男的。你在改變話題，不過沒關係。不好意思，讓你感到無聊了。」我說著坐下來點擊著滑鼠，直到我的電腦螢幕亮起。

「不，不是的，」喬許微弱地說著，彷彿他已經沒有了氧氣一樣。「我並沒有覺得無聊。」

「好吧，我在花園裡，這個花園……到處都是反射，就好像被鏡子覆蓋住了一樣。」

他點點頭，手肘往前滑到桌面上，下巴貼在了手上。椅子也被往後推出了幾吋。

「然後我……」我停下來，看了他一眼。「算了。」

「什麼？」他大叫了一聲，嚇得我在椅子上彈了起來。

「我說……你是誰？你為什麼那麼渴望我？當他告訴我他的名字時，我好震驚……」

喬許在我的釣魚線尾端晃著，一條正在空中翻轉、無法甩掉魚鉤的滑溜溜的魚。我可以感覺一股緊張的氣氛在我們之間的空氣裡震動。

「過來這邊，我需要小聲說。」我喃喃自語著，然後瞄向左右兩邊，雖然我們彼此都知道方圓幾哩之內不可能有其他人。

喬許反射性地搖搖頭，這讓我把目光放到了他腿上。不是只有他才能瞪著辦公桌底下。

「噢。」我自作聰明地說，但是，出乎我意料之外，喬許的臉頰居然開始變紅了。喬許・譚普曼在我面前性興奮了。為什麼這反而讓我更想進一步玩弄他？

「我過來告訴你好了。」我把我的電腦螢幕上了鎖。

「不用了。」

「我得要分享出來。」我慢慢走過去，然後把雙手放在他桌子的邊緣。他帶著飽受折磨的神情，看著我被網襪包裹著的雙腿，這讓我幾乎就要同情起他來了。

「這樣太不專業了。」他看向天花板，然後找到了他要的字眼。「人資。」

「這是我們用來保命的字眼嗎？好吧。」在辦公室的螢光燈下，他健康的體態和金黃的膚色讓人看了惱火，他的皮膚平滑而且毫無瑕疵。不過，他的臉上卻出現了一絲微微的亮光。

「你有點冒汗呢。」我從他的桌上拿起即時貼，緩緩地在上面印上一個吻。然後撕下來，貼在了他電腦螢幕的中央。

「我希望你不是身體不舒服。」我說著走向廚房。然後聽到他椅子底下的輪子發出了微弱的轉動聲。

及時行樂。

丹尼的小隔間被拆掉了，而且還有一點混亂。到處堆滿了打包箱、一疊疊的紙張和文件。

「嗨！」

他抖了一下，他正在修圖的一張作者照片因此被拉出了一條鋸齒邊的灰色痕跡。你還真厲害，露西。

「抱歉，我應該在脖子上掛個鈴鐺的。」

「噢，沒關係的。嗨。」他點擊了重做和儲存鍵，然後才轉過身來。他的目光像閃電一樣，快速在我身上上下移動著，最後才在我的洋裝尾端停了下來，多看了幾秒。

「嗨，我只是在想，你有沒有想到什麼新發明，可以讓我們開始合作的？」

我無法相信我居然這麼直接，不過，誰叫我處在一個絕望的狀態底下。我的自尊面臨了危機。我需要有人今晚陪我坐在吧檯上，不然就會讓喬許笑掉大牙。

他的臉上泛起一抹笑容。「我有一個半完工的時光機，可以讓你看一下。」

「那很簡單。我可以幫上忙。」

「時間地點你來定。」

「聯邦大道的體育酒吧？今天晚上，七點？」

「好啊。拿著，這是我的電話號碼。」當他把號碼給我的時候，我們的手指輕擦了一下。我的天啊。這麼好的男孩。過去這麼久以來，他到底都躲在了哪裡？

「晚上見。記得帶，呃，藍圖。」我說著穿過一間間的小隔間，爬著樓梯回到頂樓，還在腦子裡擦了擦手。

該工作了。我坐回椅子上，開始就我們想要舉辦團建活動的提案擬定大綱。我在底下留了兩個簽名的地方，簽署了我的名字，然後丟在他的收文籃裡。他花了整整兩個小時才拿起來看。當他終於開始讀的時候，竟然只花了四秒鐘。他在底下簽了名，然後看也沒有多看一眼地就把它丟在了他的發文籃裡。整個下午，他都處在一種詭異的情緒裡。

我頂著十指的指尖，開始一場**互瞪遊戲**。這花了大約三分鐘的時間，不過，他終於嘆了一口氣，鎖上了他的螢幕。我們狠狠地注視著彼此的眼睛，專注到彷彿雙雙落入了一個3D的電腦國度；除了綠色的座標線之外，什麼也沒有。

「緊張嗎？」

「我為什麼要緊張？」

「你的重大約會啊，奶油蛋糕。你有好一陣子沒約會了。我想，應該是打從我認識你以來吧。」在他說重大約會時，還刻意用手指比劃了一個引號。他確定那只是一個謊話。

「那是因為我太挑了。」

他用力地頂著指尖，用力到看起來好像很痛的樣子。「是啊。」

「公司裡實在沒什麼符合資格的男性。」

「亂講。」

「你也在幫自己找理想的單身漢嗎？」

「我——沒有——閉嘴。」

「你說得沒錯。」我的目光在他的唇上停留了很短的一瞬間。「我終於在這個被上帝遺忘的地方找到了一個人。我的夢中情人。」我煞有寓意地揚起了眉毛。

他立刻就聯想到了我們早上的對話。「看來你夢裡那個人肯定是和你一起工作的人。」

「是啊。他很快就要離開B&G了，所以我得趕快採取行動。」

「那當然了。」

「是啊。」我不記得他上一次眨眼是什麼時候了。它們看起來既深沉又嚇人。

「你又露出你那連續殺人狂的眼神了。」我起身從他那裡取走我的提案。「我會給你一份，好讓你交給肥胖的小理查。別搞砸了，喬許。你對於如何建構一個團隊毫無概念。所以就讓專業的來吧。」

等我回到座位上時，他看起來已經不那麼深沉了，不過，他的頭髮看起來卻很亂。他拿了我給他的那份文件，而我自己則留了一份蓋章的影本。

從他看著文件的模樣，我可以看出他此刻腦子裡正在構思他的想法。那就像一隻狐狸在經過一間沒有上鎖的雞舍前那種突然的駐足。他抬起頭看我，眼睛裡在閃閃發光。他咬了咬下唇，猶豫著。

「不管你在想什麼，都不可以。」

他拿起一支筆，在文件下面寫下了什麼東西。我試圖要看清楚，但他卻站起身，高高舉起了文件，甚至有一個角落還碰到了天花板。這身裝束讓我無法冒險踮起腳尖站著。

「我怎麼可能拒絕呢？」他繞過他的桌子，在經過我面前時，用他的大拇指在我的下巴輕輕擦了一下，然後便刷地走了過去。

「你做了什麼？」當他走進貝克斯里先生的辦公室時，我對著他的背影叫道，然後一邊揉著下巴，一邊碎步跑進了伊蓮娜的辦公室。

「我同意，」她把文件放到一旁。「這個想法不錯。你有看到佳茗人和貝克斯里人在開會時都分開坐嗎？我對這已經感到很厭煩了。從計畫合併那一天開始，我們就沒有像一個團隊一樣地做過任何事。我很驚訝你和喬許竟然可以結為一體。」

我希望我怪怪的腦袋不會記住她最後那句聽來有點猥褻的話。

「我們正在謀和中。」我的聲音裡沒有透露任何說謊的跡象。

「我會在我們四點那場大廝殺裡，和貝克斯里提這件事。你的想法是什麼？」

「我找到了一個專供企業休憩的會所，就在距離高速公路十五分鐘的地方。是那種所有的牆面上都掛滿白板的地方。」

「聽起來好像很花錢。」伊蓮娜做了個鬼臉，不過我早已預料到她的反應了。

「我算過數字了。這並沒有超過本財務年度的訓練預算。」

「那我們要在公司這場愛的聚會裡做什麼？」

「我已經想到了好幾個團建的活動。我們會採用循環制的方式，每個團隊的成員都要交替輪換，這樣各個隊伍就會不時地混合在一起。那天的主持人可以由我來擔當。我想要結束貝克斯里人和佳茗人之間的這場戰爭。」

「大家一定都很討厭團體活動。」伊蓮娜指出。

這點我沒有辦法辯駁。這是全世界公認的企業真相，所有的員工寧可去啃老鼠的骸骨，也不願意參加團體活動。我知道我就是那個會啃老鼠骨頭的人。但是，在企業團建模式出現明顯進化之前，我能想到的只有這樣。

「活動最後會頒獎給最努力參與、貢獻最多的人。」我停了一下以製造效果。「帶薪休假一天。」

「這個我喜歡。」她咯咯地笑著說。

「不過，喬許也做了其他的計畫。」我提出警告，她也點點頭。

她在四點整的時候進入了鬥獸場。一如往常地，我可以聽到他們在裡面對彼此叫囂。五點鐘的時候，伊蓮娜走出了貝克斯里先生的辦公室，在煩躁的狀態下走到我的桌子前面。「小約。」她半轉過頭說著，聲音裡明顯帶著一絲不高興。

「帕斯卡女士，你好嗎？」一道光環浮現在他的頭頂上方。

她沒有理睬他。「親愛的，我很抱歉。我丟錢幣丟輸了。我們採用了小約的團建想法。那東西叫什麼來著？漆彈？」

我的老天，不。「那不是我推薦的。我應該會知道；提案是我寫的。」

喬許的臉上幾乎蕩漾著笑意。那就好像他的臉上出現了一道立體的光芒，在他的四周波動震盪著。「我有向貝克斯里先生提供選擇的自由。漆彈。根據了解，這是一種有效的團建活動。新鮮的空氣，身體的活動……」

「受傷和保險理賠。」伊蓮娜反駁道。「都很花錢。」

「大家會願意自付二十元，用漆彈來射擊他們的同事的，」他向她保證，同時瞪著我看。「不會花公司一分錢。他們還會簽下公司不需要負任何責任的免責聲明。我們會分組的。」

「親愛的，把同事分組，然後給他們漆彈，這對團建有什麼幫助？」

就在他們假裝客氣地爭執時，我只感到全身燃燒著怒火。他攔截了我的團建初衷，而且還把這個活動拉低到青少年活動的基本層級。

「也許我們可以見到一些不可能的結盟出現。」他告訴伊蓮娜。

「如果是這樣的話，我倒希望看到你們兩個組成一隊。」伊蓮娜調皮地說，這讓我真想上前給她一個擁抱。他再怎麼樣也不能把漆彈射到自己隊友的身上。

「就像我說的，不可能的結盟。總之，我們還是不要在露辛達展開她火熱的約會前，把她弄得心煩意亂了。」

「噢，真的嗎？」伊蓮娜輕輕敲了敲我的桌子。「約會。親愛的，明早我要收到你的詳細報告。還有，如果你想的話，可以晚點再進公司。你工作得太辛苦了。要及時行樂啊。」

6

下午六點半的時候，我的膝蓋開始發抖了。

「你要遲到了吧？」

「不關你的事。」可惡，喬許怎麼還不走？他已經工作十一個小時了，但看起來卻還像朵雛菊般清新。我只想趴在我的床上。

「你不是說七點嗎？你要怎麼去？」

「計程車。」

「我也要過去。我可以讓你搭便車。我堅持要這麼做。」喬許在這麼說的時候，一直都帶著一副消遣的表情。他就是在等著我承認說謊。我手上藏有丹尼這張王牌，這種感覺真是太好了。

「好吧。隨便你。」我對團建提案遭到攔截的怒火已經燒光了，只剩下一個空殼。一切都慢慢地失控了。

我拿著化妝包走向女生的盥洗室。我的腳步聲迴盪在空蕩蕩的走廊裡。我很久沒有約會了。我太忙。忙著工作、忙著憎恨喬許．譚普曼，還有忙著睡覺。我沒有時間給到其他的事情。

喬許無法相信有人會想要我的陪伴。在他眼裡，我就是個討厭的小潑婦。我小心翼翼地把眼線畫成一個微妙的貓眼，再擦掉我的口紅，直到只剩下一點點唇膏的痕跡。然後我在胸罩裡噴了一點香水，對著自己眨了眨眼，再說了幾句鼓舞自己的話。

我的化妝包側面吊了一對耳環，我把耳環摘下來戴上。下班後直接從公司去赴約，就像那些雜誌裡的文章一樣。當我在盥洗室外面撞上喬許時，我正在把我的胸罩往上拉。只見他手上拿著我的外套和包包。碰觸到他身體所產生的震驚竄流過我的全身。

他帶著奇怪的眼神看著我。「你幹嘛那樣做？」

「天啊，謝謝。」我把手伸出來，他也順勢把我的包包掛在了我的手上。他繼續拿著我的外套，然後按下了電梯的按鈕。

「我可以看到你的車了。」我試著打破沉默。那個想法比要見到丹尼還讓我緊張。車子裡的空間是那麼密閉。喬許和我曾經坐在彼此的旁邊嗎？我懷疑。

「我想像了好久。在我想像中，那是一輛福斯的金龜車。鐵鏽白，像瘋狂金龜車裡那輛。」

「再猜猜。」他懶懶地拿著我的外套，手指漫無目的地撥弄著袖口。那件外套和他的身形比起來簡直就像一件童裝。我為這件可憐的外套感到難過。於是我伸出手去，想要拿回我的外套，但是他卻完全無視於我的動作。

「一九八〇年代初期的MINI Cooper。克米蛙的綠色。座椅不能往後倒，所以你只能把腿跨在方向盤兩邊。」

「你的想像力太豐富了。你開的是二〇〇三年的銀色Honda Accord。車子裡面亂成一團。變速箱一直都有問題。如果那是一匹馬的話，你大概就會把它給槍殺了。」電梯到了，我小心地踏進電梯。

「比起我，你的跟蹤技術實在太厲害了。」當我看到他那根巨大的大拇指按下B的按鈕時，我感到了一股恐懼的寒意。他低頭看著我，眼神深沉又炙烈。他一定是在考慮著什麼。

也許他會在地下室謀殺我，結果我就會被丟進垃圾箱裡。調查人員看到我的網眼褲襪和濃濃的眼妝，會把我的身分設定為一名妓女。然後他們就會沿著錯誤的線索辦案。同時，喬許會冷靜地把我的DNA從他的鞋子上洗掉，還若無其事地幫他自己做一份三明治。

「連續殺人狂的眼神。」我真希望我的聲音聽起來沒有那麼害怕。他的目光越過我的肩膀，看著他自己在發亮的電梯牆上的倒影。

「我懂你的意思。你那思春的眼神又出現了。」他戲劇性地用手指在電梯按鍵的控制板上畫來畫去。

「不，這是我連續殺人狂的眼神。」

他吐出一口氣，然後按下緊急按鈕，電梯突然震動一下地停住了。

「拜託不要殺我。電梯裡可能有攝影機。」我害怕地往後退了一步。

「我懷疑會有。」他逼近了我。在他舉起手之際，我立刻用雙臂擋住我的臉，彷彿是在汽車電影院裡看什麼二流的恐怖電影一樣。完蛋了。他打算要勒死我。他失去理智了。

他一把抱住我的腰，把我從地上抱起來，讓我一屁股坐在我以前從來沒有注意到的扶手上。我的手臂扶住他的肩膀，洋裝散開在我的大腿上。當他往下看時，他重重地呼出了一口氣，聽起來好像是我正要把他勒死。

「把我放下來，這一點都不好玩。」我的雙腳在空中晃了幾下，不過也只是白費力氣。這並不是第一次有大孩子要仗勢欺負我。小學三年級的時候，馬克思·杜沙就曾經把我吊在校長的車子引擎蓋上，然後大笑著跑開。這就是小矮人們的窘境。在這個超大號的世界裡，我們根本就沒有尊嚴。

「在這個位置上看著我。」

「到底要幹嘛？」我企圖要滑下扶手，但他卻張開十指攫住我的腰，並且把我壓在了牆上。我用力捏他的肩膀，直到我得到一個結論，那就是在那些克拉克．肯特的襯衫底下，他的身體根本就是一堆過度發達的肌肉。

「天啊。」他的鎖骨在我的手掌下就像鐵鍬一樣。我唯一能想到的只有幾個白痴的字眼。「都是肌肉和骨頭。」

「謝謝。」

我們各自都無法呼吸。我為了平衡而把腳壓在他身上，但他的手卻抓住了我的小腿肚。

當他用一隻手頂住我的下巴，讓我的頭往後仰時，我只能等待著他開始勒我的脖子。他溫暖的手掌隨時都會緊縮，然後我就會開始慢慢地死去。我們鼻子對著鼻子，呼出來的氣息噴在彼此的身上。他的一根手指就在我的耳垂後面，在他的手指滑落時，我不禁打了個寒顫。

「奶油蛋糕。」

這個可愛的字眼打破了沉默，我不由得吞了吞口水。

「我不會殺你的。你實在太戲劇化了。」他說著把嘴輕輕壓在了我的唇上。

我們誰都沒有閉上眼睛。我們就像平時那樣瞪著彼此，但是距離卻從來沒有如此接近過。他的瞳孔像兩顆藍黑色的圓環。他的睫毛低垂，帶著彷彿是憎恨的神情看著我。

他輕輕地咬了我的下唇，讓我全身起了一陣雞皮疙瘩。我的雙峰發脹。我的腳趾在鞋裡蜷曲。雖然我並沒有受傷，不過，在我檢查傷勢時，我的舌頭卻不小心碰到了他。那個吻太輕柔、太小心翼翼了。我的大腦感到無助地天旋地轉，試著要對正在發生的事找出解釋，而我的身體卻開始習慣了這個姿勢。

當他再度向我靠近，開始用他的嘴輕輕撥開我的雙唇時，我終於明白了。

喬許。譚普曼。正。在。吻。我。

有那麼幾秒鐘的時間，我渾身都無法動彈。我似乎已經忘記了要如何接吻；每天都接吻對我來說是多久以前的事了。不過他似乎並不在意，只是逕自地用他的嘴來解釋接吻的規則。

接吻遊戲要這樣進行，奶油蛋糕。壓住，退開，側過頭，呼吸，重複一遍。用你的手找到適合的角度。放鬆，直到雙唇濕滑。聽到血液在你的耳朵裡轟隆奔騰了嗎？每一口及時的呼吸都會讓你生存下來。不要停下來。想都不要想你要停下來。在嘆息下顫抖，往後退開，讓你的對手用唇齒攫住你，把你帶進更深、更濕潤的世界。讓每一次的唇舌接觸，點燃你的末梢神經。感受全新的天堂就在你的兩腿之間。

這個遊戲的目的就是你終其一生都要這麼做。管他什麼人類文明，還是它所寓含的意義。現在，這個電梯就是家。現在，這就是我們在做的事。

絕對不要停下來。

他往後退開一點好測試我。基本規則被打破了。我雙手握拳地拉著他脖子上的衣領，將他的嘴拉回我的嘴上。我學得很快，而他則是個完美的指導老師。

他的味道嚐起來就像他總是在嚼的綠薄荷。誰會嚼薄荷糖？我試過一次，但是卻差點把嘴給燒傷。他那麼做是為了要惹惱我，看到我煩躁就會讓他的眼裡出現揶揄的光芒。我懲罰地掐住他，但卻讓他更加緊貼著我，他緊繃的身體在我們接觸到的每一吋肌膚上對我發出了警告。我們的唇齒甚至已經分不出了彼此。

到底發生了什麼事？我無語地在一連串的吻中問著。

閉嘴，奶油蛋糕。我恨你。

如果我們是電影裡的演員，我們就會撞在牆上，衣服的釦子會滿天飛舞，我的網狀褲襪會被扯破，我的鞋子也會掉下來。然而，這是個頹廢的吻。我們彷彿靠在灑著陽光的牆上，夢幻似地舔著冰淇淋甜筒，很快地就在中暑和荒謬的幻覺下宣告投降。

過來，靠近一點，都快融化了。幫我舔我的冰淇淋，我也一定會幫你舔你的。

地心引力抓住了我的腳踝，讓我開始從扶手上往下滑。喬許一手扶著我的大腿後側，把我高高抬了起來。這個動作讓我們的嘴稍微分開了一下，我帶著憤怒的沮喪發出一聲低沉的怒吼。回來，你這個打破規則的傢伙。而他還算聰明地乖乖服從了。

他回應我的聲音聽起來像是一聲哈。通常，當人們發現什麼預料之外的驚喜時，大概就會發出這種開心的聲音。那種「我早該料到」的聲音。他的嘴唇出現了一道曲線，我不禁伸手觸摸著他的臉。喬許第一次在我面前微笑，竟然是貼在我的唇上笑的。我詫異地往後退開，在那萬分之一秒的時間裡，他的臉立刻又回到了嚴肅的狀態，雖然依舊漲紅了臉。

電梯的對講機發出一聲刺耳的咕嚕聲，當一陣極低的嗯哼聲響起時，我們雙雙彈了起來。

「裡面都還好嗎？」

我們定在原地，像在演一部叫做被逮到了的電影。喬許首先反應過來，傾身去按了對講機。

「不小心撞到按鈕了。」他慢慢把我放到地上，隨即退開幾步。我把手肘支撐在扶手上，我的腿彷彿踩在溜冰鞋上，無法合攏。

「剛才是怎麼回事？」我喘著氣說道。

「麻煩你，地下室。」

「噢，好。」電梯往下滑行了大約三呎，電梯的門隨即就打開了。如果剛才他慢了半秒鐘才按下緊急按鈕鍵的話，這一切就都不會發生了。我的外套皺巴巴地攤在地上，只見他彎身拾起，拍掉了上面的灰塵，那種在乎的模樣讓我感到訝異。

「走吧。」

他往前走，頭也沒有回一下。在他的手指纏弄下，我的耳環勾住了我的頭髮。我尋找著地下室的出口，但是，放眼望去卻看不到任何出口。電梯門在我身後關上。喬許解鎖了一輛看起來既狂妄又自大的黑色跑車，當我走到乘客座的車門旁邊時，我們再次面對了彼此。我的眼睛瞪得像煎蛋一樣。他只能轉過身去，才能不讓我看到他在笑。但我依然在旁邊的一輛廂型車後視鏡裡看到他露出了亮白的牙齒。

「噢，天啊，」他拉長了聲音說著，然後轉過身來，用手滑過臉，企圖拭去臉上的笑意。

「我重創你了。」

「什麼……什麼……」

「走吧。」

我恨不得能立刻跑走，但是我的腿卻完全不聽使喚。

「想都別想。」他對著我說。

我幾乎是沒有意識地滑進了他的車裡。他的氣息在車裡更濃烈了，經過了夏日的烘烤、冬雪的保存，完美地封存在了玻璃和金屬建構的空間裡。我彷彿專業的聞香師一般，深深吸了一口氣。前段的味道是薄荷、黑咖啡和棉花；中段是黑胡椒和松木；後段則是皮革和雪松。奢華地有如喀什米爾。如果這是他車子聞起來的味道，可以想像他的床會是什麼味道。好主意。想像他的床是什麼味道。

他坐進車裡，把我的外套扔到後座，我側過頭看著他的大腿。我的天哪。我立刻將視線移開。不管他那裡發生了什麼事，都足以讓我驚訝到想再看一次。

「你已經死於休克了。」他像個學校老師般地斥責我。

我的呼吸依然還無法平復，他轉過來看著我，眼神宛如毒藥般地深沉。他舉起手，我立刻就往後退縮了一下。只見他皺皺眉，停了一下，然後小心地把我靠近他的那只耳環撥回原位。

「我以為你要殺我。」

「我還是想殺你。」他把手伸向另一只耳環，手腕內側和我的距離近到讓我想咬他一口。他費盡心思地想把我勾住耳環的那一小撮頭髮解開，好讓耳環可以垂吊下來。

「我是想殺你。很想很想。想到你無法想像。」

他發動車子，倒車開出了地下室，彷彿什麼都沒有發生過。

「我們得談一談剛才的事。」我的聲音聽起來既粗糙又混濁。他的手指彎曲地擱在方向盤上面。

「那似乎是那樣做的好時機。」

「你吻了我。你為什麼要那樣做？」

「我需要測試一個我已經想了一陣子的理論。而你也真的、真的回吻了我。」

我在我的座位上扭動了一下，只見眼前的紅燈亮了。他緩緩地減速停車，然後看著我的嘴和雙腿。

「你有一個理論？你是說你試著想在我的約會前來惹我嗎？」我們後面的車開始按喇叭，讓我不禁回頭看了一下。「開車。」

「噢，是啊，你的約會。你假想出來的約會。」

「那不是假想。我要去和設計部的丹尼・佛雷契碰面。」

他臉上那抹震驚真是太壯觀了。我恨不得能打賞一名肖像畫家，用油畫把他的神情畫下來，如此一來，我就可以把這幅畫流傳給未來的子孫。這。是。無。價。之。寶。

後面的車開始從我們兩邊超車，空氣裡除了不斷哀號的喇叭聲之外，還有一連串企圖想讓他回神的髒話傳來。

「什麼？」他終於注意到綠燈已經亮起，隨即瞬間加速，卻立刻又踩了煞車以免撞到前面一輛突然轉向的車。他用一隻手蓋住了嘴。我從來沒有見過喬許這麼驚慌失措過。

「丹尼・佛雷契。我十分鐘之內就要和他碰面了。那就是你要載我去的地方。你是怎麼搞的？」

接下來我們駛過了好幾條街，但他都沒有再開口。我頑固地盯著自己的手，此刻，我只能想到他的舌頭在我嘴裡的那一幕。在我的嘴裡。我估計，在人類歷史上，發生在電梯裡的接吻大約有一百億次。而我們突然也落入了這樣的陳腔濫調裡，這真讓我討厭。

「你以為我在說謊嗎？」技術上來說我確實說謊了，但那也只是一開始的時候。

「我一直都認為你在說謊。」他生氣地變換了車道，感覺上有一朵不祥的黑雲籠罩在他的頭上。

事實是這樣的：恨一個人是很累的一件事。我血管裡的血液每收縮一次，就把我更加推近死亡。而我卻把這些剩餘的時間，都浪費在和一個真心鄙視我的人在一起。

我垂下眼簾，好讓自己再次記起。緊張的汗水讓我散發著微弱的反光，我搖搖晃晃地把一個箱子放在我位於十樓的B&G新辦公室的桌上。有一名男子正站在窗邊，看著窗外早晨裡的車流。他轉過身來，我們四目相對，那是我們第一次的眼神交流。

我永遠也不會再經歷這樣的吻了，至少我的餘生都不會再有。

「我真希望我們能當朋友。」我不小心地說了出來。這句話我忍了很久，此時說出來就好像扔出了一顆重磅炸彈一樣。他什麼也沒有說，以至於我認為他應該沒有聽見。然而，他卻突然帶著一臉的輕蔑看了我一眼，讓我打從心裡升起一份痛苦。

「我們永遠、永遠也不會是朋友。」他說朋友這個字眼的模樣，就像在說可悲一樣。

當他在酒吧前面減緩車速時，我立刻就衝下了車，甚至來不及等他把車子完全停妥。我聽到他煩躁地喊著我的名字。我注意到他叫我露西。

我在酒吧裡看到指尖正握著一瓶啤酒的丹尼，我像紙風車一樣地穿過人群，跌入了他的懷裡。可憐的老丹尼，他像個紳士般地提早到了，但是他卻完全不知道自己答應了怎樣的一個瘋女人要和她共度一個傍晚。

「嗨。」丹尼看起來很高興。「你來了。」

「當然。」我試著笑道。「在度過了這樣的一天之後，我需要來一杯。」

我讓自己像騎師般地坐到吧檯椅上。丹尼隨即對酒保做了一個手勢。吧檯上方好幾個巨型螢幕裡同時出現了揮棒的畫面。我又想起喬許的嘴覆蓋在我的唇上，讓我不禁顫抖地把手指壓在自己的嘴上。

「一大杯琴湯尼。越大杯越好，謝謝。」

酒保按照我的意思給了我一杯，我一口氣往嘴裡灌了半杯，也許還漏了幾滴在下巴上。我舔了舔嘴巴，依然嚐得到喬許的味道。當我放下杯子的時候，丹尼注視著我的雙眼。

「一切都還好嗎？我想，你得告訴我你過了怎樣的一天。」

我仔細地端詳著他。他已經換掉了上班服，改穿一件深色牛仔褲和一件風格保守卻體面的格子襯衫。他刻意回家換了衣服出來見我，這讓我感覺很好。

「你這樣很好看。」我誠實地告訴他，這讓他眼睛立刻亮了起來。

「你看起來也很漂亮。」他的語氣聽起來好像在說什麼秘密一樣。他把手肘撐在吧檯上，那張臉看起來既真誠又毫無惡意。我突然覺得有一股情緒湧上胸口。

「什麼？」我擦了擦下巴。這個男人正在注視著我，就好像他並不恨我一樣。這還真是超乎尋常。

「我沒有辦法在公司對你說。不過，我一直都認為你是最漂亮的女孩。」

「噢，是喔。」我可能已經臉紅了，同時也感覺到喉嚨有點發緊。

「你不太習慣接受讚美。」

「我很少受到讚美。」這是百分之百的實話。但他卻笑了。

「噢，當然了。」

「真的。只有我母親和父親會在Skype上讚美我。」

「那我得改變這個狀況了。好吧，告訴我所有關於你的事。」

「我幫伊蓮娜工作，這你是知道的。」我有點不確定地開始。

他點點頭，嘴巴因為感到有趣而動了一下。

「就這樣。」

丹尼笑了笑，而我卻差點從吧檯椅上摔下來。我實在太不擅長交際了，甚至無法和正常人好好交談。我好想回家躺在我的沙發上，然後把所有的枕頭都堆在自己的頭上。

「是啊，不過我想知道關於你這個人的事。你都做些什麼娛樂？你老家在哪裡？」

他的臉是那麼地坦然而樸實。我不禁想到在被這個世界毀掉之前的小孩。

「我可以先去整理一下儀容嗎？我是直接從公司過來的。」我說著嚥下了剩餘半杯的酒。我嘴裡淡淡的薄荷味讓琴湯尼都走味了。

見到他點點頭，我立刻就往盥洗室直奔而去。我靠在洗手間外面的牆上，從我的胸罩裡拿出一張面紙，往我的眼角壓了壓。完美。

一道陰影遮住了走廊上的光線，我知道是喬許。即便在我周邊視覺最遠的角落，他的身形看起來都遠比我對我自己的影子還要熟悉。他手上拿著的正是我留在他車子後座的外套。

我爆笑出來，笑到眼淚都沿著臉頰流了下來，幾乎可以確定把我的妝都毀了。

「滾開。」我對他說著，但是他卻越走越近。他攫起我的下巴，仔細地看著我的臉。

那個吻的記憶浮現在我們之間，讓我無法正視他的眼睛。我記起我在他嘴裡發出的呻吟。一股屈辱感油然而生。

「不要這樣。」我甩開他的手。

「你哭了。」

我抱住自己。「我沒有。你為什麼在這裡？」

「要在這附近停車簡直就是個惡夢。你的外套。」

「噢，我的外套。當然了。隨便吧。我太累了，今天晚上不想和你吵架。你贏了。」

看他一臉的困惑，我只好澄清說道：「你已經看到我笑，也看到我哭了。我原本應該在你那張洋洋得意的臉上賞你一巴掌，結果你卻讓我吻了你。你今天夠風光了。去看你的球賽、吃你的椒鹽脆餅吧。」

「你以為那是我要的獎品嗎？看到你哭？」他搖搖頭。「真的不是。」

「當然是了。現在給我走開。」我更加強硬地對他說。他往後退開，靠在另一邊的牆壁上。

「你為什麼要躲在這裡？你不是應該在那邊把他迷得團團轉嗎？」他看著吧檯的方向，然後用手揉了揉臉。

「我需要一點時間。而且這種事並非總是那麼容易，相信我。」

「我相信你不會有問題的。」

他聽起來不像在嘲諷。我拭去眼淚，然後看了看面紙。見到面紙上沾了不少眼影，我不禁發出一聲顫抖的嘆息。

「你看起來很不錯。」這是他對我說過最好的一句話了。

我開始用手拍打著牆壁，試著找出通往另一個空間的入口，或者至少是通到女廁的門。只要可以離開他就好。他把手插入頭髮裡，臉上的表情因為焦躁而有點扭曲。

「我不應該吻你的。好吧。我的行為太愚蠢了。如果你要向人資投訴的話——」

「那就是你擔心的問題？你怕我去投訴你？」我的聲音大到酒吧裡的客人都轉過頭來。我做了一個深呼吸，當我再度開口時，我已經冷靜多了。

「你已經徹底讓我崩潰了，崩潰到當一個男人告訴我我很漂亮的時候，我甚至都不知道該怎麼辦。」

他的神情蒙上了一層沮喪。

「那就是我為什麼哭的原因，因為丹尼告訴我說，我是個漂亮的女孩，結果我卻差點從吧檯椅上摔下來。你把我毀了。」

「我……」他開口要說話，但是卻什麼也沒辦法說出來。「露西，我——」

「你沒有辦法再對我做什麼了。今天你贏了。」

從他臉上的表情看起來，我想我給了他重重的一拳。他的影子沿著牆壁漸行漸遠，最後終於消失了。

7

我在早晨的時候打了電話給伊蓮娜，告訴她我並沒有宿醉，不過因為一些私人的事情，我會晚一點才進公司。她很好意地叫我要休息，並且叫我休一天假。

好好休息，然後把你的工作申請書完成，親愛的，因為明天就是最後一天了。

我錯過了淡黃色襯衫的一天。當未出生的嬰兒性別被保留到最後一刻作為驚喜時，嬰兒房牆壁的顏色就會被漆成中性的淡黃色。那就是我懦弱靈魂的顏色。

昨晚，當喬許帶著一臉罪惡感和懊悔離開之後，我整理好自己，又回到了吧檯和丹尼坐在一起，試著挽救剩下來的時光。丹尼和我有著一些共同點。他的父母有一座休閒農場，因此，當我對他透露我是在草莓園長大的時候，並沒有招來一般人會有的那種揶揄和傲慢的鄙視。

那讓我有了勇氣比平時多聊了一些這方面的事。我們交換著農場的生活故事。我看著他臉上彷若雲朵般變化的表情。我們在酒吧裡待了好幾個小時，就像老朋友一樣地說說笑笑，自在到宛如一雙拖鞋的左右腳。

我應該要感到開心和興奮的。我應該要再修飾一下我的申請書。我應該要考慮第二次的約會。結果，我卻只做了一件我不應該做的事。我閉上眼睛躺在床上，反覆地想著那個吻。

奶油蛋糕，如果我們在調情的話，你會知道的。

也許他忘記我是露辛達．哈頓、是想要討人喜歡的草莓奶油蛋糕，而因為他，我變形成為了另一種不同的東西。一個封閉的空間、不同的妝容、我的短洋裝，還有我清新的香水。在我們從十樓到地下室的這段路程裡，由於一瞬間的瘋狂錯亂，我變成了他男性慾望的對象。而他之於我也一樣。

我需要測試一個我已經想了好一陣子的理論。什麼理論？一陣子是多久？如果我是某種人體實驗的話，他也可以禮貌地告訴我他的結論。

當我想到他的牙齒輕咬著我的下唇時，我的雙腿之間不禁繃緊地顫抖了起來。當我想到他的手撐在我的大腿後側時，我不得不伸手去觸摸他手指曾經停留過的地方。至於他結實壯碩的身體？想到這裡，我可以暫時停止一下呼吸。我很好奇我對他來說是什麼味道。我對他來說是什麼樣的觸感。

下午三點鐘，當我還穿著睡衣散漫地在家裡遊蕩，被即將來臨的申請大限所麻痺時，門鈴突然響起的一陣蜂鳴聲讓我嚇了一大跳。第一個出現在我腦子裡的想法是，喬許來拖我回去工作了。沒想到是一名快遞送來了一束花。一大束的紅玫瑰。我打開花束上的小信封，裡面的卡片上寫著幾個字。

你向來都很漂亮。

卡片末端沒有署名，不過也沒有那個必要。我可以想見珍妮特帶著柔和的表情，把一張寫著我詳細地址的即時貼交給丹尼時還不忘說，你不是從我這裡拿到的。即便人資的女生們也會為了愛而打破規則。

我立刻發了簡訊給他：非常謝謝你！！

他幾乎立刻就回覆了我：昨晚我過得很開心。我會很想再和你見面。

我回覆他：當然！

我站起身，雙手扠在臀上看著眼前的花束。我的信心大增，這花來得真是時候。我轉過身重新面對著電腦。這份工作會是我的。喬許只能走人。

「來吧，把申請書搞定吧。」

週五我走進辦公室的時候，他在我眼角裡只是一抹模糊的芥末色。我把外套掛好，直接走進了伊蓮娜的辦公室。這是她第一次這麼早到。我真想把她擁入懷裡、好好捏捏她。

「我來了。」我告訴她。她招手示意我進去，我走了進去，把辦公室的門在身後關上。

「你收到了嗎？」我點點頭。

「喬許的也收到了。目前為止還有兩份外來的申請書。你的約會怎麼樣？你還好嗎？」

她總是鎮定自若。她今天穿了一件西裝外套，裡面搭配了一件可能是純絲綢的襯衫，襯衫的下襬塞進了羊毛裙裡。對伊蓮娜來說，沒有什麼比棉布更普通的了。我希望她死的時候，能把她的衣服都遺留給我。

我在椅子上坐了下來。「還不錯。丹尼·佛雷契是設計部門的。我希望這沒有問題；他下週就要離職改當自由接案者了。」

「真可惜。他工作的表現不錯。和他交往應該不是問題。」

我的思緒裡閃過在電梯裡親吻喬許的畫面。好吧，那才是個問題。

「不過，發生了其他的事。」伊蓮娜猜測著說。

「我在約會前和喬許發生了很大的爭執，那讓我很心煩。我醒來的時候覺得情緒很不穩定。我覺得如果我來上班的話，我們兩個可能會全身浴血地被護理人員用擔架推出去。」

伊蓮娜懷疑地看著我。「你們為了什麼爭執？」

也許，對伊蓮娜發洩我私人的問題並不是什麼好主意。這樣會顯得我很不專業。我的臉頰在發燙，通常，在我無法編出任何謊話的時候，我就直接省略了重點。

「他認為我說我有約會是在說謊。我真是太遜了。」

「真有趣，」她緩緩地說。「你一直認真在想這件事嗎？」

我聳聳肩。我只是想到睡不著而已。

「我對自己感到很沮喪，因為我讓他惹惱了我。你不知道坐在他對面、試著抵抗他經常性的攻擊有多難。」

「我有個想法，叫做邊緣政策，親愛的。」她用大拇指指了指牆壁。

她是吐露秘密的最佳人選。貝克斯里先生現在就在她牆壁的另一端，密謀著暗殺她的各種方法。她沿著我的視線看過去。只聽到隔壁傳來了一陣微弱的、彷彿吹喇叭似的擤鼻涕聲、一聲屁響，還有一些咕噥的抱怨。

「他為什麼覺得你在說謊？而他覺得你說謊又為什麼讓你那麼沮喪？」伊蓮娜在她的平板上畫下螺旋狀的圖案，我覺得自己好像被催眠了。此刻的她變成了我的諮詢師。

「他覺得我根本就是個笑話。他總是嘲笑我父母的職業。我相信他同樣也會嘲笑我念的學校、我的衣服、我的身高，還有我的臉。」

她耐心地點點頭看著我，試著要解開這些複雜的思緒。

「知道他是那樣看我的，讓我感到很煩惱。那就是困擾我的地方。我只是希望他能尊重我。」

「你向來都被公認是受人喜歡、而且容易親近的，這也讓你為自己感到驕傲。」她補充說道。「每個人都喜歡你。他是唯一一個抗拒你的人。」

「他以摧毀我為目標。」也許我開始有點太戲劇化了。

「你對他也是。」她指出了事實。

「是的。但是我並不想成為這樣的人。」

「今天不要和他有互動。你可以到三樓那間空的辦公室工作幾天。我們可以把電話線接過去。」

我搖搖頭。「聽起來很吸引人，不過不用了，我可以面對的。我今天會草擬季度報告，不理會任何人。我會忘掉他的存在。」

我還記得他的嘴是什麼味道。我呼吸著他吐出來的熱氣，直到我整個肺都是他的氣息。他的氣息就在我體內。他在那個空間裡的兩分鐘內教我的事，是我這一輩子都沒有學到過的。忘記他的存在將會是個挑戰，不過，這份工作原本就充滿了挑戰。

我輕輕地關上伊蓮娜的門，然後振作起精神。我一轉過身就看到他在那裡，佝僂地坐在他的辦公桌前面。

「嘿。」這是**你好嗎**的巴結版嗎？

「哈囉。」我僵硬地回應，然後踩著我的小高跟鞋走向我的桌子。

他接下來說的話讓我嚇了一跳。「我很抱歉。我真的、真的很抱歉，露西。」

我相信他。他轉身離開酒吧時，臉上那副赤裸裸的表情，讓我連續兩個晚上都幾乎無法睡著。現在，時候到了。我可以把我們的關係拉回到我們平時的樣子。我可以攻擊他；他也可以回擊我。但是，我不想成為那樣的人。

「我知道你很抱歉。」我們兩人幾乎都在微笑，也都在看著對方的嘴，那個吻的鬼魂在我們之間叮噹作響。

他今天不是那個毫無瑕疵的自己。他看起來有點不修邊幅，也許是幾個晚上沒睡好造成的。他的芥末色襯衫是我見過最醜陋的顏色。他的領帶打得很糟，下巴也被鬍碴罩上了一層陰影。他的頭髮亂七八糟，其中一邊還長了一支惡魔的角。他今天活像個佳茗人。他看起來很神聖的樣子，而此時，他正帶著充滿回憶的眼神看著我。

我想跑開，直到我的腿再也跑不動為止。我想用我的手臂把他桌上的一切都掃到地上。我可以感覺得到自己的衣服正觸碰到我赤裸的肌膚。那也正是當他看著我時，他的眼神讓我所感受到的。

「讓我們放下武器，好嗎？」他說著舉起雙手，示意著他並未武裝。他的手大到足以圈住我的腳踝。我吞了一口口水。

為了隱藏我的尷尬，我假裝從我的口袋裡取出一把槍丟到一邊。他把手伸向肩膀上假想的肩套，取出槍放在他的行事曆上。我也從大腿上拔出一把隱形的小刀。

「全部都要。」我指著桌子底下。他彎向腳踝，假裝從腳踝的槍套拿出一把手槍。

「這樣好多了。」我陷入我的椅子裡，然後闔上了眼睛。

「你實在太詭異了，奶油蛋糕。」他的聲音聽起來算不上不和善。我強迫自己睜開眼睛，然而，那個**互瞪遊戲**差點殺了我。他的眼睛宛如孔雀胸前的羽毛般湛藍。一切又改變了。

「你打算去向人資投訴我嗎？」

我覺得自己的胸口彷彿被痛苦地拗了一下。原來，這就是他之所以看起來這麼糟的原因。他昨天過得坐立不安，以為我一回來，他就會被保全人員押出這棟大樓。我空著的辦公桌一定把他嚇死了。他坐在那裡，想像著自己因為性騷擾一名嬌小的女子而被關進大牢的那一刻。我現在明白了。我真是蠢到家了。

「不會。不過，我們可以永遠不要提起……這件事……不要再提起？」我的聲音有點沙啞。

我並沒有用投訴的可能性來嘲笑他，相反地，我把他從魚鉤上放走了。我向我想要成為的那個人又邁進了一步。但是，他卻皺著眉頭，彷彿他受到了深深的侮辱。

「那就是你想要的？」

我點點頭，我真是個小騙子。我只想要親吻你，吻到我睡著為止。我想要鑽進你的床單，弄清你的腦子裡在想什麼，看看你的衣服底下是什麼面貌。我想讓自己為了你變成一個傻瓜。

貝克斯里先生的門是打開的，因此，我盡可能平靜地說：「我快嚇死了。」

他可以看出這是事實。我的雙眼看起來既絕望又誇張。他點點頭，那就好像是：Ctrl+Alt+Del。那個吻從來沒有發生過。

我祈禱著出現什麼改變注意力的事。一場消防演習；茱莉打電話給我，說她又不能在期限前把報告交給我。不過，我不是唯一一個祈禱地板會崩塌的人。

「你的……約會結果如何？」他的聲音微弱，指節發白。要對我態度好一點似乎需要很大的力氣。

「不錯。我們有很多共同點。」我試著打開我的電腦，卻徒勞無功。

「你們兩個個子都很小。」他對自己的電腦皺著眉，彷彿這是他所經歷過最糟的對話。和我當朋友顯然並不容易。

「他甚至沒有嘲弄我關於草莓的事。丹尼……人很好。他是我喜歡的類型。」我只能想到這些來說。

「所以，人很好就是你想要的。」

「那是每個人都想要的。我父母不知道求了我多久，要我幫自己找個好人。」我讓自己的聲音保持輕柔，不過，一股希望的泡泡在我的心裡浮現。我們正在像朋友一樣地講話。

「好人先生有開車送你回家嗎？」

我知道他在問什麼。「沒有。我叫了計程車。自己回家的。」

他重重地吐了一口氣。他疲憊地揉揉臉，然後透過手指看著我。「我們現在應該玩什麼遊戲？」

「玩**正常同事**的遊戲怎麼樣？或者**友誼遊戲**？我一直很想試試這兩個遊戲。」我抬起頭，屏住了呼吸。

他坐直了身體怒視我。「不管哪一個都只是浪費時間而已，你不認為嗎？」

「好吧，哎呀。」如果我帶著嘲諷的語氣，他就不會以為我是認真的。他打開他的行事曆，手上拿著鉛筆，開始寫下一堆註解，看得我頻頻眨眼。我轉而看著我的電腦，我不能再繼續在乎他那愚蠢的行事曆了。他的鉛筆，我的間諜實驗。這些在這一刻都結束了。這都只是在浪費時間。

我告訴自己要開心起來。

今天是偉大的黑色襯衫日。在你的日記裡記下這一天。告訴你的孫子關於今天的故事。我把眼光挪開，但是它們一下子就又轉回去了。在那件黑色襯衫下的是連老圖書館員的眼鏡都會起霧的胴體。我想，我的內褲現在大概捲得像著火的紙張了吧。

那個我從來也沒想過的吻發生至今已經一個星期了。貝克斯里和佳茗的字母部門員工彷如一群放牧的牛羊般被趕上巴士。

「免責聲明，」喬許在大家把免責聲明塞進他手裡時，一遍又一遍地說著。「免責聲明給我。現金給露辛達。喂，這還沒簽名。把名字簽上。免責聲明。」

「露辛達是誰？」隊伍後面有人在問。

「現金交給露西。就是這裡這個超級小號到不可思議的人。看到她的頭髮和口紅了嗎，她就是露西。」

我知道等一下有人會被漆彈打到千瘡百孔。隊伍往前擠過來，我幾乎就要被壓平在巴士上了。

「喂，我可沒叫你們把她踩平。」

喬許把他們全都往後趕，讓我像個保齡球瓶一樣，重新在他旁邊平衡站好，我可以感覺到他的體溫穿透了我的衣袖。茱莉突然碰了碰我的手肘，讓我差點沒嚇死。

「前幾天沒能趕上交報告的期限真是抱歉。我真等不及能在晚上好好睡上一覺了。我現在就像個殭屍一樣。」

她把她的二十元交給我時，我看到她指尖上的法式指甲，下意識地把我那有點參差不齊的指甲握進了掌心裡。

「我希望你可以幫個忙。」當她對我說話的時候，我可以透過她的肩膀上方，看到喬許正像衛星一樣地斜側著耳朵，想要聽清楚我們的對話。

「噢，幫什麼忙？」我的胃已經在往下沉了。

「我姪女十六歲了，她需要實習。她學校的諮詢師認為實習有助於她擴展視野。她不能蹺課、整天都在睡覺，你知道嗎？青少年對工作都沒有概念。」

「你可以去找珍妮特，她可以幫你做些安排。」我一邊說著，一邊收下其他人的錢。「實習生都想和設計部門一起工作。」

「不，我希望她跟著你實習。」

「我？為什麼？」我突然湧起跑開的衝動。

「你是這裡唯一一個能對她有足夠耐性的人。她有點自以為是。」

這意味著我會成為世界第一人，不過，我很希望喬許能介入我們的談話。發生點什麼事吧。

拜託。我努力發射出訊號，但是他的衛星耳朵並沒有在接收。喬許，求救，求救，只要你介入的話，我會為你做任何事。

「她有很多問題。嗑藥，還有其他一些事。拜託，你可以幫忙嗎？那對她母親意義重大，而且這也許能讓她重回正軌。」

「呃，我能考慮看看嗎？」我把眼光從喬許身上撤回，他已經放棄偷聽，轉而把手扠在腰上直接面對著我們。

「我現在就需要知道。她半個小時內就要和學校的諮詢師碰面。她得要把事情安排好了。」茱莉看著我，嘴角露出期待的微笑。

「她要實習多久？一天嗎？」

茱莉往前踏了一部，用她漂亮的手把我的手都捏疼了。

「她會在下次學校放假的時候實習兩週。你真是個甜心。謝謝你。我現在就簡訊告訴她。她一定不會高興，不過你會讓她改變看法的。」

「等一下。」我才要說話，但她已經爬上巴士了。

「真是太好了。你知道我會怎麼告訴她嗎？」喬許說道。

我舉起一隻手伸進頭髮裡。我可以感覺到頭皮在發燙發刺。「閉嘴。」

「我只會說一個字。很簡單，你下次應該要試試看。跟著我說：不。」

「嘿。」丹尼加入了隊伍，帶著一臉笑意地對我說道。

「不。嗨。」我露出自己最可愛的笑容。我希望他漂亮的淡金色皮膚上已經擦了防曬霜。

「你來了。我猜，漆彈是慶祝你上班最後一天的好方式。」

「是啊，會很好玩的。蜜雪兒說我不需要來，不過我想來。我們部門還幫我辦了一個告別午餐會呢。」

他說的大部分我都知道；我們一整個星期裡都有郵件往來，我也幫忙他搬了一些箱子到他的車上。這幾天來，我電腦螢幕的工具欄裡那個小小的信封圖標，不時為我帶來了一些小小的興奮。一整個早上我都覺得很熱、很焦躁。頭重腳輕。我一定是心動了。

「免責聲明。」喬許插嘴說道。丹尼把聲明交給他，但是眼光卻依然在我身上。

「我喜歡你頭髮今天的樣子。」丹尼的話讓我受寵若驚地低下了頭。這樣對我說就對了，因為我對我的頭髮感到莫名其妙的自豪。我的潤髮乳每盎司的價值可能比古柯鹼還要高。

「謝謝，不過有點亂。我想是天氣太潮濕了。」

「噢，我喜歡它有點亂的樣子。」丹尼說著，碰了一下散落在我上臂的幾縷髮絲。我們四目相對，然後開始發笑。

「你當然喜歡了，無恥的傢伙。」我搖搖頭。

「把錢交給她，然後上車。」喬許慢慢地說，彷彿丹尼是個頭腦簡單的人。他們不太友善地看了彼此一眼。我收下他的二十元，然後回給他一個噴射火焰般的笑容。

「想要和我一隊嗎？」

「好。」在我回答的同時，喬許也吼道，不行。他向來很擅長說那個字眼。

「隊伍都已經事先分配好了。」他怒聲說道。丹尼給了我一個眼神，很明顯地在說，他有什麼毛病？

「我希望——」丹尼才要開始說，但喬許立刻就擺了個臉色給他看：不管你想要幹嘛？都不可以。當隊伍裡最後一個人給了我他的二十元之後，現場就只剩下我們站在一種緊繃的詭異氛圍裡。

8

「我稍後再找你。」丹尼向我保證，然後便上了巴士。我不怪他。因為喬許雙手交叉在胸前，活像個夜店的保鑣一樣。

「你剛才是在幹嘛？」我問喬許。他只是搖了搖頭。

伊蓮娜和貝克斯里先生開著他們自己的保時捷和勞斯萊斯和我們在目的地會合。當然了，他們不會參加團建的活動。他們打算坐在他們的陽台上，啜飲著咖啡俯視漆彈場，並且對彼此表示厭惡。

「我們走吧。」喬許說著，把我推上了巴士。車上只剩下兩個座位，正好就在最前面。喬許事先用計分板佔了位子。丹尼只得從座位上探出身，遺憾地聳聳肩。

喬許事先發了郵件給各部門，指示大家在午餐的時候換上自己的舊便服。那種即便被毀了也不在意的衣服。我穿了一件緊身牛仔褲和彈性伸縮的復古貓王T恤。這件上衣原本是我父親的。他穿起來就像是把麥克風貼在嘴邊、肥嘟嘟的貓王。T恤寬鬆地斜掛在我的肩上，我希望這身裝扮能讓我看起來像音樂節上的凱特．摩絲❹。從喬許看到我的表情來分析，我看起來大概像個可悲的失敗者。不過，他對我翡翠綠的運動內衣吊帶卻行了注目禮。這點我很確定。

❹ Kate Moss，英國超模。

喬許也換上了便服。當他像個零售店助理般地把他上班穿的黑色襯衫放在他的小桌板上，煞有其事地摺疊整齊時，我在他對角的牆上看到了自己的倒影：一個目瞪口呆、好色的笨蛋。首先，喬許穿上了一件牛仔褲。整件褲子破舊不堪，上面還有淺藍色的斑點，當他坐下來的時候，褲子緊緊地繃在他的大腿上。我不能怪那件牛仔褲。

其次，他穿了一件T恤。當他彎身的時候，那身柔軟的舊棉布完全和他的身體融為了一體。T恤底下的身材……衣服的袖子隨意地捲在二頭肌上，讓我看得……不過，他平坦的腹部還是最讓我……他金黃色的膚色就像——

「我能幫你什麼嗎？」他一邊把T恤拉平一邊問我。我的目光掃過他手後面的身體。我真想把他的T恤揉成一團丟到碗裡，然後用甜點勺把它吞進肚子裡。

「我完全沒想到你會穿……」我朝著他出色的身材隨便做了一個手勢。

「你以為我會穿Hugo Boss，呃？他們不是設計納粹制服的嗎？」

「Hugo Boss射漆彈嗎？」

「露辛達，我發誓。」他說著把眼睛閉上了足足一分鐘之久，還捏住了自己的鼻梁。我發誓他是在忍住不要笑，或者不要尖叫。

我看著他，吐出舌頭，對著他說，「嘚～」但他並沒有崩潰。我大受打擊地眺望著其他座位，直到瞥見丹尼那一頭亂髮。我們互相招手，並且同時做了一個鬼臉，表示我們對坐在自己旁邊的人有多麼地不滿。然後我突然發現，我的胸部距離喬許的頭大概只有幾吋的距離，於是我趕緊在座位上坐了下來。

「你和他？越來越可悲了。」喬許煩躁地說。

這個字眼深深地傷害了我。可悲。他以前也這樣說過我。我們又繞回了我們最舒適的老位置。我曾經很好奇，經過了那個吻、那些眼淚、他眼裡出現的傷痛、他的道歉，以及從那時候起蔓延在每一天裡的沉默之後，事情會怎麼發展。

根據喬許的說法，我們又回到了彼此憎恨的處境，而我快要撐不下去了。我不能再繼續下去。那太讓我耗盡心力了。曾經像呼吸一樣容易的事，現在卻變成了像爬坡一般的疲憊。我太累了。我的心好痛。

「是啊。我是很可悲。」我看著前面的道路，**互瞪遊戲**開始了，但是只有單方在進行。我不想理他。除了司機之外，沒有人看得到我們，如果她想要看的話，不過她得要專注在交通狀況上。

「奶油蛋糕。」

我無視於他。

「奶油蛋糕。」

「我不知道有誰叫那個名字。」

「和我玩一下。」他在我耳邊輕聲地說。我轉過臉面對他，試著平穩我的呼吸。

「人資。」我努力說出這個字。他的臉那麼靠近我的臉，我可以聞到他的呼吸，那股薄荷甜味的熱流。我可以看到他虹膜裡的那些小條紋，那些黃色和綠色的小火花。那一片汪洋般的藍讓我想到了銀河，想到了那些小星星。

「你的玫瑰還活著嗎？」

有什麼是這個男人不知道的嗎？我試著不要去注意我們稍微碰在一起的手肘。手肘不是敏感地帶。至少我覺得不是。

「你從誰那裡聽來的？」

「每個人都知道丹尼．佛雷契是你的夢中情人。玫瑰，還有諸如此類的東西。還有公司廚房裡的兩人燭光午餐。」他看著我的嘴，我下意識地舔了舔自己的唇。他又看了看我胸罩的肩帶，讓我不由自主地併攏了膝蓋。

「誰是你的消息來源？」

他的眼睛越來越深沉。藍色的眼珠逐漸被瞳孔所吞噬，讓我想起了他在電梯裡的眼睛。殺人的眼神、激情的眼神、瘋子的眼神。

「內部消息來源嗎？就像雜誌追蹤名人那樣？你是名人嗎，露辛達？」

「我不知道你怎麼會知道那麼多。」

「我有洞察力。我知道所有的事情。」

「你知道我的臥房裡有玫瑰，為什麼，因為肢體語言嗎？讀心術嗎？你實在太會扯了。也許你是透過遠程望遠鏡從我窗戶裡看到的。」

「也許我在你對面有一戶公寓。」

「你是希望你有吧，你這個討厭鬼。」我已經開始覺得背脊在冒汗了。如果他真的在我對面買了一戶公寓的話，那麼，坐在黑暗中對著望遠鏡看的人也許會是我。

「嗯，花還活著嗎？」

「枯萎了。我今天早上只能把它們給丟了。」

他的手緩緩地、輕柔地滑過我的手臂，把我的雞皮疙瘩都壓平了。他的手很冷，讓我不自主地抬起頭來看著他的臉。他又在皺眉了。

「你摸起來好熱。」

「是啊，我本來就很火熱，這還用說嗎。」我諷刺地把手臂挪開。巴士突然轉彎，一陣暈眩向我襲來，讓我覺得視線模糊，一股噁心的感覺也在我的胃裡翻攪。我不會生病的。這可能是我的身體對於工作申請過程的壓力、對於那個吻，以及喬許眼裡那份帶著殺意的寒光所出現的反應。

「期待慘敗嗎？」

我盡最大的可能做出反擊。

「我會殲滅你的。**憎恨遊戲**。你和我的對決。這是能夠結束這一切唯一的方法。」

「是啊。」喬許咆哮了一聲，唐突地起身跪在他的座位上，準備對全車的同事說話。每個人都不情願地停下了交談，我感覺即將要發生一場暴動。

我也跟著跪在座位上，然後對每個人招招手。他們都回以微笑。善良的小警察，全宇宙都鄙視的警察。我注意到佳茗人都坐在左邊，貝克斯里人則都在右邊。

「今天總共會有六輪的挑戰。」喬許開始宣布。

「七輪，如果你們把他也算進去的話。」隨著我的補充，底下發出了一些暗笑。他則對我皺了皺眉頭。

「總共有六支隊伍，每隊四個人。每輪挑戰你們都會換到不同的隊伍。目的是在一個戶外的、活潑的環境中認識你們的同事。身為同一隊的隊友，你們得想出讓你們先行搶得旗子的策略。」

巴士裡一張張茫然的臉讓他重重嘆了一口氣。「不會吧？沒有人玩過漆彈遊戲嗎？你們得在對方隊伍奪下你們的旗子之前，先搶到他們的旗子。主要的規則是，不得把漆彈射在掌旗者的身上，或者彼此的臉上，或者胯下。」

真該死，那正是我一直想做的。

「瑪琳恩、提姆、菲歐娜、凱瑞，你們是掌旗者。你們要在旗子旁邊的制高點評估各隊參與的狀況。如果你們願意的話，甚至可以幫他們評分。」

我有點佩服。原本我還有點擔心，無法想像他們四個在漆彈場裡挪動著他們沉重的、疼痛的、高齡的身軀。在喬許把四個記分板發給他們的時候，凱瑞和瑪琳恩煞有介事地對彼此點了點頭。我真希望他之前有和我討論過這些。他把一切都掌握在自己手中，對此，我一點都不高興。

「在遊戲結束之後，我們會在陽台集合喝咖啡，討論我們今天從彼此身上學到了什麼。」說完，他又滑回了自己的座位。

「有沒有問題？」我環顧了一下，只見有幾隻手舉了起來。

「我們有防護服嗎？」

喬許低聲地碎唸著什麼，聽起來像是在說他媽的智障。我替代他給了回答。

「你們每個人都會拿到一件防護裝和一個頭盔，來保護你們的眼睛和臉。」我感到喬許的嘆息從我的臂邊滲進了我的T恤。

「請說。」我指著另一隻舉起來的手，安迪隨即把手放了下來。

「被漆彈打到有多痛？」

「很痛。」喬許在座位上回答。

「記住了，各位，我們的目的不是要傷害彼此。」我往下瞄了喬許一眼。「不管你們有多想這麼做！」

「你們兩個是敵對的隊伍嗎？」巴士後面有人叫道，引起了一陣笑聲。

我們憎惡彼此的聲名已經有點失控，這其中絕大部分都是我的錯。我得停止這些憎恨喬許的玩笑。

「這是為了讓我們團結在一起。到了某個時候，我們彼此都會在同一支隊伍裡。即便喬許和我也會在今天找到一些共同點。總之，大獎來了！」每個人聽到大獎都正襟危坐了起來。

「獎品是，」喬許在他的座位上打岔說道，「額外的一天休假。沒錯——帶薪休假。不過，你們得對你們的隊伍展現出卓越的貢獻，才能得到這個大獎。」

語畢，群體裡響起了嗡嗡的竊竊私語。帶薪休假一天。從牢裡放出來一天。這就像懸掛在他們頭頂上的一個中獎機會。

漆彈射擊場座落在一個小松樹園裡。硬邦邦的地面覆滿了塵土，樹叢也在瀕死的邊緣。一群烏鴉在頭頂上盤旋，發出不祥的嘎嘎聲。眾人在下車之後，鬆散地集結在大門附近。

一名穿著漆彈射擊迷彩褲的男子彷彿陸軍中士一樣地站在喬許旁邊。兩人都有著同樣高大、結實、海軍般的身形。也許喬許空閒的時候都是在這裡度過的。他們應該是同袍戰友，一起見證過在這塊不毛之地上發生過的漆彈廝殺。當他們帶著期待的目光雙雙注視著我時，我才恍然意識到我也應該站在最前面。

喬許示範著如何穿戴射擊裝和保護裝備，每個人也興致高昂地觀看。漆彈中士帶著訓練有素的耐心，回答著一堆愚蠢的問題。在拿到各自的服裝、頭盔和護膝之後，每個人都陸續完成了自己的武裝。我們是一群穿戴了專業配備要進行團建的成人，所以，我們很自然地花了幾分鐘的時間在模擬狀況，拿著我們的漆彈槍裝腔作勢，製造出各種音效。喬許和漆彈中士就像精神病院裡的看護般地看著我們。剛過完生日的艾倫假裝把我們都擊倒。「噗，噗，噗。」他用他的男中音連續發出了幾聲音效。「噗，噗。」

我在假想的小型衝突中爭先恐後地衝出一條路，然後開始感覺到自己的矮小和軟弱。我看著那一雙雙長腿和燃燒著漆彈魂的眼睛。也許局勢將會一觸即發。他們都會變成一群歹徒，佳茗人對抗貝克斯里人，漆彈槍也會被AK-47所取代。

汗水已經開始浮現在我的眉毛和上唇，而不管我胃裡正在翻騰什麼，都絕對不是什麼好現象。我的口紅像褪色的粉紅色冰棒漬痕，我的頭髮塞在了重重的頭盔裡。他們最小號的漆彈服對我來說都還嫌過大，以至於每個人看到我的時候都覺得好笑。真優雅、真體面。我得要很努力地專注，才能撐過這個下午。

伊蓮娜和我招了招手。她正站在一個瞭望台上，戴著一頂白色的鴨舌帽，搭配了一件米色線衫和白色的菸管褲，口中含著一根吸管啜飲著健怡可樂。只有伊蓮娜才會穿白色的衣服出現在漆彈場。貝克斯里先生不知道在吸著什麼，雙手交叉在胸口坐著，彷如一隻卡其色的牛蛙一樣。

「各位，玩得開心。」伊蓮娜喊著。「記住了，我們看得到你們！」於是，我們在她彷彿大哥般的叮嚀下開始了遊戲。

喬許唸出了第一支隊伍的名單，我就在這一隊裡。我們和我們的隊友安迪以及安娜貝爾一起站到前面。兩個佳茗人，兩個貝克斯里人。我們的對手名單公布了，也是同樣的組合。想必每一組他都這樣安排。

我應該要在上週針對隊伍組合的問題向他提出要求，然而，我卻無法克服我們之間的那份尷尬。加上我的企業休憩中心的企劃完全遭到了破壞，致使我對一切都興趣缺缺、悶悶不樂。他攔截了我的提案，那就讓他自己去計畫吧。

但是，當我發現氣氛越來越熱烈的時候，我意識到我偉大的團建想法，現在已經變成了他的功勞。我真是個大蠢蛋。

我瞥見拿著旗子的瑪琳恩。她嘴裡咬著一支筆，手裡拿著記分板，胸前還掛了一副望遠鏡，正開心地在揮手。她對她這份假裝重要的掌旗者工作相當地認真以對。

「我們的計畫是什麼，隊友們？」我看不到我們的敵人。

「要一起行動還是要分開？」安娜貝爾不確定地問。

「嗯。我想也許一起行動比較好，畢竟這是團建的挑戰。」我撐住一棵瘦長的松樹，暗自希望可以擦一下臉。這身裝束讓我覺得熱到就要昏倒了。

「我們應該挑一個人去奪取旗子，其他人則負責保護。」安迪提出了一個不錯的建議。

「我喜歡這個建議。誰要去？」

他們兩人偷偷地瞄著喬許，顯然很怕他。不知道為什麼，頭盔在他頭上看起來一點都不蠢。他戴著手套的手看起來大到足以擊破一道磚牆。他應該被微型化，然後放在玩具店裡賣給那些有暴力傾向的小男孩。

「安娜貝爾，」喬許做出決定。「如果她被漆彈射到的話，那我們就按照名字的字母順序，繼續推派剩下的人去拿旗子。」

太好了。這代表著順序會是安迪、喬許，然後才是露西。基本上，那就沒人保護我了。我們魚貫衝出，尋找著掩護。安迪看出我逐漸升高的慌張，便友善地對我笑了笑。「我們都會照顧你的，露西，別擔心。」

我知道喬許一定會想辦法扯我後腿。我得在這場漆彈的槍林彈雨中衝鋒陷陣，然而，我卻不能把漆彈槍瞄準他，直到我輪換到另一隊為止。

一陣號角聲震耳欲聾地響起，我手腳並用在地上笨拙地往上爬，但鬆動的泥土卻讓我往下滑。我搶在隊伍的最前方。基於我們的策略，這很合理。我會在前面偵察。我是最不重要的隊員。

我的手臂似乎無法好好撐住我，結果我只能肚子貼地趴在了地上。安娜貝爾揮舞著風車般的手腳跑在我前面，完全沒有策略，也沒有躲藏。我跪起來，試著把她叫回來。一隻手突然掐住我的小腿，我立即就被往後拖了一下，直到喬許拿著槍趴倒在我旁邊。他對我做了個手勢示意我躺下。

「別這樣。」我小聲地噓他。

「如果你像那樣冒出來的話，你的臉就會被射到。」

「那你幹嘛不讓我的臉被射到？」

他的手橫跨在我背上，緊緊地把我壓到地上。在我腦子裡某個私密的角落，我願意承認他的手落在我背上的重量很誘人。我們衣服上的銀色纖維開始在閃閃發亮。

「你是怎麼了？」

「沒什麼。」我企圖扭開。

「你看起來糟透了。」

「謝謝。我們得要掩護安娜貝爾。」我慢慢爬起來，只見她在細長的松樹樹幹之間尷尬地跌跌撞撞，行蹤完全暴露無遺。安迪則英勇地在她身後跳來跳去。遠處的旗子看起來就像個橘色的小碎片。

我站起來開始奔跑，喬許跟在我後面。我躲到一塊大石頭後面，看到了敵方隊伍的瑪琳恩。於是我舉起槍，射擊了幾輪，命中她的肩膀。她失望地發出一聲「噢」，然後便走開了。

當我看向喬許時，他臉上露出了一點佩服的神情。「夠狠。」

安娜貝爾不知道在哪裡。空氣裡充滿了爆裂聲、槍擊聲和痛苦的叫聲。在幾個短暫的回合後，我發現安迪蹲在地上，試著要綁鞋帶，但是胸前已經有了一大片漆痕。

「噢，安迪！」

他抬起頭，像一名知道自己即將死亡、肚子上黏糊糊的傷口正緩緩溢出鮮血的越南退役老兵一樣，眼神裡充滿疲憊地看著我。他抓住我的膝蓋。「去救她。」

他看太多動作片了，不過，從我內心逐漸膨脹的責任感和保護感來看，我也一樣。我會救安娜貝爾的。

「我要去喝可樂了。」安迪這句話一說出口，就破壞了這個氛圍。

我繼續奔跑。我喘著氣，護目鏡也跟著起霧。我聽到一聲爆裂聲，立刻就跳到一塊三角形的巨石後面，只聽到石頭在槍擊下發出了鼓聲般的咚咚響。我低頭看了看自己。目前為止，我身上還沒有沾上漆。有的話，我應該感覺得到。我又檢查了一下自己的腳。

「你沒事。」是喬許的聲音。我抬起頭，看到他正蹲在附近的一根樹墩後面。他用一種很酷的姿勢握著他的漆彈槍，槍口朝上直指天空。我試著學他的動作，槍卻差點掉到地上。

「呆子。」他根本沒必要這麼說。他的手腕一定很有力。

「閉嘴。」

安娜貝爾正蜷縮在一株可憐的、自殺式的樹苗後面。我看到她舉起槍，解決了敵軍隊伍的馬特。我不禁發出一聲輕快的喊叫，她聞聲立刻轉過頭來對我豎起了大拇指，然後開心地笑著招手示意我往前進。旗子就在三十碼外飄動。豈料，她的背部正中央突然中槍，讓她發出了一聲痛苦的尖叫。我不用看喬許，也知道他正在對著我搖頭。

「你先走吧，我會保護你。現在只剩下你和我了，老兄。年齡排在美色之前。」

「太好了。我死定了。」他快跑到我藏身的地方，檢查著他的彈藥，然後回頭張望。

「你父母是軍人嗎？」如果是的話就說得通了。嚴厲的舉止、俐落的手腳，還有不通人情的態度。沉溺於規則和順序。他所做的每一件事都講求整潔和節約。他欠缺朋友，也沒有聯結的能力。我敢打賭，他的父母一定經常派駐海外。他的床一定也收拾得很完美。

「不是。」他一邊告訴我，一邊檢查著我的槍。「他們是醫生。軍人。嗯，曾經是。」

「他們死了嗎？你是……孤兒嗎？」

「我是什麼？他們退休了。還活得好好的。」

「噢。你是本地人嗎？」我的槍口正托在地上。我實在太累了。我希望我能中槍。我需要休息。

「只有我和我哥哥住在這裡。」他對我皺皺眉，然後用他的槍敲了一下我的。「把你的槍舉起來。」

「你們有兩兄弟？老天救救我們吧。」我試著按照他所說的做，但是我的手臂完全沒力了。

「你會很高興知道我們一點都不像。」

「你常和他碰面嗎？」

「沒有。」他評估著我們前方的路線。

「為什麼？」

「不關你的事。」噓。

我可以看到丹尼正在樹叢之間潛行，他那一輪的隊伍也正在廝殺，一條分隔線隔開了我們兩邊的競賽。我朝著他揮了揮手，他也舉起一隻手回應我，臉上蕩漾著一抹笑意。喬許舉起槍來，精確地瞄準他的大腿後側連開了兩槍，然後嘲笑地哼了一聲。

「這在幹嘛？我又不是你們的敵人。」丹尼喊道。他呼叫著他的旗手，然後重新投入比賽，不過這次行動起來卻有點蹣跚。

「你沒必要那樣，喬許。你的體育精神太差了。」

我們繼續前進，他雖然彎著腰，腳步卻出奇輕盈地閃躲著一連串的射擊，並且把我撞到了一棵樹後面。旗子已經近在眼前了，不過，我們的對手還有兩人尚未出局。

「安靜。」我們同時小聲地說著，然後看著彼此。玩**互瞪遊戲**最糟糕的地點就是在漆彈射擊的現場。

我必須把我的頭盔往後仰、靠到樹上，才能抬起頭正視他。他眼睛的顏色是我從來沒有見過的。現場實戰的刺激感彷彿讓他通上了電。他轉過頭查看我們身後，立刻皺起眉沉下了臉。在如此殺氣騰騰的眼神下，我怎麼可能保持鎮定？

我們緊緊地靠在一起。我的皮膚立刻敏感了起來，當我往側面瞄的時候，我的眼角瞥見了他厚實且曲線分明的二頭肌。這讓我的心開始怦怦亂跳，想起了當他的手攫住我的下巴、托住它，讓我仰起頭迎向他的唇那一刻的感覺。當時他就像在品嚐什麼甜點一樣地嚐著我的味道。此刻，他又注視著我的嘴唇，而我知道，他也想起了同一件事。

9

「你在流汗。」喬許皺著眉頭。也許沒有吧。

我可以聽到一聲樹枝斷裂的聲音，因而知道有人正從我們身後逼近。我懷疑地揚起眉毛，而喬許則點了點頭。我的時機到了，他需要去搶奪旗子。我抓住他的漆彈裝一角，把他拉到我身後，讓他靠著樹。

「你幹嘛——」他在我身後正要開口，但我只是掃視著地形準備伏擊。我是手托著槍、眼神燃燒著復仇火焰的蘿拉．卡芙特❺。我可以看到敵人躲在桶子後面的手肘。

「快走！」我喊了一聲。手指在厚重的手套裡摸索著扳機。「我來掩護你！」

事情立刻就發生了。噗，噗，噗。疼痛在我身上輻射開來——手臂、雙腿、胃、胸部。我慘叫著，但是射擊還在繼續，白色的漆不斷覆蓋在我身上。這根本是在趕盡殺絕。喬許俐落地改變了我們的方位，然後用他的身體擋住射擊。當他一連擋住了好幾記射擊、並且舉起手臂撐住我的頭時，我可以感覺到他身體所受到的震動。我可以讓時間靜止，就這樣小睡一會兒嗎？

他轉過頭，怒氣沖沖地對著我們的襲擊者大喊。射擊立刻停止了下來，我聽到賽門歡呼勝利的聲音在附近響起，隨即站在土堆上揮舞著旗子。該死。這是我唯一能做的事，但他甚至不讓我

❺動作冒險遊戲《古墓奇兵》主角。

去做。

「你應該要衝出去的。我是在掩護你呢。現在我們輸了。」另一波的噁心感幾乎把我擊倒。

「抱歉～」喬許嘲諷地說。羅伯把槍放低地走向我們。全身中彈的疼痛讓我發出了嗚咽的啜泣聲。

「抱歉，露西。我真的很抱歉。我有點……太興奮了。我常常玩電腦遊戲。」在看到喬許的表情之後，羅伯不禁後退了幾步。

「你真的打傷她了。」喬許生氣地斥責著他，一隻手則捧住了我的頭。他還把我壓在樹上，膝蓋抵在我的兩膝之間。當我往左看時，我發現瑪琳恩正在用她的望遠鏡看著我們。她放下望遠鏡，在她的記分板上不知道寫了什麼，嘴角隨即浮現了一絲笑容。

「走開。」我用力地推開他。他的身體既魁梧又沉重，我已經熱到要沸騰了，只想扯掉這一身漆彈服，躺下來讓身體降溫。當我們走回陽台下的出發點時，我們都已經氣喘吁吁了。我一跛一跛地走著，喬許則粗暴地拉著我的手臂，也許是想讓我走快一點。我看到伊蓮娜在前方拉下了她的太陽眼鏡。於是，我像卡通裡悲傷的貓咪一般地對她揮了揮手；喵嗚，喵嗚。

真是傷亡慘重。一堆人小心翼翼地壓著自己身上中漆的部位，不斷地發出呻吟。同樣的情況不斷地重演。我低頭看了一眼，發現自己衣服前面幾乎全都是漆。喬許的前面還好，後背則慘不忍睹。我們剛好相反。

當我脫下手套和頭盔時，喬許給了我他的記分板和一瓶水。我把水瓶舉到嘴邊，不過，水瓶似乎一下子就空了。一切的感覺都好詭異，我聽到喬許在問漆彈中士，他們是否有阿斯匹靈。丹尼穿過我們眾多的陣亡同袍加入了我的行列。我很清楚地知道自己看起來一定很糟糕。他看著我的衣服前面。「哎喲。」

「我全身都是瘀青。」

「我需要幫你報仇嗎？」

「當然，那就太好了。行政部的羅伯儼然就是扳機控。」

「有人會收拾他的。還有，那是怎麼回事，小約？你射中我的腿，但我可是在另一場的遊戲裡啊。」

「抱歉，我弄混了。」喬許對他說，不過，語氣裡完全沒有誠意。

丹尼用手擋在眼睛上方，而喬許則仰著頭對著天空假笑。其他同事若非步履蹣跚，就是搖搖晃晃，身上閃著漆痕的反光，不斷地發出痛苦的聲音，不知道接下來要怎麼做。一切很快就開始瓦解了。我查看了一下手上的記分板。我看到他在每一輪都把我編到了他的隊伍裡，或許是伊蓮娜的要求吧。她絕對不會知道的。她正在玩數獨遊戲。在宣布下一輪的名單組合之前，我很快地拿起鉛筆竄改一下。大家集合了起來，不過口中依然在頻頻抱怨。

「等一下，他們有急救箱。你最好整個下午都在旁邊休息。你看起來怪怪的。」喬許對我說道。我再度抬頭看向伊蓮娜，然後看了看身旁的其他人。我很快就可以領導這群人了。今天下午無庸置疑就是一場試演會，我絕對不會在此刻認輸。

「是啊，打從我們認識那天開始，你就一直在說我怪怪的，好好享受你的下午吧。」語畢，我頭也不回地走向我的新隊友。

我感覺到這像是我生命中最長的一個下午，不過，它卻也很快地就過去了。被跟蹤和監視的感覺讓人很不安，而在我們的小隊裡，我們確實很快就產生了聯結。當粉紅色的漆彈像大雨般落下時，我把會計部的昆堤斯推進了一個掩體裡。

「快！快！」當布莉姬大搖大擺地走向旗子時，我彷若特種部隊隊長般地咆哮著，然而，她的腳跟還是被一陣漆彈擊中了。我在第三次輪換隊伍之後搶奪到了旗子，不過，在那之後，我身體不適的程度卻越發嚴重。我知道自己對此感到洋洋得意實在很可悲，不過，我真的覺得自己好像登上了聖母峰。在隊友們興奮的尖叫聲中，高大的籃球健將莎曼莎——一名貝克斯里人——把我拎了起來，雙腳騰空地轉了一圈。我忍不住吐了出來。

我的手臂因為緊握槍枝而發抖。一切都感覺有點不真實，彷彿我隨時都會在一場午睡中醒來一樣。我頭頂上的天空就像一座銀白色的穹頂。

我看著圍繞在四周的臉孔，每個人的臉都在汗水下發光。我感到自己和這些人之間關係密切。我看到一個佳茗人和一個貝克斯里人在大笑聲中擊掌。我們的命運相連、休戚與共。也許喬許這個漆彈遊戲的想法終究還是不錯的。也許，要讓大家真正團結在一起唯一的方法，就是透過戰鬥和痛苦、衝突和競爭；也許，倖存下來才是重點。

總之，喬許在哪裡？除了在隊伍輪替的休息時間裡，整個下午，我都沒有看到他。在其他人潛行穿越樹叢的時候，我的眼睛會開始展現戲法。我會看到他蹲下來，重新上彈藥和射擊。我會看到他肩膀的線條，以及他背脊的弧度。然而，只要一眨眼，這些影像就變成了別人。

我一直在期待那致命的一槍。一抹紅色的油漆，直接命中紅心。

「喬許在哪裡？」我問了幾個掌旗者，每個人都只是聳聳肩。「喬許呢？」我問了每一個和我擦身而過的人。「喬許呢？」每個人的回答開始變得越來越簡短而且煩躁了起來。

儘管漆彈射擊的聲音仍然此起彼落，我還是忍不住拉扯著我身上的漆彈服。我徒勞無功地拉下領圈，讓汗濕的皮膚在涼爽的空氣裡暴露出半吋，但我立刻就吐了。除了水和茶之外，我沒有吐出什麼東西。今天中午我並沒有胃口。早餐也一樣。我踢了一把沙子，把吐出來的東西蓋住，再用手背擦了擦嘴。整個地球都在快速地旋轉，我只能用手扶著身旁的一棵樹。

當最後的號角聲響起時，空氣已經開始轉涼了，我們全都拖著沉重的腳步走回總部。每個人顯然都已經筋疲力竭，當我們剝開漆彈服時，全場都還在一片激動之中。每個人都不停地在抱怨。漆彈中士看起來好像正在權衡他生命的選擇一樣。看到喬許一隻手放在腰上地站著，我本能地舉起了槍。是時候了。

露西對陣喬許，徹底殲滅。

他走過來，對我的動作片姿勢完全無動於衷，只是默默拿走了我的槍。我把頭盔脫下，而他則走到我身後，手指滑進我汗濕的後頸。那就好像他碰到了一根通電的電線，我不禁發出了一陣怪異的咯咯聲。他抓住我的漆彈服拉鍊，直接沿著我的背拉下。我跳著腳讓衣服往下掉，然後把他的手拍開。

「你生病了。」他指責道。我不置可否地聳聳肩，逕自爬上樓梯，走向伊蓮娜和肥胖的小理查等候的地方。

「看來，有些團隊合作得很不錯。」伊蓮娜說著。我們發出微弱的歡呼，互相支撐著彼此。

我翻起T恤的一角，發現我的瘀青已經發紫了。咖啡的味道讓我感到反胃。我往前走到最前面。這場戲喬許已經主導了太久。我還可以搶救得了。

「我可以請我們的四名掌旗者起立，討論一下他們見證到的團隊合作和英勇的行為嗎？」

掌旗者各自陳述著他們的觀察，而我也試著挺住。很顯然地，蘇西引起了一陣騷動，因為在她的掩護下，她的隊友即便有所失誤，卻還能搶到旗子。

「我因此還中了四槍。」蘇西說著，皺著眉頭拍了拍屁股。

「不過，你是為了隊友而中槍的。」貝克斯里先生說著，從神智不清中恢復了過來，我開始懷疑他的恍神是因為處方藥造成的。「幹得好，小姐。」

「說到英勇的行為，」瑪琳恩一開口，我就感到了一股不安。「我們的小露西做了一件很了不起的事。」

一片歡呼聲立刻響起，我揮揮手婉拒了這份讚美。如果再有人叫我小、嬌小，或者超級小的話，我就會用空手道把他們斬成碎片。

「她今天至少幫一位同事挨了十槍，保護他免於受到某個行為有點過頭的同事襲擊。那個人我就不公布姓名了。」她說著刻意看著羅伯，羅伯則像一條帶著罪惡感的狗蹲到了地上。其他人也紛紛對他皺起眉頭。

「她站在她的同事前面，伸開雙臂，誓死保護他！」瑪琳恩一邊說著，一邊模仿著我的動作，她像稻草人一樣地張開雙手，身體像被漆彈打到似地震動著。她真是個好演員。

「而讓我驚訝的是，露西保護的人竟然是喬許．譚普曼！」

現場響起了一片爆笑。只見大家交換著揶揄的神情，還有兩個人資的女孩用手肘彼此互推了一下。

「不過──不過！為了保護她，他把她轉到另一邊去，而讓自己的背挨了好幾槍！保護她！這實在很了不起。」

又一個有趣的事實：瑪琳恩總是會在午餐時間在廚房看羅曼史。我逮到喬許的目光，只見他粗魯地用前臂擦拭著額頭。

「看來，漆彈今天把我們所有人團結在了一起。」我的話讓大家紛紛鼓掌。如果這是一集電視劇的話，那我們剛才就已經揭示了本集的警語：停止彼此的憎恨。伊蓮娜很高興，因為她的嘴唇正噘起了一抹會心的微笑。

帶薪休假的大獎頒給了蘇西，她深深地一鞠躬，接受了她那張假證書。黛博拉的相機捕捉到不少精采的動態照片，我請她發郵件給我，好運用在員工內部的時事通訊上。

伊蓮娜抓住了我的手肘。「記住，我週一不會進公司。我會在一棵樹下做冥想。」

眾人都往巴士走去，現在已經更難分辨誰是佳茗人、誰又是貝克斯里人了，這讓我感到很欣慰。每個人看起來都像失事的火車；一身髒兮兮的衣服，眉頭上滿是汗水。大部分的女生眼妝都擴散得像熊貓眼一樣。不過，儘管身體上並不舒服，但彼此卻萌生了一股友誼的新感受。

伊蓮娜和貝克斯里先生又像瘋狂賽車手一樣地疾駛離開。少數人的另一半來接他們回家，讓現場的車流掀起了一片灰塵。巴士司機在我們來到車旁時放下報紙，打開鎖上了的車門。

「麻煩等一下。」我對她說完，立刻跑進了室內。我直接衝進盥洗室，感覺到自己應該病得很嚴重。在我來得及感覺到自己的身體完全失去機能之前，盥洗室的門響起了一陣急遽的拍打聲。在我認識的人當中，只有一個人會這麼沒有耐性地敲門，而且敲得這麼煩躁。

「走開。」我對他說。

「我是喬許。」

「我知道。」我再度沖水。

「你生病了。我告訴過你了。」他輕輕地轉動著門把。

「我會自己回家。你走吧。」

門外一陣沉寂，我估計他已經走回巴士了。我又沖了一次水，然後洗洗手，把腿靠在水槽邊，直到噴出來的水濺濕了我的牛仔褲。貓王T恤濕答答地貼在了我身上。

「我生病了。」我對著鏡子裡的自己承認。我發燒了，眼睛因為升高的體溫而發亮。我看到自己變成了一片藍色、灰色和白色的組合。盥洗室的門在吱吱聲中被推開，我嚇得尖叫了起來。

「天啊。」喬許的眉頭糾結成一團。「你看起來糟透了。」

我幾乎無法讓眼睛聚焦。地板已經開始在我的腳下旋轉。「我沒辦法搭巴士回去了。我做不到。」

「我會打電話給伊蓮娜。她可以回來，她應該還沒走遠。」

「不要，不要，我不會有事的。她正要去一家養生休憩會所。我可以照顧得了自己。」他靠在門框上，眉頭深鎖。

我讓自己堅強起來，用手心捧了一點冷水淋在我的後頸上。我的頭髮早已從髮髻上散開，而且還黏在了我的脖子上。然後我漱了漱口。「好了，我沒事了。」

在我們走回巴士的路上，他用兩根手指夾住我手肘的關節，就像夾著一袋垃圾一樣。我可以看到一道道的目光，透過貼著隔熱紙的巴士車窗好奇地看著我們。我想到那兩個用手肘互相推著彼此的女孩，於是立刻掙開了他的手。

「我可以把你留在這裡，然後再回來接你，不過那得要花上一個小時，至少。」

「你？回來接我？那我可能得在這裡等一個晚上了。」

「喂。不要再用這種態度講話了，好嗎？」他被惹惱了。

「是啊，是啊。人資。」我說著搖搖晃晃地爬上了巴士。

「噢，親愛的，」瑪琳恩大聲地叫道。「露西，你看起來太可怕了。」

「露西！」丹尼從巴士後面叫著。「我幫你佔了個位子！」他坐在巴士很後面的位子，一眼望去就讓我產生了幽閉恐懼症。如果我坐到後面的話，我絕對會吐在每個人的身上。抱歉，我用嘴型對丹尼說著，然後在前座坐了下來，把眼睛閉上。

喬許把手背壓在我濕答答的前額上，我不禁發出了一聲嘶嘶聲。「你的手很冷。」

「不，是你太燙了。你得去看醫生。」

「現在幾乎已經是週五晚上了。這種機率有多大？我需要上床睡覺。」

回家的路上感覺很糟糕。我被困在了一段沒有止境、沒有標記的時間裡。我像一隻被裝在瓶子裡的小蟲，正被一個孩子拿在手上搖晃。巴士在路上晃來晃去，車子裡既燠熱又沒有空氣，我可以感覺到車子的每一次顛簸和轉彎。我把精神集中在自己的呼吸上、以及喬許的手臂抵住我手臂的感覺上。在某個急轉彎的時候，他用肩膀支撐著我，讓我可以好好地坐在我的位子上。

「為什麼？」我沒用地問道。我感覺到他聳了聳肩。

我們在B&G前面被放下車。幾個女人聚集在我身旁，我企圖想弄懂她們在說什麼。不過，喬許抓住我未乾的T恤後領，告訴她們沒事了。

他和丹尼則發生了激烈的爭辯，丹尼不停地問著我：「你確定嗎？」

「她當然他媽的確定。」喬許大聲地說。然後大樓前就只剩下我們兩個了。

「你有開車嗎？」

「傑瑞還需要一個星期才能把我的車修好。那個技師。我會搭公車。」

他把我往前推；我就像一個喘著氣、流著汗的木偶。我的嘴裡有一股酸味。他放開我的後領，將一根手指套進了我牛仔褲後面的皮帶環裡。我可以感覺到他的指節壓在我的股溝上方，讓我不禁大笑出聲。

通往地下停車場的階梯陡得可怕，我猶豫不決地停下了腳步，但他繼續推著我往前走，手也緊緊地從後面勾住我的褲子。他拿出他的門卡讓我們進了停車場，然後操控著我直直走向他的黑色跑車。我可以聞到車子的煙味和汽油味混合在空氣裡。我可以聞到所有的味道。我在一根桿子後面乾嘔，他遲疑著將一隻手放在我的肩胛之間，稍微揉了一下。另一陣噁心的感覺襲來，讓我不禁渾身發抖。

喬許引導我走到乘客座，然後把被我遺忘的包包扔到後座。他沒有發動車子，我瞥了一眼車側的後視鏡，只見到我的頭垂在一邊，顴骨上那兩抹深色的紅暈在汗水下閃閃發光，我的眼影也花掉了。

「好了，你會暈車嗎，奶油蛋糕？」他聽起來並沒有不耐煩，也沒有惱火，只是把我的車窗打開了幾吋。

「不會。也許吧。呃，有可能。」

「如果需要的話就用這個。」他說著給了我一個空的外帶咖啡杯，然後開始倒車。「告訴我去哪裡。」

「下地獄去吧。」我又開始大笑。

「原來你是從那裡來的。」

「閉嘴。左轉。」我導引他開往我的公寓。一路上，我閉上眼睛，數著自己的鼻息，試著不要吐出來，結果我還真了不起地做到了。

「到了。停在大樓前就可以了。」

他搖搖頭，我只能喪氣地帶他開到我空蕩蕩的停車位。他必須要幫我爬出車子，而我也只能癱軟地掛在他身上。我的臉頰暫時靠在了可能是他胸口的地方，手則抓住了他身上某個像是腰的地方。

他按下電梯的按鈕，我們各自站在電梯裡的兩邊，帶著我們上一次在電梯裡悶熱又汗濕的回憶，開始了**互瞪遊戲**。

「你那天的眼神就像連續殺人狂一樣。」我一定是把我的思考過濾器給吐掉了。

「你也是。」

「我喜歡你的T恤，很喜歡。穿在你身上很出色。」

他困惑地低頭看著自己。「這沒什麼特別的。我……我也喜歡你的。大到像一件洋裝一樣。」

電梯的門打開了。我踉蹌地走出電梯。很不幸地，他也跟了上來。

「我到了。」我靠在我的門上說著。他從我的包包裡拿出鑰匙，打開了門鎖。

我從來沒有見過有人這麼渴望被邀請到別人家裡。他把頭往裡面多探了一些。雙手撐在門框上，彷彿就要摔進門一樣。

「這和我預期的不一樣。沒什麼……顏色。」

「謝謝你，再見。」我推門走進廚房，拿了一只玻璃杯。然後直接對著水龍頭就喝起水來了。

「我想，我們可以找到一間在正常上班時間之外還營業的診所。」喬許在我身後說著，並且在我還沒把玻璃杯掉到地上之前，伸手把杯子拿走。他把我的烤麵包機直接推到了牆邊，隨即又為了化解尷尬的沉默而開始摺疊我的抹布。他用手指把沾在流理台上的一點麵包屑撿起來。噢，天啊，他是屬於那種愛打掃的人。他想要挽起袖子大掃除。

「很亂，是嗎？」我指著一只沾有口紅印的馬克杯。他渴望地注視著馬克杯，然後我們同時開始試著在狹小的空間裡閃過對方所在的位置。

「讓我帶你去看醫生吧。」

「我需要躺下來。那樣就可以了。」

「你希望我打電話給誰嗎？」

「我誰也不需要。」我驕傲地宣示。我伸出手要拿回我的鑰匙。他把鑰匙拿在手上，但卻是我構不到的位置。我不需要任何人來照顧我。我可以撐得過去。在這個世界上，我就是孤身一個人。

「孤身一個人在世界上？太戲劇化了。我會去藥房看看能幫你買到什麼。」

「是啊，是啊。週末愉快。」

當大門默默被關上時，我再次確認了我的公寓確實有點像災區，擁擠、而且有點缺乏色彩，是的。我父親把它叫做冰屋。我還沒有時間可以在這裡留下我個人的特色。我一直都太忙了。那個藍色小精靈的櫥櫃就佔據了起居室大部分的空間，櫃子裡特殊的照明也沒有打開。感謝上帝，喬許已經離開了。

我的床看起來就好像我一直在做著擾人的春夢一樣，不過，春夢這件事倒是真的。床單皺巴巴地纏在一起，而床的另一邊應該要睡著一個男人的位置卻散落著一堆書。吊帶絲襪的吊帶和小精靈圖案的內褲從抽屜裡探出來，彷彿漢堡裡的生菜一樣。我把喬許行事曆的影印本從我的床頭櫃上拿走，並且把它們藏了起來。

我沖了一個神奇、折磨人又永無止境的澡。我轉到冷水，水就冰到凍死人；轉到熱水，卻又幾乎要把我燙熟。蓮蓬頭的水直接灌進了我的喉嚨。我擠了一大坨洗髮精到頭上，然後讓水把它沖掉。當我不再花心思在護理頭髮時，那一定就是我快要死了的一個指標。

我的腦子裡翻騰著一些荒謬的影像。我靠在磁磚上，想起了當我靠在樹上時，喬許・譚普曼用他的身體為我擋著漆彈的感覺。

在我的腦子裡，我愛怎麼想像都可以，而且那也不是什麼先進的、二十一世紀的想法。

那是頹廢的、野蠻的女山頂洞人的想法。在我的腦子裡，他有著動物本能般的電波可以保護我，他厚實的肌肉支撐著我的身體。他吸收了每一道衝力，而那也是他的優勢。他被重重地注射了天然的超級藥物：睪固酮。

我被他包裹住，不管這個世界要用什麼東西砸我，我都安全無虞。任何會造成疼痛或任何殘忍的東西在有機會碰到我之前，都必須先經過他這一關。因此，絕對不會有東西碰到我。

「還活著嗎？」

當我意識到那股共鳴的聲音並非來自我的想像時，我驚聲尖叫了出來，甚至還緊緊貼在了磁磚上。

「不要進來！」我確實有關上淋浴房的門。感謝我的守護天使。我雙臂交叉地蓋住我的X級區域。

「我當然不會進去。」他斥責道。

「我完全沒穿衣服。瘀青……」我就像莫內的水彩畫一樣；浮在綠色水面上的紫色睡蓮。他沒有吭聲。

「嗯，出去吧。到起居室去。」

當我用毛巾擦乾身體時，我的皮膚都在發疼。我把浴室的門打開一道縫，外面什麼聲音也沒有。我踩著小碎步走到房間裡找到了內褲、一件不像話的米色胸罩、短褲，還有一件老舊的睡衣，睡衣上還印著一隻可愛的恐龍，昏昏欲睡地半閉著眼。恐龍下面還有一行字母寫著：**睡龍**。

我赤裸地把衣服一件件穿上，喬許和我只隔著一道牆壁。我真愛你，牆壁。真是一面好牆壁。我用力把自己丟到床上，以至於床墊都發出了吱吱的聲音，而這也是我聽到的最後一個聲音。

我在一座火山裡醒來。「不要！不要！」

「我不會毒死你的。不要再扭動了。」當喬許把兩顆藥丸壓到我的舌頭上時，他的手就在我的脖子後面。我把水吞下，他才把我放平了。

「我母親都會餵我喝檸檬水，然後坐著陪我。不管我什麼時候醒來，她都會在那裡。你母親也會這樣嗎？」我聽起來就像個五歲的孩子。

「我父母忙著輪班照顧那些病人，沒空對我做那種事。」

「都是醫生。」

「是啊，除了我。」他聲音裡的那絲尖銳顯示出這是一個酸楚的話題。

我感覺到他的手放在我的額頭上，手指輕盈卻僵硬。「檢查一下體溫吧。」

「我覺得自己真是蠢斃了。」由於他把溫度計放進了我嘴裡，導致我說話聽起來有點混淆不清。這應該是他買來的，因為我並沒有溫度計。這一刻注定要淪為我這此生最尷尬的回憶。

「你絕對不會讓我忘記這件事的。」我試著想要這麼說。不過，拜溫度計之賜，口齒不清讓我聽起來好像我的頭受到了什麼重創一樣。

「我當然會。不要把溫度計咬壞了。」他靜靜地回答我，然後把溫度計從我嘴裡拿了出來。

「我們不能讓你的體溫超過一百零四度（攝氏四十度）。」在夜晚昏暗的燈光下，他帶著那對深藍色的眼睛，彷彿臨床診斷般地評估著我的狀況，然後，他再度輕輕地把手放在我的額頭上，這次，不是為了檢查我的體溫。我的枕頭被調整了一下。那雙眼睛不是我所認識的那個人。

「好吧。請你再待一會兒。不過，如果你想要離開的話也可以走。」

「露西，我會留下的。」

當我終於做夢時，我夢到了喬許就坐在我的床墊邊緣，看著沉睡中的我。

10

我又吐了。喬許・譚普曼正捧著一個特百惠容器放在我的臉下面——那個我通常都拿來裝蛋糕帶到公司的容器。我可以聞到糖霜和雞蛋殘留在塑膠碗上面的甜味。我吐得更嚴重了。他的手腕扶著我低垂的頭，拳頭裡握著我的髮束。

「真噁心。」我在喘息之間呻吟著說。「我好——我好——」

「噓。」他回應著我，在他用什麼濕冷的東西擦拭我的臉時，我又在顫抖和喘氣下睡著了。

等我再度坐起來的時候，時鐘上面顯示著凌晨1:08。一塊濕敷墊掉到我的大腿上。我身邊床上的重量感讓我嚇得抽動了一下。

「是我。」喬許說道。他正靠在我的床頭板上坐著，大拇指下面是一本藍色小精靈的價格指南。他沒有穿鞋，套著襪子的腳隨意地在腳踝處交叉。其他的書都已經被整齊地堆在了我的梳妝台上。

「我好冷。」我打顫地說著，把手插進了因為沖澡弄濕而還沒乾的頭髮裡。他搖了搖頭。

「你發燒了，而且越來越糟。」

「沒有，是很冷。」我爭辯著。我蹣跚地走進浴室，門也沒關，就在裡面尿尿和沖水，結束之後才發現自己居然這麼不像個淑女。噢，真是太好了。這下，他既看過也聽到過所有的事了。一切都無法挽回了，我只能假裝死掉，然後重新開始新的人生。

我用手指塗了一些牙膏在我的舌頭上。吐出來。然後重複再做一次。

我聽到一陣棉布在空中展開的聲音、鬆緊帶啪嗒的聲音、床墊吱吱的聲音，透過門縫，我看到他把一張新的床單鋪在床上。我身上又濕又黏，簡直就是一團糟，不過，我還是企圖想一窺他彎身的背影。

「你還好嗎？」他從手臂下方看著我，一邊把床單最後一角拉平。我幸運的床墊已經被野蠻地對待過了。

「啊，還好。你還好嗎？」我一頭倒在床上，把毛毯蓋到身上。隨著我身旁的床墊被重重地往下壓，他的手也落在了我的額頭上。

「啊，還不錯。」

他的手溫感覺起來像是我應該努力追求的溫度。我們所做的每一件事都是一報還一報，因此，我也舉起手放在他的額頭上。

「好吧。」他揶揄地說著。

我正在觸摸我同事喬許的臉。我在做夢。我會在巴士裡醒來，看到他正在對我下巴上的口水痕發出冷笑。但是一分鐘過去了，我並沒有醒來。

我把手滑到他像砂紙般粗糙的下巴，想起了他在電梯裡是如何托著我的臉。從來沒有人像那樣捧過我的臉。我睜開了眼睛，我可以發誓他在顫抖。我輕觸著他的脈搏，它也同樣回應了我。

我的手來到了他的喉嚨，這讓我想起了我曾經是那麼地想要掐死他。我輕輕地把雙手在他的脖子上張開，只是想丈量一下我的手是不是符合他的頸圍，只見他瞇起了眼睛。

「動手吧。」他告訴我。「來吧。」

他的喉嚨對我這雙小號的手來說實在太大了。我感到他升起一絲緊張，身體都緊繃了起來。他的喉嚨發出了一個聲響。

我弄痛他了。也許我現在就快把他勒死了。他的脖子正在變色。當他盯著我看時，我知道事情就要發生了。但是當事情發生的時候，我並沒有準備好。

就在他開始笑的時候，整個世界都炸開來了。

他還是我每天工作時瞪著的那個人，只不過他現在看起來容光煥發。他已經插上插頭、通上了電。詼諧和光芒從他身上輻射而出，讓他身上的顏色就像彩繪玻璃般地閃耀。棕色、金色、藍色、白色。我從來不曾見過他臉上的那些笑紋，這實在是太不應該了。他的嘴角輕鬆地勾出了一道曲線，露出了完美的牙齒，還有像括號般點綴在左右唇邊的、淺淺的酒窩。

他發出了一道道沙啞、喘不過氣來的笑聲，他再也忍不住了，而他的笑聲一如他的嘴以及他皮膚的味道，都讓我為之迷戀。他那不可思議的笑容，正是我現在所需要的。

如果我以前在順便看他或者焦躁注視他的情況下，曾經認為他長得很好看的話，那麼，我一直都不知道真相是什麼。當喬許笑的時候，他是那麼地耀眼。我的心臟噗通噗通地在跳動，我慌亂地在昏暗的燈光下，把這一刻牢牢地記了下來。這是我唯一能得到的一次笑容，而且還是在發燒、神智不清的情況下得到的。

但願我可以讓這一刻繼續下去。我已經開始為這一刻結束時，我將會感到多麼空洞而悲傷。我想要告訴他，還不要走。我的手指一定繃緊了，因為他已經笑到我們底下的床墊都在震動了。

他眼角的一抹鑽石般的光芒彷彿射進我心裡的子彈。當我百歲的時候，我可以在回憶裡重播這個美好的、不可思議的時刻。

「來吧，殺了我，奶油蛋糕。」他喘著氣，用手擦了擦眼睛。「你知道你想要這麼做的。」

「我想這麼做想瘋了。」我告訴他，就像他曾經告訴過我的那樣。我的喉頭緊縮，讓我幾乎說不出話來。「你不知道我有多想這麼做。」

當我突然醒來的時候，我的睡衣已經完全汗濕了，而我的臥室裡竟然有第三個人存在。一個我從來沒見過的男人。我開始尖叫，宛如一隻受傷的猴子。

「冷靜。」喬許在我耳邊說道。我跌跌撞撞地爬到他的大腿上，把臉埋進了他的鎖骨，大口吸著他身上的雪松味，吸到我可能把他的魂魄都吸出來了。我就要被人從我安全的床上以及這個懷抱裡帶走了，帶到一間恐怖的醫療機構去。

「不要讓他們把我帶走，喬許！我會好起來的。」

「我是醫生，露西。她這樣多久了，有什麼症狀？」該男子戴上手套問著。

「她今天早上就覺得不舒服了。臉色發紅、精神無法集中，一整天下來就更糟了。從午餐時間開始就很明顯在盜汗，而且也沒吃飯。下午五點的時候就吐了。」

「然後呢？」那名醫生繼續在他的箱子裡挑東西，然後一樣一樣地排列在我的床尾。我懷疑地看著這一切。

「八點左右開始語無倫次，一點半的時候企圖用她的雙手勒死我，發燒到將近一百零四度

（攝氏四十度），現在則是一百零五點六度（攝氏四十一度）。」

當那不熟悉且套著橡膠手套的手觸碰到我的喉腺時，我緊緊閉上了眼睛。喬許輕輕地揉著我的手臂。我正坐在他的大腿之間，感覺到他實實在在的重量就在我的肩胛後面，就像我個人的人體搖椅一般。當那個醫生把指間壓在我的腹部上時，我發出了一陣哭聲。我的上衣被掀開了幾吋。

「這裡出了什麼事？」他們同時發出了一聲同情的噓聲。

「我們公司今天舉辦了一場漆彈射擊。我的背都沒有這麼恐怖。」喬許的手指搓了一下我的皮膚，讓我滲出了更多的汗水。「可憐的奶油蛋糕。」他在我的耳畔說著。語氣聽起來完全不像在諷刺。

「你有在外面的餐廳吃飯嗎？」

我絞盡腦汁地回憶。「晚餐吃了泰式外賣。不是今晚。好像是昨天吧。」

當這名自稱是醫生的男子皺起眉頭時，神情看起來好生熟悉。「可能是食物中毒。」

「可能是病毒，」喬許有不同的意見。「因為時間隔得有點久。」

「如果你這麼會幫她診斷的話，幹嘛還打電話叫我來？」

他們開始針對我的症狀爭吵。在我聽起來，他們像是在談論球賽的男人，而參賽的隊伍就是傳播在這個城市裡的各種病毒。我透過眼睛的縫隙看著他們。我甚至不知道醫生會到病人家出診，特別是在凌晨兩點三十九分的時間點。他看起來大概三十五、六歲，有著一頭深色的頭髮和一對藍色的眼睛。他的外套下顯然是一件睡衣。

「你長得很好看。」我告訴那個醫生。對事情失去過濾的能力應該會是我的次要診斷。

「哇，她一定真的神智不清了。」喬許尖酸地說道，手臂則用力地環繞在我的鎖骨上，讓我無法動彈。

「真有趣，他才是向來都被人稱讚為帥的那個。」那個醫生一邊諷刺地說著，一邊在床腳下的工具包裡找東西。「噢，小約，冷靜點。」

「你是他哥哥，」當我腦子裡生鏽的齒輪終於卡對位置時，我發出了孩子氣的驚奇。「我還以為他是因為什麼實驗出錯才存在的。」

他們面面相覷，喬許的哥哥隨即大笑了出來。「她真可愛。」

「她……」我可以感覺到喬許在搖頭。他調整了我的坐姿，讓我稍微靠在他的胸口上，而我發燒的腦袋立刻將此闡釋成依偎。

「我很可悲。他經常這樣對我說。你叫什麼名字？」

「我叫派崔克。」

「派崔克．譚普曼。天哪。你是那個貨真價實的譚普曼醫生。」

我依然坐在喬許的腿上，我的頭枕靠在他的脖子邊緣，或許還把我的汗水沾在了他身上。我企圖掙脫開他，不過卻只是被緊緊地抓住。

「我確實是譚普曼醫生。總之，是眾多譚普曼醫生中的一個。」揶揄的神色從他臉上褪去，他咳了幾聲，然後轉過身去。我抓住了他的衣袖，企圖看看他的五官和喬許究竟有多神似。他乖乖地站著不動，不過，目光卻轉到喬許身上，後者則緊繃得像塊紅磚般地坐在我身後。

「抱歉，沒錯。小約是長得比較好看。」兩兄弟沉默了一下，然後雙雙笑了。派崔克一點都沒有被冒犯到的樣子，而喬許的手臂也放鬆了。

「你可以告訴我他有什麼丟臉的事嗎？」

「等你好點的時候，我一定會告訴你的。讓她多喝點水，小約。她太嬌小了，這樣會脫水的。」

「我知道。」他們聯手哄騙我吞下有酸味的藥。在我被放平到床上之後，他們兩人就離開了房間，雖然房門已經被關上了，不過我依然可以聽到他們的聲音。

「你原本可以做得很出色的，」派崔克說著，他的工具箱被整理得發出了嘎嘎的聲響。「你幫她做的處理都是對的。」喬許重重地嘆了一口氣。我相信他的雙臂一定交叉在胸前。

「我無意冒犯。換下一個重要的話題。你打算在最後一刻才給我回覆嗎？你有打算要回覆我嗎？」

「我原本就打算回覆你。」他在說謊。

「那好，你現在就可以給我一個答案。還有，不要假裝你不知道日期；我很確定媽親自邀請了你。我們不希望這回的邀請又像訂婚派對的邀請那樣『被失蹤』。」小約，你這個狡猾的傢伙。

派崔克腦子裡想的也一樣。「現在就答覆我。明蒂需要知道。因為我們得處理那些餐飲、座位等等的細節。」

「我現在很忙。」喬許說著，但是派崔克打斷了他。

「想像一下，如果你不出現的話，事情看起來會怎樣？」

喬許沒有吭聲，派崔克有所保留地說：「我知道這很難。」

「你期待我像沒事一樣地走進那裡嗎？」

派崔克困惑地說：「不過，你會帶露西來，不是嗎？」

我在黑暗中思考著這個問題。對喬許來說，去參加他哥哥的婚禮到底為什麼這麼困難？

「她不是我女朋友。我們只是同事。」喬許聽起來有些煩躁。我真希望這句話沒有讓我感到肚子被痛揍了一拳，但是，那確實就是我的感覺。

「你不需要騙我了。」

「反正，她想找個好男人。她們不都是這樣嗎。」

空氣裡出現了很長一段時間的沉默。「還要我說多少次——」

「不需要。」喬許最擅長的就是結束對話。又是一陣沉默。我幾乎可以感覺得到他們雙雙都在注視著我的房門。

派崔克的聲音降低了許多，除了氣沖沖的爭吵之外，我什麼也聽不出來。我絕望地痛恨著自己，然後安靜地爬下床，躡手躡腳地在黑暗中往前走。我變成了一個令人厭惡的竊聽狂。

「我在要求你來參加我的婚禮，好讓你母親高興、讓我高興。明蒂的壓力爆表，她以為我們發生了什麼家庭紛爭。」

喬許重重地嘆了口氣，似乎受到了挫敗。「好吧。」

「那是答應的意思嗎？好的，派崔克，我很樂意參加你的婚禮。我接受了你誠摯的邀請？」

「是啊，就是那樣。」

「我會幫你做一個『加一』的記號，如果她活得過今晚的話。」

我驚恐地抓著牆壁，直到我聽到喬許嘲諷地說了一句：「哈—哈。」

現在應該快要黎明了，我的房間裡呈現一片冰藍的顏色。我被扶成了坐姿，不成樣地啜飲著我發現是檸檬汁的東西。他去過馬路對面的便利商店嗎？檸檬汁的酸甜味讓我想起了童年，更讓我想家想到差點嗆到。

他把杯子拿走，手臂枕在我的肩膀後面，扶著我靠在枕頭上躺下。昨天，他碰到我時還帶著不確定，然而現在，當他的手掌和手指划過我時，已經不再帶著任何遲疑。他看起來累壞了。

「小約。」

他的眼裡閃爍著驚訝。「露西。」

「露辛達。」我頑皮地說道。他轉過身微笑，不過我抓住了他的衣袖。

「不用轉過去，我已經看到了。」他的微笑讓我永遠都看不膩。

「好吧。」我可以看得出他的困惑。他不是唯一的一個。我已經看喬許看了太久，看到他在我眼裡已經成為了一個色譜。他代表了我的週一到週五。是我日曆上一個個的小方塊。

「白色、米白條紋、奶油色、無性別的黃色、噁心的芥末色、粉藍色、蛋殼藍、鴿子灰、海軍藍、黑色。」我用手指數著他的顏色。

喬許立刻警覺了起來。「你還在神智不清。」

「沒有。那都是你襯衫的顏色。Hugo Boss。你從來都不去塔吉特百貨的嗎？」

「白色和米白到底有什麼不一樣？」

「米白色。蛋殼色。那是不一樣的顏色。你只有一次讓我感到意外。」

「喔，哪一次？」他像個保姆般寬容地問道。我則鬧情緒般地用腳跟踢著床墊。為什麼我沒有穿著黑色的吊帶睡衣？我從來都沒有這麼沒有魅力過。我身上穿的是睡龍。我低頭看了看自己。我身上是一件紅色背心。我的天啊。他幫我換過衣服了。

「電梯那次。」我脫口而出。我希望能重新改變這一刻，回到我還具有一半魅力的時候。「當時我真的很驚訝。」

他小心翼翼地看著我。「你怎麼想的？」

「我以為你企圖要傷害我。」

「噢，太好了。」他往後坐，看起來有點窘。「我的技術顯然有點生疏了。」

我用了超人類的力氣用力抓著他的袖子，讓自己稍微坐挺一點。「不過，後來我意識到你在做什麼。親吻。當然了。我已經好久好久沒有接吻了。」

他皺了皺眉。「噢，真的啊。」他俯視著我。

我用盡力氣地想要表明我的意思，以至於我的聲音都在顫抖。「那太火辣了。」

「人資或者警察都沒來找我，看來……」他拉長了聲音，注視著我的嘴唇。我扭攪著他的T恤，結果把自己的拳頭裹在了T恤裡。他的衣服是如此柔軟，讓我好想把自己整個人都裹在裡面。

「我的床鋪和你想像的一樣嗎？」

「我沒有預期到會有這麼多書。而且比我想像中大了一點。」

「那我的公寓呢？」

「像個小豬圈。」他沒有惡意。他說的是事實。

「你覺得貝克斯里先生和伊蓮娜會在電梯裡親熱嗎？」只要他繼續回答我的問題，我就會不停地問下去。

「那當然。我相信在每一季的檢討之後，他們都會來一場火爆的、充滿恨意的翻雲覆雨。」他的眼睛陷入了一片深沉。當他把T恤從我手上解開的時候，我瞄到了他半吋的胃部——既結實又毛茸茸的。我的汗出得更兇了。

「我敢打賭，你洗澡的時候，水會沖到……這裡。」我把一根手指放在了他的鎖骨上面。

「我好渴。我要脫水了。」他呼出了一口氣，溫暖的氣息直接穿過了我。

「等我們長大的時候，我們也要像他們那樣，小約。我們可以開始玩一個新的遊戲。想像一下。我們可以永無止境地玩下去。」

「等你發燒沒有那麼嚴重的時候，我們再來談這件事。」

「是啊，沒錯。等我不生病的時候，你又要開始恨我了，不過現在，我們可以相安無事。」

為了掩飾我突然而來的絕望，我抓起他的手放在了我的額頭上。

「我不會的。」他告訴我。他把手滑過我的額頭，落在了我的頭髮上。

「你那麼恨我，我快要受不了了。」我真可悲。我可以從自己的聲音裡聽得出來。

「奶油蛋糕。」

「不要再叫我奶油蛋糕了。」我企圖轉到側面，但他卻用掌根輕輕地壓著我的肩膀。這讓我憋住了呼吸。

「看到你假裝討厭那個綽號，是我在公司裡最開心的時候。」

看到我沒有回答，他幾乎帶著微笑地放開了我。「是時候告訴我有關你家草莓農場的事了。」

這是我的一個痛點——而他已經不止一次地問過了。也許我就要提供給他足以嘲笑我很久很久的話柄了。「為什麼？」

「我一直都想要知道。告訴我關於草莓的一切。」他輕柔的甜言蜜語勢必會害死我。

在我的腦海裡，我幾乎已經回到了那裡，在那扇褪色的帆布大陽傘底下，對著遊客進行解說，看著遊客的孩子們提著桶子哐噹作響地跑在前面。空氣裡充滿了蟬鳴。從來都沒有安靜的時刻。

「阿爾皮納又叫做『木犀草』，它們野生在法國的山丘上，大小就和你的拇指指甲一樣。以這樣的大小來說，它們的味道濃郁到驚人。」

「再告訴我其他的種類。」

我把眼睛瞇成一條縫隙。「草莓不是笑話。而我遇到的每一個人幾乎都會說一些屁話。」

「你這樣說實在很可愛。」

可愛這個字眼就像霓虹燈一般，瞬間點亮了我的臥房，讓我緊張到開始胡言亂語。

「好吧。耳光草莓。它們長得很快。你可能在傍晚時分還走在一片綠油油的草莓田裡……但是隔天早上，草莓就已經長出來了。紅色的小花苞，一秒比一秒更鮮豔。到了晚餐時分，它們就已經長成了，就像紅色的聖誕燈飾一樣。」

當喬許嘆息的時候，他把眼睛閉上了一秒鐘。他太累了。「你最喜歡哪一種？」

「紅手套。它們成排種在距離我家廚房最近的位置，因為我實在太懶，不想走太遠。每天早上，我都可以喝到一大杯粉紅色的奶昔。」

他沉默地坐著，那個眼神絕對不是我所認識的那個男人。它們看起來是那麼地充滿懷想、寂寞，卻又那麼地美，美到我必須閉上自己的雙眼。

「我發誓，我還可以感覺到草莓籽就在我的唇齒之間。我父親的最愛是甜理查。他說我的大學學費都是靠甜理查支付的。」

「你父親是什麼樣子？他叫做奈吉爾，對嗎？」

「你看過那個部落格了。他要很辛苦地工作才能送我去念書，辛苦到我不知道要怎麼形容。在我上大學離家那天，他在我家後陽台上哭了。他說……」

我拉長了聲音。我的喉頭發緊，讓我無法繼續往下說。

「他說什麼？」

我迴避了他的問題。「我很久沒有想起這件事了。我已經十八個月沒有回家了。我錯過了聖誕節，因為伊蓮娜回法國去看她父母，而我希望可以幫她處理工作上的事。」

「我也沒有回家。」

「噢，是啊。我父母寄了一個大包裹給我，我就吃著奶油酥餅，然後坐在我客廳地板上一邊拆禮物、一邊看著電視上的商業廣告。你呢？」

「大同小異吧。他到底和你說了什麼？你父親在後陽台上的時候？」他就像隻對骨頭窮追不捨的狗。

我無法透露完整的對話，不然我就會開始哭泣，而且永遠不會停下來。當時，我父親把雙肘撐在膝蓋上，兩行眼淚已經掛在了他黝黑又覆滿灰塵的臉上。我把那段對話精簡美化，然後長話短說地告訴他。

「他說，他所失去的就是世界所得到的。而我母親則不停地對每個人誇耀說她女兒就要去上大學了……她現在在培育許多新品種的草莓，全都叫做露西。」

「根據那個部落格，露西十二的品質很不錯。多告訴我一點。」

「我不明白你為什麼對那個部落格那麼感興趣。我母親是個新聞記者，不過她必須放棄她的工作。」

「為什麼？」

「為了我父親。她當時正在報導某場豪雨對農業的影響，因此，她去了一處當地的果園。她在一棵樹上發現了我父親。他的夢想是擁有一座草莓園，但他沒有辦法獨力經營。」

「你認為她做了一個錯誤的決定嗎？」

「我父親總是說，她挑中了我。就像從樹上選中一顆蘋果一樣。我愛他們，不過，有時候我覺得這是個悲傷的故事。」

「你可以找個時間問問她。她也許根本就不後悔。他們還在一起，所以你現在才會在這裡。」

「我父親都會把你叫成其他的名字，就是從來都不叫你真正的名字。」

「什麼？」他看似有所警覺。「你和你父親說過我的事？」

「他對你這麼壞感到很生氣，他總是喊你朱利安、賈斯伯或者強尼。有一次，他把你叫成傑迪戴亞，我聽了差點失禁尿在了自己身上。你得要好好巴結我父親才行。」

喬許看起來很不安，因此，我決定放他一馬，換個話題。

「我想家的時候，就覺得自己聞到了溫暖的草莓香味。所以，我大部分的時候都會聞到這個味道。」我看著他困難地想要解讀這種可笑的說法。

「你會在草莓園裡玩嗎？你小的時候？」

「你看過部落格上的照片了。我顯然會。」我把臉別開。那時候的我膝蓋上沾滿粉紅色的草莓汁、綁著一頭濃密的頭髮，眼睛比天空還要湛藍。活脫是一個農場上的野女孩。

「不用害臊。」他輕輕地用指間把我的臉轉回去。「你穿著你那些小短褲。看起來就像你已經在外面待了好幾天。又髒又野的模樣。你的笑容還是一樣，沒有變過。」

「你從來沒看過我以前的笑容。」

「我敢打賭，你一定有一間樹屋。」

「我確實有。我基本上就住在樹屋裡。」

他的眼睛裡散發出一種我從來不曾見過的神情。我短暫地閉上雙眼，想讓眼睛休息一下。他檢查了一下我的溫度，當他把手從我額頭上拿開時，我發出了一聲抱怨。他因此把手放在了我的手上。

「我從來不認為你出身的地方比別人差。」

「噢，那當然了。哈—哈。草莓奶油蛋糕。」

「我認為你出身的地方——天空鑽石草莓園——是我想像中最好的地方。我一直都想要去那裡。我還有谷歌的地圖。我一直都在查詢飛機航班和租車的訊息。」

「你喜歡草莓？」我不知道還能說什麼。

「我很愛草莓。非常喜歡，喜歡到超乎你的想像。」他聽起來那麼好心，讓我不由得心生感動。我不能睜開眼睛，不然他就會看到我的眼裡噙著淚水。

「它就在那裡，等著你去。付錢給陽傘下的女士，然後拿著你的桶子。提我的名字可以有優惠，不過你會被審問我的情況，我到底好不好、我是不是很寂寞、我有沒有好好吃飯，還有我為什麼不找時間回家。」

我想起了我們的工作申請書，都一起被放在了一個米色的文件夾裡。一股疲憊感和暈眩感向我襲來。我想要沉沉睡去，因為這些憂慮和悲傷都不會跟著我去到那個可愛又漆黑的所在。我開始感到自己在慢慢地旋轉。

「我應該怎麼告訴她？」

「告訴她我很害怕。不管怎樣，一切很快就會結束。我不知道他們投資在我身上的一切是否能夠得到回報。我很寂寞，有時候我只能哭泣。我失去了我最好的朋友。我把我所有的時間都花在了一個魁梧、嚇人又想要殺了我的男人身上，但是，他現在可能是我唯一的朋友了，即便他並不想要當我的朋友。而那讓我很傷心。」

他的唇貼在了我的臉頰上。一個親吻。一個奇蹟。喬許溫暖的呼吸正輕拂過我的臉頰。他的指尖滑進了我的掌心，我的手指纏住了他的手指。

「奶油蛋糕。不要這樣。」

我彷彿進入了一個沒有止境的漩渦，讓我緊緊地抓住了他的手。

「我好暈……」我確實很暈，但是我也需要結束這段對話。

「我需要問你一件事。」過了一會兒，他的聲音穿透了朦朧的黑暗。

「現在這麼問並不公平，不過我還是要問。如果我能找到一個方法，讓我們擺脫這種混亂的狀態，你會希望我這麼做嗎？」

我仍然抓著他，彷彿他是唯一能讓我免於墜出地球的東西。「例如做什麼？」

「不管做什麼。你希望我去做嗎？」如果他能在剩下來的日子裡當我的朋友，一切就已經足夠。那會讓所有的不愉快都燃燒殆盡。

光是那抹笑容就已經足夠。

「這和你的微笑一樣，都只是我在做夢吧，小約。」

他氣餒地嘆了口氣，靜靜地握著我的手。當我進入夢鄉的時候，我喃喃地在睡夢中回答了他。

「我當然希望。」

11

我小心翼翼地坐在灑滿陽光的臥室裡。和生病有關的東西隨處可見。毛巾、換洗衣物、我那已經洗乾淨了的特百惠容器、玻璃杯、藥品，還有一支溫度計。我的睡龍睡衣掛在洗衣籃上，紅色的背心也一樣。至於漆彈服則堆在一灘水裡，等著被燒掉。

我含著溫度計，確定了我已經知道的事：燒已經退了。

我現在身上穿的是一件藍色的背心。床墊在我長時間的緊抓下，留下了一個難以恢復的痕跡。我摸了一下肩膀，發現身上的胸罩還在。這讓我感謝天上諸神。不過，喬許・譚普曼還是把我其他的部分都看光了。

我往客廳瞄了一眼。他還在這裡，四肢張開地躺在沙發上，一隻穿著襪子的大腳掛在沙發的尾端。

我拿著乾淨的衣服，蹣跚地走進了浴室。老天爺啊。我的眼影並沒有在沖澡的時候完全被洗掉，反而在我的臉上暈了開來，讓我宛如戴了一個艾利斯・庫柏[6]的萬聖節面具一樣。我綁成一球的頭髮也和愛麗絲・庫柏一樣。我換上衣服，以最快的速度把臉洗乾淨，再用漱口水漱口。因為我的房門隨時都可能被敲響。

[6] Alice Cooper，美國驚悚濃妝搖滾始祖。

這種感覺比宿醉還要糟糕，比在公司聖誕節派對上表演了裸體卡拉OK後醒來還要可怕。昨天晚上我說了太多。我把我的童年告訴了他。他知道我有多麼寂寞。他也看到了我所擁有的一切。他對我所知太多，這股知識的力量會讓他散發出瘴癘之氣。我得讓他離開我的公寓。

我靠近沙發。這是一張三人座沙發，但對他來說顯然還是太小。在我來得及看清楚他的睡相之前，他突然醒了過來。

「我想我沒事了。」

我的雜誌被堆好了。咖啡桌底下也沒有了高跟鞋的蹤影。喬許收拾過我的公寓。他就躺在距離我那座巨大壁櫃幾呎之外，那座排滿藍色小精靈的櫥櫃，每一層都擺了四、五排的小精靈。櫥櫃的燈已經被他打開，清楚地證明了我的精神不正常。他一站起身，就讓整個房間相對變小了。

「謝謝你犧牲了你的週五夜晚。如果你想要離開的話，我不會介意的。」

「你確定嗎？」他小題大作地把手指背後貼在我的額頭上，然後是臉頰上和喉嚨上。我確實好了很多，因為當他碰到我的喉嚨時，我的乳尖立刻就出現了反應。我下意識地把雙臂交叉在胸前。

「是的。我現在沒事了。請你回去吧。」

他那雙深藍色的眼睛俯視著我，在那張嚴肅的面容上，我想起了他掛著微笑的臉龐。他看著我的樣子，彷彿我是他的病人。我不再是電梯裡值得親吻的那個女孩。曾經有過的化學反應也都被嘔吐給摧毀了。

「我可以留下來。如果你可以讓自己不再受到驚嚇的話。」他的臉上流露出一絲同情，而我知道那樣的表情所為何來。

這並非完全都是單方面的——在我們一起奮戰的那個無止境的夜裡，我也看到了過去被他所隱藏起來的那個他。在他討人厭的表象之下，還是有著耐心、體貼、人性尊嚴以及幽默的一面。還有那抹微笑。

他的眼底反射著室內的光線，彎曲的睫毛看起來就像被我的小拇指指尖纏繞過一般。他的顴骨應該可以貼合住我的掌心。他的嘴，呃，絕對可以和我身上任何地方都貼合得起來。

「你那雙眼睛又開始思春了。」他的話讓我臉頰都發燙了。「如果你可以那樣看我的話，你一定是已經好多了。」

「我還在生病。」我聲音呆滯地說完之後便轉身走開，不過我可以聽得到他沙啞的笑聲。他走進了我的臥室，讓我緊張地連吸了好幾口氣。

「你真是有點小變態。」當他再度出現時，手上多了一件他的外套，我這才意識到他整個晚上都穿著他的漆彈服。而他竟然一點臭味都沒有。這還算公平嗎？

「我需要……」我開始恐慌。當他在大門邊套上鞋子時，我抓住了他的手肘。

「好，好，我要走了。你不需要把我拎起來丟出門。公司見了，露辛達。」他對我晃著一瓶藥。

「回床上躺著吧。下次醒來的時候再吃兩顆。」他再度猶豫了一下，臉上寫滿不情願。「你確定你不會有事嗎？」他又摸了一次我的額頭，重新檢查我的溫度，雖然我的體溫怎麼也不可能在三十秒之內發生變化。

「不准你週一拿這件事來笑我。」

週一這個字眼在我們中間震盪著，然後他把手從我的額頭上挪開。我想，這變成了我們最新的安全字眼。

「我會假裝沒有發生過這件事，如果這是你希望的。」他僵硬地告訴我，而我只覺得自己的心在往下沉。上次我要求他不要再提起的事情是那個吻，而他確實也一直信守承諾。

「不要企圖用任何事來阻擾我。我是指那份工作的面試。」

他臉上的神情也許足以把我身後那堵牆的油漆都融化掉。

「是啊，知道你嘔吐物的濃稠度會為我帶來優勢。真是敗給你了，露辛達。」

當大門在他身後重重關上時，我的公寓裡又籠罩在一片沉寂之中。我真希望自己能有勇氣叫他回來。對他說聲謝謝，並且向他道歉，因為他又說對了。

我是完全嚇壞了。為了不再想這件事，我決定去睡覺。

當我再度睜開眼睛時，我有了一個新的觀點。已經週六傍晚了，夕陽在我床尾的牆壁上灑出一片耀眼的水蜜桃光暈。那是他肌膚的顏色。我的臥室在我的頓悟下綻放著光芒。

我瞪著天花板，對自己承認了一個驚人的事實。

我並不恨喬許．譚普曼。

今天是白襯衫的週一，現在是上午六點三十分。我完全沒有精神，照理說我應該要打電話請一天病假，加上伊蓮娜反正也不在，但是，我需要見喬許。

我已經把他在我公寓裡的每一分鐘都放大分析過了，我知道我需要對那樣把他趕出我的公寓向他道歉。他所做的一切都很正派，並且也很善良地對待我。我們原本就在友誼的邊緣搖搖欲墜，而我刻薄的嘴又把一切都毀了。當我想起自己偷聽喬許和派崔克的對話時，我只對自己的行為感到噁心和罪惡感。我不應該聽到他們之間的任何一句對話。

我要如何對一個在我嘔吐時幫助我的同事表達感謝呢？我祖母的古董禮儀手冊這次幫不了我了。一張感謝字條或者一塊磅蛋糕都不適用在這個案例上。

我注視著浴室鏡子裡的自己。週末的折騰讓我面色發白。我的眼睛浮腫，而且充滿血絲。我的嘴唇既蒼白又乾燥到脫皮。我看起來就像曾經被困在礦井底下一樣。

我的廚房現在既乾淨又整齊。他把我的郵件都整齊地堆放在了流理台上。我用一隻手沖泡著花草茶，另一隻手摳開最上面的一只信封。這是一封友善的提示，告訴我房租已經漲價了。我斜眼瞄著新的月租數字，我的呼吸可能讓櫥櫃上的小精靈都受到了震動。我打算從B&G辭職的魯莽宣言，現在感覺起來更可怕了。

我甚至要如何到另一家不同的公司去面對一群面試委員，然後侃侃而談我之所以可以勝任工作的原因？我試著去想我在工作上所有的優異表現，但是，我所能想到的卻只有對喬許的惡作劇。我是那麼地幼稚、那麼地不專業。

我重重地坐下，試著從麥片盒子直接嚥下一大口的乾麥片。我無精打采地吞下麥片，對自己的自我懷疑又開始多了一點。

我打開一個網頁瀏覽器，開始點擊求職網站。當電話聲打斷我的搜尋時，我確實感到鬆了一口氣，電話上的來電顯示是丹尼打來的。奇怪。也許他的車子爆胎了。

「哈囉？」

「嗨。你好嗎？」他的語氣很溫暖。

「還活著，勉強活下來了。」

「週五晚上我試著打了幾次電話給你，但是接電話的都是小約。天啊，他真是個討厭鬼！」

「是他幫了我。」我可以聽得出來自己的聲音有多僵硬，而且意識到我話中竟然帶著防禦性的刺。這到底是怎麼回事？

我吐的時候是他扶住了我，還在大半夜打電話叫他哥哥過來。他幫我洗了盤子。而且我相信他還看著我入睡。

「噢，抱歉，我以為我們都討厭他。你今天會到公司嗎？」

「嗯，我會去的。」

「我就在樓下的大廳裡，如果你，嗯，想要我載你去公司的話。」

「真的嗎？今天不是你第一天當自由人嗎？」

「噢，是啊。不過蜜雪兒幫我寫了一封推薦信，我得去公司拿。所以載你去公司一點都不麻煩。」

「我五分鐘後下來。」我確定我的灰色羊毛洋裝拉鍊已經拉上。在我枯槁的臉上塗上口紅應該會讓我看起來很荒謬。

「嗨。」當我走出電梯時，丹尼和我打了招呼。看到他手上捧了一束白色雛菊，我的心情不禁在鋼索兩端的開心和尷尬之間搖擺。

他看起來似乎也和我一起並肩站在了鋼索上。如果我沒有看到他眼裡閃過的那半秒鐘的沮喪，那我的眼睛肯定是瞎了。即便在週五那天全身汗濕又噁心的情況下，我看起來都比現在要好。

他眨了眨眼，甩開了那半秒鐘的反應，把花束遞給了我。「你確定你不應該待在家裡嗎？」

「我看起來比實際上糟糕。我是不是應該……」我指了指電梯，再度看了他一眼。他穿了一件搖滾樂團火柴盒二十的演唱會T恤，頭頂上的太陽眼鏡有著醜斃了的白色邊框。我們尷尬地看著彼此。

「你可以把它們放在你的辦公桌上。」

「好吧。」這似乎不是什麼好主意，不過我已經慌亂了。如果我把花拿上樓的話，我就得邀請他進去。我們走到人行道上，這是我連日來第一次呼吸到的新鮮空氣。

我得要擺脫這束花。丹尼今天早上沒有做錯什麼，他只是很體貼而已。我用手為自己遮擋著陽光。也許我也可以試著體貼一點。也許便利商店有賣橄欖枝？

「我需要去買個東西。馬上回來。」

我買了一份感謝禮物要給喬許，還有一個定價過高的自黏紅色蝴蝶結，當我付款時，我可以看到丹尼耐心地靠在他的車上等我。我把禮物塞進我的包包裡，然後匆匆地走過馬路。

他打開他的紅色SUV車門，幫忙我坐上車。我看著他繞過車頭，那一身隨意的裝扮，讓他看起來更年輕、更瘦，也更蒼白。在他繫上安全帶、發動車子時，我發現自己還沒有為那束紅玫瑰好好地向他表達過謝意。我真是個沒有禮貌的女孩。

「我很喜歡那些玫瑰。」我看著我腿上的小花束。

「雛菊嗎？」他把車開進車流裡。

「嗯，這是雛菊。對一個剛吐了一整個週末、正在復原的人來說，這是很好的選擇。」

我真希望自己沒有說出這麼噁心的話，不過他笑了。

「那，小約·譚普曼。他是怎麼回事？」

「魔鬼把他唯一的兒子送到了地球上。」好詭異，我竟然覺得有罪惡感。

「他有一種大哥的保護氣質。」丹尼在試探我，而我也知道。

我不置可否地說道：「是嗎？」

「是啊。不過別擔心。我會告訴他，我的動機很光明正大。」他側過臉對我露出一笑，不過，一股深深的失望卻開始在我心裡迴盪。我心裡那股打情罵俏的小火花已經死了。

我對於喬許來說是個妹妹嗎？這不是第一次有男生這麼告訴我。曾經的尷尬又在我的腦海裡迴盪了起來。他曾經在電梯裡吻我；那並不符合這個理論。但是他後來再也沒有嘗試過了，所以，這也許是真的。我記得我對他說過，那個電梯之吻有多麼火辣，想到這裡，我不禁皺起了眉頭。

「他沒有告訴我你有打過電話給我。謝謝你的關心。」

「我不認為他會把我的留言告訴你，不過那不重要。我希望能再和你出去。這次可以一起晚餐。你看起來很像需要好好吃一頓。」

我必須感激他如此容忍我詭異的行為和此刻的樣貌。雖然我已經對喬許萌生了一絲迷戀，但那並不表示我就應該拒絕他。我看著丹尼。如果我已經把一張心願清單撕掉，並且扔進了火爐裡的話，那他就是仙女保姆瑪莉·包萍送來給我的那個人。「找個時間一起晚餐也不錯。」

他把車子停在一個限停二十分鐘的區域，我也幫他在大樓底下以訪客的身分登記入內。當電梯的門打開時，我才發現他一路送我上到了十樓，不過這時候發現已經太晚了。

「謝謝。」

他和我一起步出電梯，然後拉住我，讓我停下腳步。「今天放輕鬆一點。」

他幫我把外套衣領拉好，指節因此輕輕摩擦到我的喉嚨。我壓抑著想要往左邊看的衝動。喬許若非已經坐在他的辦公桌後面目睹著這個畫面，就是還沒有來上班。不知道他到底在還是不在的緊張感，讓我幾乎難以忍受。

「晚餐？今晚一起共進晚餐如何？不會有壞處的？」

「好啊。」為了讓他趕快離開，我立刻答應了。他精神抖擻地把雛菊給了我，我試著擠出笑容，然後慢慢地轉身。

如果是以前的話，這會是勝利的一刻。這是我夢寐以求的一刻。然而，當我看到喬許坐在他的桌子後面、用力地把文件疊成一落時，我真希望我可以讓時間倒流。

我們進行的是一個新的遊戲。雖然我並不知道遊戲規則，但是，我知道我犯了一個失誤。我把雛菊放在我的桌子尾端，然後脫下外套。

「嗨，老兄。」丹尼對喬許打著招呼。後者正懶洋洋地坐在椅子上。那是他改良過的老闆式的坐姿。

「你已經不是這裡的員工了。」喬許不是那種會開玩笑的人。

「我送露西來公司，順便來確認一下我並沒有得罪到你。」

「你是什麼意思？」喬許的眼神彷如刀子一般銳利。

「我知道你很保護露西。不過。我對你從來都還算友善，不是嗎？」

我在他們兩人的目光下掙扎著。「當然。」

要面對像喬許這樣身形的人說出這種話，丹尼顯然勇氣可嘉。他又繼續嘗試著往下說。

「我的意思是，你顯然有點問題。週五那天，你在電話上的反應簡直就是個混蛋。」

「她吐在她的背心上。光是這樣就夠我忙的了，我沒有時間充當她的秘書。」

「我們需要好好聊一聊你這種大哥的保護心態。」

「小聲點。」我噓著他們。貝克斯里先生的門是開著的。

「沒有人配得上我的小妹妹。」喬許的聲音裡充滿了嘲諷，但是我依然覺得很洩氣。今天早上的狀況實在糟透了。

「還有，你說得沒錯，我已經不是這裡的員工了，所以，如果我想要的話，我就可以自由地和露西約會。」丹尼的目光越過我，落在我的辦公桌上面，然後揚起了眉頭。「哎呀，你懂什麼。這個世界上還存在著浪漫。」

喬許陰沉著臉，剔著自己的指甲說道：「在我把你扔出去之前滾吧。」

丹尼在我的臉頰上吻了一下，我幾乎可以確定他這麼做是為了給現場唯一的一名觀眾看。這對他來說是一記漂亮之舉。

「晚餐的事，晚一點我再打電話給你，小露。還有，我們也許還得要好好談談，小約。」

「再見，老兄。」喬許假情假意地說。然後，我們雙雙目送丹尼走進了電梯。

貝克斯里先生在他的辦公室裡發出小公牛般的叫聲，直到這個時候，我才注意到我鍵盤上躺了一朵紅玫瑰。

「噢。」我真是一個超級無敵智障。

「我今早進來的時候，它就在那裡了。」我和喬許在這間辦公室裡相處的時間超過了一千個小時，對於他和他撒謊的語氣，我再清楚不過了。這朵玫瑰有如紅色天鵝絨般地完美。相形之下，那束雛菊就像長在水溝裡的一叢野草。

「那束紅玫瑰是你送的？你為什麼不說？」

貝克斯里先生又吼了一聲，這次聽起來更煩躁了。喬許依然對他不加理睬，只是用他的目光刺穿了我。「你應該讓丹尼陪你的。不是我。」

「他……我們只是……這是……我不知道。他人很好。」我內心的掙扎已經升級到了奧運競賽的程度。

「是啊，是啊，人很好。那是男人最終極的品格。」

「你週末的時候也對我很好。你送玫瑰給我也很好。但是你現在卻又變回了一個大白痴。」

我已經激動到像一隻嘶嘶作聲的鵝了。

「小約醫生，」貝克斯里先生出現在他的辦公室門口。「到我辦公室來，如果你可以撥點時間給我的話。還有，小心你的用詞，哈頓小姐。」他不高興地說道。

「抱歉，老闆，我馬上就過來。」喬許咬牙說著。我們都感到強烈的沮喪，只差沒有互相掐死對方而已。他大踏步地走過我的辦公桌前，一手拿走那朵玫瑰。

「你有什麼毛病！」我伸手把玫瑰花奪過來，一根花刺瞬間劃過我的手掌。

「我送你他媽的玫瑰是因為我們吵架之後，你看起來很沮喪。這就是我不喜歡對任何人好的原因。」

「噢！」我看著自己的手掌，一道刺痛的紅色線條逐漸成形。我捧著滴血的手說道：「你劃傷我了！」

我抓住他的袖口，死死地捏緊了他的手腕。

「謝謝你，喬許護士，你實在太好心了。還有，謝謝你那英俊的醫生哥哥。」

他似乎記起了什麼。「都是你害的，所以我現在不得不去參加他的婚禮了。我差點就可以不用去了。都是你的錯。」

「我的錯？」

「如果你沒有生病的話，我就不需要見到派崔克。」

「這是什麼話。我從來都沒有叫你打電話給他。」

他帶著百分之百的反感檢視著我在他袖口留下的血跡。然後塞了一張面紙在我手裡。

「太好了。」他說著，把那朵不成形的玫瑰扔在了垃圾桶裡。「自己去消毒。」語畢，就消失在了貝克斯里先生的辦公室裡。

我打開電腦郵箱，看到我們的面試被安排在了下週四。我的胃微微地升起一陣翻攪。我想到了我的房租，然後看著我對面那張沒有人的辦公桌。

我拿起了我的滑鼠墊，墊子下面藏著那張我從玫瑰花束裡取下來的小卡片。上週，每當喬許不注意的時候，我總是會偷偷地瞄著它。

我注視著眼前的卡片，不知道自己為什麼一直以為那是丹尼送的。這是喬許的筆跡；然而，那草書般的寫法卻讓我沒有注意到。

你向來都很漂亮。

我把殘留在桌上的一片紅色花瓣壓在大拇指上，深深地吸著它的味道，而辦公桌尾端的那束雛菊，在我的眼角裡已經慢慢地模糊了。我的手掌又刺又癢。喬許是對的，因為我的粗心大意，我傷到了我自己。

我坐在座位上，呼吸著玫瑰和草莓的味道，直到我可以確定自己不會哭出來。

12

當我看著他挽起沾著我DNA的白色袖口時，我覺得自己好幼稚。他忿忿地瞪著他的電腦螢幕，連續幾個小時都沒有對我開口。我是真的搞砸了。

「我會把你的襯衫送去乾洗。」我主動提出建議，不過他並沒有理睬我。「我會買件新的給你。我很抱歉，小約──」

他打斷了我。「你以為這樣做，今天就會不一樣了嗎？」

我開始覺得喉嚨好像有個腫塊在收縮著。「我希望如此。不要生氣了。」

「我沒有生氣。」他的脖子在白襯衫的襯托下看起來更紅了。

「我一直在告訴你我很抱歉。我也想謝謝你為我所做的一切。」

「那麼，那些漂亮的雛菊是要送我的嗎？」

我記起來了。這也許可以改變眼前的狀況。「等一下，我有禮物要給你。」

我從包包裡掏出那個黏著一個紅色蝴蝶結的塑膠小方盒。我把盒子給他，好像那是一個裝了勞力士的盒子。在他重新皺起眉頭之前，他的眼裡閃過一抹不知名的情緒。

「草莓。」

「你說你很愛草莓。」愛這個字可能從來都沒有在這間辦公室裡被提到過，因而讓我的聲音聽起來出現了詭異的顫抖。他尖銳地盯著我看。

「真想不到你居然還記得。」他把草莓放到他的發文籃上，然後繼續盯著他的電腦。在幾分鐘的沉默之後，我再一次嘗試。

「我要怎麼償還你……所有的一切？」我們之間的平衡已經產生了重大的變化。我現在欠他人情了。我欠他了。

「告訴我我能做什麼。我什麼都願意做。」

我想說的是，和我說話、和我互動。如果你忽視我的話，我什麼也沒有辦法修補。

我看著他不斷地在打字，他面無表情，就像一個撞擊測試的人偶一樣。他的右邊放了一疊銷售數字的報告，報告上面被他壓了一支綠色的螢光筆。而我則因為伊蓮娜不在，變成了一個百分之百的閒人。

「我可以幫你打掃你的公寓。我可以當你一天的奴隸。我……可以幫你烤蛋糕。」

我們之間彷彿隔了一道隔音玻璃。或許我已經被刪除了。我應該讓他安靜地做他的工作，但是我沒辦法不說話。反正他也聽不到我說話，所以，接下來這句話我是不是說得很大聲也不重要了。

「我會和你去參加婚禮。」

「閉嘴，露辛達。」看來他可以聽得到我說話。

「我可以當你指定的司機。你可以喝醉。你可以盡情地喝，盡情歡樂。我會當你的專屬司機。」

他拿起他的計算機開始輸入數字。我語帶保留地繼續往下說。

「我會開車送你回家，把你安置在床上，就像你對我做的一樣。你可以吐在特百惠裡，我會清洗乾淨的。然後我們就扯平了。」

他的指尖停在了鍵盤上，然後闔上了眼睛。他似乎在腦子裡唸誦著什麼不堪的字眼。「你連婚禮在哪裡舉行都不知道。」

「除非是在北韓，不然我都會去的。婚禮什麼時候舉行？」

「這週六。」

「我有空。就這麼說定了。把你家的地址給我，我會去接你。告訴我時間就好。」

「你也太隨便了，擅自假設我並沒有約別人。」

我差點就要開口反駁他說，我知道我是他的「加一」。還好，我的手機響了。丹尼。我把椅子轉了一百八十度。他難道沒有聽說過有簡訊這種東西嗎？

「嗨，露西。你感覺好點了嗎？我們還可以一起晚餐嗎？」

我把聲音壓低到像在耳語一樣。「我不確定。我得去拿回我的車，而且我很不舒服。」

「我聽你說過很多次車子的事。」

「我想，我的車是銀色的……我只記得這麼多了。」

「我預約了今晚七點在波尼托兄弟餐館。你不是說你喜歡這家嗎？」

看來沒什麼選擇了。那裡很難預約得到。我試著不要嘆氣。

「好，就在波尼托兄弟。謝謝你。我胃口不會太好，不過我會盡力的。到時候見。」

「晚上見。」

我掛斷電話，面對牆壁坐了一會兒。

「丹尼．佛雷契為你安排了一個陳腔濫調的夜晚。義大利餐廳，格子桌布。也許還有蠟燭。他會用他的鼻子把最後一顆肉丸推到你面前。這是第二次約會，對嗎？」

「我們不要說這個吧。」我假裝開始打字。我的螢幕出現了一堆錯誤的符號。

「大部分的男人會在第二次約會時試著接吻。」

這句話讓我停了下來，我的眼神看起來也許很誇張。一想到喬許會在第二次約會時所做的事，就讓我覺得不可思議。喬許的約會，句點。

我想像著喬許坐在一名美麗的女子對面，談笑風生。帶著他曾經給過我的那抹笑容一樣地笑著。他的雙眼發光，期待著一個晚安的吻。光是這個念頭，就讓我的胸口蒙受到一股黯然的壓力。我試著清清喉嚨，但是那似乎不管用。

我不是唯一一個看起來有點誇張的人。「說出來吧。你看起來像要爆炸了一樣。」

「幫你自己一個忙，今天晚上待在家裡。你看起來很糟糕。」

「謝謝你，小約醫生。不過，為什麼肥胖的小理查要這樣叫你？」

「因為我父母和哥哥都是醫生。他是在藉此提醒我，我沒有發揮我的潛力。」他的語氣暗示著我是個弱智，然後便起身走了出去。我跟在他身後來到了走廊，朝著影印室繼續前進。由於他完全沒有減緩速度，我只好拉住了他的手臂。

「等一下。我想要修補這個狀態。你知道嗎，你說得沒錯。我今天來公司確實是希望經過這幾天的事情之後，情況會有所不同。」

他張開口，但是我先採取了行動。他讓我把他壓在牆上，不過，我們都心知肚明，如果他想的話，他完全可以像拎棋子一樣地把我拎起來。

一陣高跟鞋的聲音像拖著馬車的馬一樣，穩定地朝著我們而來，讓我的沮喪越堆越高。我需要把事情說清楚，現在就要，不然我一定會得到靜脈瘤。

清潔工的儲藏室應該可以幫得上忙。還好儲藏室沒上鎖，我立刻走了進去，站在一堆化學物品和吸塵器之間。

「進來。」

他不情願地遵從了我的要求，我立刻把門關上，靠在門上。我們沉默地等著高跟鞋的聲音經過我們，然後漸行漸遠。

「這裡還真舒服。」喬許踢著一堆衛生紙說道。「好吧？你要說什麼？」

「我搞砸了。我知道我搞砸了。」

「沒有什麼需要被搞砸的事。你只是讓我很不爽。一切都還是維持現狀。」

他把一隻手肘靠在一個架子上，然後疲憊地用手掠過頭髮，這讓他的襯衫從長褲的腰間往上扯出了一吋。我們的距離貼近到我可以聽到布料伸展、甚至在他皮膚上滑過的聲音。

「我以為戰爭也許已經結束了。我以為我們可以當朋友。」

他的眼裡閃過一絲厭惡，也許我還是一次說完吧。「小約，我想和你當朋友。或者其他什麼的。我不知道原因是什麼，因為你好可怕。」

他舉起一根手指說道：「你剛才說的話裡有幾個字眼很有趣。」

「我說了很多有趣的字眼，不過，你從來都沒有好好聽進去。」我拗著自己的手指，直到指節發出清脆的響聲，而我的腦子也突然明白了一件事。

我之所以覺得越來越苦惱的原因是：我再也看不到他隱藏著的溫柔。我想起在我發燒的時候，他用手托住我的枕頭兩邊，不斷地和我說話，也自然地撫摸著我的肌膚。

而現在，他看我的樣子就像要把我燒死一樣。他曾經是我的朋友，在我神智不清的那個夜晚當了我一夜的朋友，而那是我再也得不到的了。

「或者其他什麼。」他用手指比了一個引號。「你說你想要當朋友，或者其他什麼。這個其他什麼到底包含了什麼？我要知道我有什麼選擇。」

「也許包含了不要死命地去憎恨彼此。我不知道。」我試著要坐在一堆箱子上面，但是箱子倒了下來，我只好又繼續站著。

「那麼，他呢，你男朋友？」他才把手放在腰上，整個儲藏室頓時就縮小成一個微型空間。他現在和我的距離很貼近。不管喬許用的是什麼神奇的肥皂，我都需要跟著用。我得放一塊在我最上層的抽屜裡，讓我的吊帶睡衣也沾上這個味道。我感到自己的臉頰在發燙。

「你根本不在乎我和丹尼約會。你不相信會有任何男人想要和我在一起。」

他沒有回答我，只是伸出一隻手，掌心向上。他的襯衫袖子依然捲起，我看著他手腕上壯碩的肌腱和線條。這是我第一次注意到他的手臂內側也有那種肌肉男才有的暴起的青筋。

「上班的時候碰觸別人是違反人資規定的。」我的喉嚨乾澀。不碰我才是犯法。

他期待地看著我，直到我把手放到他的手上。如果有人把手像這樣伸出來的話，真的讓人很難以抗拒，特別對方又是喬許的話，就完全無法拒絕了。在他把我的手翻過來檢查我掌心上的傷口之前，我可以感受得到他手指的溫度和大小。他對待我的手的方式，彷彿在對待一隻受傷的鴿子。

「說真的，你清潔過傷口了嗎？玫瑰的刺有可能帶有黴菌。這個傷口有可能受到感染。」他說著壓了壓傷口四周，小題大作般地皺起眉頭。他怎麼能有這兩種完全不同的面貌？我再度明白了另一件事。也許我就是關鍵性的原因。這個想法讓我感到害怕。要讓他卸下防衛的唯一方法，就是卸下我自己的防衛。也許我可以改變一切。

「小約。」

當他聽到我簡稱他的名字時，他折起了我的手指，把我的手還給了我。是時候嘗試一下這個了。我祈禱著，希望我沒有想錯。

「週五晚上，我希望你待在那裡。你，而不是其他人。如果你不想要當我的朋友，我可以試著和你玩**或者其他什麼**的遊戲。」

語畢，儲藏室裡只有一片沉默，他沒有做出任何的反應。如果我錯判了的話，那我這輩子都不會忘記這一刻。我的心異常地在狂跳。

「真的嗎？」他懷疑地問。

我把他壓在門上，當我聽到他的重量讓儲藏室的門發出一聲巨響時，不禁感到一陣戰慄。

「吻我。」我低聲地說道，儲藏室裡的空氣開始變得溫暖。

「所以這個**或者其他什麼**的遊戲包含了親吻。真是太有趣了，露辛達。」他的手指掠過我的頭髮，輕輕地撥去我臉上的髮絲。

「我還不知道遊戲規則是什麼。這還是個很新的遊戲。」

「你確定嗎？」他低頭看著我壓在他腹部上的手。

我用力推了一下他硬挺的肌肉，不過它完全不為所動。「你穿了防彈衣嗎？」

「在這間辦公室裡，我必須要穿。」

「我很抱歉傷害了你的感情，還有把你趕出我的公寓。小約。」當我用簡稱來稱呼他時，無疑是在釋放善意。這也是我的道歉。

坦白說，這樣叫他讓我覺得很愉快。這讓我可以想像他是我的朋友。一個讓我在清潔工的儲藏室裡，把手掌壓在他身上的朋友。我真希望他也可以把他的手放在我的身上。

「我接受你的道歉。不過，如果下次再有別的男人陪你走進辦公室、親你，還送花給你，你不要期待我會當個好人。你我之間的這個遊戲不是這樣的玩法。」

「我根本不知道這個遊戲會有什麼玩法。」我重重地嚥了嚥口水。他用手指托起我的下巴，讓我面對著他。

「我以為你很聰明，露辛達。我一定是錯了。」

我踮起腳尖，當我的手滑上他的肩膀時，我抓住了他。我的指甲掐進他的肩膀，讓他喉嚨緊縮地吞了吞口水，我隨即張開口，在他的喉嚨上隨意地印下一吻。我可以感覺到這個吻帶來的效果；他放鬆了手，胯部朝我頂過來。有個東西重重壓在了我的腹部上。

這是我這輩子玩過最棒的遊戲。

他的手撐在我的下背，我拱起身抵住他，企圖把一隻手繞在他的後頸上。

「有什麼原因讓我們還不能吻下去嗎？」

「身高的差異是主要的原因。」他已經硬挺到足以把一個錫罐給頂到凹陷的程度，不過，他卻企圖要掩飾這個事實。這是不可能的任務。我笑了笑，試著把他拉向我的嘴。

「不要逼我爬上去。」

他貼上了我的唇，不過，他並沒有更進一步的舉動。他的臉因為猶豫和對慾望的控制而變得僵硬，我猜，他正在衡量這對工作的影響。

「我們只剩下兩個星期會一起工作。所以，這會有什麼影響嗎？」我很高興自己又恢復了慣常的語氣。

「真是個浪漫的提議。」他伸出舌頭舔了舔嘴角。他想要這麼做，很明顯地想要。但是，他依然在抗拒。

「把你的手放上來。」

他沒有抓住我的手，只是把他的手放在了我的手上，就像我剛才對他做的那樣。然後，他只是站在那裡。胸口不斷地在起伏。

「把它們放到你自己身上。」事情和我預期的完全不一樣。我握起他的一隻手，把它放在我的側面。然後再握起另一隻手，這次我決定要把它繞到我的臀上。我感覺到他的手緊緊地捏住了我，但是卻沒有移動。基本上，無需他的幫助，我自己就已經慾火焚身了。

「這是為了要避開人資的規定嗎？不要再被人資威脅了。在這個節骨眼上，這根本是在浪費呼吸。」連這麼說都是在浪費我的呼吸。我需要氧氣。他雙手的熱度已經穿透過我的衣服、燒燙了我的肌膚。

我把他的手往下推到我臀部和大腿的銜接處。這個姿勢讓他不得不稍微彎身，也使得他的嘴更加貼近了我。我隨即拉住他放在我身側的另一隻手，沿著我的肋骨一路往上滑到我的胸部邊緣。他看起來彷彿就要昏倒了。我的自尊心已經大到這間小小的儲藏室都容納不下了。

「看來，這就是和你發生性愛的感覺，」我忍不住要揶揄他。「我還希望你能有多一點的參與感。」

他終於開了口。「我會參與的。而且會參與得很好，讓你隔天都沒辦法好好走路。」

儲藏室外響起了更多的腳步聲。此刻，我正處在一間比牢籠還小的空間裡，而喬許的手就在我的身上。我膽大包天地拉起他的手，將他的手指壓在我的事業線上，我想要看看會發生什麼事。

「沒問題，說我沒辦法好好走路是低估了我。」

無論他有多大的控制力，都在這一瞬間明顯地下降了，他的手又恢復了主權。他把一隻手放到我的膝蓋下方，一把抬起了我的腿。他的指尖在我洋裝下襬裡面搓揉著，沿著我的大腿外側游移到了我的內褲邊緣。他的指尖才碰觸到鬆緊帶，就讓我渾身起了一陣寒顫。他的手指在我肌膚上畫著圈，沿著我的胸口往下滑落。然後，他把我的腿放回到地上，雙手插進了自己的口袋。

「我要你為我做一件事。我要你去和丹尼約會，去赴那個可愛的、小小的約會，我希望你吻他。」

即便他這麼說，他的嘴角卻因為不屑而扭曲。我站回我正常的高度。最近，我們確實對彼此說了一些難以相信的話，但是，這句話卻完全匪夷所思。

「什麼？為什麼？」我把手從他的肩膀上放下。

那股往下沉落的感覺開始了。他一直都在戲弄我。我眼裡露出的警戒讓他把一隻手扶在我的手肘上，讓我免於退縮。

「如果那比我們的電梯之吻精采的話，那我們就到此為止。去和他約會。然後計畫在天空鑽石草莓園的涼亭裡舉辦你的春季婚禮。」

我開始抗議，但他卻不讓我說話。「如果完全不如電梯之吻，那麼，你就得向我承認。當著我的面。說出來。誠實地說出來。不帶任何嘲諷地說出來。」每一條路都被堵死了，我無路可逃。

「你居然要我這麼做，真是太怪異了。」我往後退開一步，結果撞倒了一根掃帚。

「除非你告訴我，沒有人像我那樣吻你，不然的話，這個**或者其他什麼**的遊戲就不會開始。」

「我可以現在就告訴你嗎？」我再度踮起腳尖，但是他卻拒絕了。

「我不會在你選擇好好先生之前當你的實驗品。是的，我要你今晚就吻丹尼．佛雷契，然後向我回報結果。如果那是個很棒的吻，那就祝你好運。」

「你很顯然對好人有偏見。」

他又附加了一個警告。「還有最後一點。如果吻他比不上吻我，那麼，你以後就不能再吻他。」語畢，他打開儲藏室的門，把我推了出去。貝克斯里先生正踏著重重的步伐、一臉嚴肅地走來，我立刻把門在我身後關上。當他看到我從清潔工的儲藏室出來時，確實多看了我一眼。

「我在找清潔玻璃的東西。辦公室裡都是指紋。」

「你有看到小約嗎？我到處都找不到他。一切都亂糟糟的，而他卻不見了。」

「他去幫你買咖啡和甜甜圈。你太忙了。答應我，你看到他的時候會假裝很驚訝。」貝克斯里先生立刻振作了起來，然後喘著氣，發出了一串咕噥的抱怨聲。然後他悠閒地看著我的洋裝和衣服上的細節，讓我不快地把手扠在了腰上。不過他一點也沒有注意到。

「你看起來有點慌張，哈頓小姐。我不介意年輕女孩的臉頰看起來帶點粉紅色。不過，你應該要多露出笑容。」

「噢，我的電話響了。」儘管我的電話並沒有響，不過我還是這麼說了。「記住了，當小約回來的時候，你要裝作很驚訝的樣子。」

「我可以做出驚訝的樣子。」他對我說完，便朝著男士洗手間走去。他手上拿了一份報紙。看來，喬許可以在樓下好好地散個步了。

我鎮定地走回我的辦公桌，然後讓自己趕緊做我急需做的事：大口呼吸。我像跑完半馬似地大口喘著氣。豆大的汗珠不斷在我的後頸冒出，而我的臉也像沾滿了露水一樣。我的手指因為碰到了覆蓋在他肌膚上的襯衫而發燙。直到我吐出的熱氣讓十樓辦公室所有閃亮的物體表面，有一半的面積都蒙上了一層霧氣，我才終於鎮定到可以在位子上好好地坐下來。

我的性興奮實在過於強烈，我真希望可以把自己敲昏，直到這個興奮退潮再醒過來。

「你救了我。」喬許把一杯熱巧克力和一個草莓甜甜圈放在我的滑鼠旁邊。「你隨機應變的能力真令人佩服。」

當他消失在他老闆辦公室的時候，我注視著桌上粉紅色的甜甜圈，彷彿我們已經穿越了一個蟲洞一般。在二十分鐘的時間裡，自我懷疑已經開始侵蝕我對掌握**或者其他什麼**這個遊戲的信心。他太高大、太聰明，而我的身體太過喜歡他。我絕望地想要試著建立什麼基本原則。但是，當他坐在他的位子上啜飲著咖啡時，我卻脫口而出地說了一句很庸俗的話。

「如果這個**或者其他什麼**的遊戲涉及了性行為的話，那就會是一個一次性的交易。就一次。只是一次沒有意義的行為。」說完，我用手摀住了嘴。

他尖酸地瞇起眼睛，開始吃我送給他的草莓。眼前的這一幕真是太催眠了。我從來沒有見過他吃東西。

「一。」我伸出一根手指。

「就一次？你確定嗎？你可以至少先請我吃頓晚餐嗎？」他往後靠在椅背上，享受著這份交易。他咬著、咀嚼著、吞嚥著，讓我不得不把頭轉開，因為說句實話，他吃東西的樣子看起來實在性感到令人無法忍受。

「當然，我們可以去得來速買快樂套餐。」

「天啊，謝了。在我們交易之前，先買個漢堡餐和玩具。就一次。」他喝著咖啡，然後看向天花板。「你就不能請我去一家高級的義大利餐廳嗎？還是說你希望我覺得這個交易很廉價？」

「就一次。」我把幾根指節塞到嘴裡，咬到自己發疼。閉嘴，露西。

「你可以定義一次包含了什麼嗎？」他把下巴貼在手掌上，閉上眼睛打了個呵欠。你會以為我們是在討論工作的提案，而不是什麼會發生在我床上的赤裸的、下流的遊戲。

「你父母從來沒有和你談過基本的性知識嗎？」我喝了一口我的熱巧克力。

「我只是想要了解我面對的是什麼規則。你的規則會越來越多。你可以發郵件給我嗎？」貝克斯里先生走到我們之間，打斷了我們的對話，然後在看到他桌上的咖啡和甜甜圈的時候，發出了一個沒有說服力的驚訝聲。

「我馬上就過來。」喬許對他說著。

對我，他則說道：「一次，嗯？你克制得了你自己嗎？」我看到他的嘴角揚起了一絲笑意，然後他開始點擊著他的電腦螢幕。

「不要露出那種自滿的表情，」我盡可能地小聲說道。「誰能保證這件事一定會發生。」

「不要表現出好像只有我想要一樣。你這不是在幫我什麼忙，你是在幫你自己一個大忙。」他說得好像和他自己拉鍊下的東西無關一樣，不過，我還是往那裡看了一眼。我似乎沒有辦法不說話。

「為了平息我們之間這種怪異的性緊張狀態，是的，這件事只會發生一次。就像我所說的，這重要嗎？」

他用力地眨了眨眼睛，張開口準備要說話，然而似乎又重新考慮了一下。對於一個剛剛被一個女人告知說要考慮和他發生性關係的男人來說，他看起來似乎有點失望。

「那麼，我想我最好要把握機會，奶油蛋糕。」這既是一份承諾，也是一個警告。我一口咬下將近一半的甜甜圈，好讓自己不用搭話。

這件事既然由我來定義條件，應該就會讓我佔盡上風。他站起身，拿起了他的咖啡。這是讓步的訊號。然而，他卻又把球丟回給我，直接迫使我做出決定，我不得不說，這讓我很佩服。

他在一張藍色的即時貼上寫著什麼東西。他筆下細長的黑色字體既隨意又潦草；墨水在紙張上稍微暈了開來。

他寫下了我連做夢都沒有想過我會知道的東西。我不知道那是為了讓我在婚禮前去接他，還是為了其他什麼事情。我沒辦法問他，因為我的嘴裡塞滿了甜甜圈。

只見他把即時貼貼在我的電腦螢幕上。那是他家的地址。

13

「我一直半預期著你那位大哥會衝進這裡，把你拉走。說你明天還要上學，今晚不能出來等等。」我心不在焉地用湯匙攪拌著眼前的檸檬冰淇淋，一邊聽著丹尼說話。

「我相信他應該會把車停在餐廳前面，等著把你輾過去。」我的話聽起來像在半開玩笑一樣。服務生過來看看我們對食物是否還滿意，我們也再一次向她保證每一道菜都很可口。一切都很完美。格子圖案的桌布以及蠟燭。浪漫的音樂。而我也梳洗過了才出門，並且換上了一件紅色的洋裝，也塗上了紅色的唇膏。唯一讓我沒有打瞌睡的原因就是我胃裡的那絲緊張，因為我不時想起今晚那無可避免的吻。

「我需要問你。你……單身嗎？有對象嗎？我有一種感覺。你和他是不是……？」

「對，不是。不是！沒有感覺。絕對沒有什麼感覺。我還單身。」我隨即又重複了幾遍。丹尼的表情帶著懷疑。這位女士抗議得也未免太強烈了。

我感到一股恐慌。如果有人懷疑我和喬許有任何牽扯的話，那一定會造成一些影響。名譽上的、人資上的、尊嚴上的。我想起了漆彈比賽那天，那些揶揄的神情和互相推擠的小動作，我無法想像一切是不是都為時已晚了。

「公司裡有些勾搭的事情發生。莎曼莎和葛蘭。噗，那真是個災難。」丹尼笑著說。我可以看得出來他很八卦。他揚起眉毛，希望我也可以分享我所知道的什麼醜聞，不過我只是搖搖頭。

「公司裡沒人會和我說話，他們認為我會打小報告。」

「小約讀了一年的醫學院，這是真的嗎？」

「我不知道。不過，他父母和哥哥都是醫生。」

「我們都很希望他能辭掉貝克斯里的工作，去當個直腸科醫生或什麼的。」

我不得不笑出來。

「你過去有過什麼不愉快的分手經驗或者什麼嗎？」丹尼看起來一副好奇的模樣。「我想，我正試著要弄懂你為什麼還單身的原因。」

「我一直沒什麼時間約會，公司合併導致我失去了幾個佳茗的朋友，從此，我就不太費心在認識新朋友上面。我的工作佔據了我全部的生活。幫CEO工作不是你想像中典型的朝九晚五。」

「那你桌上那朵玫瑰呢？」他充滿期待地揚起眉毛。

「那只是個玩笑。」

他等著我進一步說明，但是當我沒有往下說的時候，他便放棄了，同時改變了話題。「你把你那份新職務的申請書交出去了嗎？」

「送出去了。下週就會面試。」

「競爭很激烈嗎？」

「面試的名單裡只有我、幾個公司外的人，還有我的死黨喬許．譚普曼。總共四個人。」

「你等這個機會等了很久。」丹尼推測地說。也許我的眼裡又燃起了那種瘋狂的激情。

「伊蓮娜一直在栽培我。當我們還是佳茗出版社的時候，我才幫她工作了一年，就被指定轉到編輯部門。」我可以聽得出來自己聲音裡的苦澀。

丹尼思考著我的話。「用各種可能的方法進到出版社工作並不是什麼奇怪的事，即便那代表著你做的是行政工作。公司裡有一半的人第一份職務都不是他們夢想中的工作。能從一個職務跳到另一份空缺的職務是很聰明的做法。」

「不，那不是我的重點。我真的很高興我能進入到經營的角色。」

「不過後來公司就合併了。」

「是的。很多人都丟了工作；我很幸運能保有我的工作，即使那表示我得維持同樣的角色。我失去了我最好的朋友。」我說得好像她已經死了一樣。

「首席營運官的頭銜會讓你的履歷看起來很驚人，特別是你才這個年齡而已。」

「是啊。」我吸了一口氣，想像著用Arial字體打出來的這個頭銜。然後我想到了同樣的頭銜出現在喬許的履歷上，原本美味的白日夢立刻就變酸了。「我正在為面試準備一場簡報。這是我已經思考了很久的事。我的職務一直都還沒有足夠的影響力，和我的期待還有所差距。時機一直都沒有到來。我想要成立一個正式的企劃，把庫存書轉成電子書的形式，重新包裝整本書，包括封面和內容。我想，獲得這份新的職務能夠賦予我我一直以來所缺乏的影響力。」

「這樣聽起來，在封面設計上，你將會需要很多的支援。記得找我。」丹尼說著，從口袋裡掏出一張他的新名片給我。隔壁桌的一位女士側過臉來看了他一眼，彷彿在說，真是個混球。

他示意服務生結帳，然後把他的信用卡給了服務生。

「噢，謝謝你。」我尷尬地向他道謝，他只是笑了一笑。

我們一起走向我停車的地方。「抱歉，我一直在說工作上的事。」

「沒關係。別忘了，我也曾經在那裡工作。這就是你的車了。」丹尼停下腳步，用手在車子四周比劃著。「看起來很棒啊。」

「不是嗎？」我靠在車門上。「終於自由了。終於自由了。」

「你剛才引用馬丁．路德．金的話來比擬你的車子嗎？」

「嗯。是啊，我想是吧……」

他爆笑出來。「天啊，你真是太讚了。」

「我是個笨蛋。」

「別這麼說。我想要吻你。可以嗎？」他禮貌地詢問我。

「可以。」我們注視著彼此。我們都知道就是這一刻了。真相揭曉的一刻。我要不就是會被丹尼沖昏頭，要不就是會讓喬許的自我更加膨脹。

我們看起來就像一張漂亮的情人節小卡片。路面因為下過雨而顯得濕滑；一盞街燈把我們籠罩在白色的光環下，我的紅色派對洋裝成了視覺的焦點。一名有著天使般淺金色捲髮的男人把我微微往後扶著，他淡藍色的眼睛低垂，目光落在我的嘴唇上。他的高度意味著我們可以完美地擁吻。

他輕盈的氣息裡帶著剛才甜點的香氣，他的雙手很紳士地扶在我的腰上。當他的唇碰到我的唇時，我暗自祈禱著自己可以感覺到些什麼。我對頭頂上的每一顆流星許願，但願這個吻能激起目眩神迷的慾望。我一遍又一遍地吻著丹尼．佛雷契，直到我明白慾望一直都沒有降臨。

他用嘴將我的雙唇微啟，不過，他依然抱持著慣有的紳士風度，讓他的舌頭乖乖地停留在他嘴裡。我把手放在他的肩膀上。儘管他的身形給人第一眼的印象既結實又健壯，但是此刻感覺起來卻輕盈單薄得像雞骨一樣。我敢打賭，他甚至可能沒辦法把我從地上抬起來。

我們雙雙往後退開。

「呃。」我的希望完全受到了打擊，而我想他也知道。他端詳著我的臉。那就像親吻表兄妹一樣。就是不對勁。我想再來一次以確保我們沒有弄錯，但是，當我往前移動的時候，他卻往後退了半步，然後把手從我腰上放下。

「我很享受和你相處的時光，」他開始說道。「你是個很棒的女孩。」

我立刻開口幫他說完他想說的話。「不過，我們可以只當朋友嗎？我很抱歉。」

他的臉上出現了被我搶先一步的失望，以及鬆了一口氣和微微惱火的神情，這讓我減低了對他的喜歡。

「當然。當然。我們是朋友。」

我拿出我的車鑰匙。「那麼，謝謝你的晚餐。晚安。」

我目送他走開，他邊走邊舉起手和我道別。他在掌心上翻動著車鑰匙，每一步都走得有點緩慢。一頓昂貴的晚餐卻換來了一個很糟糕的吻。

好吧，你贏了這場親吻比賽，喬許．譚普曼。我就怕你會贏。

一朵暴風雨的烏雲在我心裡醞釀成形。這個傍晚既無力又枯燥，就這樣白白糟蹋了。

然而最糟的是？如果沒有喬許的話，就我的標準來衡量，這會是一個還不錯的約會。確實如此。我有過更糟糕的約會和更糟糕的吻。即便這個吻的化學作用並不理想，但是，我們可以慢慢來。這是我印象中近期以來唯一的機會，但是這個機會卻被毀了。

整個晚餐的過程裡，喬許彷彿就坐在我們那張浪漫小桌的第三張椅子上，看著我們、評斷著我們，不斷地提醒我我錯過了什麼。當我看著丹尼的嘴時，我祈求我自己能有一些感覺。

當周遭的街道開始變得陌生時，我立刻把車停在路邊，花了許多時間在設定我的GPS上。我咬著一張正方形的藍色紙條，笨拙的手指在按鍵上亂按一通。

我用我所能想到的最糟糕的字眼罵著GPS裡的那個女人。我求她停下來，但是她並沒有理睬我，甚至像一個巫婆一樣地把我導航到了喬許的公寓。

我絕對不要開進他的公寓大樓。我沒有那麼可悲。我在街邊停了下來，抬頭望著那棟建築物，猜想著哪個亮著燈的方形窗口才是他的所在。

小約，你為什麼要毀了我？

我的手機突然響了。螢幕上顯示的是從來不曾出現在我手機上的名字。

喬許．譚普曼：如何？真令人不安……

我鎖上車，一邊走一邊拉緊了外套。我試著思考要如何回覆。坦白說，我什麼也想不出來。我的自尊嚴重地受傷了。今晚我應該要更努力嘗試才對。應該讓自己更有信心。但是我實在厭倦了嘗試。

我回覆了他。那是一個笑臉便便的表情符號。這已經可以說明一切了。

我決定繞著他的公寓大樓走一圈，同時祈禱著不會有人來把我擄走。不過，我無須擔心太多。除了最盡責的跟蹤狂之外，街道已經被大雨沖洗得一乾二淨了。當我繞著大樓偵察時，我的紅色高跟鞋在街道上響起了大聲的回音。

這種感覺很奇怪，一個人獨自走在路上，並且試著用別人的眼光來看待周遭的一切，更別說是你的宿敵了。我看著人行道上的裂縫，猜想著他在走向那間有機的小雜貨店時，是否也會踩在這些裂縫上。但願我也能住在那種商店的附近；也許這樣我就不會吃那麼多通心粉和起司了。

我一直都在想，我們生命裡遇到的人是來教導我們某一堂課的。我也一直相信，喬許的目的是在測試我、推動我，讓我變得更強硬。而在某種程度上來說，也的確如此。

我經過一片玻璃，然後停下腳步，看著玻璃上反射著我的倒影。這件洋裝就像一顆釦子一樣可愛。我的臉頰、嘴唇又有了色彩，不過大多是化妝化出來的。我想起了那些玫瑰。我依然無法想像，那是喬許·譚普曼送我的玫瑰。他走進一家鮮花店，出於他自己的意願，在一張卡片上寫下了幾個字，這些字改變了遊戲的狀態。

他大可以寫下其他的話。任何一句都會很完美。

我很抱歉。我想道歉。我搞砸了。我是個很糟糕的混蛋。戰爭結束了。我投降了。

我們現在是朋友了。

然而，他卻寫了那幾個字。你向來都很漂亮。這個最奇怪的招認，竟然來自於這個地球上我最意想不到的一個人。我讓一個長期以來一直被我禁錮得很完美的念頭浮現在了腦袋裡。

也許他從來都不憎恨我。也許他一直都想要我。

我的口袋又傳來了聲響。

喬許．譚普曼：你在哪裡？

哪裡，那還用說。關你什麼事，譚普曼。我正潛伏在你的公寓大樓後面，看著你們的大垃圾箱，企圖弄清對街的咖啡店是不是你習慣去的咖啡店，或者你是否曾經走進過那個有著小噴水池的迷你停車場。我正在看著街燈照耀在人行道的方式，正在用全新的視野看著一切。

我在哪裡？我在另一個星球上。

又來了一通簡訊。

喬許．譚普曼：露辛達。我開始覺得煩了。我沒有回覆。回覆有什麼用呢？我需要記下今晚，把它當作另一個尷尬的生命經驗。我望著街道，我的車就停在街區的尾端，耐心地等待著。一輛計程車在經過我的時候減慢了速度，當我一搖頭，它立刻又加速開走了。跟蹤就是這樣開始的嗎？我抬起頭，看著一隻飛蛾在路燈下打轉。今晚，我完全了解了這個生物。

再經過一次那棟樓的前面，我的行程就結束了。到了那棟樓前面，我會轉頭看著信箱所在的位置。也許，我會想要留給他一道死亡威脅，或者一張匿名紙條，用海軍旗子大小的內褲包裹起來的紙條。

我加大步伐走過前門，看了一眼大樓裡整齊的大廳，同時也看見了有人走在我前面。一個男人，高大、身材比例完美、雙手插在口袋裡，腳下的步伐透露出一股怒氣和煩躁。我到B&G的第一天也曾經看到過這個剪影。對於那個身形，我比對自己的影子還要熟悉。

想都不用想，我來到這個全新的星球，除了喬許，還有誰會在這裡。

他回頭看了一眼，無疑是聽到了我那震天般的腳步聲突然停止了。然後他又多看了一眼。連看兩眼算是破了紀錄。

「我出來跟蹤別人。」我說著。這句話說的並不如我的原意，因為它聽起來既不輕快也不好笑，反而像是一種警告。我現在變成了一個嚇人的悍婦。我舉起雙手，表示我沒有攜帶任何武器。但是我的心卻在狂跳。

「我也是。」在他回答的同時，又一輛計程車像鯊魚般疾馳而過。

「你到底要去哪裡？」我的聲音在空蕩的街上響起。

「我不是說了嗎，我出來跟蹤別人。」

「什麼，走路？」我往前走近六步。「你打算用走的？」

「我打算像終結者一樣跑到路中間。」

我忍不住輕蔑地笑了出來。我打破了自己的規則對他笑，但是我實在是忍不住。

「你也是用走的，還踩著高蹺呢。」他指了指我的恨天高高跟鞋。

「這讓我在看你們的垃圾箱時，可以多幾吋的高度。」

「有發現什麼有趣的東西嗎？」他往前走來，然後在我們之間大約相隔十步時停下腳步。我幾乎可以聞得到他的味道。

「和我預期的差不多。蔬菜屑、咖啡渣，還有成人尿布。」

他仰頭對著星空大笑。他那神奇的、振奮的笑聲甚至比我記憶中的還要驚人。我身體裡的每一個分子都因為想要聽到更多的笑聲而在顫抖。我們之間的空間也因為能量而在震動。

「你也會笑耶。」我只能說出這句話。

他的笑容勝過其他上千人的笑容。我需要拍張照片。我需要把它保存下來。我需要讓這個奇異的星球不再旋轉，這樣，我才能夠及時把這一刻凍結下來。這是怎樣的一個災難。

「我能說什麼？你今天晚上太好笑了。」當我往後退了一步時，他臉上的笑容立刻消失了。

「看來，只要把我的地址給你，我就可以在我家外面看到你出現？也許我應該在我們第一天認識的時候，就把我的地址給你。」

「什麼，這樣你就可以開車輾過我嗎？」

我又往前走近了一點，直到我們都籠罩在街燈下。我今天已經看了他八個多小時了，不過，離開了辦公室的環境，他看起來像是個嶄新的陌生人。

他的濕髮在街燈下閃耀著光澤，顴骨也蒙上一層光暈。他身上穿著一件洗白了的海軍藍棉T，那件T恤可能比嬰兒的被單還要柔軟，而冷風也許正在螫刺著他裸露的前臂。那件舊牛仔褲愛戀般地貼在他的身體上，褲腰上的釦子彷彿一個羅馬錢幣般地在對我眨眼。他球鞋上的鞋帶鬆到幾乎不算綁住。眼前的他絕對讓人賞心悅目。

「約會不太順利。」他推敲著說。

他沒有嘲笑我，這還真值得表揚。那雙暗藍色的眼睛耐心地看著我。他讓我站在那裡，讓我慢慢思考。我要如何掙脫眼前的情勢？窘迫又開始向我襲來，剛才那份玩笑的氛圍正在逐漸消退。

「還好。」我看了一下手錶。

「你現在會出現在這裡，那表示約會沒那麼好。或者你是來報告好消息的？」

「噢，閉嘴。我想要……我不知道，看看你住在哪裡。我怎麼抗拒得了？我還在想，總有一天我要在你的信箱裡放一條死魚。你已經看過我住的地方了，所以那不公平。」

他並沒有被我的話分神。「你有按照我們的協議那樣吻他嗎？」

我看著街燈。「有。」

「然後呢？」

當我遲疑著沒有回答時，他把手扠在胯邊，低頭看著街道，顯然有點不知所措。我用手背擦了擦嘴唇。

「約會本身確實很不錯，」我開始說道，但他卻往前走近，一把托住了我的下巴。一股緊張感宛如劈啪作響的靜電般升起。

「不錯。不錯、很棒、還好。你需要的不只是不錯。告訴我實話。」

「不錯正是我所需要的。我需要正常的東西，輕鬆容易的東西。」我在他的眼裡看到了失望。

「那不是你需要的，相信我。」

我試著把頭轉開，但他不讓我這麼做。我感覺到他的拇指撫過我的臉頰。我企圖把他推開，沒想到卻反而把他拉得更近，他的T恤被我抓在了拳頭裡。

「他對你而言並不夠。」

「我甚至不知道我為什麼在這裡。」

「你知道的。」他親吻了我的臉頰，我踮起了腳尖，渾身顫抖。「你是來這裡告訴我實話的。就這麼一次，你沒有當個說謊的小騙子。」

他是對的，當然。他一直都是對的。

「沒有人能像你那樣吻我。」

我居然在喬許的眼裡看到了並非惱怒、也不是氣憤的光芒。他跨近一步，然後停下來評斷著我。不管他在我的眼裡看到了什麼，似乎都讓他安下了心，他展開雙臂環繞住我，將我整個人抱離了地面。然後，他的唇落在了我的唇上。

我們同時發出了解脫的嘆息。對於我為什麼站在他大樓外潮濕的人行道上，我沒有必要說謊。一開始，我們只是嗅著彼此的氣息，然而，我們緊壓著對方的唇最後終於雙雙開啟。我之前曾經說過，這重要嗎？很不幸地，這個吻對我來說確實重要。

我手臂上的肌肉開始在他的脖子上可悲地顫抖，而他也將我抱得更緊，緊到我可以感覺到他已經抓住了我。我的手指纏繞在他的頭髮裡，拉扯住那一頭濃密絲滑的頭髮。他發出了呻吟。我們的唇淹沒在奢侈的吻裡，在彼此的唇上滑行、拉扯、游移。

那股平時只在我們各自體內鞭打著我們的能量，在這一刻找到了出口，在我們之間形成了一道循環不止的電流，從我身上流竄到他的身上。我的心彷如燈泡般地在我的胸口發光，並且隨著他的唇所帶來的每一個動作而更加明亮。

我企圖要喘口氣，而我們緩慢、激情的長吻也變成了一連串斷斷續續的吻，彷彿在輕咬著對方。他在測試，但測試裡卻也含著一絲害羞。我覺得自己好像被告知了一個秘密。

這個吻有著我從來沒有預料到的脆弱，就如同認知到這份回憶總有一天會褪色一樣。他企圖要讓我記得這個吻。這份苦樂交織的感覺讓我的心開始受傷。就在我張嘴試著探出舌頭時，他卻以純潔的方式結束了這個吻。

那是最後的吻嗎？

「我獨家的第一次約會之吻。」他等著我做出反應，不過，他一定從我臉上看出了我此刻無法使用人類的語言。

他繼續用一種舒適的擁抱方式抱著我。我交叉著腳踝，並且像從來沒有看過這個人一般地看著他。在如此近距離的注視下，那張漂亮的臉龐和閃閃發亮的眼睛所帶來的震撼，讓人幾乎感到害怕。我們的鼻尖輕輕地摩擦著彼此。火花在我的唇齒之間跳躍，渴望著再度和他連接。

我想像著他和別人約會，然而，嫉妒卻立即在我的胃上痛揍了一拳。

「是啊，是啊，你贏了。」當我又可以呼吸時，我對他說道。「我還要。」

我往前靠，但他並沒有接受我的暗示。比起他真正的能耐，這只不過是微不足道的表現而以。我需要電梯裡那種熾熱的密度。

一對手挽著手的中年男女從我們身邊走過，打破了我們的小世界。那名女子回頭看著我們，她的眼神道出了她的心聲。我們顯然就是一對可愛的年輕情侶。

「我的車停在那邊。」我開始不安地扭動，然後指著我停車的方向。

「我的公寓在那邊。」他朝上指了指，然後小心翼翼地把我放回到地上，就像在放一個牛奶瓶一樣。

「我不能去。」

「矮小。嬌小。膽小。」他觸到了我的痛點，很好。換我用嚇死人的誠實來面對他。

「好，我承認。我快嚇死了。如果我上樓的話，我們都知道會發生什麼事。」

「請告訴我。」

「或者會發生某件事，就是我說的那個一次性的事情。那我們就無法參加下週的面試了，因為我們會重傷地躺在你床單都被抓爛的床上。」

他的嘴角上揚，我想那即將就會變成一道讓人心臟爆炸的笑容，因此我立刻轉身，朝著我停車的方向而去。我抬起一條腿，開始狂奔。

14

「不，你不會的。」他告訴我。他把我拽在手臂下面，就像夾著一捆報紙一樣地走進了大樓的大廳。他甚至還行有餘力地檢查了他的信箱。

「放輕鬆。我只是要讓你看看我的公寓，這樣我們就扯平了。」

「我一直都覺得你住在地底下的某個地方，靠近地心的地方。」當他按下四樓的按鈕時，我試著說話。看著他的手指讓我想起了曾經的畫面。我注視著紅色的緊急按鈕和電梯裡的扶手。

我嘗試要謹慎地聞著他的味道。然而，我終究還是棄謹慎於不顧，把自己的鼻子貼在了他的T恤上，然後吸了滿滿的兩大口氣。這種癮真是丟臉。即使他有注意到的話，他也沒有說什麼。

「撒旦叔叔在我的預算範圍內並沒有什麼公寓可以出租給我。」

這個電梯很大，我實在沒有理由像這樣繼續待在他的手臂底下。不過，四樓的距離實在太短，這時候顯然沒有什麼必要把我的手臂從他的腰際撤下來。他的指尖依然在我的頭髮裡。

我慢慢地張開雙手，一手繞過他的背，一手則繞過他的腹部。結實的肌肉、溫暖的體溫和活生生的肉體。我再次把鼻子壓在他的肋骨上，深深地呼吸。

「真讓人毛骨悚然。」他溫和地說道，我們隨即走進走廊。他打開一扇門，於是，我步履不穩地走進了喬許·譚普曼的公寓裡。他像扒香蕉皮一樣的扒開我的外套，我立刻振作起了精神。

他把我的外套掛在門邊。「進來吧。」

我不確定要期待什麼。也許某種灰色的水泥牆，沒有個人特色。一架巨幅的平板電視，還有一張木凳。一只有黑色頭髮和紅色唇膏的巫毒娃娃。一塊被刀子從中切開的草莓奶油蛋糕捲。

「貼了你照片的標靶在哪裡？」我往裡探了一點。

「在客房裡。」

暗色調的室內散發著一種陽剛和成熟的溫暖，巧克力色的牆壁打磨得很光亮。空氣裡有一股充滿活力的橘子味道。一張碩大的軟沙發正對著每個男人都想要的巨型平板電視，電視螢幕甚至沒有關上。他應該是匆忙間出門的。我脫下鞋子，身高立刻縮水了一些。當他消失在廚房時，我偷偷地從角落四下窺探著。

「儘管偷看。我知道你想看想瘋了。」他開始在一只閃亮的銀色水壺裡裝水，然後放在爐子上。我顫抖地吐出了一口氣。我不會被強暴。沒有人會在強暴女人之前燒開水，也許在中世紀才會發生這種事。

他當然又說對了。我想看想瘋了。那就是我為什麼來這裡的原因。我所知道的那個喬許已經不能滿足我了。知識就是力量，而此時此刻，再多的知識都不夠讓我吸收。一道無聲的、興奮的尖叫卡在我的喉嚨裡。比起觀察他這棟大樓外面的人行道，這實在是好太多了。

一座書櫃佔滿了一整面牆。窗戶旁邊擺了一張扶手椅和另一盞燈，燈底下堆疊了一落書籍。咖啡桌上還有更多的書。這讓我大大地感到了安慰。如果他是個英俊的文盲，那我又會怎麼做？

我喜歡他的燈罩。我站到投射在那張東方地毯上的深綠色光圈裡，低頭仔細研究著地毯上的圖案，那是彎曲而糾纏在一起的常春藤。他客廳的牆上掛著一幅鑲在畫框裡的山丘畫，可能是義大利，也或許是托斯卡尼。那是原畫，不是印刷品；我可以看到那些細微的畫筆筆觸，畫框看起來也十分華麗。山丘上聚集了一些建築物；拱頂的教堂和尖塔上方，是一片紫黑色的天空。微弱的群星像斑點一樣地掛在天空裡。

咖啡桌上還有一些商業雜誌。沙發上有一只用藍色緞帶交織而成的時尚靠墊。這一切是那麼的……出乎意料。一點都沒有極簡的痕跡。就像真的有人住在這裡一樣。我突然發現，他的公寓遠比我的可愛多了。我看向他的沙發底下。空無一物。連灰塵都沒有。

我瞥見一隻用便箋摺疊的小鳥，那是我在一場會議中用來射他的。只見它穩穩地立在書櫃邊緣。我看著廚房裡的他，正側對著我站在擺放著兩只馬克杯的流理台前面。我很難想像他把我摺的那個垃圾般的小東西放進口袋，還帶回家來。

書櫃的下一層擺了一張相框，相框裡的喬許和派崔克站在一對夫婦之間，我猜那應該是他的父母。他的父親高大而英俊，臉上的笑容裡帶著一絲嚴肅，不過他的母親則幾乎擠不進畫面。她的兩個高大英俊的兒子顯然就要把畫面擠爆了。

「我喜歡你母親。」當他走過來時，我這麼告訴他。他只是看著照片，抿緊了嘴唇。於是我識相地往下看。

書櫃最下面有一堆醫學的教科書，看起來已經是很久以前的書了。還有一隻手的解剖學模型，指關節處用鉸鏈連接著，顯示著所有的骨頭。我把指頭一根根地折起來，直到只剩下中指還翹立著，然後對自己的聰明露出一抹傻笑。

「你為什麼有這些東西？」

「那是我另一個人生裡的東西。」他說著再度消失在廚房。

我在電視遙控器上按下靜音鍵，室內頓時一陣寂靜。我偷偷走到廚房裡。廚房裡乾淨到發亮，洗碗機正在嗡嗡作響。那股橘子味道來自於他的抗菌流理台噴劑。我注意到我印了一個吻痕的即時貼居然貼在他的冰箱上，不禁伸出手指著。

他聳聳肩。「你費了那麼多力氣在這上面，丟掉似乎太可惜了。」

我站在他冰箱燈泡的光暈下，看著冰箱裡所有的東西。冰箱裡的顏色就像彩虹一樣。除了植物的莖、葉、鬚根，還有豆腐和有機的義大利麵醬。

「我的冰箱裡只有起司和調味品。」

「我知道。」我闔上冰箱，然後靠在冰箱上，冰箱上的磁鐵陷入了我的背脊。我仰起頭想讓他吻我，不過他卻搖了搖頭。

帶著一絲喪氣，我看了看他的刀具抽屜，然後搓揉著吊掛在門邊的一件外套衣袖。我在口袋裡發現了一張加油站的收據。四十六塊錢的現金收據。

所有的東西都很整齊，所有的東西都放在該放的位置。難怪我的公寓會讓他因為壓力而爆發蕁麻疹。

「和這裡比起來，我的地方就像加爾各答的貧民窟。我也需要幫我的健身房設備找個籃子放。你的垃圾都放在哪裡？對你來說太麻煩的東西又放在哪裡？」

「你內心的恐懼已經得到確認了。我是個有潔癖的怪胎。」

我花了至少二十分鐘的時間，很實際地在看著他的每一樣東西。我才是真正的怪胎。我嚴重違反了他的隱私，這讓我都對自己產生了一絲反感，不過他還是站在那裡讓我四處看個夠。

這是一間兩房的公寓，我雙手扠在臀邊地站在佈置成書房的房間正中央。書房裡有一座很大的電腦螢幕，還有好幾只厚重的啞鈴。一座塞滿冬天運動服裝和一只睡袋的櫥櫃。還有更多的書。我貪婪地看著他的檔案櫃。如果他不在這裡的話，我一定會看他的電費單。

「你看夠了嗎？」

我低頭看著自己的手。我的手上捧著一輛火柴盒小汽車，那是我在一張書桌的狹長抽屜裡發現的。我把它抓在兩手之間，就像一個喪心病狂的老扒手一樣。

「還沒有。」我害怕到幾乎說不出話來。

隨著喬許指著的方向，我走到依然黑暗的另一扇門邊。他啪地一聲打開了就在我耳邊的電燈開關，我不由得因為喜悅而屏住了氣息。

他的房間漆成了藍色，和他那件我最喜歡的襯衫相同的藍色。蛋殼藍。淡淡的綠松石混合了牛奶的顏色。我的胸口升起一股奇怪的感覺，彷彿似曾相識一般。彷彿我曾經來過這裡，而我也將會再到這裡來。我抱住了門框。

「這是你最喜歡的顏色嗎？」

「對。」他的語氣裡有一絲緊繃。也許他曾經因此被揶揄過。

「我很喜歡。」我一副肅然起敬的模樣。相較於暗巧克力色和灰褐色，這抹蛋殼藍帶來了出其不意的明亮，我只能說這間房間很喬許。有種出人意料的感覺。漂亮的淺藍色。深棕色的床頭板是用皮革包裹著的軟墊，讓這間房間不至於淪為女性化。他就在我身後，近到我可以靠在他的身上，不過我克制住了。他皮膚散發出來的味道讓我的大腦開始霧化。他的床顯然已經鋪過，白色的亞麻布床單讓人感到一絲性感。他的浴室刷洗到晶亮無比，裡面擺著紅色的毛巾和紅色的牙刷，看起來就像宜家的型錄。

「我絕對想不到你是會養蕨類植物的人。我曾經有過一盆，但是後來不僅變成了棕色，還乾到都酥脆掉了。」

我走回喬許・譚普曼的床邊。手指輕輕觸摸著他的枕頭套邊緣。

「好了，你現在的行為已經不只是詭異了。」

我試著搖動床頭板，但是卻怎麼也動不了。

「別搖了，去沙發上坐著。我幫你泡杯茶。」

我像隻螃蟹般地踩著碎步，側著走進客廳。「你怎麼能夠站在那裡，看著我探視你的東西？」

我拿起那只時尚的靠墊，塞到我的背後。他給了我一只馬克杯，我像捧著武器般地把杯子捧在手裡。

「我窺探過你的公寓，現在換你了。」

我感到一陣慌亂，不過卻試著用玩笑來掩飾。「你有發現我把你照片裡的眼睛都塗黑了嗎？」

「沒有。我一直沒找到你的剪貼簿。我只知道你有二十六個藍爸爸精靈，還有，你沒有把床單摺好的習慣。」

他正坐在沙發的另一端，頭輕輕地靠在沙發邊上，懶洋洋地半躺臥在沙發上。他常常懶懶地坐在他辦公室的椅子上，但是，我從來不曾看到他的身體如此舒展過，這麼輕鬆。我無法不一直看著他。

「摺床單太困難了。我的手臂不夠長。」

他嘆了口氣，搖搖頭。「那不是藉口。」

「你有偷看我放內褲的抽屜嗎？」

「當然沒有。我得留點東西下次看。」

「我現在能看你的嗎？」我已經失去腦子了。我的理性已經被我遺落在通往他公寓的門口。我啜了一口茶。茶的味道就像玉液瓊漿一樣。

「好了，奶油蛋糕。我們現在要做點不尋常的事。」

他解除電視的靜音，拿起馬克杯喝了一口，然後開始看電視上重播的老劇集急診室的春天，彷彿這是我們每天晚上都會做的事。我坐在沙發上，心臟噗通噗通地狂跳著，但也只能試著專心。嘿，這沒什麼大不了的。我只不過是坐在喬許・譚普曼的沙發上而已。

我把頭靠在沙發邊上，一整集的播出時間裡，我都在看著他，看著緊張的手術場景和病房裡的衝突反射在他的眼睛裡。

「我打擾到你了嗎？」

「沒有，」他漫不經心地回答。「我習慣了。」

我們並不正常。時間一分一秒地過去，他還是喝著他的咖啡，我也繼續盯著他看。他的臉上有點隱約的鬍碴，那是我在上班的時候不會看到的。焦慮讓我的胸口緊繃。每當我處在他近距離的半徑範圍內，我的身體和大腦就會進入一種戰鬥狀態。當他向我看過來時，我立刻往後退縮了一下。他把手放在我們之間的沙發上，掌心向上，然後轉過頭繼續看著電視。這個畫面就好像他拿出了一盤種子，然後坐得筆直，等待著一隻怯生生的小雞展開行動。而這確實花了我不少時間。我嘗試性地拾起他的手，讓他的手指和我的手指交叉在一起。有那麼一小段嚇人的時間裡，他什麼反應也沒有，然而，當他的手溫開始在我的掌心裡擴散時，他用力地捏緊了我的手。然後又放開我們握在一起的手，用另一隻手拿起他的馬克杯，朝著螢幕點了點頭。「我看醫療的影集來刺激我父親。這些電視劇讓他抓狂。他們家裡絕對不可能看這個。」

「為什麼？這些劇集演得不對嗎？」我很高興終於有別的事情可以轉移我的注意力，讓我可以不要再專注於這種奇怪的牽手狀態。

「噢，對啊。這完全都是虛構的。」

「我比較喜歡看法律與秩序。特別是餐廳員工在垃圾箱裡發現屍體的情節。」

「或者一個遛狗的人在中央公園裡發現屍體。」他用手中的咖啡杯指了指電視。「這個所謂的醫生甚至連手套都沒有戴。」他對著螢幕厲聲說道，彷彿他徹底被冒犯了一樣。

握手的美妙被低估了，而令人尷尬的是，光是這麼簡單的動作就已經讓我幾乎透不過氣來了。他的指尖延伸過我的手背，甚至碰到了我的手腕。

高大魁梧的男人總是讓我害怕。當我把我的前男友們在腦子裡排排站時，他們絕對都屬於賽馬騎師等級的尺寸。很容易面對。我甚至可以和他們勢均力敵。從來沒有肌肉型的龐然大物像我旁邊坐著的這個人一樣。

他肩膀上圓弧形的肌肉無縫銜接到線條滑順的二頭肌。他的手肘和手腕關節彷彿什麼從五金店裡買來的工具。躺在這樣一個大塊頭的男人底下不知道是什麼感覺。想必會很驚人吧。

喬許看著急診室的春天打了個呵欠，絲毫沒有懷疑我正在偷偷估算他的胸腔可能像捕獵的食肉動物一樣大。

也許體型上的差異讓我們在上班時的互動上增加了一些摩擦。我向來都試著要在我唯一能做到的方面增強自己的能耐：我的腦子和我的嘴。我想他讓我改變了。我覺得我現在也傾向於發展肌肉了。我開始有點呼吸困難，這讓他看了我一眼。

「你的眼神怎麼那麼怪異？放輕鬆點。」

「我在想你實在太巨大了。」

我看著我們交握在一起的手。他謹慎地用大拇指搓揉過我的手掌。當我們四目相對時，他的眼神看起來似乎有點深沉。

「我的尺寸會很適合你的。」

這句話讓我渾身起了雞皮疙瘩。我夾緊了大腿，卻不小心地發出了小馬的怪叫聲。我覺得慾火焚身。我抗拒不了了；我透過肩膀望向他的臥室。這麼近的距離，也許只需要五個大步，就可以把我往後推倒在他的床上。他的舌頭可以在三十秒之內就攻佔我的皮膚。

「如果你的尺寸會很適合我的話，那就讓我見識一下。」

「我會的。」

我們的手掌貼著彼此。我頭髮下的後頸正在發燙。我需要再度被親吻。這次，我要讓自己的舌頭滑進他的嘴裡，直到他發出呻吟。直到他的某處硬挺地抵住我。直到他把我帶進他的臥室，脫掉他自己的衣服為止。

史上最長一集的急診室的春天開始出現片尾的工作人員字幕。隨著字幕的出現，我的心也像氣球一樣，隨時都可能爆炸開來。

他帶著不祥的預兆把電視按成靜音，然後轉過頭來，直到我們又開始了**互瞪遊戲**。我看著他的眼睛變得越來越深沉，不管即將發生什麼都讓我感到難以呼吸。我可以感覺到我全身所有敏感的部位都在脈動著。我的雙腿之間既沉重又溫暖。我注視著他的嘴。他也同樣注視著我。然後，他看著我們交疊的手。

「現在要做什麼？」

他斜視著我。他接下來所說的話彷彿皮鞭般地抽了我一下。「把衣服脫掉。」

我退縮了一下，他對著自己大笑，然後關上電視。「開玩笑的。好了，我送你下樓去開你的車。」

他的笑容讓我春心盪漾到了極點。這是我第三次看到他笑？我要趕緊把他的笑容收進我的口袋裡。把它們塞進我的嘴裡。

「可是……」我的聲音充滿哀怨。「我以為……」

他的眉頭糾結在一起，擠出了一個假裝不明白的表情。

「你知道的……」

「如果你只是想要我的肉體，那對我是種傷害。我甚至都還沒有和你約會過。」他再度低頭看著我們的手。

「我可以看得出來，你的骨架很完美。除了肉體之外，我還應該想要得到什麼嗎？」我開始在他的手臂關節上捏來抓去。這實在是可以想像到的最糟糕的色誘，不過他似乎並不介意。他的手肘大到我無法一手掌握。當我靠向他的時候，我的洋裝很幫忙地往下滑了一點，讓他的眼神跟著移到了我的事業線。

當我們的目光再度相遇時，我發現我說錯話了。

他立刻皺起眉頭掩飾地說：「今晚我們不會這麼做。」

我差點就要反駁他，但是當我看到他闔上雙眼，做了一個深呼吸之後，我意識到我有多麼希望這個晚上不要結束。「如果我問你一個有關你的問題，你會回答我嗎？」

「如果我問你，你也會嗎？」他重新恢復了鎮定，我也是。

「當然。」我們做的每一件事向來都是針鋒相對。

「好吧。」他說著睜開了眼睛，而我卻想不出有什麼問題可以讓我在問答的過程中，不至於洩露出太多自己的心思。

你到底是怎麼看我的？這一切是什麼精心設計的計畫，目的是為了把我搞得一團糟嗎？我會受到多大的傷害？

我試著讓自己聽起來很輕快。「我們把它當作遊戲吧，就像我們所做的其他事情一樣。這樣會容易些。真心話大冒險。」

「真心話。因為你太想聽到我說要選大冒險了。」

「你行事曆上那些鉛筆的密碼是什麼意思？是人資用途嗎？」

他低吼了一聲。「如果選大冒險呢？」

他的氣息彷彿在我四周散布了一層霧氣。那柔軟、溫暖的沙發正在陷害我，讓我往他的大腿傾斜過去。

「你還需要問嗎？」

他站起身，也扶我站起來。我的手探進他牛仔褲的褲腰裡，除了感受到男性的硬挺之外，我的指關節背面什麼都感覺不到。我的口水幾乎就要流出來了。

「我們今晚還不能這麼做。」他說著把我的手指拉出了他的牛仔褲。

「為什麼？」我覺得我已經在乞求了。

「我需要多一點的時間。」

「現在才十點半。」我跟著他走到前門。

「你說過我們只會做一次。所以我需要更長的時間。」我感到雙腿之間冒著一股焦躁不安的悸動。

「多長？」

「很長。好幾天。也許更久。」

我的膝蓋已經要撞在一起了。他的眼裡泛著笑意。

「那我們明天就請病假吧。」我不屈不撓地要求，一心想讓他把衣服脫掉。他看著天花板，艱困地吞下口水。

「這是要我把我天大的機會浪費在一個普通的週一夜晚。」

「不會浪費的。」

「這要我怎麼解釋？當我們還小的時候，派崔克總是會立刻就把他的復活節彩蛋吃掉，而我會把我的留到生日的時候才吃掉。」

「你生日是什麼時候？」

「六月二十日。」

「你是什麼星座？巨蟹？」

「雙子。」

「你為什麼不直接幹掉呢？」哇，我還真懂得如何讓事情聽起來夠隱晦。

他把我肩上的頭髮撥開。「因為那會讓派崔克坐立不安。他會到我的房間，不停地牽掛著那顆蛋。他每天都會問我把蛋吃掉了沒有。那讓他抓狂。也讓我父母抓狂。即便連他們都央求我趕快吃掉。當我終於要吃那顆蛋的時候，那顆蛋的味道感覺更棒了，因為我知道還有別人想要它想瘋了。」

他把我肩上的紅洋裝往右邊褪開半吋，然後低頭看著我的肌膚，隨即彎身在我肩上深深地吸了一口氣。他的呼吸在我肩上帶來一陣搔癢，我同時也為那顆飽受虐待的復活節彩蛋感到深深的同情。

「被一對兄弟小時候的故事燃起性慾，實在有點變態，不是嗎？」

他把嘴貼在我的肩膀上，然後大笑了出來。這讓我全身都受到了一股震動。我望著他漂亮的臥室在全開的燈光下，明亮到讓人覺得刺眼。藍色和白色相間，彷如一個蒂芬妮的盒子。一個綁了緞帶的禮物。一個我想要在裡面待上好幾天的房間。一個我可能永遠也不想走出來的房間。

「你是一口一口地咬著吃，還是突然有一天就一口吞掉了？」

「我想你最終會自己發現的。」

語畢，他拿起了他的鑰匙在手上叮噹搖晃著，我也穿上了外套。我們在電梯裡並沒有肢體上的接觸。他沉默地陪我走出大樓，一路走到我的車子旁邊。

「再見。謝謝你的茶。」我覺得好窘。今晚我表現得像個傻瓜一樣。為什麼和像丹尼這樣的人在一起時，我就可以表現得像個正常人一樣，然而，一旦遇上喬許，我就變成了呆子？我的手裡有個尖銳的東西讓我低頭看了一眼。噢，天啊，那輛火柴盒小汽車還在我的手裡。

「我真是個怪胎。」我把臉埋進雙手裡，小汽車上的輪胎因此滑過我的臉頰。

「沒錯。」他輕聲地揶揄。

「對不起。」

「留著吧，當作是個禮物。」

這是除了玫瑰以外，他第一次給我的東西。我受寵若驚到說不出話來，然後重新看著這個禮物。小汽車的底部刻著他名字的縮寫JT。

「這是兒時的寶物嗎？看起來很舊了。」我想，就算他改變主意，我也不會還給他的。

「也許這是你新收藏的開始。我想，我們已經為彼此做出了某種值得紀念的事。我們休戰了。休戰了整整一集電視劇的時間。」

「因為你很擅長牽手。」

「也許，我有很多事情都很不擅長。不過我會嘗試的。」他對我說道。這句話出自他口中真是奇怪，我感到我們之間的那堵牆開始出現了另一道裂縫。

「好吧，謝謝你。我們明天見了。」

「不，你不會見到我的。我請了一天假。」他從來都不請假的。

「你有什麼特別的事要做嗎？」我抬頭看著他的公寓，心裡掠過一股落寞。

「我有一個約會。」

就在我以為我已經掌握住這個包藏了各種怪異感覺的萬花筒時，萬花筒卻轉動了一下，出現了一股讓我感到詫異的新感受。我覺得自己好像聽到聖誕節被取消了一樣。沒有喬許像往常一樣地坐在我的對面？我只能咬著嘴唇保持一整天的沉默。

拜託，我對自己祈求著。拜託你再次憎恨喬許。這太難了。

「你不會想念我的，會嗎？你可以自己好好過一個星期二。」他碰了一下我手中的玩具車，讓車輪轉了一下。

我試著擺出若無其事的模樣，但是他可能已經看穿我了。

「想念你？我會想念看著你那張帥臉的感覺，如此而已。」

我希望這句話聽起來多少有點嘲諷的味道。我讓自己顫抖的身體坐進車裡。他輕輕敲著車窗，提醒我把車門上鎖。我試了好幾次，才把車鑰匙插進了鑰匙孔裡。

我在後視鏡裡看到喬許動也不動地站在原地，直到他變成了上兆人口裡的一個小斑點，只是，我依然無法把眼光挪開，直到他完全消失為止。

當我回到家的時候，那只火柴盒小汽車還在我的手裡。

15

我坐在自己的辦公桌前，眼皮又乾又緊地盯著喬許空蕩蕩的座位。辦公室裡很冷。很安靜。就像一個專業的天堂。樓下那些被關在小方格裡的人們，會為了得到這種寂靜而不惜一切。

喬許原本應該穿著米白色的條紋襯衫坐在我的對面。他應該要拿著一個計算機，按著上面的按鍵、皺眉，然後繼續再按。

如果他在的話，他就會看著我，當我們的目光相遇時，我心裡的燈泡就會因為被點亮而發出能量。我會說這種感覺是一種煩躁，或者不高興。我會接受這股小小的亮光，然後口是心非地把它說成是別的東西。

我看著時鐘，等待著一個小小的永恆，然後一分鐘過去了。為了娛樂我自己，我把我的火柴盒小汽車在滑鼠墊上前後滑來滑去，又從滑鼠墊下拿出那張玫瑰花束的卡片。

你向來都很漂亮。

我注視著反射在周遭不計其數的鏡面裡的自己。我看著牆壁、天花板，從不同的角度分析著自己的外表。那幾個字眼現在已經無法滿足我了。他創造了一個怪物。

我把卡片反過來，留意到上面的地址。我想到一個好主意了，我咯咯地笑著拿起錢包，走到樓下那間地址上的鮮花店。在我失去勇氣之前，我買了一束米白色的玫瑰和一張卡片快遞給他。

我完全不知道我應該寫些什麼，直到我的手自動幫我寫下了這行字：

我不只想要你的肉體。我還想要你的火柴盒小汽車。——奶油蛋糕

我立刻就感到一股自我懷疑，但是花店的人已經把卡片和花束拿到了他們後面的房間裡了。這是個玩笑，只是這樣而已，這些花。他送花給我，而我們討厭彼此不對等的狀態。我把信用卡插回我的皮包裡，想像著他打開門，看到花束時的表情。基本上，我對我不應該發射砲彈的對象射擊了。

我在返回公司的路上買了外帶的咖啡，然後輕敲了伊蓮娜的門。

「嗨，我有打斷你正在做的事嗎？」

「有，謝謝老天。」她叫了一聲，隨即摘下眼鏡用力扔到地上，用力到眼鏡都彈了起來。

「不只這樣。」我從手臂下拿出一盒花俏的馬卡龍，盒子上還貼著法國製的標籤。這盒馬卡龍在我的抽屜裡放了一陣子，目的就是為了緊急狀況時可以派上用場。我真是個馬屁精。

「咖啡。你真是個大聖人。咖啡因聖人露西。」

「我說聖人嗎？我的意思是女神。」她從身後的櫃子裡拿出一個精緻的盤子；盤子上彩繪著花朵又鑲了金邊。想當然耳。

「今天辦公室裡好安靜。靜到針掉下來我都可以聽得到。沒有被人瞪著的感覺好奇怪。」

「你習慣了。他確實常常瞪著你看，不是嗎，親愛的？在前幾次的全體員工會議裡，我已經注意到了。他那雙深藍色的眼睛其實真的很可愛。你的面試簡報準備得如何了？」

她用她那把銀色的拆信刀打開馬卡龍的盒子，這短暫的分神讓我暗自感到慶幸。她輕輕地把馬克龍倒在盤子上，我們各自選了一塊。我挑了一塊米白色香草口味的馬卡龍，就像今天沒有出

現的襯衫顏色，我實在是太悲哀了。

「我完全準備好了。」

「我不在面試委員會的小組裡，所以，如果我們一起練習的話，就不會造成什麼利益衝突。你要怎麼進行你的簡報？」

「我很樂意讓你看一下我準備的東西。」

「貝克斯里不斷地在提出各種意見。露西，如果你因為什麼原因而沒有得到這份工作的話，我不知道我會怎麼做……」她看著窗外，表情沉了下來。她舉起一隻手撫過她的頭髮，她的頭髮立刻就像一頂帽子般地回復了完美的光澤。但願我的頭髮也那麼聽話就好了。

「他可以很輕易地就勝過我。小約有賺錢的頭腦。我就比較書呆子一點。」

「嗯。我不完全同意這種說法。不過，如果你想要的話，我們可以一起培養你們，然後締造出極致的下一代B&G員工。我從來沒有聽你叫過他『小約』。」

我假裝嘴巴裡塞滿了東西。我一邊咀嚼、一邊指著自己的嘴巴，然後搖搖頭，為自己爭取了二十秒的時間。我真希望電話在這個時候響起。

「噢，你知道的。那是……我想那是他的名字。喬許。呃，小約・譚普曼。喬許・譚。」

她嚼著嘴裡的馬卡龍，帶著極大的興趣注視著我。

「你今天感覺很奇怪，親愛的。」

「沒有，我沒有。」她懷疑我了。我和喬許的胡搞要被發現了。

「你好像很困惑，而且很緊張。是因為約會的緣故吧。」

「是有點困惑。丹尼人很好。他真的很好。」

「我年輕的時候，所有我喜歡的男友都沒有特別好。」

貝克斯里先生和伊蓮娜辦公室之間的門傳來一聲砰砰的敲門聲。肥胖的小理查在這個時間點來打擾，真是讓我大為感激。

「進來。」她吼了一聲。他衝了進來，但在看到我和桌上的馬卡龍盒子時，卻突然定住了不動。

「你要幹嘛？」

「算了。」他逗留在辦公室裡，直到她嘆了一口氣，拿起盤子朝他遞過去。他拿了兩塊，手指頭猶豫著是否要再拿第三塊。當他走回自己的辦公室、一聲不吭地把門關上時，我發誓我在她的眼裡看到了一絲很微弱的揶揄。

「天啊，那個傢伙能聞到糖的味道嗎？我讓他拿了幾塊馬卡龍，只是為了提高他的糖尿病機率，親愛的，沒有別的原因。」

「他想幹嘛？」

「他很寂寞，因為小約不在。他得要適應這種狀況。」

「我們何時可以練習簡報？」

「現在就可以。讓我大開眼界吧，親愛的。」

在做了自我介紹之後，我可以看出我已經博取到了她的注意力。「我的簡報是建議把庫存書數位化的一個企劃。我從一九九五年佳茗和貝克斯里的出版物裡，混合取樣了前一百名的書籍，只是作為一個範例。其中只有百分之五十五有數位版本。」

「iPad是一種流行。」貝克斯里先生一邊嚼著食物，一邊從兩間辦公室之間開著的門走了進來。「誰會想要透過一片玻璃看書？」

「事實上，電子書讀者的市場成長最大的是三十歲以上的人群。」我解釋道，同時試著保持冷靜。他在那裡站了多久？他是怎麼在無聲無息下把門打開的？我把注意力集中在伊蓮娜身上，並且忽視他的存在。

「對我們來說，這是一個很大的機會。這是一個可以和絕版書的作者們重新簽約的機會。對公司內部那些懂得把書的內容轉為電子書的人、還有封面設計師，這都是一種成長，並且可以讓昔日B&G出版的書籍重回暢銷書的排行榜。出版業不斷地在發展，我們也需要跟上。」

「請你離開。」伊蓮娜轉頭對貝克斯里先生說著。門雖然關上了，不過，我發誓我還可以從門縫底下看到兩隻腳的影子。

我升起了滿心的恐慌。如果他把我的策略透露給喬許的話，那我可能就會被搞砸了。我按下我最後的一張幻燈片。

「如果我成功地贏得了這個職位，我會尋求締造一個正式的企劃，把那些庫存書都轉成電子書。我已經做了一個粗略的預算，等一下會有其他的幻燈片可以說明。這些電子書都需要重新包裝，換上符合時代的新封面。這個企劃將會為期兩年，並且需要三名新的封面設計師，因此會產生相關的費用。」我播放著我的企劃提案。伊蓮娜提出了幾個問題，而我也逐一地給了她答案，並且輕鬆地為我自己的需求提出合理的辯護。當我按下最後一張幻燈片時，伊蓮娜盯著幻燈片看了很久，久到我不禁懷疑她有沒有眨過眼。

「親愛的，非常、非常的好。」

我在她的椅子旁邊蹲了下來。她的眼角露出了淚水，我把面紙遞給她，她嘆息著彷彿覺得自己很傻。

「我實在太自私了，一直把你留在我辦公室外面的那個座位，」她安靜地說。「我只是……我不能沒有你。但是，我現在知道我實在錯得離譜。在公司合併之後，我應該把你調到編輯部去。你也因為失去了你的朋友而覺得很沮喪。」

我說不出話來。我不知道該說什麼。

「但是，每當我想到要再找人來接替你的位子，我就會想到你把目前的工作做得有多好，你是如何讓這個辦公室可以順利運轉，又是如何讓我沒有瘋掉。然後我就會告訴自己，也許讓你在這個位子上多留一個月也無妨。」

「我只是在盡本分而已。」我回答她，但是她卻搖了搖頭。

「一個月。又一個月。但是這卻傷害了你，露西。你一直都有野心，有你想要做的事，有自己的想法，但是，我無法忍受讓你離開。」

「那麼，我的簡報還可以嗎？」

她大笑著擦掉眼淚。「它會讓你得到這次升遷的。而我們也會用這份企劃，讓B&G重回戰場。我們一起。我要在你身邊，像同事一樣一起工作。指導你也許是我職業生涯裡最大的成就之一。」

她看著最後一頁幻燈片，然後停了下來。

「不過，我必須要知道，如果沒有面試、沒有新職務的話，這個想法會永遠鎖在你的內心裡嗎？為什麼不說出來呢？」

我坐到地上，看著自己的手。「問得好。」

這個晉升的機會還解鎖了多少我內心裡其他的東西？

「我以為你知道你的想法很重要。」她開始焦慮不安了起來。

「我想，也許我是在等待對的時機。或者我並沒有自信。但是，現在我被迫要這麼做。我想，這是好事。即便我得不到這份工作，這整件事已經……讓我甦醒了過來。」

我想到昨天晚上，在街燈下吻著喬許，然後想起了一件事。

「萬一貝克斯里先生把我的簡報告訴小約呢？」

「讓我來處理。如果他的屍體浮在河裡的話，你會知道要保守秘密，然後幫我提供不在場證明。全神貫注在下週吧。我倒是有個建議。」

「太好了。」我取下USB，然後再度坐到她的對面。「告訴我吧。」

「有些地方可以再有點亮點。為什麼不準備一本電子書作為簡報之用呢？從庫存書箱底的目錄找出什麼來做成電子形式，然後算一下這樣做要花多少工時，以及多少人工薪資，也就是這麼做的實際成本。這可以證明你提出來的預算是對的。」

「好的，這個想法很好。」我喝了一口已經涼了的咖啡。

「你認為數字是小約的強項，是嗎？這是證明你有能力為這個新企劃創建基礎預算的好機會。」我不停地點頭、不停地在做筆記，我的腦子不停地在運轉。

「回到公平這個點上，你不能使用公司的資源來做這件事。你要有創造力。用你自己的人脈。也許找一些可以自己接案的人。」毫無疑問地，她指的是丹尼。

在她關掉投影機的時候，我又寫下了幾個提醒事項。

「我會拿到這個職位的。」我帶著一份新的肯定告訴她。

「無庸置疑，親愛的。」伊蓮娜看著那道連接著貝克斯里先生辦公室的門，我看到她的嘴角開始露出了惡作劇的跡象。

「你有好好想過你最近和小約的爭執嗎？我有一個很有趣的論點。」她開始咯咯地笑了起來。

「我不確定我是不是準備好要聽你的論點了。」我靠在她的辦公桌上。

「這樣說不太適合，不過這個論點是這樣的。小約覺得你在約會的事情上說謊，因為他無法想像你和除了他以外的人在一起。」

「噢。唔。啊。」我試了各個母音的組合。一股熱浪湧上我的胸口，爬到我的喉嚨、我的臉，鑽入我的髮根，直到我整個臉都紅了。

「想想這點吧。」她說著，把另一塊馬卡龍直接塞進了嘴裡。

我張開口，猶豫著，然後又閉上嘴，同樣的動作重複做了好幾次。只見她站起身，拍拍手上的餅乾屑，精明地看著我。

「我得走了，修熱水的人三點要來我家。為什麼他們總要在最不方便的時間來呢？你也回家吧，親愛的。你看起來有點像喝多了。」

她離開之後，我坐在自己的座位上。走道像白天一樣明亮。我得要打電話給丹尼，和他談談以自由接案的方式幫我設計我的電子書，然而，每次我拿起電話，就又把它放了下來。為了保持專業，我拿起他的新名片，發了一封要求明天和我開會的電子郵件給他。我完全沒有概念他會如何收費，不過在這個節骨眼上，也只剩下要或不要的選擇了。

我的手機收到了一則簡訊。我的胃好像自由落體般地往下掉落。我的心在狂跳。

喬許．譚普曼：很高興聽到你這麼說。

他收到玫瑰花了。我不禁把手機抱在胸口。

這場面試是最糟糕的一種凌遲等待。那麼多人曾經在走廊上祝我好運。如果我失敗的話，他們的同情會讓人多麼尷尬，一想到這點，我就覺得難以忍受。

如果喬許拿下這份工作，那麼，我就必須離開。

我看著我行事曆裡那個象徵著下週面試的叉叉。儘管我的簡報練習讓我的信心大增，但是，我還是得為最糟的結果做好準備。具有退路的策略才是好的商務計畫。我有一個秘密帳戶，裡面存了一筆我從來沒有動用過的錢。我原本想在今年去度個假，不過，我想這筆錢將會是我的安全網。也許，我得要回去坐在天空鑽石草莓園大門口的那把大陽傘底下。我父母也許會跳起來擁抱我，並且高興地大聲尖叫。他們甚至不會對我感到失望。

如果喬許得到了這份工作，我就會辭職，這股痛楚會不會勝過當他注視我的時候，在我胸口升起的那些小小的火花？我們那些詭異的、脆弱的小遊戲在出了這幾道牆壁之後，是否還能夠生存得下來？我和薇兒的友誼就沒能活下來。

當我聽到他在B&G大放異彩，而我卻還在求職的行列裡等待時，我們還會見面嗎？反過來說，當他還到處在丟履歷的時候，他會為我的成功感到高興嗎？我無法想像他能夠輕易地放下他的自尊心。

我並非完全沒有選擇。我在幾家精品式的小型出版社還有一些人脈，我可能可以在那裡找到工作，不過，那讓我覺得好像背叛了伊蓮娜。我可以要求伊蓮娜把我調到B&G其他的部門。也許是時候從編輯部底層開始幹起。然而，如果我繼續待在B&G，那幾乎就意味著喬許會是新的首席營運官。

不用多說，再次坐在他沙發上的機會也永遠地消失了。

如果我可以單純地憎恨喬許．譚普曼的話，我的生活將會容易很多。我看著他的椅子，閉上了眼睛，任憑他臥室的那抹藍將我淹沒。

我即將要失去某個我還未曾開始擁有的東西了。

我按照伊蓮娜的建議提早回到家，然後尋找著可以佔據我心思的事情。拜喬許之賜，一切都很整齊。我上網查看是否有新的藍色小精靈要拍賣，並且稍微地盤點了一下我目前的收藏。我算了算藍爸爸精靈的數量。

我打開空無一物的冰箱，想起了他那些彩虹般的水果和蔬菜。我決定要泡杯茶，家裡卻什麼也沒有。我可以出門到商店去，不過我卻待在家喝了一杯水。我覺得好冷，於是找了一件羊毛衫把自己包裹在裡面。

在看過他的公寓之後，我無法不用全新的眼光來看我自己的公寓。我的公寓是如此的單調。白色的牆壁，米色的地毯，沙發則是介於兩者之間一種說不出來的顏色。沒有有圖案的掛毯或鑲在畫框裡的畫。

我沖了個澡、化好妝，這實在有點荒謬。我為什麼要在自己的乳溝上噴香水？為什麼要穿上我最好的牛仔褲？這裡沒有人看得到我、聞得到我。我沒有地方可去。在這個城市裡，我已經很久很久沒有可以打電話的對象了。

我坐下來，膝蓋不停地在抖動。我的五臟六腑都在蠢蠢欲動。我覺得自己彷彿一塊因為想要移動而顫抖的磁鐵。這就是迷戀的感覺嗎？我開始意識到發生了什麼事，但是我無法對自己承認，還不行。

曾幾何時，握著手機、注視著一個聯絡人的名字竟然會是這麼可怕的感覺？

喬許．譚普曼

照理說，我要看的名字應該是

丹尼．佛雷契

我應該要打電話給丹尼，要求他和我去看場電影或者去吃點東西。我們可以一起幫我的企劃案做計畫。他是我的新朋友。他會在二十分鐘內就和我在我提出的地點碰面。我敢打賭他會。我已經換好衣服了。我準備好了。

但是我卻沒有打給他。相反地，我做了一件我想都沒想到我會做的事。

我按下了撥打的按鍵。

我立刻就掛斷了，然後把手機丟到床上，彷彿在丟一顆手榴彈一樣。我在大腿上擦著汗濕的手掌，重重地吐出了一口氣。

我的手機開始嗡嗡作響。

來電：喬許．譚普曼

「噢，嗨，」當我接聽的時候，我企圖讓自己聽起來很輕快。我用手的底部摩擦著鬢邊。我竟然這麼沒有尊嚴。

「我漏接了一通電話。它只響了一聲。」

背景傳來重重的音樂節拍聲。他也許正在酒吧裡暢飲，身邊圍繞著穿著白色緊身衣的長腿模特兒。

「你在忙。我明天再和你談吧。」

「我在健身房裡。」

「鍛鍊心肺？」

「重量訓練。我都在晚上做重訓。」

這個回應表示他都在其他時間做心肺訓練。他發出微弱的一聲咕噥，我隨即聽到金屬重重的碰撞聲。

「什麼事？不要告訴我你不小心按到我的號碼了。」

「不是的。」沒有必要假裝。

「真有意思。」電話那頭傳來衣服摩擦的聲音，也許是毛巾，然後是關門聲。那股討人厭的音樂節奏安靜了許多。

「我現在走到外面了。我不知道我是不是從來沒有看過你的名字出現在我的來電顯示上。公司發生什麼事了嗎？」

「我知道。我也在想這件事。」我煞有介事地停了一下。「不是，不是工作的事。」

「真可惜。我還希望是貝克斯里發生了嚴重的血栓呢。」

我發出了一聲被逗笑的聲音，然後就開始慌張了。「我打電話是因為……」

我今天沒有見到你。我一整天心情都很複雜，覺得非常難過，不知道為什麼，我覺得見到你會有助於緩解我胸口那股奇怪的痛處。我沒有朋友。除了你之外。除非你不是我的朋友。

「是因為……」他完全沒幫上忙。

「我肚子餓了，但是我沒有食物。我也沒有茶，我的公寓裡很冷。還有我覺得很無聊。」

「真是可憐的生活。」

「你有很多食物和茶。而且你的暖氣也比我的好，還有我……」

電話那頭只有沉默。

「當我和你在一起的時候，我就不會覺得無聊。」我實在太丟臉了。「不過，我最好——」

他打斷了我。「那你最好過來。」

我感到一陣寬慰。「我需要帶什麼過來嗎？」

「你會帶什麼？」

「我可以在路上買點吃的。」

「不用了。我可以煮點東西。你要我去接你嗎？」

「我最好自己開車。」

「也許這樣安全一點。」我們彼此都知道為什麼。不然的話，我很容易就會留在那裡過夜了。

我已經拿好了皮包、外套和鑰匙。我的鞋子也已經穿好了。我鎖上門，一路穿過走廊跑向電梯。

「你會讓我看你鍛鍊的肌肉嗎？」

「我以為你想要的不只是我的肌肉。」我可以聽到車子發動的聲音。至少我不是唯一一個沒有耐性的人。

「我們來比賽。我要看到你滿頭大汗。我們需要扯平。」

「給我半小時。不，一個小時。」他有點慌張地說。

「我會在大廳等你。」

「先別出門。」

「再見。」我回答完就掛上了電話。

當我發動車子開上路之後，我開始大笑。這是一個新的遊戲，**賽車遊戲**。兩輛車在同一座城市裡的不同地點，朝著同一個目的地加速前進。我這麼想要到他的公寓、這麼渴望坐在他的沙發上，以至於在等紅燈的時候，我的膝蓋都不耐煩地顫抖了起來。我打賭他現在一定也和我一樣。

當我沿著路邊跑向他的那棟大樓時，基本上，我已經耗盡了我所有薄弱的藉口、自我警告和理性，而我們終於來到了這一步。我跑進了大廳。

我一整天都沒見到喬許，我想他。

電梯上的箭頭顯示著電梯正在往上。我屏住呼吸。電梯發出了叮咚的聲響。

他無法想像你和除了他以外的人在一起。

當電梯的門打開時，他就在裡面。

16

他正全身汗濕地喘著氣，健身房的訓練讓他累垮了。當他看到我時，眉頭緊蹙，眼神裡有著不確定。他伸出手擋住電梯的門。

我。的。心。臟。爆。炸。了。

「我贏了！」我尖叫著跑向他。當我跳起來的時候，他有足夠的時間張開雙臂。在我企圖用雙臂和兩腿抱住他時，他往後撞到了牆上，發出了一聲悶哼。電梯的門關上之後，他試著按下他樓層的按鍵。

「我想，技術上來說是我贏了。是我先到達大樓的。」我聽到他的聲音在我的頭上響起。

「我贏了。我贏了。」我不停重複著，直到他笑著讓步。

「好吧。你贏了。」

他的汗水聞起來有雨水和雪松的味道，在我的鼻孔裡留下了一股淡淡的長葉松味道。我把臉貼在他的脖子上呼吸著他的氣息，一遍又一遍，直到電梯發出叮咚的響聲，告訴我們四樓已經到了。我想要匯集全身的力氣放開他，然而，我的意志卻戰勝不了對彼此身體貼合在一起的迷戀。

「好吧。」他開始走向走廊。我像一隻無尾熊般地攀掛在他的胸前，身上的外套在行進的律動中拍打著空氣，我的袋子也不停地撞在他的健身包上。但願他不會遇到任何鄰居才好。當他把他的袋子放在門邊，開始找著他的鑰匙時，我把頭往後仰到足以看到他的臉，看到他眼裡閃爍著的愉悅。

「每個男人回家都應該受到這種歡迎。」

「別理我。做你該做的。」

我把他抱得更緊。他的鎖骨很契合地抵在我的顴骨下。他身上套了一件連帽衫，感覺上身體都還在冒著濕氣。

我聽到他把他的健身裝備放到籃子裡的聲音。他用腳甩掉運動鞋，不過似乎有點困難，然後他把我的包包拿下，啟動暖氣的遙控器。

「說真的，你就假裝我不在這裡。」

他走到廚房，彎身看著冰箱裡還有什麼東西，這個動作讓我把他抓得更緊了。他倒了一杯水，我立刻把耳朵貼到他的脖子上，傾聽著他把水吞下的聲音。

我夾緊了盤住他的雙腿，他也把一隻手滑到我的臀上，以一種友善的方式捏了我一把。接著在我屁股上拍了一掌。「哇，你口袋裡裝了什麼？」

「喔，」我想起來了，我覺得自己像個呆子，立即從他身上滑下來站好。「沒什麼。」

「它弄傷我的手了。」他從我口袋裡掏出一個不成形的東西，然後探下身體看著他發現的是什麼。「藍色小精靈，想也知道。你還會放什麼東西在口袋裡？它為什麼有個蝴蝶結？」

「我有，大概，十個這種小精靈。這是小牢騷。」

「如果我不知道你有多愛藍色小精靈的話，我會覺得受到了侮辱。」他的嘴角牽動了一下，我知道我讓他很高興。「總之，這個小精靈有什麼故事嗎？」

「我父親固定會送貨到周際線的地方。他會在黎明前出發，然後在我上床睡覺之後才回到家。他總是會在回程途中的加油站買一個小精靈給我。」

「所以，它們讓你想起了你父親。這樣挺好的。」

「它代表著我父親有想到我。」我一邊說，一邊不停地把腳動來動去。

「好吧，謝謝你想到我。」

「你也給了我一件你的東西，這樣我們就扯平了。」

「這很重要嗎？扯平？」

「當然。」我注意到他有一個寫了一整週飲食計畫的白板。他真是個怪胎。

「好吧，你全身都很乾淨，但我沒有。我需要去沖個澡。」

「你剛健身完為什麼聞起來還這麼香？」我走到客廳，發出一聲呻吟地把自己甩到沙發上。我倒頭陷進沙發裡，彷彿沙發是用記憶的泡棉做成的一樣。哈囉，露西，沙發在對我說話。我知道你會回來的。「我不認為我聞起來很香。」他從廚房裡回答我。我聽到水滾的聲音，還有冰箱打開和湯匙碰撞的聲音。

「就是很香。」我拍打著那只用緞帶編織的靠墊。「就像一顆長了肌肉的松果。」

「我想是我的肥皂吧。我母親給了我一堆。她喜歡製作愛心包裹。」

他又出現了，從我現在的視角來看，他整個人是頭下腳上的，我看到他歪斜的連帽衫底下露出了一小塊厚實的肩膀。他在連帽衫底下穿了一件背心。滿嘴的口水讓我的嘴裡變成了一個水坑。他把一只馬克杯放到我附近，然後把靠墊拿給我。

「把連帽衫脫掉，求求你。我只用眼睛看就好。」

他把手指放在拉鏈上，我不禁咬緊了自己的嘴唇。只見他把拉鍊往上拉到脖子，一路拉到再也不能拉高為止，這讓我發出了一聲嚎叫。

「喝你的茶，你這個小變態。」他把一個東西放在了我的肚子上。在他關上臥室房門的一分鐘之後，我就聽到了淋浴的聲音。我從肚子上拿起一只盒子，是一個包裝好的火柴盒小汽車。我不禁覺得這好像是個羞辱。男人不都夢想著有人渴望自己的肉體嗎？

我把那個緞帶靠墊枕在我的脖子底下。這回是一輛黑色的小汽車，和他的車很像。這就是他請假那天做的事嗎？出去買一個玩具給我？我打開盒子，把小汽車在肚子上來回地開了一會兒。我像個小變態似地，想像著他把肥皂抹在身上沖澡的樣子。

宛如夜晚總在白天之後來臨一般地可以預期，當時間一分一秒地過去，我又開始煩躁了。我不知道自己為什麼又來到這裡。我只知道，這個沙發是我在這個地球上最喜歡的新地方。我應該要穿上鞋子離開。我摸著我的馬克杯側面。現在喝還嫌太燙。

我需要開始表現得正常一點。我有點過度興奮了。我思考著什麼樣的女孩可能是他約會的對象。高挑的金髮美女。我這一頭黑髮和嬌小的身軀可以感受得到這點。我想起了曾經和薇兒到一家夜店，當時我還會做一些其他的事，當時公司還沒有合併，而我也還不懂得寂寞是什麼。

我們在那家夜店看到了這些悶得發慌、漂亮的冰山美人。她們就站在吧檯旁邊，無視於所有向她們搭訕的男人。薇兒和我一整個晚上都在舞池裡模仿她們，擺出道貌岸然的姿勢和鋼鐵般堅決的眼神，然後逗得彼此哈哈大笑。也許我現在也該試試這麼做。

當他打開臥室的門重新出現時，我已經像個成熟的淑女，交叉雙腿優雅地坐在沙發上，翻閱著一本醫學教科書，輕輕啜飲著我的熱茶。他已經換上一件柔軟的黑色運動服、一件黑色T恤，並且打著一雙漂亮的赤腳。他難道就不能有點缺陷嗎？

他坐在沙發邊上，那一頭濕髮不管從哪個角度上看都顯得有些凌亂。我翻過書頁，很不幸地，一張勃起的男性生殖器示意圖就在頁面上瞪視著我。

「我正試著讓自己正常一點。」

他看著教科書上的那一頁。「到目前為止有什麼成效嗎？」

「我很慶幸這不是那種圖片會跳出來的立體書。」

他愉快地吹了口氣。我跟著他來到廚房，看著他把蔬菜切成荒謬的、整齊的小長條。

「烘蛋可以嗎？」

我點點頭，瞄了他的白板一眼。星期二：烘蛋。我又看了一下其他日子的晚餐都是些什麼。

我在想我要怎麼樣才能再度獲得邀請。

「我能做什麼嗎？」

他搖搖頭，然後在我的注視下把六顆雞蛋打在一只金屬碗裡。

「上班上得如何？你顯然想我了。」

我發窘地把手放在臉上，而他只是對著自己笑了笑。

「好無聊。」我說的是真話。

「沒人可以對抗，呵？」

「我試著要虐待某些溫順的員工，不過只把人家弄到淚眼汪汪。」

「箇中之道就是找到那個敢於針鋒相對、並且以牙還牙的人。」他拿出一個鍋子，吝嗇地倒了一滴油，然後開始炒蔬菜。

「桑嘉．露德佛也許是這樣的人。就是收發室那個恐怖的女士，她看起來很像阿達一族裡那個蒼白的魔蒂夏．阿達。」

「不要太早幫我找接替我的人。你這樣會傷害到我的感情。」

這提醒了我面試可能的結果，也讓我決定要靠在他身上。他的背脊中央是我埋藏臉最完美的人體工學之處。

當一切都結束的時候，我會記得這一刻的。

「你得告訴我，你為什麼來這裡。」

「我今天有點……難過，想到一切都改變了？」

「根據喬許醫生的診斷，你患了斯德哥爾摩症候群。」

「我知道，沒錯。」我把臉頰依偎在他背上的肌肉裡。

「也許你害怕的是改變，而非一個人坐在辦公室裡。」

我很感激他沒有脫口而出，說我將會淪落到要去外面找工作。

「我一直在想你那間藍色的臥室。我覺得這是我們需要討論的事。在還有時間的時候。」

我聽到雞蛋被淋在蔬菜上的吱吱聲。他把鍋蓋蓋上，然後轉過身來。

「你是那種需要慢慢來的人。」

我張開嘴想要抗議，但他卻不給我機會。

「我了解你，小露，你也了解你自己。你那種嚇壞了的樣子很驚人。想像我們現在就發生關係。就在這裡，在流理台上。」他用力把雙手放在流理台上。

「事後你會無比尷尬，你會永遠都不再和我說話。你會在面試之前就先辭職，然後住到森林裡去。」

「你為什麼要在乎？我就喜歡住在森林裡。」

「我需要你和我競爭。也許我們可以找出一種可能性，是無關乎還有沒有時間的。」他嘆了一口氣，然後檢查著烘蛋。「你有過一夜情嗎？譬如說，你會去夜店，然後找個性感的男人，把他帶回你家嗎？」

即便是在問問題，他的神情看起來都有點痛苦。也許他和我一樣，也會把追求者想像成沒有臉孔的人。

「當然不會。除非你也算一個。而且我甚至連一個晚上都得不到。」

他輕輕地搓揉著我的肩膀，像個朋友一樣友善，那些將我全身綁得緊緊的隱形的線，也因此鬆開了一吋。我往前踏出一步，把全身的重量都靠在他身上。當我把臉頰貼在他的胸口時，他的體溫傳導到了我身上。

「我想要確保當我們做那件事的時候，你不會有任何的後悔。」

「我懷疑我會後悔。」

「我真是受寵若驚。」他瞄了一眼烘蛋。「回到沙發上去，把電視打開。」

我讓自己重重地坐在他舒適到完美的沙發上。我也要把我的冰屋轉變成一個安全、溫暖的小堡壘。我需要燈、毛毯、更多的櫃子，還有一幅托斯卡尼的畫。我需要幾桶油漆，把我的臥室漆成淡藍色。還有白色的亞麻布和一盆蕨類植物。

「你的沙發在哪裡買的？我也要買一張一模一樣的。」

「世界上只有一張。」他乾澀的聲音從廚房裡飄出。

「我可以跟你買嗎？」

「不行。」

「那這個緞帶靠墊呢？」

「一樣。」

「我想我知道你的策略了。」在我看了一會兒電視之後，喬許遞給我一個盤子和一支叉子。

「我在這裡的時候就像個女公爵。你不需要服侍我。」我在他的咖啡桌下把鞋子踢掉。

「有些恐怖的怪物就喜歡暗地裡寵壞女公爵。我們要把休戰設定在兩個小時嗎？從現在開始算起？」

「好啊，就這麼做。這個看起來很好吃。」我可以聞到新鮮羅勒的味道。他怎麼會還是個單身漢呢？

我們一起看了新聞，然後他把我的空盤子收走。之後，他給了我一碗香草冰淇淋。他自己卻什麼也沒有。

「你為什麼要在冰箱裡放冰淇淋？」

「以防我有愛吃甜食的不速之客。」

這個想法讓我不由得咧嘴笑道：「吃一小口不會毀了你的腹肌吧。這是蛋白質，不是嗎？」他看著碗，嘆了一口氣。於是，他從我手中拿走湯匙，偷走了一大口。「噢，天啊。」他的眼皮不停地在顫動。

「你應該每天晚上都善待自己，讓自己吃一點小東西。沒必要對自己太殘酷。」

「一點小東西？」他意有所指地看著我。「好吧。」

我又吃了一大口冰淇淋。湯匙在我的舌頭上滑動，那種親密的感覺煞是猥褻。他的舌頭，我的舌頭。我舔著湯匙，而他就那樣看著我，胸口不斷地在起伏，氣息也越來越短促。

他打開一張蓬鬆的灰色毯子蓋住我，我躺在那裡，像個被寵壞的小孩。他坐在沙發另一端，靠近我的腳邊。當他靠著沙發邊緣，彎身拿起一本醫學教科書時，我就那麼躺在沙發上注視著他的側臉。

「你看起來很悲傷。」

「我很……快樂。」他的表情流露出一絲詫異。「怪了。」

「你為什麼還留著那些教科書？這本裡面有好多小弟弟的圖示。」

「我原本打算跟隨著家族傳統。我猜，我沒有打算要丟掉它們。而且，這些書絕大部分都是我母親的。它們都很舊了，不過她希望我保有它們。」

他翻開到空白頁，手指沿著她簽名的筆跡滑過。我想要問他關於他父母的事，不過，以我對他的認識，他應該並不想要談起。

「喬許醫生，醫學博士。你原本會是個性感的醫生。」

「噢，那當然了。」他放下手上的書，拿起遙控器隨意按著。

「你所有的女性病患心率一定都會過快。」

他拿起我的空碗，親吻著我的下巴，直到我屏住了氣息，然後像專家一樣地找到我手腕上的脈搏點。

「我們來試試看。想像我穿著一身白袍，把一個聽診器滑進你上衣的衣領裡面。」我幾乎可以感覺到那個冰冷的聽診器貼在我的肌膚上。一陣寒顫竄流過我的身體，我可以感覺到自己的乳尖開始繃緊。

「你讓我產生了全新的癖好。」我自作聰明地說道，而他卻笑了一笑。

「也許我可以好好利用這點。」

我的思緒突然跳到我們的性生活在理論上應該會是什麼模樣。我們整天都在和對方玩著遊戲；按理說，這些遊戲也應該持續進行到床上。這個畫面重重地撞擊著我，讓我感到渾身緊縮、掏空，而且充滿了渴望。

當我們站在通往他臥室的走廊上時，他的聲音輕拂過我的耳後。

我們現在該玩什麼了？

「我每天晚上都會假裝生病。」

「每天晚上？」他繼續檢查著我的脈搏，一邊看著他的手錶，嘴唇因為計數而微微顫動著。我知道他性感的模樣會讓我的脈搏加速。最終，他放開了我。

「你的心臟跳得有點快。還有，眼睛也燃燒著慾火。我想問題很嚴重。」

「我會死嗎？」

「我的處方是讓你在我的監督下，好好在沙發上休息。不過，很難說結果會如何。」

「我會編一個關於你對待病人的低級笑話，不過，現在看起來似乎有點多餘了。」我縮回我的毯子底下。

「你可以想像我對病人的態度嗎？我一定是最糟糕的醫生。我會恐嚇病人，讓他們要保持健康。」

「這是你不想當醫生的原因嗎？因為你討厭人？」

「事情並沒有朝我預期的發展。」他的聲音聽起來有點僵硬。

「有哪一部分是你喜歡的嗎？」

「大部分我都喜歡。我在理論方面上表現得很好。我的記性很好。而且我也並不是討厭所有的人。只是……大部分的人。」

「那實際方面呢？你有過不好的經驗嗎？他們讓你把手指塞進別人的屁眼裡嗎？」

即便他的鼻子因為厭惡而皺了起來，但是他還是大笑了出來。「你不會一開始就在活人身上試驗的。而且也不會從屁眼開始。什麼樣的腦袋才會想出這種事？」

「屍體！我敢打賭，你一定看過屍體。那是什麼感覺？」我想起了所有法律與秩序裡的驗屍場景。

「有一次，我父親……」他遲疑著，然後把頭轉開，考慮著。

我沒有催他，過了很長的一段沉默之後，他才繼續往下說。

「我睿智的父親決定要在我上大學前的假期裡，安排我到他的醫院體驗非正式的工作經驗。其中有些部分還算好。我主要被分派去跟著幾名醫生，這些人似乎都累到無法拒絕他的要求。不過，有一天下午，他從我身後拍了拍我的背，介紹了一位法醫給我認識，然後就讓我們自己看著辦了。」

我開始覺得恐怖。「如果很難說出口的話，你可以不用告訴我。」

「沒關係。我想，那是最終極的嚴峻考驗。在我吐出來之前，我撐了五分鐘。死人的味道、化學藥品的味道，好像都留在了我的嘴裡。也許那就是我開始吃薄荷糖的原因。有時候，我覺得鼻子裡還有那些味道，都已經過去那麼多年了。」

他舉起我的手臂，把我的手腕壓在他的鼻子上。

「你的皮膚聞起來像糖果一樣。一直到那個時候，我都還認為自己會學醫。我的曾曾祖父是個醫生，醫生一直都是譚普曼家族選擇的職業。但是，在看過一個人的胸腔被打開之後，那就是結束一切的開始。」

「你還努力留到驗屍結束嗎？」

「我努力多留了一年。然後我就放棄了。」那些回憶讓他看起來很痛苦，並且自動進入了防衛狀態。「所以，你來這裡是為了拷問我的人生選擇嗎？」

我抓住他的指尖，把他的手握在我的手裡。

「今天晚上我哪裡都不想去。我心裡覺得很不舒服，恨不得我的意識能脫離我的身體。」

我對自己有勇氣這麼說出來感到驕傲。

他轉過頭來看著我，眼神柔和了許多。

「我的腿抖成這樣。」我說著示範給他看，只見他咧嘴笑了。「你應該要看看我開車過來的樣子。我笑得像越獄成功一樣。我的精神完全錯亂了。」

「你覺得你終於失去理性了嗎？」

「當然。想要盯著你那張帥臉的那種詭異的渴望，讓我完全招架不住。我像帶了二十顆原子彈的能量一樣。」

「你以為我為什麼要那麼常去健身房？」

一股幸福的感覺填滿了我的內心。我掙扎著起身，靠在他身上，我的頭輕易地就垂落在他彷如搖籃般的脖子上。他說得沒錯，他身上不管哪裡的尺寸都很貼合我。

「你永遠都不需要解釋你的選擇。不需要對我解釋，也不需要對任何人解釋。」

他緩緩地點頭，我也把他蓋在了毯子裡。

我從來都想像不到，有一天我會坐在沙發上，嘴裡還帶著香草味，把頭枕在喬許・譚普曼的肩膀上。這將會像災難般地結束。我闔上雙眼，深深吸了一口氣。

「我想知道你今天為什麼這麼難過，奶油蛋糕。」他居然能感受到我情緒的變化，真是太不可思議了。

「我就是很難過。我想到一切對我來說都在存亡的關頭。」

「告訴我什麼事。」

「我不能說。你是我的對手。」

「你現在完全和你的對手依偎在一起。」那倒是真的。我是依偎在他身上。

「我不想談論我自己。我們從來沒有談過你的事情。關於你，我可能什麼都不知道。」

他把手指交纏在我的手指上，然後把我們的手放在了他的胃上面。我用指尖輕輕地在他身上畫著圓圈，他縱容地嘆了一口氣。

「你當然知道。說吧，把你知道的都列出來。」

「我只知道表面的事。你襯衫的顏色。你可愛的藍眼睛。你只靠薄荷就可以活下去。相形之下，我就變成了一隻豬。四分之三的B&G員工都沒來由地怕你，不過那是因為另外四分之一的人沒有見過你。」

他冷笑著說：「一群軟弱的娘娘腔。」

我繼續條列著。

「你有一支專門用來寫秘密的鉛筆，我猜那應該和我有關。你每隔一個星期的週五就會送衣服去乾洗。大會議室裡的那個投影機讓你的眼睛疲勞，也讓你頭痛。你擅長用沉默來嚇死別人。那是你在開會時的策略。你就坐在那裡，用你雷射般的眼神盯著對手，直到他們崩潰為止。」

他沒有答腔。

「噢，你私底下是個很高尚的人。」

「你絕對比任何人都了解我。」我可以感覺到他的緊繃。當我看著他的臉時，他看起來似乎很震撼。我的觀察讓他嚇得屁滾尿流了。很不幸地，我接下來說出口的話聽起來卻像瘋了一樣。

「我想要知道你腦子裡到底是怎麼回事。我要像榨檸檬汁一樣榨乾你的腦袋。」

「你為什麼想要知道我的事？我以為在你找到某個好好先生安定下來之前，我只是你那場憎恨的性遊戲比賽裡，等著被刪除的名單。」

「我想知道我將要用的、要指使的是什麼樣的人。你最喜歡的食物是什麼？」

「香草冰淇淋。而且是從你的碗裡、用你的湯匙舀著吃。還有草莓。」

「夢想的度假勝地。」

「天空鑽石草莓園。」

當我氣餒地看著他時，他心軟了，隨即指著他牆上的畫框。

「那間托斯卡尼別墅。」

「我想要爬進去那個畫框裡。你在那裡會做什麼？」

「在一個底部有馬賽克磁磚的游泳池裡游泳。」他笑看著我對那個想像的畫面感到心花怒放。

「那個游泳池裡有噴泉嗎？就像一頭小獅子在吐水的那種？」

「嗯，有。游泳完之後，我會躺在陰影下，吃著葡萄和起司。然後再喝上一大杯酒，最後臉上蓋著一本書睡著了。」

「基本上，你剛才描述的應該是天堂。然後呢？」

「我忘了說，還有一個漂亮的女孩也和我在那個游泳池裡游泳，然後也睡在陽光底下。她餓了。我最好帶她去吃義大利麵。吃蓋滿起司的碳水化合物和油膩膩的東西。」

「我喜歡這個食物的幻想。」我試著回應。我想當那個女孩想瘋了，想到我都可以哀號出來。

「我們會在黑暗中走回別墅，然後我會拉下她紅色洋裝上的拉鍊。我會在床上餵她喝香檳和草莓，讓她保持體力。」

「你怎麼會想到這些情節。」我眉飛色舞到口齒不清了。如果他的夢想假期是這樣的話，我可能連他的臥房都無法活著走出去。

「然後我會在隔天醒來，重複做著同樣的事。和她一起。一起度過幾個星期。」

我注視著那幅畫，想像著自己和他一起站在紫黑色的星空下，遠處的車燈照亮了路邊成排的白楊樹。

我得說些什麼。任何事都好。他正在看著我，顯然覺得很有意思。

「幸運的婊子。」

他對我的話發出一聲爆笑。我繼續往下問另一個機智問答題。

「你遇到船難，漂流到一個無人的荒島。這時候你會帶上哪三樣東西？」

「一把刀、一塊帆布。」但是，最後一樣東西他卻想了很久。

「還有你。為了要惹惱你。」他補充說道。

「我又不是東西。我不算。」

「但是，我在島上會很寂寞，」他解釋道。我想到了他在全體員工大會上獨自一個人坐著的畫面。

「好吧。所以我們會爬上沙灘，然後我會不斷地詛咒你，因為你把我帶離了文明，還有我的護髮產品和唇膏。然後呢？」

他的嘴唇在我耳垂上的震動，讓我顫抖到沙發都跟著搖晃了。當我感覺到他的嘴貼在了我的喉嚨時，我不禁發出了大聲的呻吟。

他關掉電視，接下來的幾分鐘裡，我確定他就要陪我走出門了。或者把我拎起來，丟到他的床上。我實在很難判斷。他把手伸進我的頭髮裡，指尖輕輕地滑過我的髮絲，直到碰到了我的頭皮。我的眼皮不停地在閃動。

「我會幫你蓋一座庇護所，幫你找一顆椰子，然後我們可以一起消磨時間。」

「怎麼消磨？」我的聲音只比耳語大聲一點點。

「也許像這樣。」說著，他把唇壓在了我的唇上。

17

我們雙雙吸了一口氣，客廳裡的氧氣就這樣被我們吸光了。

昨晚，他在街燈下把我抱離地面，給了我一個吻，一個為了讓我渴望更多的、精心計算過的吻。現在，我知道我今天的問題是什麼了。我渴望了一整天。

當他吻得我張開了嘴，吻到兩人的舌尖相遇，吻到他深深地吸氣時，我們一起在托斯卡尼過著另一種生活的影像依然留在我的眼底。他嘆息著。這是他想要的。他對此的強烈渴望一如我一樣。我的嘴裡有著香草的味道，他的則是薄荷，這兩者結合在一起，創造出一種更誘人的味道。

一個奇蹟發生了，雖然我不知道是何時發生的，但是現在我知道它確實發生了。喬許・譚普曼並不憎恨我。一點都不恨我。如果他會像這樣吻我，那他怎麼可能會憎恨我。

他從我的頭髮裡鬆開一隻手，放在我的下巴上，輕輕搓揉著我，然後捧住我的臉，讓我微微將臉仰起。即便我們的舌頭已經開始不安分了起來，這一切依然還是那麼地甜美。

我讓膝蓋滑過他的大腿，感覺到自己的大腿內側在收縮。

「我對自己發誓，今晚我絕對不會來這裡。」

「但是你現在卻在這裡，真是有趣。」

我們同時低頭看著我坐在他腿上的大腿，而我更是無法不讓自己頻頻把臀部往前滑動。

這個新的姿勢為我的體內注入了力量和腎上腺素。我把手放在他的鎖骨上，仔細地端詳他。

他的頭髮還有點濕。我用一隻手掌扶住他的頸背，另一手壓在了他的心臟上面。

我的手緩緩地滑到他的胸口、肋骨，測試著他肌肉的密度。他是如此地結實。即便隔著一件T恤，我甚至都還可以摸得到每吋肌肉之間的線條。我企圖掀起他的T恤下襬，不過他的衣服下襬卻緊緊地被壓在了我的膝蓋下。

在缺乏耐心之下，我幾乎就要把他的衣服撕開，不過，我強迫自己放鬆了手指。他一定感受到了這個暴力的女山頂洞人，因為他閉上了眼睛，喉嚨也發出了低沉的呻吟聲。

「有時候，你看我的樣子好像你……」

當我開始親吻他的下巴時，他立刻忘記了自己正打算說什麼。他的掌心向上，放在我兩側的小腿上。他讓我控制著局面，這點我很喜歡。當我輕輕啃著他的下唇時，我感覺到他的唇邊帶著笑意。

沙發柔軟地墊在了我的膝蓋底下，當我們的衣服開始因為摩擦而升溫時，我感受到了他的興奮，硬挺而直接地壓迫在了我的大腿後側。

「我需要它。」在我的告白下，我看到他的眼神變得危險而暗沉。我緊緊地抓住了他的衣服，於是我們再度親吻。

我的臀緩緩地在他寬厚的大腿上磨蹭，他的手不停地捏著我、一吋吋地在我身上往下滑落。肩膀、腋下、胸側。在我的顫抖下，他的手繼續往下游移。肋骨、我的腰線、髖邊，整片臀部。

他的手滑落在我的大腿上，修長的手指沿著我牛仔褲外側的縫線移動。他的手指繼續滑過我的小腿。當我把臉貼上他的脖子上時，他緊緊抓住了我的腳踝，暗示著如果他想要的話，隨時可以拿回控制權。

「我喜歡你這麼迷你。」他再一次慢慢地撫摸著我，語氣聽起來彷彿他很喜歡我的身體一般。

當我的舌頭滑進他的嘴裡時，我開始想到幾星期前我們一起參加的一場董事會議。當時，他坐在窗邊的位子，我記得我看著下午的陽光隨著時間過去，緩緩地沿著窗台滑過了地板，滑過了會議桌。

他穿了一件我很少看他穿的海軍藍西裝，以及一件淺藍色的襯衫。我就坐在他的對面，看著陽光彷如漲潮般地慢慢爬上他的身體，然後，輕輕呼吸著他的衣服在溫暖的陽光底下散發出的布料味。

我記得在會議中，他那雙深藍色的眼睛是如何銳利地看著我，讓我感到慌張，讓我的胃彷彿被扭成了兩半。他冷笑著把注意力重新放回簡報上，什麼筆記也沒做，而我則不停地記著重點，寫到手都要抽筋了。

那雙眼睛一停留到我的臉上，就足以讓我慌張失措。當時我不知道為什麼。現在我明白了。

「我想起了幾星期前的那個董事會。」當他親吻著我的下巴時，我迎合地把頭偏向了一邊。我全身都在顫抖。他的手橫跨在我的肋骨上，拇指在我的胸下輕輕地推著。我全神都貫注在了這半吋的撫觸上。

「是嗎？那場會議怎麼了？如果你現在在想那場會議的話，表示我現在的表現並不好。」

他重新吻著我的嘴，輕輕地撥弄著它。這讓我有好幾分鐘的時間都無法再開口說話。也許好幾個小時。我的呼吸有點急促了起來，但他只是溫柔地咬著我的下唇。

他的拇指往上游移，輕輕撥動著我的雙峰，然後繼續往上來到我的下巴。我渾身震動了一下，隨即開始顫抖。

我得要好好地說明一下。「那時候你看著我，然後……我覺得我想要吻你。這是我現在才發現到的。」

「噢，真的嗎？」

他把另一隻手滑到我的背上，當作是對我誠實的獎勵。我們的肌膚接觸。他的手指懶洋洋地把玩著我胸罩的肩帶。

「我想起你是怎麼看著我的。」

「說得好像我當時腦子裡在想什麼下流的事。我確實是。你當時穿著白色的絲質襯衫，襯衫上還有珍珠釦子。在上半場的會議裡，還罩著這件看起來很柔軟的羊毛衫。頭髮高高地挽起，並且塗了紅色的唇膏。」

他往後靠，指尖沿著我的喉嚨滑向我事業線的頂端。他的手指往下試探著，我顫抖地喊出我唯一能想到的東西。

「那是一件喀什米爾的羊毛衫。」

「你喜歡喬許醫生……而我喜歡古板復古的圖書館員露西。穿著喀什米爾絲質襯衫的露西。那是我的癖好。你的頭髮上插了一支鉛筆，質問著一名部門主管，為什麼沒有上一季度的統計數字。」

他的手繼續往下移動，手指壓住了我的肋骨。

「這癖好還真特別。我不敢相信你居然可以記得我那天穿什麼衣服。不過，喂，我可以配合。我可以找一副書呆子眼鏡，然後斥責你。」我嚴肅地皺起眉頭，把手指放到嘴唇上。「安靜。」

他發出一聲戲劇性的呻吟。「我受不了了。」

「你可以想像我們之間會怎麼樣嗎？一整天，每個晚上？」

他很清楚知道我的意思。「噢，可以。」

「就像你剛才所說的：關鍵是找到一個夠堅強、並且可以承受這一切的人。那個人既可以對你以牙還牙，也可以接受你對他所做的一切。」

「你可以嗎？」他的眼睛看起來像嗑藥了一樣。瞳孔放大、虹膜朦朧。

「可以。」

我們再度親吻，吻得更緊密，完全被我們所共享的大會議室幻想所點燃。露西和喬許成為了情色書刊裡的主角。

他拱起身來貼住了我。他那堅挺之處用力地抵在我的腿後，我覺得自己的肌腱都要瘀青了。

他停下了親吻。「慢點。我想要問你一件事。」

他往回坐了一點，這讓我們足以凝視著彼此深沉的眼睛。看著他柔軟的粉紅色嘴唇，我由衷地渴望它能吻遍我的全身。一口一口地舔舐著我、輕咬著我。我的呼吸聲又濃又重，讓我幾乎聽不清他接下去所說的話。

「你今晚打電話給我的時候，你是不是差點就打給了丹尼？」我打算抗議，但他卻輕撫著我的手臂。

「我不是什麼嫉妒的變態。我只是想知道而已。」

「你已經贏了那場和他的比賽。他現在是我的朋友了。我們只會當朋友。」

「你還是沒有回答我。」

「他是一個理智的選擇。我最近幾個晚上都沒有做過什麼理智的事。我很高興我沒有打電話給他。如果我打給他的話，我現在可能就在電影院，而不會坐在這裡了。」我說著在他的大腿上彈坐了一下。

喬許試著牽動嘴角微笑，但是看起來不太成功。「我可以和你去看電影。時間越來越晚了。」他的手滑到我身後攫住了我的臀。他先讓我往旁邊傾斜，隨即把我從他已然被激起的硬挺之處拖了下來。然後把我抬起來，讓我坐到旁邊。

他往前坐到沙發邊緣，把臉埋進了手心裡。他的呼吸和我一樣又重又喘。這讓我覺得自尊完全沒有受到傷害。

「可惡。」他嘆了一聲。「我已經慾火中燒了。」他尷尬地半笑著說，而我完全可以理解他的絕望感。

他一定覺得很納悶，他為什麼要讓自己蒙受這樣的煎熬。他是個成年男人，卻淪落到和他古怪的同事做這種青少年式的擁吻和愛撫。

「你想知道我的慾火燒得有多嚴重嗎？」

「最好不要。」他勉強說道。

「我想我應該回家了。」我祈禱著他叫我留下來。但是他並沒有。

他的聲音從他的手掌裡傳來。「給我一分鐘。」

我把我的馬克杯和我的碗拿到廚房，用水沖了沖碗。我看著那個炒鍋，然後把它放進了水槽裡，裝滿熱水和肥皂泡沫。我的腿顫抖到幾乎讓我無法好好站著。

「我會自己洗的，」喬許在我身後說道。「放著吧。」

我的眼光好想好想看向他腰部以下的部位，然而，身為淑女，我還是抑制住了自己。

他把外套套進我的手臂，然後我們雙雙把鞋子穿好。我們小心翼翼地各自站在電梯裡距離最遠的兩端，但是，我們看著彼此的眼神，彷彿下一秒就要按下電梯的緊急按鈕，好讓我們從這個悲慘的狀態下獲得解脫。

「我覺得自己好像你的復活節彩蛋。」他在街邊抓住了我的手，然後和我一起穿過馬路。當我們走到我的車邊時，我仰起頭，讓自己的嘴唇迎向他。他小心翼翼地用手捧住我的臉，然後吻了我。一股驚人的喘息同時震撼了我們。彷彿我們已經幾世紀都不曾吻過了。他把我壓在車門上，而我也發出了嗚咽的聲音。我們唇齒交融到幾乎無法呼吸。

「你嚐起來就像我的復活節彩蛋。」

「求你了，求求你，我好需要你。」

「我們明天上班見。」他回答了我。他把我在他的懷裡轉過身，嘴唇落在我的後頸上。即便隔著我的頭髮，我也要把他吐出的熱氣深深地吸進我的體內，以至於我的鼻子都發出了噴氣的聲音。

「這是一種控制狂的混蛋行為嗎？」我掙脫了他。

「也許吧。聽起來很符合我的個性。」

我突然萌生一個念頭。「你打算在面試那天早上讓我因為性愛而昏迷，然後你就可以打敗我嗎？」

喬許把手插進口袋裡。「這招用在我這輩子每一次的升遷都很有效。這次沒有理由不這麼做吧？」

「你想要確定我在婚禮上會像疹子一樣巴著你不放。」

他臉上的神情讓我不自覺地往後退了一步，背脊貼到了冰冷的車門上。

「你該不是騙他們說你和一個腦科醫生訂婚了吧？」

他笑著說道：「露西．哈頓醫生，醫學博士。她很聰明，不過卻是個異類。」

「我是認真的。回答我這個問題。我會以我原本的面目去參加婚禮，不是嗎？我不應該要演戲的吧？」

「對。」

我咬著自己的大拇指，望向街道。為什麼我覺得他在說謊？

「好吧，我開始認為你故意要讓我保持思春的狀態，這樣我才會一次又一次地回到這裡。我就像隻貓一樣。而你留下了一碟奶油。」

喬許聞言大笑，彷彿我很搞笑一樣地大笑。愉悅而惱人的電流淹沒了我們。我讓電流在我身上流竄。此刻，我比過去任何時候都更有活著的感覺。

和我吵架、吻我、嘲笑我。如果你難過的話就告訴我。不要讓我回家。

「我們就來看看你說的是不是真的吧。如果你明天晚上又來到這裡的話，我就會承認這是我精心策劃的一部分。」他帶著不加掩飾的快感低頭看著我。

我之前並沒有想到再回來這件事。然而現在，明天卻閃耀著承諾。

「再親一下。」

他親了親我的臉頰，讓我發出了一聲悲慘的呻吟。

「快走吧，奶油蛋糕。還有，你記住了，我不想要看到你明天一副嚇壞了的樣子。」

我無法好好地繫上安全帶。迷醉的感覺讓我彷彿正在戒毒一樣。他敲了敲我的車窗，要我把車門鎖好。

在回家的半途中，一個讓人害怕的念頭突然冒了出來。

我等不及明天要去上班了。

今天，他的襯衫是一碟奶油的顏色。

自然一點，露西。像個性感的女人一樣走進辦公室。不用尷尬。去吧。

他看著我，我的腳踝不由得晃動著，然後我把手提袋放了下來。我的午餐盒蓋彈開，一顆番茄滾過了地板。我立刻蹲跪下來，然而，我的細高跟鞋卻被我垂下來的外套腰帶勾住了。

「太扯了。」我試著用爬的。

「優雅點。」喬許說著，朝我走過來。

「閉嘴。」

他解開我的外套，撿起了我的午餐，然後對我伸出一隻手。我猶豫了一下，才伸出手讓他把我拉起來。

「我可以重新走進來嗎？」

他把外套從我的肩膀拉下，幫我掛了起來。

貝克斯里先生的門是開著的，裡面的燈也亮著。伊蓮娜向來都比較晚上班。她也許現在還賴在床上。「你昨晚過得如何，露辛達？你看起來好像很累。」

他冷漠的語氣讓我的胃開始沮喪地往下沉，不過，當我看著他的臉時，卻發現他的眼裡閃著惡作劇的光芒。如果貝克斯里先生正在偷聽的話，他所聽到的也只會是再正常不過的對話。

這是一場危險的新遊戲，**表現正常**的遊戲，不過我會試試的。「噢，過得夠好了，我想。」

「很好。嗯。有什麼有趣的事嗎？」他手上拿了一支鉛筆。

「我坐在沙發上。」

他在椅子上動了一下，我則看著他的大腿。

「連續殺人狂的眼神。」我對他做出唇語的口型。我坐在我的辦公桌邊緣，拿出我的噴射火焰唇膏，用最靠近我的一面牆當作鏡子開始塗抹。他帶著赤裸裸的慾望盯著我的腿，讓我差點把口紅都塗花了。「那你呢，小約？」

「我有一個約會。至少我認為是。」

「她是什麼樣的人？」

「很黏人。她真的把自己丟到我身上。」

我笑了出來。「黏人不是一種吸引人的特徵。但願你把她踢出去了。」

「我想，我差不多也那麼做了。」

「那會讓她學到教訓。」我先把頭髮梨成一個高高的髮髻，然後才開始撫平我的洋裝。這是一件高級的米色羊毛針織洋裝，有很好的伸縮性又很溫暖，我得承認，我是為了配合他的襯衫才穿這件衣服的。他喜歡拘謹的圖書館員露西？他今天如願了。

他看著我的手。我也看著他的手。他的指節很白皙。

「不過，我不確定我是不是還會再和她見面。」他說得好像很無聊一樣，還一邊按著電腦滑鼠。當他的目光斜著瞄我時，昨晚的畫面閃過我的腦海，讓我體內緊縮了一下。

「也許帶她去參加你哥哥的婚禮？和一個辣妹一起走進那種場合向來都會讓人很滿足。」

我們彼此對望著，然後我讓自己慢慢地坐回椅子上。**互瞪遊戲**從來都沒有讓人感到這麼猥褻過。我桌上的電話響了。我看著來電顯示，去死吧這個字眼彷彿霓虹燈一般，啪地在我的腦子裡亮起。

喬許看了我一眼。「如果是他的話，我就——」

「是茱莉。」

「這時候打來對她來說有點早，不是嗎？你對她的態度得堅決一點。」電話持續在響。

「我會讓它自動轉到語音信箱。我現在累到不想處理這件事。」

「你不會的。」他按下＊9，然後接起了我的電話。客服中心的接線員總是被教導在接電話時要面帶微笑。聲音裡的笑意是可以聽得出來的。喬許需要好好學習這點。

「這是露辛達・哈頓的分機。我是喬許。等一下。」他按了一個按鍵，然後用他的話筒指著我。「來吧。我會監視你的。」

我們一起看著電話上不斷閃爍著的等候燈。

我依然是草莓園裡那個帶著笑容的女孩。看看我，我是個好女孩。我是個甜美的小可愛，每個人都喜歡我。對我來說，沒有什麼太困難的事。

「我要看到你對其他人也像對我一樣強硬。」

我按下那顆還在閃爍的按鍵。「嗨，茱莉，你好嗎？」我的耳朵差點被她重重的嘆息聲燙到。

「嗨，露西，我身體不舒服。我覺得好累。我甚至不知道我今天為什麼進公司。我才剛坐下來，電腦螢幕就幾乎要了我的命了。」

「很遺憾聽到你這麼說。」

我把目光鎖定在喬許身上。他的眼神已經變成了兩道可怕的藍色雷射光。他正在把他的力量灌輸給我。不管她有什麼藉口或者要求，我都不會在乎。「我今天能幫到你什麼嗎，茱莉？」我聽起來很專業，但是語氣中依然有一絲溫暖。

「我應該要把這個東西做好給艾倫，然後他會修改好再發給你。」

「噢，是啊。我需要下班前收到。」

喬許嘲諷地對我豎起了大拇指。

「呃，我正在網路硬碟上找一些舊報告，但是遇到了一點困難。它一直顯示快捷方式被移除了。總之，我已經試過好幾種方法了，我想我需要先把它擱著，你明白嗎？」

「只要我在五點之前收到的話都沒問題。」喬許看著天花板聳了聳肩。我想我夠堅定了，但是他並沒有感到折服。

「我是希望能先回家，等我明天早上恢復精神之後再優先把它做好。」

「你不是才剛進公司嗎？」是我瘋了嗎？我看了一下時鐘。

「我來只是為了很快地收一下我的電子信件而已。」她的語調完全就像個遊騎兵。

「艾倫說，如果我先和你說過的話就沒關係。」她車鑰匙的叮噹聲從電話那頭傳來。

我用藍色雷射的力量武裝起自己。「很抱歉，我覺得不行。我需要在五點前收到，麻煩你了。」

「我知道期限是幾點，」她把聲音的尖銳度提高一級地反駁我。「我只是想讓你知道，艾倫沒辦法準時把資料給你。」

「但是，需要把期限延後的人其實是你，不是艾倫。」在我等她回覆的時候，電話那頭靜默了很長一段時間。

「我以為這件事你能有多一點的彈性。」她的語氣開始出現明顯的不高興和冷漠。「我身體不舒服。」

「如果你真的需要回家的話，」我看著喬許的眉頭開始皺了起來。「你就得請一天病假，然後出示醫生證明。」

「我不會因為疲倦和頭痛就去看醫生。他會叫我回去睡覺。那也是我想要做的事。」

「如果你覺得身體不適的話，我很同情你，不過那是人資的政策。」喬許把手蓋在嘴上，掩飾著他的笑意。我居然在對茱莉玩人資的遊戲。

「同情？我不會把這種事說成同情。」

「我一直都對你很公平，茱莉。我已經讓你延期過很多次了。但是，我不能老是熬夜在趕這些報告。」

喬許在空中畫著圓圈。我繼續說道：「如果你們的資料來晚了，最後我就只能加班。」

「你在這裡又沒有家人，也沒有男友，不是嗎？熬夜對你的影響不像對其他有丈夫的人或……有家庭的人。」

「如果我老是得加班到九點的話，我就沒辦法幫自己找到老公或者過自己的生活了，不是嗎？我會等艾倫在五點鐘把報告給我。」

「你花太多時間和那個恐怖的喬許在一起了。」

「顯然如此。還有，我不能讓你的外甥女跟著我實習，我不方便。」語畢，我掛上了電話。

喬許靠在他的椅背上，開始大笑。「真是太精采了。」

「我很厲害，不是嗎？你看到了嗎？」我朝著空中揮拳，假裝給茱莉一記勾拳。喬許雙手交叉放在肚子上，看著我對著自己的倒影揮拳。

「看招，茱莉，還有你的生活、你的老公和你假裝的睡眠失調，統統都接我這一招吧。」

「全都發洩出來吧。」

「看招，茱莉，還有你的『遍』——頭痛。」

「你真是太棒了。」

「看招，茱莉，還有你的法式指甲。」

「好了。」他在這間曾經是戰場的辦公室裡，公然地在對我笑，我跌落在我的椅子上，閉上眼睛，感受著他愉快的光芒散發在我們之間那條大理石超級高速公路的另一邊。就是這種感覺。這就是長期以來原本可能會有的感覺。這個感覺並沒有來得太遲。

「我再也不用熬夜了。也許我完全毀了我和她的關係，不過這很值得。」

「你很快就會有丈夫和自己的生活了。」

「很快。也許下週就有了。但願他是個超級好人。」我睜開眼睛，他看著我的樣子讓我希望自己沒有說過這句話。我們遲疑了一下，他隨即轉開了目光。我打斷了我們剛才愉快的氛圍。

「拜託你，讓我享受一下這一刻。喬許・譚普曼正式成為了我的朋友。」我十指相連地把手臂舉過頭頂。

「我馬上要開早餐會議了，小約。我需要在中午前看到那些數字。」貝克斯里先生說著走到我們之間。我想，我們都知道所謂的早餐會議其實只有一盤培根。

「已經做好了；我現在就發郵件給你。」

貝克斯里先生哼了一聲，我猜那大概是他表達感謝或者讚美最好的方式吧，然後他轉向了我。

「早安，露西。你的洋裝很漂亮。」

「謝謝。」

呃。

「你都準備好了，不是嗎？面試就快到了。沒有多少時間了。」他慢慢走到我的桌子旁邊，看著我脖子以下的部位。我忍住不用手臂遮住我自己。我不知道貝克斯里先生怎麼會沒有注意到喬許殺人的眼神已經數度反射在牆上了。他繼續用他慣常的銳利眼光打量著我的外表。

「不要這樣。」喬許聲音強硬地對他的老闆說道。

「我已經準備好面試了。」我低頭看著自己的胸口。「貝克斯里先生，你在看什麼？」

我冷靜地看著貝克斯里先生，這讓他身體抖了一下。他很快地挪開視線，漲紅著臉開始用手指梳著他稀疏的頭髮。

天啊，我今天太厲害了。

喬許咬緊下巴，憤怒地低頭看著他的玻璃桌面，我很驚訝那片玻璃居然沒有破掉。

「從我在伊蓮娜辦公室偷偷看到的狀況來說，我相信你已經準備好了。小約醫生，我們也許需要討論一下策略。」

可惡。他打算把我的企劃告訴喬許了。我慌張地看向喬許，只見他看著他的老闆，彷彿他的老闆全然就是一個大笨蛋。

接下來，他讓我想起了他不是我的朋友，不管我們在他的沙發上親吻了多少個回合，我們依然都還處於我們有史以來最大的競爭之中。

「我不需要任何的幫助來打敗她。」

18

他冷漠得像寒冰一樣，這個語調讓我腦子裡閃過好幾個畫面。他說這句話的樣子，彷彿那是他聽過最荒謬的事情一樣。小傻瓜露西．哈頓是不可能被當真的，而且，不管在哪一個戰場，都絕對不是喬許．譚普曼的對手。我不會得到這份工作的，因為我怎麼可能得到？我連一通電話都需要別人指導。

「也許不需要吧。」貝克斯里先生若有所思地說道。他慢慢地走開，顯然很高興踢翻了兩個蜂箱。當他在等電梯的時候，他回過頭來看著我們。

「不過，小約醫生，你也許需再重要新考慮一下。」

電梯的門在喬許無聲地說著去你的的氛圍下關上。然後，他看向我。

「我騙他的。」

沉默就像兩只透明的酒杯碰撞在一起。

「那你顯然是個好演員。我都相信了。」我拿起我的水瓶喝了一口水，企圖平緩掐緊我喉嚨的怒意。我其實很感激他。這就是我一直缺乏的。我們就像兩匹衝往終點線的賽馬。我一直都太萎靡，不過，我剛剛感受到了第一次的鞭打。我需要把持住這樣的感覺，直到面試結束。

「我向來都是。他那樣看你讓我很生氣，所以就說錯話了。我會突然失控，這是我的壞習慣。看著我，小露。」

當我照著他的話做時，他緩緩地重複說道：「我不是有意的。」

「沒關係。這是我需要的。」我用同樣沒有感情、冰冷的語氣對他說，就像他剛才對貝克斯里先生說話的語氣一樣。我不知道當憤怒像把火炬在我胸口燃燒的時候，我竟然可以讓自己的語氣聽起來這麼冰冷。我也是個好演員。

他擔心地皺起額頭，這是他的標誌性表情。「你需要這個？需要我表現得像個混蛋？這似乎是你剛才所看到的我。」

「你只是讓我聽到了我需要聽到的話。」

生活其實攸關一個人看待事情的角度，如果我選擇相信我的競爭對手剛才激發了我的動力，那麼，我就可以忽視掉我受傷的自尊。我得要集中精神往前看。現在，我的焦點是他所給予我的一束雷射光。

我的電腦響了。我還有五分鐘就要和丹尼開會，討論關於我的電子書企劃。

「等一下。我們需要把這件事弄清楚。雖然我還沒辦法好好解釋。」他的臉在不安中扭曲著。「時機完全不對。我的本意不是表面上聽起來的那樣。」

「我要出去了。」我開始收拾我的包包和外套。

「你要去哪裡？萬一伊蓮娜問我的話，」他修正了說法。他看起來很淒慘。「你還會回來嗎？」

「我要去和別人喝咖啡。」

「好吧，」喬許過了一下才回應。「我不能阻止你。」

「謝謝你讓我做我的工作。」我故意把他的收文籃推歪，然後大步走向電梯。

我走向對街的星巴克。關於和喬許．譚普曼的戰鬥？我從來沒有真正贏過。這一切都是錯覺。當我以為我贏的那一刻，就會有什麼事發生而提醒了我，其實我並沒有贏。

拜託，讓我享受這一刻吧。喬許．譚普曼正式成為了我的朋友。

我以為我贏了這件事，結果其實是輸了、輸了、輸了。

丹尼已經坐在窗邊的位置了。我遲到的事實是我專業表現上的另一個致命傷。

「嗨。謝謝你和我見面。我遲到了。」

我點了咖啡，然後簡短地描述了我的想法。

「我這個週末有空。」丹尼很豪爽地表示。他一直看著我，絲毫沒有掩飾他對我的興趣；我綁緊了的頭髮、裸露的喉嚨，以及塗著紅色口紅的嘴唇。我有個不好的感覺，他似乎希望我們那個失敗的吻只是暫時的。

「我會自己付費給你。你可以給我個概念大概需要多少費用嗎？」

丹尼看起來一點都不擔心的樣子。「我們何不做個交易。你在面試的時候可以提到這是我做的，並且把我發想的自我出版的新軟體告訴伊蓮娜。也許軟體裡有些跨功能的設計可以運用在你的企劃上。還有……三百元。」

「沒問題，當然，我也會提到你的。」我急著向他保證。這是我可以做的事。向管理階層提到他，幫忙他創業。

幾個B&G的人正在排隊等咖啡，還不時對我們投以猜測的眼神。另一個走在街上的人則對我揮了揮手。我就像坐在一個透明的大金魚缸裡。當我想到我在頂樓和喬許所說和所做的一切時，我的臉頰不禁開始發燙。那些帶刺的話、侮辱，還有像通了電一般的吻。在我們自己與世隔絕的小世界裡，一切似乎都很正常、也都可以接受。

「謝謝你在這件事上面想到我。」丹尼喝了一口咖啡。

「經過週一的晚餐之後，我知道我可以在這個小秘密上信任你。而且就像你說的，我需要幫忙，而你是我第一個想到的人。」

「噢，所以說這是個秘密？」

「伊蓮娜當然知道。貝克斯里先生知道這個企劃的概念，不過，他不知道我想要展現實際的最終成品。」

但願我不需要說接下來的這些話，我對於情況現在變得如此混亂感到很沮喪。

「我得要求你千萬不要告訴喬許任何事。我知道你不會再見到他，不過還是請你保密。他很確信他可以拿下這份工作。對我來說，打敗他從來沒有這麼重要過。」

「我不會說的。不過，事實上，他就在那裡。」

「什麼？」我幾乎尖叫出來。我不能轉頭。「表現出我們在談公事的樣子。」我在我的平板上畫了一個圖表，丹尼也在上面畫了一些斜線。

「他到底有什麼毛病？總是一副生氣的樣子。」丹尼對著我的平板搖搖頭，然後我們又假裝在談公事的樣子。

「他的臉長得就是那樣。」

「你們兩個之間有一種詭異的互動。」

「我們沒有互動。沒有互動。」我開始大口喝著我的咖啡。咖啡還很燙，我真不應該這樣喝的。

「不過，你知道他愛上你了，對嗎？」

我深深吸了一口氣，並且開始感覺到自己正在陸地上淹死。丹尼靠過來，在我的肩胛之間拍了又拍。我滿臉的淚水，真希望他讓我死了算了。

「他才沒有。」我呼吸困難地喘著氣說道。「這是我聽過最愚蠢的話了。」

「身為你的朋友，」丹尼帶著笑意逐字逐句清楚地說道。「我可以告訴你，他有。」

「他現在在幹嘛？」

「他正在把櫃檯人員嚇得半死。大家都開始擔心，如果他拿到那份工作的話會變成怎樣。我們都知道他很會裁員。設計部有好幾個人已經在更新他們的履歷了，以防萬一。」

「我相信在他底下工作不會有問題的。」我表現出我的外交手腕。我不會和喬許一般見識的。我站起來，收拾這我的東西。

「我們去和他打招呼吧。」丹尼說道，我很確定他是在耍我，因為他的嘴角揚起了隱約的笑意。

「不要，我們得從廁所的窗戶爬出去。快點。」

他笑著搖了搖頭。我再度對他的勇氣感到欽佩。每個人都想要避開那個怪物。不過，我確實知道有關喬許的一個秘密。我想到他昨天晚上摸著我的脈搏、數著我的每一個心跳、把毯子蓋在我身上，還把我的腳都裹了起來。而他居然能長期保持這種嚇人的表象，真的是太厲害了。

「嗨。」我們走近時異口同聲地說。

「哈囉。」喬許狡猾地回應道。

「不要這麼愛跟蹤別人。」我忿忿不平地說著，讓咖啡機旁的女孩大聲笑了出來。

喬許調整著衣領說道：「你們想念彼此了，是嗎？」

我用意志力把秘密兩個字傳送到丹尼的腦子裡。見到我揚起眉毛，丹尼點了點頭。喬許把我們交換神情的樣子看在了眼裡。

「露西正在和我聊一個……機會……和她合作的機會。」丹尼真是個天才。沒什麼比實話更能讓人相信的了。

「沒錯。丹尼在幫我準備我的……簡報。」如果我們再說下去似乎就太可疑了。

「你們在準備你的簡報。是啊。好吧。」喬許在櫃檯人員叫到他的名字時拿了他的咖啡，然後責備地看著我，讓我覺得臉都要融化了。「我們不是也在準備簡報嗎，露辛達？昨晚在我的沙發上？」

丹尼聽了，下巴都要掉到地上了。我一點都不高興。如果這件事傳開的話，我的一世英名就毀了。這太隱晦了。丹尼和設計部的很多人都還有所往來。而他本身又是一個對八卦極其敏感的人。

「你是在做夢吧，譚普曼。別理他，丹尼。陪我走回去。」

我把丹尼推向前，好讓他不會被扔進迎面而來的車流裡。喬許一邊啜飲著他的咖啡，一邊慢慢地跟在我們後面。我緊緊地挽著丹尼的手臂、拖著他過馬路，緊到他都皺起了眉頭。「就算他綁架你、虐待你，你都不要告訴他你在幫我做什麼。他會用他所能得到的每一分訊息來把我搞砸。」

「哇，你們兩個真的是死敵。」

「對，到死都是。我們會在黎明的時候用槍和刀來對決。」

「所以，他這麼做是為了找出你面試的策略？」丹尼對一名同事打招呼，然後看了看他的手機。

「正是如此！」我發出一陣緊張的嘶嘶聲。我想，一切應該都沒有被發現。「等我決定好要請你做哪一本書的時候，我會在下班之後打電話給你。」

喬許幾乎來到了我們身邊。我開始在想，也許我應該自己把丹尼推進車流裡，好結束這種折磨人的場面。

「好。晚上聊。再見，小約。祝你面試好運。」丹尼說著沿著人行道走了。

喬許和我走進電梯裡時彼此都沒有說話。他發自內心地在生氣。而我則還沒有從丹尼的話裡完全回復知覺。你知道他愛上你了，對嗎？「他人真好。真是個好人。我想我知道你看中他哪一點了。」他突然開口，讓我嚇得往後退了一步。「我昨天晚上一定是做了一個很生動的夢。」

「喂，我能說什麼？我說謊了。我是個好演員。」我雙手攤開，朝我的辦公桌走去。

「所以說，我讓你覺得難為情嗎？」

「不是。當然不是。不過，不可以讓任何人知道。我覺得他很八卦。噢，不要擺出陰沉的表情。大家會談論我們的。」

「這是新聞嗎，大家向來都在談論我們。你並不在乎大家是不是會談論你和他的事，但是卻在乎大家談論你和我的事？」

「你和我工作的時候只相隔了十呎，那不一樣。我希望能在這間辦公室裡重新建立某種程度的專業性。」

喬許捏了捏他自己的鼻梁。「好吧。我會按照你的方式來玩。如果這是我們在這棟大樓裡最後一次的私人對話，那我現在就告訴你。週五把你的行李帶來。」

「什麼？週五會發生什麼事嗎？」

「把你要去參加婚禮的東西帶來。你的衣服之類的。」

我瞪大了眼睛看著他，他立刻提醒我說道：「你要去參加我哥哥的婚禮。你自己堅持要去的，還記得嗎？」

「等一下，我為什麼週五要帶衣服來？婚禮是週六。要彩排嗎？我並沒有同意要去兩次。」

「不是的。婚禮在沃斯港舉行，我們得開車過去。」

我懷疑地看著他。「那並沒有很遠。」

「這個距離遠到我們需要下班後就出發。我母親需要我在婚禮前一天晚上幫忙做一些事。」

我心裡充滿了為難、害怕和受傷的感覺，而且我很確定這將會是一場災難。我們深深地注視著彼此。

「我知道你不會高興，但是我也沒有預期到你會覺得那麼恐怖。」喬許往後靠在他的椅子上，然後分析著我的表情。「別被嚇到了。」

「我們甚至沒有一起去看過電影，或者一起去上過餐廳。光是要搭你的便車，我就已經很緊張了。而你現在竟然告訴我說，我得要和你一起開好幾個小時的車，而且還要帶上我的睡衣？我們要住在哪裡？」

「也許什麼破舊的飯店吧。」

我幾乎就要換不過氣來了。我差點就要從防火梯跑下去。我一直以為我們終究會在某個時候玩那個**或者其他什麼**的遊戲；在我的想像中，那會是在他的藍色臥室裡，或者是在儲藏室裡小聲地對他說出傷人的言語時。今天發生的事情實在太多了。

「開玩笑的，露西。我得要和我母親討論一下我們要在哪裡過夜的事。」

「我還沒有好好想過和你父母見面的事。聽著，我不會去的。記得嗎，你剛才對我的態度有多混蛋？你不需要任何的幫助來打敗我，你還記得嗎？如果我現在還要幫你的話，那我就是瘋了。你自己去吧，像個失敗者一樣地自己一個人去吧。」

「你保證過的。你答應過的。你從來沒有失信過。」

我聳聳肩，然而，我的道義精神卻在壓力下感到很不舒服。「我才不在乎。」

他決定要打出王牌。「我指定你要當我道義上的支持。」

他從來都沒有這麼神秘過。我沒有辦法抗拒。

「你為什麼需要道義上的支持？」他沒有回答我，只是不安地在他的椅子上動了動。

我揚著眉，直到他心平氣和了下來。

「我不會像性奴隸一樣地拉著你去。我完全都不會碰你的。我只是不能在沒有女伴的情況下走進去。所以你就是那個女伴。記得嗎，你還欠我一次。你吐的時候我幫過你。」

他看起來很嚴肅，這讓我有一種不祥的預感。

「道義支持？有這麼糟嗎？」

他的手機開始響了，他來回地看著手機和我，彷彿很掙扎一樣。

「因為沒有時間了。我得要接這通電話。」

他往走廊走去，而我也只好開始查詢交通路線，因為很不幸地，他說得沒錯，是我自己答應過的。

曾經，不知道多久以前，我還可以像任何人一樣地躺在我的沙發上。我可以看電視、吃零食、塗指甲油。我可以打電話給薇兒，然後我們會出門試穿衣服。但是現在，我上了癮，我得要用我不平整的指甲緊緊抓住抱枕，才能讓自己不從沙發上站起來、穿上鞋子，跑到喬許的公寓大樓。這種自我克制的努力讓我覺得好痛。我把電腦壓在胸口，漫不經心地瀏覽著新的網站、我的面試簡報、藍色小精靈的拍賣，以及我最喜歡的復古呆萌服裝網站。

我的螢幕上跳出一則通知，顯示我父母剛剛登入了Skype，我立刻就點擊了通話的按鍵，快到我都覺得有點不好意思。我母親很快就出現在螢幕上，她不僅皺著眉頭，還靠得太近了。

「這東西真笨，」她喃喃自語著，隨即高興了起來。「小精靈！你好嗎？」

「很好。你呢？」在她回答我之前，螢幕已經被她動來動去的牛仔褲填滿了，因為她正在起身不停地叫著我父親，而且足足叫了一分鐘之久。奈吉爾！奈吉爾！那熟悉的語調和她聲音的節奏，讓我因為想家而顫抖。最後，她終於放棄了。

「他應該還在草莓園裡，」她一邊告訴我，一邊重新坐下來。「他很快就會進來的。」

我們彼此互視了很長一段時間。我很少和她獨自上線，通常，我那個性強悍的父親都會主導話題，以至於我現在不知道要如何開口。我似乎無法談論天氣，或者我有多忙。當她瞇起那雙精明的藍眼睛時，我意識到我最好還是把折磨了我好幾週、甚至也許是一輩子的問題提出來。那是好幾年前我就應該要問她的問題。

「在我出生以前，當你遇見爹地的時候……你是怎麼能放棄你的夢想的？」

這個問題在她和我之間死寂的空氣裡迴盪著。她沉默了很久，而我也開始覺得也許我說了什麼我真的不應該說的話。當她再度凝視著我的雙眼時，她的眼神看起來既穩定又堅決。

「如果你是在問我，我有沒有過後悔自己的選擇？答案是沒有。」她往後坐在自己的椅子上，我也在沙發上好好坐起身子，感覺上我們之間似乎不存在著電腦的螢幕。沒有螢幕邊框包圍著她的臉，我也一樣，也沒有奇怪的預覽窗口出現我們的臉來干擾我們，讓我們分神。我覺得自己好像可以伸手去握住她的手。這是從我最後一次見到她、在機場擁抱她、聞著她身上洗髮精和陽光的味道以來，我們之間距離最近的一次。我看著她在思考，在我父親進來打斷我們之前，時間一分一秒地過去。

「我怎麼會有任何一秒的後悔呢？我有你父親，而且我還有你。」我知道她會給我這樣的回答和這樣的笑容。她怎麼可能說出任何不一樣的話？

「可是，你難道不會好奇，如果你當初選了你的事業而不是他的話，你現在會在哪裡？」

她再度避而不答。「你問這個問題是因為你的工作面試嗎？你是在擔心，如果你錯過這個重大機會的話，會發生什麼事嗎？」

「大概吧。我只是開始在想，即便我得到了這份工作，我也可能會失去其他的……機會。」

「我覺得你不需要為了你的夢想而放棄任何事。你想要這個工作，我可以看得出來。我可以從你的聲音裡聽得出來。時間會過去的，親愛的。你不需要放棄任何東西。你不需要做出像我這樣的選擇。你只需要全力以赴就好。」

她那頭的背景傳來一道關門聲，吸引她的目光往螢幕外的方向望去。「你父親回來了。」

我開始覺得有點狂亂。我不能告訴她我和喬許之間的關係改變了，不能告訴她我們的競爭，以及不管結果如何，我都將會失去什麼。沒有時間了。我只剩下現在可以問她。

「如果我的處境和你一樣，正走在一座果園裡，有可能就要偏離正軌了，你會告訴我怎麼做？」

她看著螢幕外面，而我也可以聽到靴子重重踩在通往辦公室的樓梯上的聲音。她的回答讓我相信了長久以來一直深植在她心中那個關於如果的信念。「對你嗎？我會告訴你繼續走。我希望你可以得到你想要的。心無旁騖地盯住你的目標，不管你在做什麼，繼續往前走就對了。」

「怎麼了？」我父親出現了，他先在我母親頭頂上吻了一下，然後看到螢幕上的我。「你應該要叫我進來的。我女兒好嗎？準備好在面試的時候給吉米好看了嗎？想像一下當你得到這份工作的時候，他會出現什麼表情。我現在就可以看到了。」他在我母親旁邊的位子坐下來，然後對著天花板，享受著我贏得勝利的假想和他自己的聰明。

我可以從預覽視窗裡看到自己的表情；我的臉沉了下來。我的變化從外太空也看得到，而我母親當然也看到了。「噢，我明白了。露西，你為什麼不說？」

沒等我回答，我父親就突然往下說了。直接跳到下一個話題。「你什麼時候會回來？」

我承認，為了製造更好的效果，我多停了一秒鐘。

「有週末長假的時候。」這是我一直都想要給他們的答案，而當我看到我父親咧嘴露出缺牙的笑容時，我很高興我說了出來。而我母親則繼續定定地看著我。

「你只要繼續走，除非那棵樹上的東西和這棵樹上的一樣特別。」

「你到底在說什麼？你聽到她說的話了嗎？她要回家來了！」我父親的椅子在他屁股搖動的韻律下發出吱吱的聲響，而我就像我母親一樣，正處在一個嚇人的大果園門口，我需要把目光聚焦在遠處的出口，像雷射一樣堅定地看著前方，絕對不能往上看。

週五。今天應該是可怕的芥末色襯衫日，但是並非如此。我把整理好的行李袋放在我的後車廂，過去兩天以來，我一直對這個週末感到很緊張，導致我沒有辦法吃得下任何固體的食物。我只靠著奶昔和茶來維繫生命。昨天晚上也只睡了兩個小時。

我覺得很寬慰，因為我們已經來到了這一刻。我們越早離開這裡，我們就能越早結束一切。我的腦子在我做夢的時候、在我清醒的每一刻裡，已經把所有可能的情節都想過了一遍。而我唯一能確定的是，不管發生什麼，一切很快就都會結束。

喬許已經在貝克斯里先生的辦公室待了一個小時了。這期間曾經傳出高八度的說話聲、貝克斯里先生的吼叫聲，還有什麼聲音也沒有的靜默。這完全無助於緩解我焦慮的程度。

伊蓮娜稍早的時候進去干預過。更讓人害怕的是，珍妮特在四十五分鐘之前匆匆走過我面前，也蹚入了這池渾水。也許，喬許的策略涉及主要的人力刪減，所以她就被傳喚進去諮詢了。

當她走出來的時候，她在我的辦公桌前停下來看著我，然後大笑。那是一種歇斯底里的笑，彷彿她剛聽到了最好笑的事情。

「祝你好運，」她對我說。「你會需要的。這不是HR能力所及的事情。」

我們的行跡敗露了。有人看到我和喬許在一起，我們被抓到了。丹尼告訴別人了。這件事傳出去了。這個劇情不在我的計畫中。我彎下身，把顴骨貼在膝蓋上。吸氣，呼氣。

「親愛的！」當伊蓮娜走向我的辦公桌時，她似乎有點擔心的樣子。我視線所及是一片灰色。我試著站起來，卻搖晃了一下。她讓我坐回椅子上，然後把我的水瓶遞給我。

「你還好嗎？」

「我快要暈倒了。裡面發生了什麼事？」

「他們在談關於面試的事。小約對未來的想法和貝克斯里有些出入。」

她拉過一張椅子，在我旁邊坐了下來。我要被炒掉了。我開始喘氣。

「我有麻煩了嗎？他在做某種面試前的面試嗎？為什麼我不用做？為什麼還涉及人資部門？我不停地聽到他們在大喊大叫。還有，珍妮特說了一些讓人毛骨悚然的話。她說什麼我需要好運之類的話。我有麻煩了嗎？」我又重複了一次一開始說的那句可憐的話。

「當然沒有。他們在那裡面吵得不太開心，親愛的。他們向來都有歧見。所以，我覺得最好讓珍妮特上來提醒他們一下專業禮節。沒什麼比兩個大男人像狗一樣對彼此吼叫更糟的了。」

伊蓮娜帶著奇怪的眼光看著我。我看起來一定糟透了。

「他……」我吞下了要說的話，但是她沒有放過我。

「他什麼？」

「他還好吧？他……小約還好吧？」她點點頭，但是，其實我知道他不好。過去那兩天太讓人疲憊了。喬許什麼都沒有多說，只是表現出一副彬彬有禮的樣子，但是我現在比以前更能夠分辨得出他臉上細微的表情變化。他已經精疲力竭了。沮喪、壓力。他無法決定怎麼做會更糟；是眼神上的接觸，還是什麼也不做。

我了解。我真的了解。

我發現，如果我不看他，而把眼光盯在我的電腦螢幕上的話，我就比較不會感到自己的胃在翻騰。如果我可以避免去看那雙藍色的眼睛或者他嘴唇的線條，那麼，我就可以不讓自己那麼心慌。那張我曾經一次又一次吻過的嘴。沒有人能像他那樣吻我，而這在在證明了這個世界的不公平。

他那句話帶來的傷害，我不需要任何的幫助來打敗她，已經變成了一個我無法不去按壓的老繭。這是多麼不像話的一句話。然而，如果角色對調的話，如果挖苦我們的人是伊蓮娜的話，誰能保證我不會說出同樣的話來？在我們私人的戰爭裡，我並非無可責難的小受害者。

我們之所以會這樣，是因為我們找到了棋逢對手、同樣可以針鋒相對的人。而且我敢打包票，我會在面試中毫不留情地和他競爭。即便在我的夢裡，我也知道要如何回答面試委員的每一個問題。他想要打敗我的話，當然會需要一些助力。伊蓮娜看著我，眼裡流露著溫柔的理解。

「你為他感到憂慮實在很貼心，親愛的，不過，小約是個大男孩。你應該要多擔心的是貝克斯里。我知道我會把賭注下在誰身上。」

「可是，為什麼貝克斯里先生——」

「我不能說。這是他們之間的機密。我們來談談你的面試吧。你和丹尼碰面的結果如何？」

「一切都很順利。他會幫我把那本舊的驚悚小說血淋淋的夏天做成電子書。那是我父親最喜歡的一本書。他這個週末就會做，而且給了我一個很優惠的價格。」

「嗯，他人真好。如果簡報讓委員小組驚豔的話，也許他以後還可以從我們這裡接到顧問之類的工作。你打算什麼時候回家，親愛的？你父母一定很想念你。」

「接下來的長假。我需要在那時候回去。其實，我想要回去一個星期。」我暫停了一下，發現我並沒有附帶上那句我慣常會說的如果可以的話。過去的我正在對我此刻的表現不敢置信地搖頭。

我看著我可愛的、慷慨的朋友，我知道她會做出什麼反應，而她確實也點了點頭。「沒問題。在新工作開始之前休息一下。」她對我的信心從來都沒有動搖過。

我覺得有什麼不好的事正在發生，然而，我新建立起來的堅定並沒有讓我減緩這樣的感覺。

我再次看著貝克斯里先生關著的門。

「回去吧，親愛的。反正沒有人會在週五這麼晚的時候還打電話進來。那樣就違法了。你這個週末要做什麼？」我有一種詭異到不行的感覺，我覺得她在試探我。

除非對方是喬許，否則我沒辦法編出像樣的謊言。「我想，我會和一個……朋友開車出去旅行。其實，也不是什麼朋友。不過，我沒辦法決定是不是應該要去。」

朋友這個字眼被我說得像是一個發音發錯了的外國字一樣，彷彿我說的是騙人，而不是朋友。她注意到我停了一下，然後笑了一笑。

「你應該要去。我希望你能和你的朋友度過一段很開心的時光。你需要的。我知道在公司合併之後，你失去了你的薇樂莉，從那時候起你就一直很寂寞。」

她出其不意地扶住我的肩膀，輕輕地吻了我兩邊的臉頰。「我可以看到你一直在動腦。我想，你應該要在這個週末把一切都先拋在一邊。忘掉面試。總有一天，這個面試會變成一個模糊的回憶。」

「希望會是個好回憶。一個勝利的回憶。」

「現在就看招聘的眾神了。我知道你已經卯足全力了。」

我必須承認這是事實。「只要電子書的格式沒有搞砸，我現在就已經準備好要面試了。」

「我是你老闆，我現在命令你要好好過這個週末。最近這幾天你越來越黯然。看看你的眼睛，充滿了血絲。你看起來和小約一樣糟。我們在宣布有這個陞遷機會的時候，就已經讓你們開始走向神經奔潰了。」她不開心地抿著嘴。

「有時候，我希望這些從來都沒有發生過。所有的事。公司合併、辦公室搬家、這個陞遷。這正在終結著某些事，但是我卻還沒準備好。」

「我很抱歉。」她拍拍我的手。「真的很抱歉。」

「我已經在更新我的履歷了，以防萬一我需要離開這裡。我已經把我的履歷發送給五、六家招聘公司了。我也已經把我的抽屜收拾乾淨了。我差不多都打包好了。以防萬一。」

伊蓮娜看著喬許的桌子，他的桌子似乎比往常都還要乾淨。他也在做同樣的事。他的桌子乾淨到都可以在上面動手術了。

「我不能失去你。我們會幫你在其他部門找個職務。某個你喜歡的部門。我不希望你整個週末都在煩惱，想著你別無選擇。」

「但是，萬一我在電梯裡遇到新的首席營運官呢？那會有多丟臉。」

我現在就可以想像得到。我的全身都將會發燙，我皮膚上的每一根寒毛都會在記憶中甦醒。他會帶著冷漠而專業的眼神低頭看著我。我會禮貌地和他打招呼，然後記起他曾經如何地改變遊戲規則，把我壓在電梯的牆上。接著，我會到達我的樓層，而他則會留在電梯裡繼續朝著他高高在上的樓層而去。

我最好還是徹底地離開這裡，這樣就不用隔著大會議桌看著他，也不用在地下停車場裡瞄到他的身影。他會找到可以挖苦和誘惑的新對象。也許有一天，我會看到他的手上戴著一枚金戒指。

「我為什麼要一直這樣折磨我自己？」

我猜，我的表情一定很僵硬，因為伊蓮娜似乎企圖想要讓我高興起來。

「及時行樂，就這個週末。相信我。一切都會有最好的結果。」

「我會把電話轉接到我的手機，如果有任何緊急的事發生，我就會通知你。」

我需要下樓去開我的車。我想要打開後車廂，看著我的行李袋，然後試著對那個重大的問題繼續逃避多一點的時間。那個我對喬許是什麼感覺的問題。我的車鑰匙在我的袋子裡閃閃發亮。我可以直接坐進車子裡，揚長而去。

我拍了拍口袋，意識到我有了一個大麻煩。我的手機不見了。我找遍桌子底下、我的袋子、檔案夾裡，還有文件堆。我甚至記不起來我最後一次看到它是什麼時候。

我在女盥洗室的水槽邊找到了手機。當我回到我的辦公桌時，喬許連一根頭髮也沒弄亂地從他和貝克斯里先生的會議裡走了出來。

19

「發生了什麼事？」我抱住我的椅背問道。

「專業意見分歧。」他不在乎地抬高一邊的肩膀，提醒著我他身上穿的衣服。當他今天走進辦公室的時候。他穿了一件我從來沒有看過的淺綠色襯衫。我花了一天的時間在決定這是否是末日的前兆，或者我是否喜歡這件襯衫。

「為什麼要穿綠色襯衫？」

「綠色似乎比較合適，根據我在星巴克的小觀察。」

貝克斯里先生從辦公室裡探出頭來，看著我們兩人，然後搖了搖頭。「真是太糟糕了。我告訴你們，實在是太糟糕了。」

莎士比亞裡面的女巫都沒有比他現在還要怪異。

喬許笑著說：「理查德，夠了。」

「閉上你的嘴，貝克斯里。」我聽到伊蓮娜微弱的聲音傳來。

他悶哼了一聲，隨即用力把門關上。喬許看著他自己的桌子，拿起他的薄荷糖罐，把它們放進口袋。接著又把電話轉到語音留言，然後把椅子推進桌子底下。這和我第一天見到他的時候一模一樣。一塵不染。沒有一點人情味。他走到窗邊看著外面。

那一刻重演了。我站在我的桌子旁邊，緊張得彷彿從裡到外都被撕碎了一樣。窗邊站了一名魁梧的男子，他的黑髮閃耀著光澤，雙手插在了口袋裡。當他轉過頭來的時候，我祈禱著他沒有我所想的那麼帥氣。光線照映在他的下巴上，這點我很確定。

當那雙眼睛看著我時，我就知道了。

他看著我，從我的頭頂到我的腳尖。說那句話吧，我絕望地想著。你很漂亮。讓我們當朋友吧。

「告訴我是怎麼回事。」

「我發誓要保密的。」

這是個很聰明的策略，他知道我不能爭辯這個說法，所以他利用了這點。

「告訴我，他們沒有私下把那份工作內定給了你。」

「沒有，他們沒有。」

我壓低了聲音到幾近是在耳語。「他們知道關於……我們的事嗎？」

「不知道。」

我的兩大恐懼似乎都沒有發生。

「那……我們要怎麼離開這裡？我還得去嗎？」

「是的。那邊那個東西」——他一邊把我的外套從衣架上拿下來，一邊指著——「叫做電梯。你以前曾經搭過。事實上是和我一起搭過。我會陪你再搭一次。」

「如果被人看到呢？」

「你現在才說？露辛達，你真是太好笑了。」

我拍了一下我的鍵盤，把電腦上鎖，然後抓起我的手提袋，噠噠地踩著高跟鞋跟在他的後面。我企圖從他的手臂上把我的外套拖下來，但他卻搖搖頭，發出了嘖的一聲。電梯的門打開，他把手放在我的腰上，輕輕把我拉進了電梯。

我轉過身，看到伊蓮娜靠在她的門框上，她的姿勢看起來很悠閒。只見她往後仰頭，開心地大笑，還鼓掌拍起手來。電梯門關上時，他對伊蓮娜揮了揮手。

我用雙手把他推到電梯另一邊。「過去那邊。我們看起來太明顯了。她聽到我們了。她看到了。你還拿著我的外套。她知道你絕對不會做這種事的。」尷尬讓我的聲音幾乎都要嘶啞。

「這可是個新聞，我現在就在做這種事。」他用手指對著緊急按鈕畫著圓圈。我立刻緊緊地抓住他的手。我想他在忍住不笑出來。

當我們到達地下室的時候，我偷偷踏出電梯。「沒人。」

我走到我的車子後面，打開了後車廂。我的行李箱不僅歪斜、還倒放在了車廂裡，感覺上像個徵兆。我想要跳進我的車裡，加速踩下油門，在高速追逐中把他遠遠甩在後面。就在這個想像逐漸成形之際，他的手變得具體了起來，還伸過來拿走了我的行李箱，然後往他的車子走去。我抓起我的服裝袋，鎖上車子，隨即意識到一件事。

「如果我把我的車留在這裡的話，伊蓮娜就會知道。她會看到我的車。」

「我們應該把你的車藏在森林的樹叢下嗎？」

真是個好主意。我揉揉我的胃。「我不……」

「別說你不想這麼做。你的臉已經說得很清楚了。我也不想這麼做。不過我們還是要去。」

他說得很簡潔。我的行李在他的後車廂裡，我的手提袋也在乘客座上。

「我可以把我的車開回家嗎？」

「是啊。你會跑掉的。如果任何人週一問起的話，就說它又壞了。這是很完美的不在場證明，因為你的車就是一堆廢鐵。」

「喬許……我快嚇死了。」我得把手放在他的車門上，才能讓自己站穩。如果我之前覺得事情發展得太快的話，那現在就是在高速前進了。他扯下他的領帶，又解開了兩顆釦子。即便在這個可怕的地下室裡，他依然那麼好看。

「是啊，很明顯。」他的眉頭又開始鎖上。「我也是。你看起來很累。」

「我沒辦法睡覺。你為什麼也害怕？」

他無視於我的問題。「你可以在車上睡。」說著，他幫我打開車門。他企圖要把我塞進車裡，但我拒絕上車。

「面試。那份工作。」

「去他的。面試還是會照常。結果出來再面對吧。」他抓住了我的肩膀。

「沒那麼簡單。公司合併的時候，我失去了一個對我很重要的人，我失去了我的朋友薇兒。我保住了我的工作，而她卻丟了她的工作，結果我們現在再也不是朋友了。這就是活生生的一個例子。」我急忙補充說道。我幾乎就要告訴喬許．譚普曼，告訴他他很重要。我剛剛暗示了我們是朋友。他聞言瞇起了眼睛。

「她聽起來像個混蛋。」

「那就是我為什麼是個寂寞的失敗者的原因。聽著，我明天就要和你家人見面了。讓我們面對事實吧，我們幾乎很快就要彼此裸裎相見了。這多少有點壓力。」

他再度無視於我的話。「這是我們釐清這些狗屁倒灶的事情最後的機會了。」

我依然猶豫著，像驢子一樣頑固。

「這個週末對我來說會很難度過。不過，有你在那兒，也許狀況不至於會太糟糕。」

或許是這個小小的告白帶來的驚喜，不過，我的膝蓋實在無力到讓我可以移動到車裡，並且對全世界我最不想要把主控權讓出去的人放棄了控制的權利。

我感到一陣被打敗的虛弱感。即便在整理行李和購買洋裝的時候，我都相信我可以在最後一分鐘，找到某種脫逃或抽身的辦法。唯有在我想像中最糟的假設狀況裡，我才會坐在他的車裡，離開B&G地下室的停車場。

當他開車駛進下午擁擠的車流裡時，太陽已經低垂在空中了。看來，這個城市裡的每個人都在想著同樣的事情：是逃離城市、奔向美麗山丘的時候了。

我必須打破這種尷尬的沉默。「要開多久？」

「四個小時。」

「谷歌地圖說要五個小時。」

「是啊，如果你開得像老祖母一樣慢的話。很高興我不是唯一一個會在網路上偷偷調查要怎麼去別人老家的人。」

一輛車子突然插到我們前面，他嘆了一口氣地緊急煞車。「混蛋。」

「我們要怎麼度過這四個小時？」我知道我想做什麼。躺在這張溫暖的皮椅上看著他。我想要靠過去，把我的臉貼在他的肩膀上。我想要好好呼吸，然後把這一切烙印在我的記憶裡，當哪一天我需要的時候，就可以拿出來回憶。

「我們向來都知道要怎麼消磨時間的。」

「那我們會在哪裡過夜？拜託不要說是你父母家。」

「是我父母家。」

「噢，我的天啊。為什麼？為什麼？」我急忙從位子上爬坐起來。

「開玩笑的。婚禮招待處設在一間飯店裡。派崔克已經預訂了好幾間房間。我們入住的時候只要說是來參加婚禮就可以了。」

「飯店很破舊嗎？」

「抱歉，一點也不破舊。我會確保你能有自己的房間。」

看來他說他一根手指都不會碰我是很認真的。這宛如一盆冷水澆在了我熊熊燃燒的胸口，殘餘的灰燼包圍著我，讓我不知道自己是否覺得鬆了一口氣。

「你為什麼不住到你父母家？」

他點點頭。「我不想。」他的嘴角不開心地往下滑，我衝動地拍了拍他的膝蓋。

「這個週末我會支援你的，好嗎？就像漆彈比賽的時候一樣。不過，這個幫忙只限於這個週末。」

「謝謝你替我掩護。你被漆彈射中了很多地方。不過，我還是不明白你為什麼要那麼做。」

他對著太陽瞇起了眼睛，我在車子前面的雜物箱裡發現了一副太陽眼鏡。我對著鏡片哈了幾口氣，然後用我的袖子擦拭著眼鏡。

「可是，你把我安排成最後一個去奪旗子的人。最不重要的那個。」

「我那樣安排是因為你看起來就像隨時會昏倒一樣。謝啦。」他把太陽眼鏡拿走。

「噢，我還以為你又在玩什麼把戲了。沒有人掩護我。露西・哈頓，人肉盾牌。」

「我一直都在掩護你。」他看了看後視鏡，然後變換了車道。

我的心裡閃爍起一道小小的燭火。「不過，你真應該看看我的瘀青。」

「我看到了幾個。」

「噢，對喔。當你幫我脫掉我的睡龍睡衣時。」我把臉頰枕在座位上，睜著眼睛說著。我們停在了一道紅綠燈口，我可以看到他嘴角附近掛著一絲淺淺的笑意。

「你不知道我有多後悔讓你看到我上半身的睡衣。那是幾年前聖誕節的時候，我母親給我的。」

「噢，不用不好意思了。你穿起來很好看。」

我不禁笑了，這也讓我的壓力稍微得到舒緩。城市在不知不覺中融入了郊區，當我們蜿蜒駛過廣闊的綠地時，太陽已經開始西沉了。我從來沒有出城到過這麼遠的地方。我需要開始好好過日子，不要再沿著同樣的路徑進出B&G，彷彿一隻活在高地裡的羊一樣。

「你之前說我跟你一起來是道義上的支持。你可以告訴我為什麼這麼說嗎？我覺得我好像需要預先收到警告，也提前先做好準備。」

「我有……」他才開口就嘆了一口氣。

「包袱？」我冒險地說道。「關於誰？」

「絕大部分是我自己的。我犯了一些錯誤，而且在某件重要的事情上並沒有好好努力。現在我得要在自己的傷口上撒鹽了。這會有點刺痛。」

「那就擦藥。」我不假思索地脫口而出。「對不起。我太不近人情了。」

「你正在對一個最不近人情的人說話，你忘記了嗎？」他繞了繞肩膀，急著想要轉換話題。我覺得有點同情他。

「我應該要在週末的時候到這裡來探索一下。我可以買點東西回去裝飾我的公寓。」我看著他的側面說道。你在拐彎抹角暗示什麼嗎？說真的，露西，振作點。

「我想，你新結交的好朋友丹尼會很樂意載你來的。」

我把雙臂交叉在胸前，根據他完美無誤的數位螢幕顯示，我們在接下來的二十三分鐘裡都沒有交談。

我首先打破了沉默。「在這個週末結束以前，我要把你的腦袋敲開。我要好好研究一下你邪惡的腦子裡到底是怎麼回事。」

「好啊。」

「我是認真的，喬許。你把我的理性都毀了。」我往前靠，把手肘撐在膝蓋上揉著臉。

「我邪惡的腦袋正在想盡快吃點晚餐。」

「我的腦袋在想著要掐死你。」

「我在想，如果我們從橋上墜落下去的話，那我就不用去參加婚禮了。」他看著我，也許只是半開玩笑。

「噢，太好了。好好看路，不然你的願望就會成真了。」當我們真的開過一座橋時，我懷疑地監視著他。

「我正在想……我車子的油耗。」

「謝謝你分享這些寶貴的想法，讓我知道你為什麼會不專心。」

他看著我，若有所思地說道：「我正在想那天在我沙發上吻你的事。我常常會想到。我不斷地會想到如果哪天不坐在你對面的話，感覺會有多麼怪異。」

真相就是，這叫做上癮。

「多說點你腦子裡在想的事。」

喬許對我的要求笑了笑。「我從來沒遇過有人想要這麼做。」

「做什麼？把你的腦子打開嗎？如果必要的話，我會用槌子的。」

「我是指想要了解我。而且我絕對想不到會是你。」

「你希望我不要再這麼做嗎？」

我幾乎聽不到他的回答，車子裡只有沉默。「不希望。」

我把頭轉開，假裝在看車窗外的風景。我們在一間卡車休息站的餐館停了下來，他碰了碰我的手。他接下來所說的話，讓我的心因為愚蠢的希望而亮了起來，即便我知道他只是在開玩笑。

「走吧。是時候來場浪漫的晚餐約會了。」

在我和喬許．譚普曼的第一次偽約會中，所有的包廂都已經客滿，因此我們只能並肩坐在櫃檯前面。當我在他的幫忙下坐上櫃檯前的高腳椅時，我的腳像五歲小孩一樣地晃在空中。我們才點完餐，我就立刻忘了我點了些什麼。他把下巴撐在手掌上，於是，我們又用**互瞪遊戲**來消磨等菜的時間。

如果他的手不是這麼漂亮，或者他的肌膚沒有散發出這麼可愛的味道，我想我應該可以撐過這個週末的。我的目光開始展開小小的旅程。燈泡的燈光讓每個人都染上了蠟黃色，包括我在內，但是，不知怎麼地，卻只有他散發著活力。我留意到他鼻梁上有一些很淺的小雀斑。在我們上班的時候，我勢必是戴上了我的憎恨護目鏡，因為說實在的，我從來沒有親眼看到過這麼好看的男人。

他的一切都讓人賞心悅目。那麼地優質、奢華，渾然天成。他的每一個部位都建構得、維持得如此完美。我實在不敢相信，我竟然浪費了那麼多時間而不懂得欣賞他。

「你就像一匹漂亮的賽馬。」我口齒不清地嘆息說道。我昨天晚上應該要試著睡覺的。

他眨了眨眼睛。「謝謝。你的血糖快要見底了。你臉色好白。」

他說的也許是真的。我的胃立刻發出了魔鬼的聲響。一群談笑著的大學男生經過我們，他們貼近的距離讓喬許立刻把手放到我小小的背上。就好像一個真正的約會那樣，防衛性地告訴著他們，她是我的。他幫我點了一杯柳橙汁，要我喝下去。我聽到一個卡車司機打了一個響嗝，然後讓它慢慢變成了一聲呻吟。煎鍋在櫃檯後面發出吱吱的熱油聲，彷彿收音機發出的靜電一般。

「少了某種氛圍，」喬許對我說。「抱歉。真是個糟糕的約會。」

女服務生第五度側過頭來看他，舌頭漫不經心地舔著嘴角。我碰了一下他的手腕，結果卻變成了抓住了他的手。

「沒關係。」

我們的菜上來了，我塞了滿口的燒烤起司三明治，同時提醒著自己要記得咀嚼。他則點了某種燒烤雞胸肉。接下來的幾分鐘裡，我們各自嚐著我們的食物。他從我的盤子裡偷了幾根薯條，彷彿這是世界上再自然不過的事。

「你都去哪裡吃午餐？我一直都很好奇。」

「我都在午餐的時候去健身房。我會跑完四哩再沖澡，然後在走回公司的路上喝一大杯高蛋白奶昔。」

「四哩？你是在為世界末日做訓練嗎？也許我也應該開始這麼做。」

「我的精力過剩。」

「如果你不這樣做的話，你可能會在失控下殺了我。你的身體實在太誇張了。你也知道的，對嗎？我只不過看到你半吋的皮膚，就覺得實在有夠誇張。」

喬許看著我，彷彿聽到了什麼他這輩子聽過最瘋狂的話。他喝了一口他的飲料，看起來有點難為情。

「我比我誇張的身材要有料得多了。」他的聲音裡帶著一種假裝的尊嚴，那種刻意的神經質讓我們彼此都覺得好笑。我用手滑過他的手臂，從肩膀到手腕。

「我知道。你確實如此。對這個小矮人來說，你太過優秀了。」

「不，我不是。我想要問你，你是不是還在為那天我對貝克斯里先生說，我不需要幫助就可以打敗你的事而生氣。」

「那句俗話是怎麼說的？不要生氣，要扯平。」我把我的空盤子推開，然後舔著我的每根手指。我像穀倉裡的動物一樣吃完了我的食物。「你知道嗎，你錯了。你會需要幫助來打敗我的。我會好好奮戰的。」

我喝光我的第二杯柳橙汁，也喝光了我的水，然後又喝了他的水。

「充分理解。」他拿起紙巾擦拭著他的手指。「哇，你吃得像個維京海盜一樣。」

「關於這個週末？我要休戰。這個週末我們就是我們。」

「不然還會是誰？」

「B&G員工、競爭對手、違反人資禁令的人、不共戴天的宿敵。噢，天啊，我覺得好多了。」我從凳子上跳下來，立刻對我的腿又恢復了力氣而充滿感激。「我不想要有任何的驚喜出現，喬許。如果我即將走入什麼狗屁風暴的話，我需要事先知道。」

他的臉頓時蒙上一層陰影。他拿起摺疊在他盤子邊的帳單，同時在我伸手要拿我的皮包時，對我露出一絲不屑的表情。

「我們就是我們。我就是我。」他數著鈔票。「我們走吧。」

我去了一趟洗手間。當我洗手的時候，我看著鏡子裡的自己，結果差點就跳了起來。我的臉色又回來了。事實上，我彷彿燈火璀璨的賭城大道一樣。霓虹般的藍色眼睛、發光的粉紅色臉頰，還有深黑色的頭髮。我的唇呈現櫻桃般的紅色，不過我的唇膏卻早就不見了。

一頓真正的晚餐顯然讓我活了過來，不過，我不介意打賭，每當被喬許目不轉睛地看過之後，我看起來總是這副模樣。

「振作點。打。起。精。神。」我堅定地對自己說著。一名正走進洗手間的女子看到我自言自語的樣子，立刻給了我一個怪異的眼神。於是，我趕緊擦乾雙手，跑出了洗手間。

20

傍晚的天空籠罩著大片的烏雲。他靠在車上，眺望著高速公路。扭曲的身形散發著一種奇異的優雅。如果我必須幫這個畫面命名的話，那我會把它叫做渴望。

「嗨，一切都還好嗎？」

他看著我的表情讓我的心震動了一下。那就好像他正在提醒自己我真的在這裡。好像我並非只是在他的想像裡。

「你很沮喪嗎？」

「還沒有。」他閉上眼睛。

「我來開一會兒吧。」我伸出手。

他搖搖頭。「你是我的客人。我來開吧。你累了。」

「噢，我現在又變成你的客人了？」我極盡所能地踏出威脅的步伐，不過他卻把兩手放到了背後。我朝他微笑，他也回以一笑。我很訝異我們頭頂上的那些小星星竟然沒有爆炸成一片銀色的碎片。我剛才在他眼裡看到的那絲傷感，已經被愉悅的星火燃燒殆盡。

「我的人質。遭我脅迫、心不甘情不願的俘虜。斯德哥爾摩奶油蛋糕。」

「車鑰匙。」我把雙臂繞過他的腰際，企圖從他握著的拳頭裡拿到鑰匙。我靠在他身上，縮緊了手臂。

「放手，別這樣。」我抽出鑰匙，但他卻抱緊了我的肩膀。我們就這樣站了好一會兒，任憑川流不息的車子經過我們的身旁。

「我希望你知道，我並不期待在這個週末從你身上得到任何東西。」喬許的聲音在我頭頂上響起。

我往後靠，然後抬頭看著他。「不管發生什麼事，我都相信當週一早上來臨的時候，我們都還會活得好好的。除非你的性慾像我懷疑的那麼致命，不過如果是這樣的話，我就死定了。」

「可是，」他無助地抗議。我加重力道地抱著他，然後把臉頰貼在他的心窩上。

「遲早會發生的，小約。我們需要把它發洩出來。我想，我們一直都在朝著那個方向發展。」

「你聽起來好像有點無可奈何的樣子。」

「我只能對我將會對你做的事提前道歉。」

他在大笑中顫抖地把我推開。

「這只不過是一個週末而已。」我輕聲地說道。我想，我說服了我們彼此。

我必須把駕駛座往前移動一哩，這讓我不得不用力扭動著骨盆。他二話不說地把乘客座椅往後滑動，然後看著我在駕駛座上掙扎。我啪地扣上安全帶，再把後視鏡的角度往下調整了一哩。

「需要一本黃頁墊在屁股底下嗎？你怎麼會這麼嬌小？」

「我洗澡的時候縮水了。」我把車重新開上了高速公路。

「已經駛過一半的路程了。」他的膝蓋開始輕輕地搖晃。

「試著放輕鬆。」我以前從來不知道喬許也會緊張。我感覺到他轉過頭來瞪著我看，就像我們向來所做的那樣。

「我們為什麼要這樣？互相瞪著彼此？」

「我知道我為什麼這麼做。不過讓你先說。」他以為我不敢說，不過，我才不怕。

「我一直都想要搞懂你在想什麼。」我帶著勝利的眼神看向他，彷彿在對他說：你看，我可以很誠實。勉強算是誠實吧。

「我瞪著你是因為我喜歡看著你。我覺得看著你是一件很有趣的事。」

「呃。真有意思。這是史上最糟的讚美了。我枯萎的自尊還真可憐。」

我立刻在心裡給了自己一巴掌。暗示別人讚美是自己一種原罪。「算了，我只是在開玩笑。喂，你看那棟老農舍。我想住在那裡。」

「主要是你的眼睛。」他的聲音懸盪在我們的肩膀之間。一陣雨霧開始飄落在擋風玻璃上，讓我把方向盤抓得更緊了。

「那對誇張的眼睛。我從來沒有看過那樣的眼睛。」

「天啊，真是謝謝你。誇張。」不過我覺得自己在笑。「我想這個字用得沒錯。」

「你之前說我的身體很誇張。我也是同樣的意思。那多少讓你沒辦法盯著我看，這點我可以告訴你。」

雨下得更大了，我把雨刷設定在間歇性的擺動，然後企圖專注在前方的車輛上。他關掉收音機，雖然我不知道原因何在，不過卻感覺像是個威脅一樣。彷彿喀嚓上鎖的門聲，把我鎖在了裡面。

「那是我見過最漂亮的眼睛。」他說得好像他希望我能了解到這件事的重要性。我很慶幸天色已黑，因為我已經臉紅了。「謝謝。」

他嘆了一口氣，當他再度開口時，他的聲音彷彿一片天鵝絨般搓揉著我敏感的耳垂。我想要看著他，但他卻嘖的一聲制止了我。

「不過，你那張情人般小巧的嘴……」

他拉長了聲音，然後發出一種介於呻吟和嘆息之間的聲音。我的手臂隨即起了一陣雞皮疙瘩。我趕緊咬著嘴唇，以免自己出聲回應他。也許我越沉默，他就越能放鬆。

「有一次，你穿了一件白襯衫，透過襯衫，我可以看到裡面的胸罩。那是一件彩色的蕾絲胸罩。也許，像是粉紅或者淡紫色的。我可以看到隱約的形狀。那天我們發生了一場很厲害的爭吵，結果你在生氣之下很早就下班了。」

「這種情況發生過好幾次。你得把範圍縮小一點，我才知道是哪一次。」我真希望他沒有提醒我曾經有過那種時候。

「有好幾個夜晚，我躺在床上想著你那件白色襯衫下的彩色胸罩。真是難為情。」他承認著說，同時在座位上挪動了一下坐姿。

當他再度開口時，他的聲音彷彿在我的耳邊迴旋。

「還有你告訴過我的那個夢？你說你只裹了床單，被一個神秘的男人壓著？」

「噢，對啊，那個愚蠢的夢。」

「我想，也許你的意思是你夢裡的人是我。」

「那是個謊話。」我脫口而出。

「原來如此，」他停了很久以後才說。「這謊說得很成功，我想。你讓我焦慮了好一陣子。」

我破壞了他剛剛建立起來的那個氛圍，而我也立刻就後悔了。他開始在座椅上坐得更挺直。

「我確實做了這輩子最淫蕩的夢。但是那和我對你說的不一樣。」

他又重新陷回椅子裡。我可以感到他把臉轉開了。我可以想像得到他的尷尬。如果他騙我說他做了一個夢，而且讓我以為那是和我有關的夢，我會對自己一直忘不掉他的謊言而覺得自己很可笑。「那個夢真的和你有關，小約。」

現在，換我說得好像他不在那個夢裡一樣。我自己的聲音聽起來既粗糙又沙啞。雨越下越大，當我開過一個大彎道的時候，我可以看到路邊反射著一對野生動物的眼睛。

「我上床睡覺的時候一直在想你，以及我要怎麼穿著那件黑色的短洋裝和你胡搞。我要你看著我，而且……注意到我。我依然不知道我為什麼想要穿那件洋裝。結果，那天晚上你就出現在了我的夢裡。你，把我壓倒，讓我捲在了床單裡。」

他急忙吐出了一口氣。我需要把這件事說出來。

「因為你那天在上班的時候對我說了一句話，你說：『我會把你操到不行。』你對任何一個女孩說了這樣的話之後，她怎麼可能會不做春夢。即便是一個恨死你的人。」

他沒有回應。因此，我繼續往下說。

「『我要把你操到不行。』你在我的夢裡這樣對我說。然後你對我微笑，我是在瀕臨高潮的時候醒過來的。」

「這麼厲害。」他擠出一句話。

「一想到你壓住我，對著我笑，我就幾乎要達到高潮了。」

從我的眼角，我可以看到他雙手握拳地放在他的膝蓋上。

「這樣就會達到高潮嗎？我完全可以安排這麼做。」

「我受到了很大的震撼，結果第二天我的行為就完全失常了。要在這裡下高速公路嗎？」

快接近匝道時，他發出了一個聲音，像是被掐著脖子在回答我說「對」。我按下方向燈的指示，然後開下了高速公路。他再度在座位上挪動了一下。我瞄了一下他的大腿。在一盞街燈的幫忙下，我看到了一個堅挺的角度所構成的壯觀畫面。

「關於那個夢，你為什麼要說謊？」

「我甚至連一個字都不想提起，但是你不放過我。我怎麼能承認？我都快尷尬死了。我覺得你一定會取笑我。所以我就說謊了。」

「你那件小洋裝……」他對著自己喃喃自語著。

我們各自在座位上不安地扭動。他的目光滑向我的大腿，而我們對彼此都太了解了。

沃斯港的主要街道十分寬闊，分隔島上種植著一堆堆在車燈和路燈下散發出紅色亮光的矮牽牛和天竺葵。白天的時候，這個地方看起來一定很漂亮。

「同樣也是那一天，我覺得你說你有約會是騙人的。在這裡左轉，然後沿著路直走。」

他當然會取笑我。現在回想起來，這確實讓人覺得好笑。

「是啊，我是說謊了。」

我們的對話停頓了一下，這回，我有大麻煩了。

「露辛達。搞什麼鬼？你為什麼要那麼做？」他的憤怒是發自內心的。

「你坐在你的辦公桌後面看著我，彷彿我是個失敗者一樣。」

「真是該死。我的表情有那麼難懂嗎？」看我沒搭腔，他搖了搖頭。

「所以這多少是我造成的？讓丹尼像隻小狗一樣地到處嗅來嗅去？」

「是的，那是個謊話，但是你卻不肯罷手。你說你也要去同一間酒吧。我怎麼能一個人獨自坐在那裡？我得下樓去設計部找個人。我知道他會答應我的。」

「你不會一個人獨自坐在那裡。我會在那裡的。坐在那裡的人會是我。」

我張大了嘴，他卻伸出一隻手示意我不要說話。

「你覺得他是你的朋友，但是他想要從你身上得到更多。那實在太明顯了，讓人看了很痛苦。下次當我看到他時，我會對他解釋關於你和我的一些事，好讓他搞清楚。」

「這樣做對嗎？我想，你應該試著先和我解釋清楚吧？」

「入口在這裡。」

我把車開到沃斯港飯店正前面。飯店燈火通明，華麗地閃耀著金色的光芒，草坪在我們的車燈下看起來修整得很完美。一名代客泊車的飯店人員對我做出指示，我試著把車停下來，然後兩腿發抖抓著我的皮包下了車。

我走到後車廂，不過另一名穿著像玩具兵的男子已經把我們的行李都拿了出來。喬許一臉無聊煩躁地站在旁邊看著。

「謝謝。」我給了他們兩人小費。「很謝謝你們。」

喬許走到櫃檯前面。櫃檯人員在他那雙雷射般的藍眼睛注視下明顯地畏縮了一下。我在大廳繞了一圈。所有的東西都是紅色系；草莓、紅寶石、鮮血、酒。一塊織著中世紀場景的褪色巨幅織毯懸吊在一面牆上。織毯上有一隻獅子和一隻獨角獸跪在一名女子前面。我頭頂上的天花板有著精心設計的飛檐，還有一盞吊燈從天花板的正中央懸垂而下。一道螺旋狀的樓梯在我上方以同心圓的方式扶搖直上，直接通到了四樓，讓人感覺彷彿處在一顆心臟裡。

「很壯觀吧，是嗎？」一名穿著西裝的男子在旁邊的酒吧裡對我說道。

「真華麗。」我雙手握在身前，宛如一個女學生一樣。我找著喬許，卻沒有看到他的人影。

「從酒吧裡看起來更漂亮。」西裝男說著，對我招了招手，示意我過去。

「想得美。」喬許的聲音突然在我身邊響起。他用一隻手臂護著我，帶我走向電梯。我聽到我們身後有人笑著在道歉——抱歉，老兄！「你有幾把鑰匙？」他按下電梯按鈕，然後拿出一張卡片回應了我的問題，彷彿他拿著的是一張贏牌一樣。

「只有幾間房間是預留給婚禮用的。我企圖要讓你有自己的房間，不過，整個飯店都滿房了。這是派崔克式的玩笑。」

他說謊的時候我會知道，而他現在並沒有說謊。他完全被惹惱了。我回頭看看櫃檯人員，只見他的主管正在安慰他。

當我們找到我們的房間時，他試了四次，才把房卡插進了門把。當他幫我開門時，我試了兩次要避開他，但是當我不小心撞到他時，我身上每一處渾圓的女性部位，都宛如彈珠台裡的球一樣地彈在了他身上。胸、大腿，還有臀。

我們的行李已經送到了。在喬許給了小費之後，房間的門瞬間被關上，只剩下我們兩個人。

21

他用一種緩慢又慎重的方式，把房卡放在他左邊的梳妝台上。有那麼幾秒的時間裡，我突然感到了害怕。他像個巨大、陰沉、踏著大步的巨人般地走向我，當他的腳尖抵到我的腳尖時，我只覺得自己體內的原子在震動，以至於我的視線都模糊了。**互瞪遊戲**從來沒有在一間上鎖的飯店房間裡發生過。

他彈指將我的外套釦子解開。我不忠的外套順服地敞開，彷彿在說請自便，先生！他把手滑進外套裡，當我在他的觸碰下拱起身時，他微微垂下了睫毛。他用手指撐住我的背，指尖輕輕地壓在我的脊椎上。

「來吧。」我應該要寫短詩的。我把手勾進他的皮帶裡，將他拉向床邊。他小心翼翼地把我放到床墊邊緣，一隻手銬住了我的腳踝。我可以感覺到他在顫抖。他脫掉我的鞋，把它們整齊地放在床邊。

我最後一次感覺到貼觸著男人的肌膚，不知道是多久以前的事了。自從認識喬許以來，我一直都過著禁慾的生活。當我意識到這一點時，我的眼裡或許流露出了迷亂。他看到了我的眼神，於是用手指搓揉著我的下巴。

「我現在更氣我自己了。」

他跪在我的兩腳之間。跪在自己床邊的乖男孩，即將要開始他的禱告。

當他再度看著我時，那雙暗藍色的眼睛透露著倔強。我確定他即將要親吻我的臉頰，然後離開，因此，我抬起一隻腳繞過他的腰，把他拉向我的大腿。他發出了哎喲一聲，我隨即用雙手捧起他的下巴吻了他。

通常，他喜歡輕吻。然而今晚，我想要猛烈的吻。在我們彼此的嘴唇接觸那一剎那，我用力地讓他張開了嘴。他試著要讓我慢下來，但是我不讓他如願。我咬著他，直到他的髖骨抵住了我。我可以感覺到硬生生地被撞了一下。

如果我曾經認為自己對他上了癮，那真的是太輕描淡寫了。如果他是一帖藥劑的話，我願意用藥過量。在這個週末結束的時候，我會兩腿癱軟地躺在某一條後巷裡，連自己的名字都沒辦法說清楚。至少我明白了這股慾望。我可以面對它，而且坦白說，這也是我們唯一的出口。我用雙手雙腿緊緊抓住了他，然後驚訝地感覺到一股墜落的激動。我睜開雙眼，發現他正在起身，也把我一起帶離了床緣。

「你今晚打算要我的命嗎？」他在我嘴邊問道，我猛烈地再度吻了他。

「我會試試看的。」

我的前男友，那個我在幾個世紀以前上床的男人，身高只有五呎六吋（一六八公分）。他絕對不可能像這樣把我抱起來。這只會讓他男孩般脆弱的脊椎破裂而已。喬許陷入一張漂亮的高背扶手椅裡，在我們進門的時候，我曾經瞄到了一眼椅子的輪廓。

在遇到喬許以前，我一輩子都在嘲笑那些炫耀力量的男人。然而，也許我內心裡還是有那麼一小部分想要被抱、被寵愛。我的裙子已經往上滑得太高，也許他都可以看到我的小褲褲了，不過，他的目光並沒有往下移。紳士這個字眼突然閃過我的腦海。

他揚起一隻手，這個動作過去曾經讓我畏縮過，然而現在，我卻靠向了他的手掌。

「慢點。」

我不敢置信地搖著頭，但他卻凝視著我的雙眼。「好嗎？」

滿心的疑惑向我湧來。「你不想要嗎？」

他扭動著胯部。一股紮實的硬挺立刻重重抵住了我。他想要我想瘋了，因為他那招牌的連續殺人狂眼神又出現了。我把眉毛壓在他的眉心上。我們的呼吸摩擦著彼此，嘴唇甚至碰也沒有碰在一起。

他想要把嘴壓在我的肌膚上。咬著我、吞噬我。他想要我、渴求著我。我們汗濕的肌膚暴露在冷冷的空氣下。他的手指不自覺地陷入我的肌膚。他的耳語在我重重的喘息聲中幾乎無法聽見。沮喪的淚水和濕掉的眼影，在枕頭上留下了一道羅夏墨跡般的圖案。

我已經知道我會得到什麼樣的對待。他會哄我、折磨我，當我迫不及待的時候，還會用陰暗的言語警告我。他會將我擺布成他喜歡的任何姿勢，他霸道的手會捧著我、擺弄我、緊緊抓著我，同時也會溫柔地撫摸我。

但是，我也知道他會讓我發笑、嘆息。他會捉弄我，笑我太戲劇化，即便在我想要掐死他的時候，他也會讓我笑出來。如果我抗議的話，他會讓我期待的那一刻更晚來到。而如果我默許的話，就會得到一記親吻。

這當然就是他正在營造的效果。延遲效應。他想要用前戲來逗弄我，直到我的高潮在他第一次撫觸我的幾個小時之後來臨。他打算讓這顆復活節的彩蛋多保留幾天。然後才一片一片地，在他的舌尖上融化。他想要一次又一次地這麼做，直到我們再也數不清次數，甚至也許在這個前戲的過程當中就死掉了。他想要確定我對他上了癮。我知道我在床上會得到什麼樣的對待，好吧。那是我一直以來所得到的對待。

他舔著自己的嘴唇，視線落在了我絲襪頂端的蕾絲上，這讓我眼前浮現出所有情色書刊的畫面。他企圖想要說話，但卻無法開口。

我笨拙地解開他的襯衫衣釦，拉扯著每一顆釦子，直到斷線的聲音在我的耳邊響起。

「為什麼所有的顏色都讓你的皮膚看起來那麼好看？即便是那個可怕的芥末色。」我把嘴貼在他的脖子上說道。「這麼美的男人，美到在辦公室的日光燈下幾乎不像真人。」

「綠色，嫉妒的顏色。最近，我一直都像個嫉妒的變態。」

「芥末色，上校的顏色。燒掉吧。」

「遵命，奶油蛋糕。你可以把我的襯衫燒掉。裝在桶子裡，然後在小巷裡燒掉。」

他笑著說道，然後在我喉嚨邊嘆息，雖然我已經盡可能地想要多解開幾顆他襯衫上的釦子，但他的動作讓我實在難以繼續。我把手滑進他的襯衫裡。

「在這一絲不苟的工作裝束下，你就像一張解剖學的海報。我向來都懷疑你是克拉克・肯特。」

「慢點。」他把我的雙手從他的襯衫上抓下來。我微微地掙扎，但他輕輕地銬住了我，然後把臉朝我傾斜過來。

我們再度開始吻著彼此；這次的吻不僅宛如絲綢般地溫柔，更輕盈到讓我難以置信，畢竟，我剛剛才那麼猛烈地抓過他。

他的拇指輕輕地壓在我的手腕上，我微微地拱起身，在我們親吻的同時，讓自己渾圓的胸壓在了他的胸口，緩緩感受著彼此的渴望。我內心那股狂亂的不耐受到了些許的抑制，也許是因為他正讓我了解到所謂延遲的概念。

「我猜，你以前總是匆匆忙忙的，」他對我說著，彷彿讀到了我的思緒。「你為什麼這麼急？」

被喬許柔軟而成熟的嘴唇親吻所帶來的愉悅，和性愛的快感比較起來完全不相上下。他的腦子裡只有我和我的反應，其他什麼也不想。他正在摸索我喜歡什麼樣的感覺，他抑制著、付出著，甚至無聲地在和我說話。當我微微睜開眼睛想要偷看他的時候，我發現他也正在做同樣的事。

當他在我唇邊微笑時，我的胃簡直就要墜落到了谷底。

「你怎麼樣？」他在我輕輕咬著他的舌頭下低語。

「你覺得我怎麼樣？」

他試探性地垂落原本抓在我手腕上的雙手。當他認為他可以相信我願意保持慵懶的節奏時，他用雙手捧住了我的臀，緊緊地捏了一下。

「你簡直太棒了。哇靠，小露。」

「那當然了。」這真是太令人興奮了，因為我知道，只要我想要，我隨時都可以吻他。我像個軍閥般地看著他的皮膚，現在，他是我的領地了。只見他在我的目光巡禮下發出了顫抖。

「我們來玩一個特別的遊戲，」我對他說。「這個遊戲叫做**誰先登峰**。」

「也叫做第一名，第二名。」

語畢，我們雙雙大笑。在我繼續解開他袖口的衣釦時，他的手機響了。他沒有理睬，只是重新地吻著我。然後輕輕地咬著我的下唇。

「好美，」他對我說著。「真的好美。」

他的手機不停地在響。當鈴聲終於停止時，我鬆了一口氣地嘆了一聲。但它隨即又開始響了。他看了我一眼，我無奈地聳聳肩，從他身上爬開。

「我會把它關掉。」

他把手伸進口袋裡，而我則藉機端詳著我的巨作。只見他攤坐在椅子上，雙腿打開，襯衫的釦子已經被解開，頭髮散亂，雙眼曚曨而深邃。

「你看起來就像一個在我車後座被染指了的性感處女。」

他眼裡閃爍著愉悅。「那正是我的感覺。」他拿出手機，不屑地看了一眼，但立刻又多看了一次。

「是我母親。噢，糟了。我把她給忘了。」

我走進浴室躲起來。一想到要和她見面，我不禁感到害羞。我不確定接下來應該做什麼，只好隔著浴室的門聽著他撫慰的語調。我洗了洗手，把手放在我腫脹的嘴唇上，看著鏡子裡的自己。我看起來就像我自己的色情版本。

他的聲音從門外傳了進來。「小露，很抱歉，我得下樓幾分鐘。」

我把門打開問道：「一切都還好嗎？」

「我母親在樓下。她顯然用她玫瑰園裡的玫瑰做成了桌子中央的擺飾，但是，她找不到飯店的人幫她把所有的擺飾都拿進來，這讓她感到很沮喪，覺得很無助。我得下去把飯店的人痛揍一頓。」他一邊說，一邊扣上襯衫的衣釦。

「應該的，去吧。去把某個年輕的飯店員工弄到哭吧。你要我一起下去幫忙嗎？」

「不用，你累了。你要我幫你叫客房服務送點餐飲來嗎？還是帶杯咖啡回來給你？」

「不用了，沒關係。你不在的時候，我可能去洗個澡。我相信等你回來的時候，我會穿著什麼蕾絲的衣服，誘人地躺在床上。」

他皺了皺眉，稍微整理了一下他的褲子。他正在天人交戰之中。我真為他感到難過。

「你不能讓她在樓下不知所措。」

「我不知道我會下去多久，希望就幾分鐘吧。不過放輕鬆，我很快就回來。」

「沒事的。面對沮喪的母親卻不幫忙，這種人我是沒有興趣和他親熱的。去吧。」

這間浴室幾乎和我的臥室一樣大。我沖過澡，並且也洗了臉。當我刷牙的時候，我看著自己的臉，蒼白且沒有任何的化妝，我提醒自己，他之前已經看過這樣的我。事實上，他還看過我更糟的時候。

他看過我冒汗、嘔吐、發燒，還有睡著的時候。他看過我生氣、受挫、害怕的時候。思春、寂寞、心裡難過的時候。不管我呈現什麼面貌，似乎都嚇不倒他。他看著我的眼神從來都沒有改變過。知道這點，讓我充滿信心地穿著我的睡龍上衣和短褲走出了浴室。在這個時候，穿成這樣似乎有點好笑，不過我瞄了一眼自己在梳妝台鏡子裡的模樣。我看起來彷彿老了十歲。噢，天啊。穿著便服的露西變成了一個冒牌貨。

房間裡一片沉寂。我看了看手機，什麼也沒有。我把薄被推開，鑽進了床上。鬆了一口氣的感覺讓我發出了一聲呻吟。經過了前幾天的壓力和緊張之後，一切並不像我想像中那麼恐怖。床單很快就溫暖了起來，我也愉快地划著疲憊的雙腳。

我靠在一堆枕頭上把電視打開。一個頻道正在播出急診室的春天，這竟然讓我感到意外的安慰。喬許也許看過這集了。我試著要留意劇集裡出現的醫學失誤，不過，當我的眼睛開始感到乾燥和疲倦時，我索性把眼睛閉上。為了讓自己鎮定下來，我按下記憶的播放鍵，然後忍住了呵欠。

我又在那裡了。那天晚上，我嚥下我可惡的自尊，去到了他的公寓。在我心裡，那裡是我自己的快樂天地。我蜷縮在他的沙發上，柔軟的靠墊撐在我的背後。我感覺到他沉沉的重量就坐在我旁邊，而我知道，只要他在那裡，我就會沒事。我不知道我們就這樣待了多久。我坐在這裡，和我所認識的最迷人的男人握著彼此的手。他凝視著我，眼裡閃爍著無盡的溫柔，彷彿他愛我一樣。

現在，我知道我一定是在做夢。

當太陽從窗簾的縫隙裡灑落在我枕頭的中央時，我醒了過來。我腦子裡第一個念頭是：*不會吧*。我覺得太舒服了。

我的第二個念頭是：*我終於可以看到睡覺中的喬許了*。

我們面對面地躺在床上，兩顆枕頭相連在一起，我們整晚都閉著眼在玩**互瞪遊戲**。他每一根深色的睫毛都彎曲地貼在臉頰上，散發著隱隱的光澤。我願意為擁有這樣的睫毛而殺人，不過，它們似乎永遠都只長在最陽剛的男人臉上。他抱著我的一隻手臂，彷彿抱著一隻泰迪熊一樣。我並不憎恨他。一點也不。不恨他真是一個大災難。我用手指輕撫著他的眉毛，這讓他皺起了眉頭。我立刻又將他的眉頭撫平。

我用手肘撐起身，看著床頭的時鐘，上面顯示著12:42 P.M. 我一連看了好幾次。我們怎麼會睡過中午了？過去幾天我們共同累積的疲憊，讓我們沉沉入睡了好久。

「小約。」當我們已經睡在同一張床上時，再用那麼正式的全名叫他顯然完全沒有意義。「婚禮是幾點？」

他抖動了一下，然後睜開了眼睛。「嗨。」

「嗨。婚禮幾點舉行？」我企圖滑下床，但他卻把我的手臂抱得更緊。

「下午兩點。不過我們得早一點到。」

「現在已經快要下午一點了。」

他有點嚇到。「從高中開始，我就沒有這麼晚起床過了。我們要遲到了。」儘管如此，他還是推了推我的手肘，就像在推腳踏車的支架一樣，讓我又倒回到床上。我企圖要瞄一眼他裸露的手臂，因為他只穿了一件黑色的背心。

「真好看的手臂。」

我把雙手貼在他的一隻手臂上，看著自己的手滑過他每一道緊繃而明確的曲線。然後重複了一次。在他的注視下，我用指甲再次滑過他的手臂。只見他的手臂上出現了一片雞皮疙瘩。嗯。

我低下頭親吻了那片雞皮疙瘩。

「你真的很出類拔萃，喬許．譚普曼。」我撥開他額頭上蓬鬆的亂髮，然後花了幾分鐘的時間幫他整理著頭髮。

「我是不是太用力在勾引你了？」他把我拉近。我從來都沒有想像過，喬許會這樣摟抱別人。「你永遠都可以再用力一點。」

他好貼心。和他一起躺在床上實在是太讓人春心蕩漾了。我不加考量地問了一個我一直想要知道的問題。「你上一次交女朋友是什麼時候的事？」

這個問題問得彷彿我敲響了一只銅鑼一樣。幹得好，露西。竟然在和他一起躺在床上的時候提起了另一個女人。

「嗯。」他停了很久。久到我以為他若非睡著了，就是要告訴我他曾經結過婚。他想必是太年輕了。他又重複了一次。「嗯，呃。」

「不要告訴我你正在等離婚的判決或者什麼的。」

他的手臂滑到我的背脊中央，我的頭也緩緩地靠在了他的肩上。我幾乎無法睜開眼睛，因為這麼躺著實在太舒服了。在他的氣息和棉質床單的圍繞下，我只覺得好溫暖。

「沒有人會自虐到嫁給我。」

他的話讓我覺得有點憤慨。「一定有人會的。你是那麼那麼的俊美，而且又那麼愛整齊。又高又壯，還有工作，也有一輛不錯的車子，牙齒也很完美。基本上，你和我以前約會過的大部分男生都完全不一樣。」

「所以他們都是……可怕的怪物……沒有工作……而且比你還矮小？怎麼可能？」

「你一定看過我的日記。我最後一個約會的對象瘦小到可以穿得下我的牛仔褲。」

「但是，他一定是個好人。和我相反，他一定好到不行。」他看著牆壁說道。

「我想他是。不過你也可以是個好人。你現在就很好。」

我感到鎖骨被輕咬了一口，這讓我發出了愉快的鼻息聲。

「好吧，你從來都不是個好人。」他不再咬我，取而代之的是一個輕輕的吻，落在了同一個位置。

「那你是什麼時候和這個微型男人分手的？」他開始吻我的喉嚨，懶散中帶著小心和溫柔。當我偏過頭想讓他能吻得更容易時，我再次看到了收音機上的時鐘。真實世界的時鐘向來都走得很快。我不知道我的包包裡是不是有燕麥棒。

「那是在B&G合併之前幾個月的事了。我們已經好一陣子都感覺怪怪的。那時候我工作的壓力很大，也沒有辦法常和他見面，後來我們就同意暫時先分開。結果這一分開就沒有結束過。」

「那也很久了。」

「所以，我才會不斷地磨蹭你。不過，你從來就不回應我。等一下，不要告訴我，我不想知道。」一想到他取悅另一個女人就讓我無法承受。

「為什麼不要？」

「嫉妒。」我呻吟了一聲，然後開始輕輕地笑了出來，不過很快就又恢復了冷靜。當他終於要解釋時，他看起來極度地尷尬。「那時我和一個人在交往，不過在搬進B&G新大樓的第一週裡，我們就分手了。是她要求分手的。」

「B&G又毀了另一段戀情。」我想要咬住舌頭，但是話卻還是源源不絕地說了出來。「我敢打賭，她一定很高挑。」

「是啊，很高挑。」他伸手從邊桌上拿起他的手錶。

「金髮。」

他把手錶扣好，完全沒有看著我。「對。」

「可惡，為什麼總是高挑金髮的女人？我敢說，她一定有棕色的眼睛和古銅色的肌膚，她老爸還是個整形外科醫生。」

「你看了我的日記。」他看起來有些不安。

我把臉貼在他的肩膀上。「我猜，她一定也和我完全相反。」

「她……」他發出一聲惆悵的嘆息，讓我的心揪了一下。我內心裡那個具有地盤性的女山頂洞人出現在了她的洞口，沉下了臉。

「她人很好。」

「呸，很好。真噁心的一句話。」

「還有，她的眼睛是棕色的。」他看著反覆思索著這句話的我。

「聽起來好像是分手的正當理由。你知道嗎？你的眼睛太藍了。所以根本行不通。」我以為他會用什麼高招來反駁，然而，他的語氣卻很尖刻。

「你真的以為這樣說就行得通嗎？」

輪到我說呃了。當他呼出一口氣時，我已經半縮回我自己的殼裡了。

「抱歉，我說錯話了。我真的是一個尖酸刻薄的混蛋。」

「這對我已經不是什麼新鮮事了。」

「這就是我沒有女朋友的原因。她們都想要找好男人。」

他看著天花板，眼裡寫盡了懊悔，這讓我突然萌生起一個可怕的念頭。他在苦苦思念著某個人。那個高挑的金髮女子因為選擇了某個不那麼複雜的男人，而深深地傷了他的心。這充分說明了他為什麼對好男人有偏見。我思索著要用什麼方式問他，但他卻看著時鐘說道：

「我們最好快點。」

22

「拜託你就你家族的重要成員，幫我上一堂速成課吧。有什麼忌諱的話題嗎？我不想問你叔叔說他夫人在哪裡，結果卻發現她已經被謀殺了。」我在我的袋子裡翻找著東西。

「昨晚，因為飯店人員找不到推車，讓我必須把四十五個花束擺設搬進飯店以前，我已經好幾個月沒有見過我母親了。大部分的週日裡，她都會打電話給我，告訴我那些我從來都不在乎的鄰居和朋友的最新消息。她是一名外科醫生，主要是心臟和移植。她像個小孩一樣，是那種聖潔型的人。她會很喜歡你的。一定會喜歡的。」

我發現我的雙手正壓在胸口上。我希望她喜歡我。噢，天啊。

「她會說她想要把你永遠留下來。大概就是這樣。我父親是個劊子手。」

我畏縮了一下。

「這是外科醫生的綽號。等你見到我父親時，你就會明白為什麼。他多半處於待命之中，隨時等著急診室通知他去幫人動手術。我會在早餐的時候聽到各種事情。某個白痴把撞球桿插進了喉嚨。撞車、打架、謀殺失誤等等。他永遠都在處理那些皮肉嚴重擦傷的醉漢、眼睛被打黑和肋骨被打斷的女人。不管是什麼狀況，他都來者不拒。」

「真不簡單。」

「我母親也是外科醫生，不過她從來就不是一個劊子手。她在乎那些躺在手術台上的人。我父親……只是在處理人肉而已。」

喬許坐在窗台上陷入了沉思，我沒吭聲地在我的袋子裡找衣服，好讓他有點私人的空間。然後我走進浴室開始化妝。

幾分鐘之後，我從浴室門縫往外瞄。從梳妝台的倒影裡，我可以看到他赤裸著上身，好一幅壯觀的畫面，只見他拉開了我服裝袋的拉鍊，用兩根手指夾起我的洋裝，歪著頭打量著。然後他用手揉了揉臉。

我猜，我犯了個錯，不應該帶那件藍色的洋裝來。

週四午餐的時候，我趕往公司附近的那家小精品店買了這件洋裝，當時還覺得那麼做是個好主意，但是，我應該要穿我原本就有的衣服才對。不過已經來不及了。他打開一張燙衣板，把他的襯衫攤開在上面。

我用腳把門勾開。「哇塞。你去哪一家健身房？所有的健身房都去嗎？」

「麥布萊德大樓底下那家，距離公司大概半個街區。」

我不得不嚥下一大口口水。「你確定我們一定得去參加你哥哥的婚禮嗎？」

我從來沒見過他這麼裸露，他的皮膚散發著健康的光澤，蜂蜜般的金黃色，毫無瑕疵。鎖骨和髖部的線條構勒出令人嘆為觀止的骨架。在鎖骨和髖部之間是一塊塊明顯的肌肉群，每一塊都代表著又完成了一個設定的目標。平坦、方正的胸肌邊緣有著圓弧的線條。繃緊在胃部皮膚底下的肌肉，是奧運游泳決賽裡讓我目不轉睛的那種腹肌。

隨著熨燙襯衫的動作，他身上的每一塊肌肉都在收縮起伏。陽剛的靜脈曲線讓他的二頭肌和下腹看起來彷如蜿蜒的山脊。那些匍匐在肌肉上的靜脈似乎在訴說著：這是我努力得來的。匍匐在他髖骨上的線條，一路延伸到了被西裝褲遮掩住的胯下。

要維持這種身材所需要付出的犧牲和毅力著實讓人難以想像。不過，這就是典型的喬許。

「你為什麼會是這副模樣？」我聽起來好像心跳突然就要停了一樣。

「因為無聊。」

「我一點都不覺得無聊。我們不能留在這裡嗎，我可以從迷你吧裡找點東西塗滿你全身？」

「呼，你那是飢渴的眼神還是什麼？」他對我揮了揮手上的熨斗。「進去把你的妝化完。」

「對於你這種外表的人來說，你也太害羞了。」

他什麼也沒說，只是在衣領上來回按壓著熨斗。我可以看得出來，他得要很努力地克制自己，才能赤裸著上身站在我面前。

「你為什麼那麼不自在？」

「我以前和一些女孩約會過……」他拉長了聲音。

我雙臂交叉在胸口。耳朵就要因為冒出蒸氣而開始發出汽笛聲了。「什麼樣的女孩？」

「她們都……在某個時間點會清楚地表示，我的個性並不……」

「並不什麼？」

「我不是交往的好對象。」

即便熨斗也在冒出憤慨的蒸氣。「有人只想要你的肉體嗎？她們是那樣對你說的嗎？」

「是啊。」他重新熨燙著一只袖口。「我應該覺得受寵若驚，對嗎？一開始確實如此，但是，這樣的事一再發生。不斷地被人告知我不是交往的料，這種感覺真的不太好。」他說著，彎身檢查襯衫上的皺褶。

我終於明白那些火柴盒小汽車所代表的意義了。請看見我，那個真實的我。「你知道我怎麼想的嗎？就算你的外型看起來像貝克斯里先生，你還是很棒的。」

「你是酷愛喝多、腦子壞掉了，奶油蛋糕。」

他帶著一絲笑意，繼續熨燙著他的襯衫。我想要讓他了解某種我自己都尚未完全弄懂的感覺，這股強烈的需求讓我幾乎就要顫抖。我只知道，一想到他對自己最基本的觀感居然有那麼糟糕，就讓我感到心痛。我決定不要再那麼物化他，於是我別過頭，直到他穿上他的襯衫。那是蛋殼藍的顏色。

「我喜歡那件襯衫的顏色。呃，它顯然和我要穿的衣服很配。」我再度對我的洋裝感到難為情。我走到我的手提袋旁邊，從裡面掏出了唇膏。

「我可以看一下嗎？」他把領帶鬆垮地掛在脖子上，伸手拿走了我的唇膏，然後看著唇膏底部。

「噴射火焰。真合適的名字。」

「你希望我低調一點嗎？」我又開始在手提袋裡找東西。

「我太喜歡你的紅色了。」他在我開始塗唇膏之前吻了我的嘴唇。然後看著我塗上唇膏，用紙按了按嘴唇，重新再塗一次，等到我終於塗好之後，他看起來好像在忍耐著什麼一樣。

「你在上唇膏的時候，我幾乎就要按捺不住了。」他試著擠出一句話。

「頭髮要綁起來還是放下來？」

他看起來似乎很痛苦。他把我的頭髮抓起來，然後說：「綁起來。」隨即又放下來，像捧著雪花一般地捧在手裡。「放下來。」

「那就一半綁起來、一半放下來。別煩了，你弄得我好緊張。你要不要下樓去酒吧喝一杯？酒精可以增加你的勇氣。等一下去教堂可以由我來開車。」

「那你就，大概十五分鐘之內下來，可以嗎？」

等到他離開之後，飯店房間裡立刻寂靜無聲，彷如一顆脹大了的氣球。我坐在床尾看著自己。我的頭髮垂落在肩膀上，我的嘴看起來彷彿一顆小小的紅心。我看起來就像瘋了一樣。我脫下身上的衣服，穿上連身的馬甲內衣，好讓身形更平整，不至於出現任何的小肉塊，然後套上絲襪，看著我的洋裝。

我原本打算買一件柔和的海軍藍洋裝，那種我以後可以重複再穿的衣服，然而，當我看到這件蛋殼藍的洋裝時，我知道我一定得買下來。我再也找不到其他顏色更能搭配他臥室的牆壁了。店員再三地向我保證這件衣服很適合我，然而，從喬許搓揉著臉的反應看起來，彷彿他終於發現到他面對的是一個百分之百的變態。這是完全無法否認的真相。我實質上就是把自己漆成了他臥室的藍色。為了把拉鍊拉起來，我還不得不把身體扭曲成各種不同的姿勢。

我決定不搭電梯，改走那道超高的旋轉樓梯下樓。我能遇到多少次這樣的機會？生命彷彿開始變成了一個大機會，足以製造各種新的小回憶。我沿著樓梯而下，旋轉地走向酒吧裡那個穿著西裝和淺藍色襯衫的男子。

他揚起目光，眼裡的神色讓我害羞到幾乎無法好好走路。變態，變態，我一邊在心裡對著自己說著，一邊站定到他的面前，把手肘撐在吧檯上。

「你好嗎？」我開口問他，但他只是瞪著我看。

「我知道，我像個變態，穿了一件和你臥室牆壁一樣顏色的洋裝。」我不好意思地順了一下洋裝。這是一件復古的禮服款式，有著深深的領口和緊縮的腰線。飯店餐廳端出的午餐香味，讓我的胃發出了一道可憐的嗚咽聲。

他搖搖頭，彷彿我是個笨蛋一樣。「你很漂亮。你向來都很漂亮。」

這些字眼點燃了我心裡的愉悅，也讓我記起了應該有的禮貌。

「謝謝你的那些玫瑰花。我一直還沒向你表達過謝意，對嗎？我好喜歡那些玫瑰。從來沒有人送花給我過。」

「紅色的唇膏。噴射火焰的紅。我從來都沒有那麼混蛋過。」

「我原諒你了，記得嗎？」我站到他的兩膝之間，拿起了他的杯子，輕啜了一口。

「哇，這可是很烈的酷愛。」

「我有這個需求。」他眨都沒眨一下眼睛地喝了一口。「我以前也從來沒有收到過花。」

「這些愚蠢的女人都不知道要如何善待一個男人。」

我對他稍早透露的訊息依然感到激動。沒錯，百分之四十的時間裡，他都是個愛爭論的、精明的、有防禦性的混蛋，但是，其他百分之六十的時間裡，他卻是個具有幽默感、貼心又脆弱的人。

感覺上，我好像把那杯酷愛都喝光了。

「準備好了嗎？」

「我們走吧。」等待泊車人員把車開來的時候，我抬頭看著天空。

「據說，在你結婚那天下雨代表著好運。」

我們出發後幾分鐘，我把手放在他不停晃動的膝蓋上。

「拜託你放輕鬆一點。我不懂這有什麼大不了的。」他沒有回應我。

那間小教堂距離飯店大約只有十分鐘。停車場裡到處都是穿著粉彩顏色、看起來冷得發抖的女人，只見她們抱著自己的雙臂、企圖在和她們的男伴以及孩子們爭論。

當他把我拉到他身邊快步走進教堂時，我也差不多冷到要抱著自己了。幾個語帶驚訝的親友和他打了招呼，在他對他們說完哈囉，回頭聊之後，他們立刻將眼光落在了我身上。

「你太沒禮貌了。」我對著我們擦身而過的每個人微笑著，並且試著繼續這麼做。

他把手指滑落到我手臂的內側，然後嘆了一口氣。「前排的座位。」

他把我拖上走道。我緊跟著他，彷彿就像戰鬥機尾部氣流裡的一朵小雲。風琴手正在演練一些和音，不過，喬許的表情可能讓她在恐懼下一連彈錯了好幾個音符。等我們走到前排座位的時候，喬許的手已經像老虎鉗一樣地抓緊了我的手臂。

「嗨。」他的語氣聽起來似乎感覺很無聊，我想，奧斯卡應該要頒座獎給他。「我們到了。」

「小約！」我猜應該是他母親的女子立刻跳起來擁抱他。他放開了抓住我的手，兩隻前臂從她身後圍住了她。你不得不佩服喬許。像他這樣一顆刺梨，竟然可以如此擁抱別人。

「嗨，」他對她說著，然後親了她的臉頰。「你看起來氣色不錯。」

「差點就趕不上了。」坐在長凳上的男子說道，不過，我想喬許並沒有聽到。

喬許的母親是個嬌小的女士，一頭金髮，臉頰上還有我一直都希望能擁有的酒窩。當她往後退開、看著她高大、迷人的兒子時，那雙淺灰色的眼睛裡蒙上了一層薄霧。

「噢！太好了！」她對他的讚美笑了笑，然後看著我。「這位是……？」

「她是露西．哈頓。露西，這是我母親，艾琳．譚普曼醫生。」

「很高興見到你，譚普曼醫生。」在我來得及眨眼前，她已經把我抱住了。

「叫我艾琳就可以了。原來是露西！」她的聲音穿過我的髮梢。她隨即往後退，端詳著我。「小約，她真漂亮。」

「非常漂亮。」

「我要永遠把你留下來。」她對我說著，而我只能不斷地傻笑。喬許看著我的表情彷彿在說：我就說吧。他在西裝褲上擦了擦自己的手掌，眼裡幾乎帶著一種瘋狂的神色。也許他有教堂恐懼症吧。

「我要把她放到我的口袋裡。真是個洋娃娃！過來和我們一起坐在最前排。這是小約的父親。安東尼，看看這個小可愛。安東尼，這是露西。」

「幸會。」他嚴肅地說道，而我則震驚地眨了眨眼。這根本就是喬許未來的模樣。他就像隻氣宇不凡的銀狐，鄭重地穿了一身精心剪裁的服裝。他光是坐著就已經和我一樣高了，如果站起來的話，想必一定是個巨人。艾琳把手放在他的脖子側邊，當他抬頭看著她時，嘴角露出了一絲隱約的笑容。

他很快地把他那嚇人的雷射目光轉向我。基因遺傳永遠都讓我嘆為觀止。

「幸會。」我回覆他。然後，我們互相看著彼此。也許我應該對他施展一下魅力。這是一種古老的本能反應，我暫停了一下，觀察著，然後決定不這麼做。

「哈囉，喬許，」他重新定位了他的雷射目光。「好久不見。」

「嗨。」喬許對他說著，然後抓起我的手腕，把我拉到他和他母親之間的座位上坐下。算是一個緩衝。我提醒自己稍後得和他算帳。

艾琳走到安東尼的雙腳之間，把他的頭髮整理得稍微整齊一點。美女馴服了這頭野獸。當她坐下來的時候，我轉向她。

「你一定很興奮。我見過派崔克一次，不過，是在不怎麼愉快的情況下。」

「噢，對啊，派崔克有一次在我們週日通電話的時候提過這件事。他說，你當時身體很不舒服，是食物中毒。」

「我認為是病毒引起的。」喬許說著拾起我的手撫摸著，彷彿一個偏執的巫師一樣。「而且，他不應該和別人談起她的病情。」

他的母親看著他，又看看我們握在一起的手，然後笑了笑。

「不管那是什麼，我都完全被打倒了。他今天甚至可能認不出我來。但願如此。我很感激你的兩位兒子幫我撐過來了。」

艾琳看了安東尼一眼。我讓喬許幾乎陷入了沒有人願意多談的話題：他沒有成為醫生的事實。

「那些花好漂亮。」我指著每排長凳盡頭大把大把的粉紅色百合說道。

艾琳降低了聲音、耳語般地告訴我：「謝謝你陪他來。這對他來說實在很難。」說著，憂慮地看了喬許一眼。

身為新郎的母親，艾琳很快就起身前去招呼明蒂的父母，也忙著幫幾名年紀實在太老的賓客入座。教堂裡的人越來越多；朋友和家人團聚的驚喜聲、哭泣聲和笑聲此起彼落。

坦白說，我看不出出席這樣的場合有什麼困難。一切看起來都很好。我看不出有什麼不對勁的地方。安東尼時不時對著賓客點頭致意。艾琳則親吻、擁抱著所有和她說話的人，也讓每個人都春風滿面。

我就像一本孤單的小書，夾在兩片令人擔憂的書檔之間。安東尼並不是那種喜歡閒聊的人。我就這樣讓一對父子沉默地坐在一塊磨亮的木板上，我只能握住喬許的手，完全不知道我是否有幫到他任何一丁點的忙，直到他迎向我的目光。

「謝謝你來，」他在我的耳邊說道。「這樣就已經讓我好過多了。」

我反覆思索著這句話。當艾琳回到她的座位上坐下時，音樂已經開始奏起。

派崔克站在祭壇上新郎的位置，憂慮地看了他弟弟一眼，他的眼光掃過我，彷彿在評估我復原的狀況。他對著他的父母笑了笑，然後吐出了一口氣。

當明蒂穿著一身粉紅色的棉花糖連衣裙出現的時候，我們全都站了起來。這件衣服雖然超級誇張，不過，當她像個瘋子般又哭又笑地走在紅毯上的時候，她看起來非常快樂，這讓我也喜歡上了這件衣服。

等她走到派崔克面前站定時，我才終於可以好好地打量她。我的老天爺。這名女子實在美得驚人。加油，派崔克。

婚禮總是會對我造成奇怪的作用。當他們的朋友為他們讀誦特別的詩篇、當牧師提出他們彼此的承諾時，我覺得自己開始感到激動。他們交換誓言的那一刻，我甚至哽咽了起來。我接過艾琳遞給我的面紙，輕輕地按壓著我的眼角。我懸著一顆心地看著戒指套上他們的手指，然後在戒指完美地戴好之後才鬆了一口氣。

當牧師說出那句咒語你可以親吻新娘的時候，我發出了一聲快樂的嘆息，彷彿看到了劇終兩個字出現在這個完美停格的電影畫面上。我看著艾琳，我們雙雙發出同樣開心的笑聲，並且開始鼓掌。我們身旁的兩位男士則無可奈何地各自嘆了一口氣。

他們戴著全新的戒指走下紅毯，每個人都站起身在交談和歡呼，直到古老的風琴聲幾乎被掩沒。此時，我首度注意到有幾道猜測的目光投向了喬許。怎麼了嗎？

「他們要到木板路那邊去拍照。希望明蒂不會被風吹走才好。」艾琳一邊對我說著，一邊禮貌地對某個人揮揮手。「我們現在都要到飯店去，先喝點東西，然後提前吃晚餐，還有致詞。到時候，我們會借喬許幾分鐘的時間，一起拍家庭照。」

「好啊。對吧，喬許？」我說著捏了捏他的手。剛才那幾分鐘裡，他一直都在出神。只見他抖了一下，又回過了神。

「當然。我們走吧。」

我勾住他的右手，在走出教堂時回頭看了他父母一眼，但願我看起來很愉快，而沒有顯出憂慮的樣子。

「走慢點，喬許。等一下。我的鞋子。」我幾乎跟不上他的腳步。他橫躺在乘客座上，發出了呻吟的嘆息。

我沒辦法很順利地倒車出去。每個人都在同一個時間想要擠出停車場。

「你想要直接回去嗎？還是要我開車兜一下？」

「兜一下吧。然後直接開回家。走高速公路。」

「我是個獨立的觀察員。我向你保證，剛才一切都很順利。」

「我想，你說得沒錯。」他沉重地說道。

「抱歉？你等一下可以再重複一次嗎，這樣我就可以錄下來。我要把它當作我簡訊的通知聲。露西．哈頓，你是對的。」

嘲弄他可以讓他走出他那小小的恐懼。他看著我。

「如果你要的話，我也可以幫你錄語音信箱的留言。你已經進入露西．哈頓的語音信箱。她現在正忙著在一個陌生人的婚禮上哭泣，所以無法接聽你的電話，不過請留言。」

「噢，閉嘴。我一定是看太多電影了。真的好浪漫。」

「你實在滿可愛的。」

「喬許・譚普曼認為我滿可愛的。這怎麼可能。」語畢，我們雙雙大笑。

「你哭一定是有原因的。你想到自己的婚禮嗎？」

「那為什麼一個陌生人的婚禮會讓你哭呢？」

我防衛性地看著他。「才不是。真是太瞎了。還有，我的未婚夫是隱形的，記住了。」

「我想，婚姻是人類文明最古老的儀式之一。每個人都想要有一個很愛自己的人，並且願意為此戴上金戒指。你知道的，這樣可以讓別人知道他們已經心有所屬。」

「我不確定這種說法是不是還合乎時宜。」

我試著在想要如何解釋比較好。「這是很本能的。他戴著我的戒指。他是我的。他永遠也不屬於你。」我們在緩慢的車流中回到了飯店。我把鑰匙遞給飯店的泊車人員，而喬許卻企圖把我拉到建築物的一側。

「喬許，別這樣。」

「我們回房間吧。」他放慢了腳步。不過，以他的重量來說，我根本拖不動他。

「你實在太荒謬了。好好解釋一下你是怎麼了。」

「這太蠢了，」他喃喃自語地說。「沒什麼。」

「我們得進去。」我堅定地抓著他的手，帶著他穿過飯店人員為我們打開的大門。

我深深吸了一口氣，直到我的肺再也無法吸入更多的空氣為止，然後踏進了半個室內都被譚普曼家族佔滿的房間裡。

23

香檳招待會在一間連接到舞池的漂亮房間裡舉行，我們花了將近兩個小時的時間，遊走在各種不同的尷尬狀況裡。我所謂的遊走，是指我拉著喬許和他的遠親們進行一連串的社交互動，而他則站在我旁邊，看著我灌下香檳麻痺自己的神經，那些香檳在我的空腹裡，彷彿汽油一樣在燃燒。每一次新的互動都重複著這樣的模式。

「露西，這是我阿姨伊馮，我母親的姊姊。伊馮，這是露西·哈頓。」

當他完成任務之後，就開始撫摸著我的手臂內側，把他的手搭在我的背後，在我的頭髮下尋找著我裸露的肌膚，或者一捏一放著我們握在一起的手指。不過，他一直都注視著我。他的眼光幾乎沒有離開過我。也許他對我閒聊的能力感到很匪夷所思。

過了一會兒之後，他被他母親帶到旁邊的花園裡，透過窗戶，我可以看到他和不同的家庭成員組合在合照。他的笑容很牽強。當他發現我在偷看時，立刻招手示意我過去，於是，他和我便在美麗的玫瑰花叢前面拍照。當快門按下的剎那，過去的我搖了搖頭，不明白我們是怎麼走到這一步的。我，和喬許·譚普曼，並肩站在一起合影，臉上還帶著微笑？我們之間每一步新的發展，感覺上都像是一種不可能。

他把我轉過去面對他，將我的下巴捧在掌心裡，我聽到攝影師說了一聲，太美了。快門的聲音再次響起，在他的唇觸碰到我的嘴唇時，我瞬間忘了整個世界。但願我可以拋掉我過去的懷疑，但是眼前的感覺實在太像夏日午後的白日夢一樣沉重。那種我可能曾經會有、但卻因此而討厭自己的白日夢。

我隔著草坪，看著依偎在另一台相機前的派崔克和明蒂，然後發現我自己也正以一種無比浪漫的姿勢依偎著另一個人。那個憎恨了我那麼久的男人，現在正在炫耀著我，把我拉近他的身邊。當我們走回室內的時候，他在我的鬢邊親吻了一下。然後在我的耳邊告訴我，說我很漂亮。之後我被轉了九十度角，介紹給另一組親戚。他又在把我炫耀給其他人。

只是我還不明白的是，為什麼？

在每一次的對話裡，每當談論完明蒂看起來有多麼可愛，以及婚禮是多麼完美之後，那個無可避免的問題總是接下來的話題。

「露西，你是怎麼認識小約的？」

「我們是工作認識的。」我在第一次被問到時沉默了太久，喬許便主動幫我回答了這個問題，爾後，這就變成了我默認的答案。

「噢，那你在哪裡工作？」這就是下一個問題。對於他在哪裡工作，或者他做的是什麼工作，他的家人完全沒有任何的概念。他們對此感到難為情，彷彿從醫學院退學是什麼很丟臉的事。出版社聽起來至少還滿令人嚮往的。

「真高興見到你有新的交往對象。」另一位祖母輩的阿姨對他說道。她意味深長地看了我一眼。也許他還被謠傳為同志吧。

我禮貌地對她表示失陪，然後把他拉到一根柱子後面。

「你得多花點心思。我已經要累死了。換我在你講話的時候站在旁邊，並且對你毛手毛腳了。」一名服務生從我們身邊經過，給了我另一份開胃的小麵包。他現在已經認識我了，因為我已經吃了至少十二個麵包。我是他最好的客人。我滿腦子都是晚餐，而這名服務生稍早已經向我保證過，晚餐會在五點的時候準時開始。我看著喬許手上的手錶，知道我可能會在晚餐開始之前就先餓死了。

「我不知道要說什麼。」他注意到我的上臂有一道漆彈留下的瘀青，然後開始默默地關注。

「問他們關於他們自己的事，這通常都可以行得通。」我很明確地意識到有多少人不停地在偷瞄著我們。「你得要告訴我，為什麼每個人看我的樣子，都好像我是科學怪人的新娘一樣。我無意冒犯，你這個巨大的怪物。」

「我討厭別人問我關於我自己的事情。」

「我注意到了。沒有人知道關於你的任何事情。還有，你沒有回答我的問題。」

「他們是在看我。絕大部分的人在那件醜聞之後就沒見過我了。」

「那就是你要我扮演女朋友的原因嗎？這樣別人就會忘記你不是個醫生？如果你能把你的名片遞給他們的話會更好。不要再碰我了。你讓我都沒辦法好好思考了。」我縮回我的手臂。

「我現在似乎沒辦法停止我已經開始做的事。」他把我拉近，湊在我耳邊說道。「你渾身都這麼柔軟嗎？」

「你覺得呢？」

「我想知道。」他的舌頭擦過我的耳際，讓我記不起我們正在談論什麼。

「你為什麼要表現出這麼卿卿我我、還有一副男朋友的樣子？」我看著他闔上眼睛，當他回答我的時候，我很確定他有什麼事沒告訴我。

「我告訴過你了。你是我道義上的支持。」

「支持什麼？有什麼我不知道的嗎？」我的聲音變得有點尖銳，導致我們附近的幾個人都轉過頭來。「喬許，我覺得我好像在等待什麼不好的事情發生。」

他摸了摸我脖子邊緣，我猛烈地顫抖了一下，而他也注意到了。當他彎身吻上我的嘴唇時，我閉上了眼睛，我的世界只剩下他一個人。我只想待在這裡；在黑暗裡，讓他的前臂支撐著我窄小的背脊。他的唇在告訴我：露西，不要擔心。他這麼做並不公平。

我睜開雙眼，看到一對夫妻顯然在談論著我們，我猜他們是明蒂的父母。當他們看著我時，兩人的目光都流露著好事者的揣測。

「不要再企圖讓我分神了。我們得待到晚餐結束。還有，你得找一些話題去和你家族的人聊聊。你為什麼這麼害羞？」我才說出口，立刻就明白了。「噢。因為你本來就很害羞。」

我的新發現讓我在審視他的時候有了稍微不同的角度。「過去，我一直以為你只是個傲慢的混蛋。我是說，你現在還是。不過，原來不只如此，你其實還超級害羞。」看到他眨了眨眼，我知道我完全說中了。

一股奇異的感覺在我的胸口蠢動。它在我的胸口伸展開來，擴大成了原來的兩倍，然後又重複了一次。它不停地伸展，越來越快，越來越大。我的胸腔彷彿塞滿了羽毛和棉絮，就像一只靠墊一樣。我不知道發生了什麼事，但是，它已經填充到了我的喉嚨，讓我無法呼吸。他似乎知道我有些異樣，然而，他卻沒有追問；相反地，他用手臂擁住了我的肩膀，另一隻手則輕輕托住我的頭。我再次地想要開口，但是卻沒有辦法做到。他就那樣扶著我，而我只能無助地抓緊他的衣領，遠處的紅色大廳在我眼裡彷如寶石般地在閃爍。

「小約。」艾琳的聲音響起。「噢，你們在這裡。」她的聲音充滿溫暖。喬許在原地轉過身，不過卻沒有放開我，我的腳因此隨著他的動作滑過了大理石地板。

當她看著我們時，她的眼睛顯得過分的明亮。「你們準備好的時候，要不要到裡面來加入我們的行列？你們和我們同桌。」

「我馬上就帶他進去。」

當我意識到他母親很高興看到他有對象時，我胸口那份伸展開來的東西起了一絲皺褶。我站直了身體，他的手也滑到我的下背。賓客們開始魚貫而入坐到各自的座位上，而我看到他們在經過我們身邊時，都不免探出頭來看著我們。

「我是誰？」我做了最後一次的努力。「你的管家嗎？還是你的鋼琴老師？」

「你是奶油蛋糕。」他簡單地回答我。「你不需要捏造任何事情。走吧。讓我們熬過晚餐吧。」

當我走近我們的桌子時，我感到有些不安，而喬許也僵硬了起來。我們在座位上坐下來，花了幾分鐘的時間端詳著桌上的擺設和我們的名牌。其他的名牌都是打字的，只有我的是手寫的。我猜是因為太晚回覆的關係吧。

這張桌子有八個座位。我、喬許、他母親和父親、明蒂的父母，還有明蒂的弟弟和妹妹。我坐在家人的主桌。當我魯莽地自告奮勇表示願意當喬許的司機時，如果當時我就知道座位會這樣安排的話，我一定會海扁自己一頓。

坐在我左邊的是明蒂的弟弟，我和他小聊了一下。席間杯觥交錯，敬酒的聲音此起彼落。我默默祈禱著喬許會開口說話，說什麼都好。當我正打算要戳他的大腿時，艾琳打破了沉默。那個可怕的問題再度被提起。

「露西，告訴大家你是怎麼認識小約的。」

我的內心在尖叫。這個問題我今天至少已經回答了八次，但是那並沒有讓每一次的回答變得更容易。「嗯。嗯，呃……」

噢，真糟糕。我聽起來像是個還沒想好漂亮藉口、按小時收費的伴遊。我們之前達成的協議是什麼？我是奶油蛋糕？我不能這樣對他們說。如果我打算羞辱喬許的話，現在絕對是大好時機。我幾乎可以想像自己這麼說：是他逼我來的。

「我們是同事。」喬許冷靜地開口，一邊把他的晚餐捲切成兩半。「我們是工作認識的。」

「辦公室戀情。」艾琳說著，對安東尼眨了眨眼。「這種戀情最好了。你第一眼看到他的時候，你覺得他怎麼樣？」面對那種天生浪漫的人，我一眼就可以看得出來。她是那種母親，會把子女受到的任何讚美，都當作是對她自己的讚美。此刻，她正全心全意地在看著他，而我自己也忍不住有點愛上她了。

「我當時在想，天啊，他好高。」除了安東尼之外，其他的人都笑了。他只是端詳著他的叉子，看看是不是夠乾淨。

「你有多高，露西？」明蒂的母親黛安問我。又一個可怕的問題。

「整整五呎高。」我的標準答案總是讓人發笑。

服務生開始送上開胃菜，我的胃也餓得咕嚕咕嚕叫。

「那你看到露西時，你覺得怎麼樣？」艾琳很快地追問。我們乾脆像桌上的擺飾一樣，坐到桌子正中間算了。這越來越誇張了。

「我覺得她的微笑是我所見過最棒的笑容。」喬許實事求是地回答她。黛安和艾琳彼此互看了一眼，然後各自咬著嘴唇，睜大眼睛，並且揚起了眉毛。我知道那個表情代表什麼。她們看起來就像充滿希望的母親。

不過，就連我都忍不住脫口而出：「是嗎？」

如果他是在說謊的話，那他的技術絕對又更上一層樓了。我了解他的神情勝於了解我自己，而我現在完全看不出任何端倪。他點點頭，對我的盤子做了個手勢。

我聽說派崔克和明蒂要去夏威夷度蜜月。

「我一直都想去那裡。我需要曬曬太陽。現在似乎是度假的好時機。」我推開被我舔得一乾二淨的盤子，然後想起了天空鑽石草莓園之行就近在眼前了。我開始告訴喬許，因為他對天空鑽石草莓園充滿了嚮往，但是他的母親卻打斷了我。

「工作很忙嗎？」艾琳問道。

我點點頭。「非常忙。小約也是。」

我注意到安東尼哼了一聲，不是很開心地把頭轉開。我的天，那個表情看起來怎麼那麼熟悉。喬許變得有點緊繃，艾琳也立刻對丈夫皺了皺眉頭。

主菜被端上桌了，而我也開始津津有味地動起刀叉。用餐期間，一股極細微的緊張氛圍開始升起。我一定是反應慢到太誇張，但是，我就是不明白問題出在哪裡。的確，安東尼的話不多，但他似乎還算是個好人。艾琳越來越緊張，而當她企圖要讓氣氛保持輕鬆時，臉上的笑容卻越來越勉強。我可以看到她開始瞄著安東尼，眼神似乎在哀求著他。

當服務生在主菜結束後收走盤子時，我看到所有要致詞的人都已經準備好要發表談話了。安東尼也從他上衣的內袋裡取出了一張提示卡。在工作人員測試麥克風的同時，我把自己的椅子拉近喬許，而他也把一隻手臂放到我的肩上，我很自然地往後靠著他。伴郎和明蒂的首席伴娘一起致了詞。她的父親則在演說中歡迎派崔克加入他們的家庭，他真誠的語氣讓我泛起了微笑。他表示他很高興多了一個兒子。喬許把我摟得更近，而我也任憑他這麼做。

安東尼站上講台後，帶著近乎厭惡的表情看著他的提示卡，然後彎向麥克風。

「艾琳寫了一些建議給我，不過，我想我會即興發揮。」他的語氣很緩慢，慎重裡帶著一絲挖苦，這讓我開始了解到這是譚普曼家男人的遺傳。

房間裡響起一片笑聲，喬許也跟著坐直了。我不用看也知道他一定在皺眉頭。

「我對我兒子的期望向來很高。」安東尼扶著講台邊緣、看著台下的聽眾們說道。他的用字也暗示著他只有一個兒子。也許是我過分解讀了。

「而他也沒有讓我失望。一次都沒有。我從來沒有接到過每個父母擔心接到的那種電話。例如『嘿，老爸，我困在墨西哥了』之類的電話。派崔克從來不會打這種電話給我。」賓客們笑得更大聲了。

「我也不會。」喬許在我耳邊小聲地說。

「他以全班前百分之五的優異名次畢業。看著他成長為你們現在所看到的這個男人，是一種榮幸。」安東尼嚴肅地說。「他的經驗越來越豐富，現在在同儕間也受到了相當的敬重。」

我無法從他的聲音裡感受到任何的情緒，不過，他確實看派崔克看得有點兒久。

「我必須說，在他醫學院畢業的那一天，我從派崔克身上看到了我自己。而我也鬆了一口氣，因為我知道我們的醫學世家將會延續下去。」

我聽到喬許在我耳後突然吸了一口氣。他的手臂彷彿老虎鉗一樣地把我的肩膀摟得更緊了。

安東尼摘下他的眼鏡。「不過，我相信一個人只有在過他選擇要過的生活時，才會變得更強大。而今天，他和梅琳達結婚了，這再度讓身為父親的我感到驕傲。對於明蒂，我可以這麼說，你選擇了一個出色的譚普曼家男人作為你的丈夫。明蒂，歡迎來到我們家。」

每個人都舉起了杯子，但喬許卻沒有。我一轉頭，立刻就看到兩個人頭靠在一起，正在交頭接耳地看著我們。明蒂的母親帶著毫不掩飾的同情看著喬許。

明蒂和派崔克一起切了蛋糕，彼此互相餵了一口。我已經期盼蛋糕期盼了一整天，所幸我並沒有失望。一大塊特濃巧克力蛋糕放到了我面前。

「很精采。感謝你的小提醒。」喬許對他的父親說道。

「那只是個玩笑。」安東尼笑著對艾琳說，但是她看起來一點都不高興。

「真好笑。」她目光如冰地回應他。

我知道是該換個話題了。「這個巧克力蛋糕看起來像死亡甜點一樣。希望它不會太邪惡。」

「高脂肪的飲食對動脈產生的傷害會讓你很震驚的。」安東尼突然說道。

「你覺得偶爾吃可以嗎？我希望可以。」說著，我叉了一口蛋糕放進嘴裡。

「最好不要。飽和脂肪、反式脂肪，一旦這些東西進入了你的動脈，它們就再也不會出來了。除非你心臟病發作，然後某個像艾琳這樣的人就必須幫你治療。」

「他對他自己有點嚴苛，」看到我噹啷一聲地放下叉子，然後雙手壓住胸口時，艾琳向我保證說道。「偶爾吃沒關係的。完全沒有問題。」

「她在徵求我的意見，」安東尼嚴肅地指出。「而我也給了我的看法。」

我注意到他面前沒有蛋糕。這讓我想起公司全體員工會議時，喬許當時也沒有碰過蛋糕。我往旁邊看去，驚訝地發現喬許拿起叉子，竟然開始吃起了蛋糕。這根本是在對他父親表達一種漠視。我們一口接一口地把蛋糕送往我們貪婪的嘴裡，直到安東尼不高興地皺起眉頭，顯然他並不習慣自己睿智的建議被當成耳邊風。

「自我放縱是一件很難拿捏的事。一旦你開始放縱一些不重要的小慾望時，就很難讓自己再回到正軌了。」安東尼所指的並非蛋糕。喬許聞言，喀噠一聲地把叉子放到桌上。

艾琳看起來很可憐。「安東尼，拜託你，不要煩他了。」

「跟我來。」語畢，我有些驚訝他竟然順從地起身，跟著我穿過空蕩蕩的舞池，走到舞池邊的陰影裡。

「你可以解釋一下這是怎麼回事嗎？這種緊繃的氣氛實在讓人難以忍受。我很抱歉，但你父親真的是個混蛋。他向來如此嗎？」

他把一隻手伸進頭髮裡。「有其父必有其子。」

「不，你沒有那樣。他整晚都很過分，而你母親顯然很沮喪。他致詞說的話也太怪異了。」每當我感到想要保護喬許時，這份體認就會在我的胸口砰然作響。我拾起他握拳的手，輕輕撫摸著他的指節。

他看著我的手指。「晚餐結束了。我們撐過來了。我只在乎這個。」

「但是，為什麼我覺得所有的眼光都落在你身上？彷彿房間裡的每個人都在看著你，不知道你是不是應付得了。那就好像在說：堅持下去，老兄。」

「我猜，他們看到你，應該會認為我並沒有太難受吧。」他說著，一隻手繞過了我的腰。他的恭維和剛才那塊頂級蛋糕附帶而來的兩千卡熱量同時衝撞著我的血液。

「他們錯了。沒有人比我更能讓你感到難受。」我看到他對我的小聰明笑了一笑。「你還好嗎？請你告訴我，他們都在竊竊私語的那個大醜聞是什麼。我無法理解，你決定不當醫生竟然會引起這麼大的騷動。」

我很少看到喬許會用拖延戰術，但是他現在顯然就是這樣。「說來話長。我得先去洗手間。」

「如果你從窗戶爬出去的話，我會很生氣的。」

「我會回來的，我保證。我會把整個令人遺憾的故事都告訴你。你自己在這裡待一下應該沒問題吧？」

「記得嗎，我得和這房間裡一半的人做朋友？我相信我可以找到消磨時間的人。」我目送他走開，然後盡可能地踩著隨意的步伐走回人群。

我還沒有正式和明蒂說過話。在室外的時候，她不停地被攝影師帶來帶去；不過，她曾經對我笑過，而我也覺得她人應該很好。她就在附近，很活潑地在和一對老夫婦交談。當他們走開的時候，我對她笑笑，試探性地揮了揮手。我對她得讓陌生人來參加自己的婚禮感到難過。

「哈囉，明蒂，我是露西。我是喬許的，呃，加一。謝謝你讓我來參加婚禮。婚禮很棒。我也很喜歡你的衣服。」

「很高興認識你。我一直都想見到你。」她臉上蕩漾著笑容，當她端詳著我時，那雙深色的眼睛裡閃著毫不掩飾的好奇。

「你就是那個讓冰人融化的女孩。」

「噢！嗯。我不知道什麼融化……冰人？」我盡可能地讓自己口齒清晰一點。

「你知道小約和我交往過一年嗎？」她很快地揮了一下手，彷彿那並沒有什麼一樣。

「什麼？我不知道。」我的胃折成了兩半。然後再兩半。她把一隻手放在頭髮上，撫平著原本就很完美的髮型。那是一頭金色的頭髮。高挑、曬成古銅色的皮膚，還有棕色的眼睛。她就是那個高挑的金髮美女。

我的嘴此刻可能圈成了一個完美的圓。我完全說不出話來。一切真相大白了。獨自一個人參加前女友的婚禮會有多麼地丟臉？特別是她嫁的人還是你的哥哥？

「你是多久以前認識派崔克的？」我試圖讓自己的聲音保持平緩。我覺得我聽起來就像我車子裡的 GPS。

「我當然是在和小約交往的時候就認識他了。當小約的公司準備合併的時候，我開始和派崔克聊，試著想要了解為什麼小約對我那麼疏離。你知道的，他的話不多。」

我看著那些整晚都盯著喬許看的陌生人。他們很懷疑他要怎麼應付這個場面，目睹這個美麗的女子嫁給他自己的哥哥。一年。他們絕對上過床了。這個婀娜多姿、完美無瑕的金髮美女曾經躺在他的床上。吻過他的嘴唇。我酸楚地嚥了嚥口水。

「派崔克和我一拍即合。我們發展得很快；六個月前我們才訂婚。我至今還覺得很難過，不過，小約和我並不合適。我發現，他的情緒有時候很嚇人。到現在我都還不知道要和他聊什麼。我很抱歉，我這麼說有點失禮。請你不要告訴他我這麼說過。」

我覺得自己彷彿就要哭出來了，明蒂也開始警覺地看著我。

「我很抱歉，露西，我以為他已經告訴過你了。他和你在一起是那麼地快樂。我從來都無法想像，他會如此地神魂顛倒。他對我從來沒有這樣過。我想這也可以理解。像他這樣緊繃的男人一旦墜入情網，通常都會陷得很深。」

我勉強自己擠出笑容，但是卻一點都沒有說服力。我沒有辦法對毀掉明蒂快樂的婚禮負責，但是，我的內心卻正在崩潰。我怎麼會蠢到認為他帶著我滿場走、炫耀著我，是沒有目的的？他來參加他前女友的婚禮，而我就是他的道義支持。如果這不算是出租約會的話，那我不知道什麼才算了。「噢，露西，很抱歉讓你難過了，特別是如果你們兩個還在剛交往的階段。不過，小約是你的。」

我試著擠出一絲牽強的笑容。他真的不是。

「派崔克尤其感到驚訝。他是怎麼說的？好像是說，我從來沒見過小約也會像個有心的人。」

「他是有心。」一顆自私的心，只不過那也是顆心。

一名看起來像是婚禮策劃人的男子朝著明蒂打了招呼，她也揮了揮手。

「他的心都是你的。」明蒂說著拍拍我的手臂。「我要去扔捧花了。我會丟給你的。」

語畢，她穿過賓客，那樣的優雅和耀眼是我永遠也遙不可及的。

他的手臂從我身後環抱著我。他的吻在我的髮絲干擾下落在我的頸上。這些動作給我帶來的影響，依然強烈到讓我難以喘息。DJ已經開始召集單身的女孩前往舞池。我的內心浮上了恐懼。我的手掌已經汗濕了。我需要出去。

「嗨，你的新朋友都到哪兒去了？」他開始把我推向聚集中的競爭人群。

「不要，喬許，我沒辦法。」

大家都在看著我們。我已經瀕臨爆發的邊緣，但是我知道我不能這麼做。淚水和恐慌在我的心裡越築越高。向來那麼有洞察力的他，這次卻沒有看見。

「你的競賽精神到哪兒去了？」喬許的最後一推，把我推進了一群烏合之眾裡；從口齒不清的女孩到看似正在伸展著大腿後側肌肉的五十歲女子都集合在了一起。所有的單身女子對捧花都虎視眈眈。那是一束可愛的捧花。每個人都想要拿到。

我看到喬許的母親站在邊上。她對著我微笑，然而，笑容很快地褪去，取而代之的是滿眼的擔心。誰知道我的臉此刻看起來是什麼模樣。明蒂注視著我，我可以看得出來，她真的很後悔讓我感到了沮喪。喬許找了一個視野比較好的角度，然後和他的母親互換了一個眼神。她對他做了個手勢，他隨即低下頭去聽她說話。而她所說的話讓他猛然抬起頭看著我。

這已經超過我所能承受的了。

「我們要開始了！」明蒂轉過身背對著我們，晃著捧花做了幾個假動作練習。那是粉紅色的百合做成的精緻捧花。

我幾乎沒有意識到捧花擦過我的胸口。一個稍早在紅毯上撒花的女孩張開雙臂，捧花隨即從我身上彈落在她的臂彎裡。女孩高興地尖叫。現場所有的觀眾都在搖頭，取笑我手腳不夠協調。每個人都轉向身邊的人說：她應該可以接到的。

我對於沒有伸手去接捧花感到很失望，崩潰的感覺已經一觸即發了。

我禮貌地笑著，企圖從舞池的另一頭慢慢穿過圍觀的人群。我跑了起來。我需要離開這個房間。我知道他會追過來，因此，我沒有選擇最明顯的庇護所——女生的洗手間——轉而走向服務生專用的通道，然後發現自己走進了飯店旁邊的花園裡。

幾名穿著白色襯衫、打領帶的男孩正在花園裡抽菸，無聊地滑著手機。他們帶著百般無聊的表情看著我。我加快了腳步，直到快走變成了小跑步，最後變成了飛奔，我的腳後跟幾乎碰都沒有碰到地面。我想要跳上一艘小船，划向一座荒島。

只有到了那裡，我才能夠面對事實。

我對喬許．譚普曼有感覺。無法改變的、愚蠢的、不明智的感覺。這為什麼讓我感到那麼地痛？為什麼我內心的每一個細胞都渴望著抱住那束捧花，看到他露出笑容呢？我忍不住在水邊顫抖了起來。

追趕的腳步聲瞬間就來到了。我忍住心裡的不耐，張口準備對他大發雷霆。

然而，來者卻是喬許的母親。

24

「噢，嗨，」我勉強地說道。「我只是……出來呼吸一下。」

艾琳看著我，打開她的皮包，掏出一包面紙。我不明所以，直到我用面紙擦了眼睛，才看到面紙竟然濕了。

我們並肩站在水邊，看著水面在西沉的夕陽下閃閃發光。面對這樣的美景，我卻因為太過沮喪而無心欣賞，甚至想要對他母親吐露心聲。在這個節骨眼上，我只求有人願意聽我傾訴。反正，我也不會再見到她了。

「他從來沒有告訴過我關於明蒂的事。」

她有所不平地皺了皺眉，然後走回草地上。「他應該要告訴你的。不應該讓你透過這種方式知道。」

「原來如此。我不敢相信自己居然這麼愚蠢。他表現出來的行為簡直讓人難以相信。」

「就好像他愛上你了一樣。」

「是啊。」我的聲音突然岔了一下。「他曾經告訴我他是個好演員。我真是不敢相信。」

她沒說什麼，只是把手放在我的肩膀上。每一個愚蠢的小希望在這一刻感覺都已經幻滅。

「我不認為他是在玩遊戲。」艾琳唇角扭曲地說道。

遊戲這兩個字只是讓我所受到的傷害更加具體而已。

「噢，很抱歉，但是你不知道他有多擅長玩遊戲。我們上班的每一天都在玩遊戲，週一到週五。不過，這應該是他第一次在週末耍我。」

艾琳的目光越過我，我可以看到喬許激動的剪影沿著飯店旁邊快速接近。她搖了搖頭，讓他停下了腳步。

「你今天為什麼來呢？」她好奇地問。

「我欠他一次。他告訴我，我來是為了道義上的支持。我不知道那是什麼意思，但是我還是來了。我以為那和他放棄學醫有關。現在，我發現他的前女友和他哥哥結婚了？我現在變成了肥皂劇劇情的一部分了。」

艾琳用一隻手扶著我的手肘。當她再度開口時，她的嘴角露出了一絲慈愛的微笑。

「我通常會在週日的時候和他通電話，他認識你多久，我就認識了你多久。一個漂亮的女孩、藍眼睛、鮮紅的嘴唇、最烏黑的頭髮。他把你說得好像是童話故事裡的人物。他只是從來無法決定妳是公主還是壞人。」

我把手放到頭髮裡，在頭上做出了兩個拳頭。「壞人。我覺得自己是全世界最大的笨蛋，才會相信他可能會這麼……」我沒辦法把話說完。

「你是他口中那個叫做奶油蛋糕的女孩。我第一次聽到你的綽號時，我就知道了。我現在可以告訴你，他從來沒有像看你那樣地看過別人。」

我開始對這個可愛的女人感到不安。很明顯地，她充滿了偏見，我不能再把她當作一個共鳴板。她無法相信她兒子會做出如此傷人的任何事情。我張開口，但她卻堅決地讓我保持安靜。

「他和明蒂交往過。我很高興她成了我的媳婦。她就和派一樣甜，不過，明蒂不是灰姑娘。」

「她很好。我對她沒有意見。」

「但是她從來不會挑戰小約。而打從你認識他的第一天起，你就在挑戰他。你讓他生氣。你從來沒有被他嚇倒。你花了時間在了解他，好讓你在你們辦公室的那些小爭執裡可以佔上風。你注意到他了。」

「我一直試著不要去注意他。」

「小約和他父親都不是好相處的人。有些男人就很討人喜歡，例如派崔克。講理、冷靜，隨時都帶著笑容。小約也幫他取了一個綽號：好好先生。確實，他就是個好好先生。要愛一個像小約那樣的人，這個女人必須很強大，而我想，這個人就是你。派崔克就像一本翻開的書，小約則是一個保險箱，但是他很值得。你不會相信我，而今晚的事，我也不能怪你，不過，他父親也是這樣的人。」

艾琳說著對喬許招手，他開始朝著我們大踏步而來。

「請你不要對他太嚴苛。你原本可以接到捧花的。」她建議地說道。「如果你稍微張開一下手臂就可以接到了。」

「我做不到。」

她吻了我的臉頰，然後給了我一個熟悉又親切的擁抱。我不禁闔上了雙眼。

「總有一天你可以的。如果你決定留下來的話，明天早上十點，我們會在餐廳一起吃家庭早餐。我會很想看到你們兩個的。」說著，她走回小徑，並且在小徑上撇下了喬許。

他們開始急切地談論著。太好了。她正在警告敵人他即將面對的是什麼。我已經厭倦了這個地方，厭倦在這個水邊、這個天空下。我走到一只低矮的水泥長凳邊坐下，試著把自己的心塞回胸口。即便是他母親都覺得喬許陷入了愛河。

「你發現明蒂的事了。」他在二十碼之外說道，毫無疑問地，他要提出他的論點了。

「是啊。你很厲害。你真的把我耍得團團轉。」

「耍你？」他坐下來打算握我的手，但我把手拿開了。

「廢話少說。我知道你一直都在明蒂和她家人面前炫耀我。也許你應該雇用其他長得比我好看的人。」

「你真的以為那是你為什麼在這裡的原因嗎？」他居然看起來一副很震驚的模樣。

「你換個立場想想。我帶你參加我前男友的婚禮，而我還一直黏著你。我讓你覺得你很特別、很重要，我讓你覺得一切都很美好。」我的聲音在顫抖。「然後你發現了事實，突然之間，你的心裡只剩下懷疑，懷疑這一切是不是真的。」

「你來這裡和明蒂沒有關係。完全無關。」

「但她就是公司合併之後和你分手的那個高挑的金髮美女，不是嗎？她就是我們今天早上在床上提到的那個人。讓你大大心碎的那個人。為什麼你今天早上不直接告訴我？」我把手肘撐在膝蓋上，用雙手掩住了臉。

喬許轉向一側說道：「我們當時在床上，而且你開始看著我，彷彿你並不恨我一樣。還有，我沒有為她心碎。」

我打斷他。「我可以接受得了當個出租約會的對象，但是，你真的應該要在一開始的時候就對我說清楚。你的做法實在很混蛋，而且坦白說，我很氣我自己居然沒有預料到你會做這種事。」

喬許開始急了。他把手放到我的肩上，輕輕地把我轉過去面對他，讓我們凝視著彼此。

「我想要你來，是因為我一直都希望你和我在一起。我不在乎她嫁給了派崔克。那對我來說已經是古老的歷史了。我怎麼可能在今天早上告訴你，然後毀了當下那一刻？我知道你會有什麼反應。你的反應就會像現在這樣。」

「對，我現在的反應就是這樣。」我宛如一隻含淚的噴火龍。「我是不是還特別問過你，有沒有什麼我需要知道的禁忌話題，這樣我就可以事先收到警告？你大可在幾天前，當我們還在公司的時候告訴我。幾天以前。而不是現在。」

「如果你知道情況是那樣的話，你絕對不會同意要來的。你會拒絕相信這個週末絕對不是在演戲。不管你會做出什麼反應，都不會是什麼好的反應。」

我勉強對自己承認他也許是對的。就算他把我弄來了，我也可能會假裝是別人，而且還一定會戴上假睫毛。

他把一根手指放在我的手腕上。「不管你信不信，我一直都在忙其他的事。我母親的花飾、我父親的情緒，還有你的血糖，我根本沒空想到要告訴你這件事。」他望著水面，鬆開了他的領帶。「明蒂人很好。但是我帶你來並不是為了向她炫耀我過得有多好。我不在乎她怎麼想。」

「我不相信你可以這麼冷靜地面對這種場面。」當他把目光重新望向水面深思時，我無法從他的眼裡觀察到任何的情緒。

「這麼說吧，她絕對不可能成為我的妻子。我們彼此並不合適。」

聽到他說我的妻子，讓我渾身都僵硬了起來。我無法眨眼，我的瞳孔擴大成了黑色的硬幣。恐懼、心慌和佔有慾讓我的喉嚨感到乾澀。我不想要檢視自己為什麼會有這樣的感覺。我寧可直接跳入水裡開始游泳。

他側過頭來看著我，一臉的焦慮。「我已經告訴你，你之所以來到這裡，並非什麼精心設計的復仇計畫裡的一部分。現在，你可以告訴我，這件事讓你這麼困擾的真正原因嗎？除了我因為疏失造成的謊言，以及眾人看著我們的目光？那些你永遠都不會再見到的人？」

這個問題已經過於逼近我心裡混亂糾結的那股新的感覺了。我試了好長一段時間想要給出一個答案，但是這個答案卻連一半的可信度都沒有。在無法回答的情況下，我站起身，急速地走回飯店，快到他都不得不加大步伐才能趕得上我。

「等一下。」

「我要搭巴士回家。」我企圖要把他關在電梯門外，但他很輕易地就閃了進來。我按下四樓的按鍵，然後掏出手機想要查巴士的時間表。我不知道現在已經幾點了。我的手機顯示有好幾通未接來電。喬許試著要說話，然而我揚起了手制止他，直到他被激怒得把雙手交叉在胸口。

我漫不經心地點擊著手機螢幕，丹尼一整個下午都試著在和我聯繫。還留了一些訊息給我，你有偏好的字體嗎？……那我就自己選了……你方便時可以回電給我嗎？

電梯發出了叮的一聲響。

喬許看起來就像即將要發瘋了一樣。我知道那種感覺。

「不要煩我。」我盡可能保持尊嚴地對他說，然後直接走向走廊另一端的盡頭，盡頭處的凸窗旁邊擺了兩張扶手椅。白天的時候，這裡會是看書的好地點。到了傍晚，當最後一抹陽光消失在天際時，這裡就是發洩情緒最完美的角落。

我坐了下來，打電話到一家當地的巴士公司。夜間快線會在晚上七點十五分出發，而車子已經順路到飯店來載其他乘客了。眾神在對我微笑。

回到房間意味著我得和喬許把事情做個了結，但是我已經筋疲力竭了。現在的我只是一具空殼。我已經什麼都沒有了。我需要拖延時間。

丹尼在電話響第二聲的時候接起了電話。

「嗨。」他的語氣有點僵硬。我想，沒有什麼比一個聯繫不上的客戶更讓人火大的了吧。特別是你只不過是幫忙的性質。

「嗨，抱歉，我一直無法聯繫得上。我在一場婚禮的現場，所以手機轉到靜音了。」

「沒關係。我剛做完了。」

「太感謝你了。一切都很順利嗎？」

「是啊，大部分。我現在在家用我的 iPad 檢查，一頁一頁地在翻閱。格式看起來很好。你參加誰的婚禮？」

「一個混蛋的哥哥結婚。」

「你和喬許在一起。」

「你怎麼猜到的？」

「我感覺到的。」他笑道。「別擔心。我會幫你保守秘密的。」

「但願如此。」在這種時候我不得不在乎。如果傳出去的話，我會在B&G的大廳遭到羞辱而死。

「你何時會回來？我想要給你看做好的成品。」

「明天某個時候。等我回去之後，我會打電話給你，我可以和你碰面。」

「如果你在週一傍晚過來的話，我應該有空。我也保留了你想要的試算表。裡面詳細列出了製作一本電子書需要的時間，還有我認知中，外面的設計師在一般商業情況下的收費，以及公司員工自行設計會產生的薪水費用。」

「真令我佩服。也許我應該帶個感謝披薩給你。」

「好啊，你一定要帶來。」丹尼的聲音突然降低了一半。「你穿什麼衣服去參加婚禮？」

「一件藍色洋裝。」我在窗戶上看到喬許的倒影疊在我的反射上，嚇得我跳了起來。他從我手中拿走我的手機，然後看了一下來電者的名字。

「我是喬許。不要再打電話給她。對，我是很認真的。」他掛斷電話，把手機放進自己的口袋裡。

「喂，還給我。」

「想都別想。他就是你得偷偷摸摸跑來這裡打電話的對象嗎？」他的眼神越來越尖銳。

「這是有關工作的事！」

他拖著我的手讓我站起來。我們附近的一扇房門突然打開，在這裡進行我們獨有的叫喊比賽，似乎和別人的房間距離過近了。我們各自壓緊嘴唇，走進了我們自己的房間。我試著不把門重重甩上。

「說吧？」喬許交叉著雙臂。

「那是工作上的事。」

「那當然了。工作上的電話。晚餐？你穿什麼衣服？」他瞇起眼睛看著我，彷彿正在考慮要剝了我的皮。我可以理解。因為我也很想在他臉上痛揍一拳。我們的能量和憤怒讓房間裡的空氣幾乎變成了硫酸。喬許的問題就在於，即便他很氣憤，他看著我的樣子也依然很完美，甚至可能比平時都還要完美。他的眼睛在發亮，下巴因為憤怒而緊繃。頭髮散亂，一手扠在臀邊，把他的襯衫撐得更緊了。這讓我想要繼續對他生氣都有些困難，因為我得試著不被他的模樣分心。自從認識他以來，這就是我一直在掙扎卻永遠做不到的事情。不過，我還是必須堅持住。

「你沒有權利教訓我。在我坐上你的車那一瞬間，我就知道這會是一場災難。」我把腳上的鞋子踢到房間另一頭。「我馬上就要走了。有一班巴士可以搭。」我拿起我的袋子，但他卻舉起一隻手阻止了我。

「在丹尼和明蒂的事情上，我們今天已經很公平地透露出各自的嫉妒，你不覺得嗎？如果你連一次都不肯聽我說的話，我就要崩潰了。」他扯下袖扣，扔到梳妝台上，然後捲起袖子，喃喃自語地說道：「小混蛋。她穿什麼？那傢伙簡直是在找死。」

他的表情讓我不禁懷疑我是不是也在找死。我試著站在扶手椅後面，企圖幻想自己和他之間還有一點空間，但他卻指著他的皮鞋之間。

「不要躲在那裡。到這裡來。」

「最好不要是什麼壞事。」我穿過房間站到他面前，然後把手扠在我的臀邊，好幫自己壯膽。他花了一點時間在決定接下來要怎麼做。

「首先是兩個簡單的問題。丹尼和明蒂。」他看起來像是掌控了一場董事會一樣，只差身邊沒有簡報的幻燈片而已。

「你在乎丹尼嗎？你能愛他一天嗎？」那對眼睛完全就是連續殺人狂之王的眼睛。

「我打電話給丹尼是為了工作上的某些事。某些和我面試有關的事。這點你早就知道了。我不想把我的秘密告訴正在和我競爭的人。」

「回答我的問題。」

「不在乎，也不能愛。他正在幫我做一個我在簡報上會用到的東西。那是設計方面的工作，而他現在又是自由接案者。他在週末工作算是幫了我很大的忙。但是我一點也不在乎我以後是否還會見到他。」

他發狂的眼神稍微和緩了一點點。「好，我也完全不在乎明蒂。那就是她為什麼離開我，轉而選擇我哥哥的原因。」

「你早就可以告訴我。在你公寓裡的時候、在你沙發上的時候。我也會試著去理解。當時我們幾乎就要變成了朋友。」我意識到讓我感到困擾的另一件事：他不放心把這件事告訴我。

「我終於讓你到我的公寓、坐在我的沙發上，你覺得我會告訴你我曾經是多麼糟糕的一個男友，糟糕到她最後居然和我哥哥在一起？這絕對不會讓我的性格加分。我的天啊，你聽到我那麼說之後，還會想要留下來嗎？」我可以看到他顴骨上的膚色在加深。他完全尷尬到了極點。

「我到底為什麼會在這裡？道義上的支持，記得嗎？」我看到他試了幾次想說什麼，但終究都沒有辦法開口。

「如果有誰讓我心碎的話，那絕對不是明蒂。是我父親。」他把臉埋進手裡。「關於我為什麼需要道義上的支持，你一直都是對的。沒有什麼陰謀，純粹都是學醫的問題。我半途而廢、失敗了、讓人失望了。你之所以在這裡，是因為我害怕我自己的父親。」

「你父親做了什麼？」我幾乎難以開口問這個問題。當我想到父親時，我總是想到我自己的父親。一個魁梧、有趣的大嗓門。從我小時候起，就總是用藍色小精靈帶給我驚喜，又總是親親到我的臉頰被他的鬍碴刺痛還不願意停下來。我知道世界上有一些不好的父親。當我看到喬許臉上的神情時，我向上帝祈禱他沒有那樣的父親。

「在我這輩子裡，他都無視於我的存在。」

他說得好像這是他第一次這麼說出口。他悲慘地看著地上。我悄悄地向他靠近。萬花筒再度詭異地轉動了一下？他的傷痛讓我的心也跟著在痛。

「他有打你嗎？他強迫你學醫嗎？」

喬許聳聳肩。「英國皇室家族有一種說法。繼承人和備胎。我就是那個備胎。派崔克是長子。我父親不是那種願意分散心力的人，如果你懂我在說什麼的話。他們也只打算生一個孩子。我是個意外。」

「他們是想要你的。」我把他卸下來的袖扣放在手上，笨拙地推了推他。「你看你母親有多愛你就知道了。」

「但是，對我父親而言，我不在他的計畫之中。派崔克向來都是他的焦點，你可以看到他現在所處的地位。最好的兒子，事實上也是唯一的兒子，讓我父親在他結婚那天以他為傲。」

他避開我的目光。我們正在挖掘他舊日的傷痛。

「我所做的事完全不值一提。我父親不願意幫我付學費，是我母親付的。我努力念書，彷彿不惜一切代價一般。但是我所做的一切都無法取悅他。」他聲音中的苦楚聽起來就像要讓他窒息了一樣。

我的憤怒從我全身的毛孔噴出，但是我什麼也做不了，只能張開雙臂抱著他，抱到我的手臂都發疼了。

「我以為如果我也能當上醫生的話，也許……」

「他就會注意到你。」就像他母親所說的。

「同時，不會犯錯的完美金童派崔克讓一切看起來都顯得很簡單。派崔克的問題就在於他人太好了。他實在太好了。他會為任何人做任何事。即便在半夜起床，開車來幫我處理你的狀況。天啊，他實在好到不能再好了。那讓我根本無法恨他。然而，我卻希望我可以恨他。非常非常希望。」

「他是你哥哥。」我勾住他的手臂。「他很顯然會為你做任何事。」

「我們家有一個完美的兒子，還有一個我這樣的人。我也許也是某種箇中翹楚，只不過是混蛋的翹楚。我永遠也不可能當個善良的人。你需要想像一下，在他那樣的父親底下成長是什麼感覺。我不得不讓自己變成這樣。」

我想起他在B&G臭著一張臉，企圖在那樣的面具底下隱藏他的害羞和不安全感。

「我很不願意對你承認，喬許，不過，在那些表象底下，你也是個善良的人。」

「我對成為第二名一點興趣都沒有。我永遠也不要再排名第二。」

他的聲音裡充滿了鐵一般的決心。我想起了升遷的事，這讓我腦子裡某個深層的角落發出了一聲嘆息，噢，去他的升遷。

「所以你才一直那麼憎恨我嗎？我人太好了。我太太太好了，而你一直都討厭這樣。」我一邊說，一邊把我的衣袖拉直。

「看到你對那些想要利用你善良特性的人掏心掏肺，我就覺得無法忍受。那讓我想要替你出頭，保護你不被他們利用。但是我不能，因為你恨我，所以我只能讓你為你自己發聲。」

「而我的善良讓你無法恨我？」希望又讓我變得可悲了起來。

他把大拇指放在我的下巴，勾起了我的臉。「是啊。」

「這是個悲傷的故事。」當他親吻我的臉頰時，我知道這代表了道歉，而且我懷疑我也許會接受這個道歉。

「不要誤解了我的意思。我沒有什麼受創的童年之類的，我一直都有棲身之處。而我母親也是最好的母親，」他的語氣流露出感情。「我不能抱怨。」

「你當然可以。」

他驚訝地看著我。

「沒有人應該被忽視，或者因為別人的行為而覺得自己不重要。你在你的工作上成就了很多事，你應該為自己感到驕傲。」我強調著最後一個字。「你可以抱怨所有的事。我是喬許團隊的一員，記得嗎？」

「你是嗎？」我聽得出他聲音裡的緊張稍微融化了一些。「我沒有想到在經過今晚之後，還能從你那噴射火焰的嘴裡聽到這幾個字。」

「那是你和我兩個人的團隊。好吧，在你完成醫學院預科之後發生了什麼事？」

「你父親那時應該注意到你了。」

「我母親從來沒有那麼小題大作過。她辦了一場派對。幾乎所有認識我的人都受邀了。派對就在我們家舉行的，在海邊。現在回想起來，那是一場很棒的派對。但是，我父親沒有參加。」

「他避開了？」我擁抱著他，把我的臉頰貼在他的胸前。我感覺到他的手滑到我的背上，彷彿在安慰我一樣。

「對，他根本不想和醫院裡其他的人換班，即便我母親要求他要這麼做。他全場都沒有出現。當派崔克完成他的醫學院預科時，我父親把我祖父的勞力士手錶送給了他。對我，他連出現都不想出現。他一直都知道我天生不是這塊料。看著我自己這麼努力，真讓我覺得可悲。」

「所以，他沒有出席那場派對，意味著你有五年沒有好好和你父親說過話？你得知道那讓你母親很難過。她一直都在忍著眼裡的淚水，不哭出來。」

「那天晚上我喝得酩酊大醉。我獨自坐在海邊的沙灘上，把一整罐威士忌吞進了肚子裡。一個人。非常戲劇性。我身後就是我家，裡面擠滿了人，但是沒有人注意到派對的貴賓不見了。」

他看起來似乎覺得有點好笑，但是我知道在那樣的表情底下有著多麼深的傷痛。我記得在一次部門會議上看著他，那大概是一千年以前的事了，然後好奇地在想，他是否曾經感到過孤獨。現在，我知道答案了。

「你就坐在外面？喝醉了？後來你做了什麼？進屋裡去大吵大鬧嗎？」

「沒有，不過我了解到，為了得到他的認同，我那麼努力在做的那件事，竟然完全沒有得到任何的回應。也許，我就和他一樣。那為什麼要努力呢？為什麼要在意呢？所以，當下我就決定不要再努力了。並且決定離開那個家，接受我所能找到的第一份工作。」

他把我在他的懷裡微微地轉過身，當他再度抱緊我時，他輕輕搓揉著我的肩膀，彷彿我才是那個需要安慰的人。

「我不再努力去和他互動，而那就好像我這一生中最大的壓力來源被移除了。我不再那麼做。我想，當他想要對我扮演父親的角色時，他就會採取行動。」

「但是他一直沒有行動？」

喬許繼續說著，彷彿他根本沒有聽到我在說話。

「讓我無法接受的是，當我轉而在晚上去念MBA，同時白天還要在貝克斯里工作時，他一點都不覺得怎麼樣。就好像他完全不在乎一樣。彷彿我甚至沒有重要到值得他失望。不過，我卻很失望。一次又一次地，我這一輩子都在失望。我的職業對他而言就是個笑話。」

我很訝異自己感到越來越憤怒。我想到了安東尼，想到他那張永遠都扭曲成一團諷刺表情的臉。

「他沒有看到你內在的特別之處。他為什麼會這樣？」

「我不知道。如果我知道的話，也許我就可以改變這種情況。他對我就是那樣，對大部分的人都是那樣。」

「不過，喬許，我不明白。你的能力遠遠超過你在B&G所能做的事。」

「你我都是。」他對我說道。

「你為什麼留在B&G？」

「公司合併之前，我幾乎每天都想要辭職。但是，我在我的家族裡早就有半途而廢的盛名了。」

「那公司合併之後呢？」

他把臉別開，不過我看到他的嘴角開始浮現一絲笑意。

「這份工作也有好的一面。」

「你太喜歡和我吵架了。」

「沒錯。」他承認道。

「那你又是怎麼會在貝克斯里工作的？」

「我從適合的工作裡挑出二十個去應徵。那是第一份錄取我的工作。理查德．貝克斯里卑微的僕人。」

「你甚至不在乎？我想在出版社工作想瘋了，所以，當我聽到我被錄取的時候，我甚至還哭了。」

他居然語帶罪惡感地說：「我猜，如果我得到升遷的話，你會覺得不公平。」

「不。審核的過程是基於誰的表現比較優異。不過，喬許，你要知道。這是我的夢想。B&G是我的夢想。」

他沒有說什麼。他能說什麼？

「所以，你帶我來並不是為了炫耀給明蒂看，讓她知道你已經和某個性感的小怪人開始新的人生了？」

我對他臉上的表情比對我自己還要了解，而我現在看不出他臉上有一絲的欺騙。當他開口的時候，他的語氣也完全不像在說謊。

「沒有你，我真的無法面對他。我是個恥辱。從醫學院退學，做的是行政工作，女朋友還被我哥哥搶走。對他來說，我什麼也不是。明蒂和派崔克可以生十個小孩，他們的婚姻可以百年好合，這些都和我無關。祝他們好運吧。」

我讓自己說了這句話：「好吧。我相信你。」

我們沉默地坐著好一會兒，他才又再度開口。「最糟糕的是，我不停地在想，如果我堅持學醫的話，我現在會在做什麼。」

「我對自己身體裡面是什麼狀況幾乎一無所知。我就像一個從來沒有看過自己城市的市長。」

他對我的用詞笑了笑。「如果你知道體內每一分鐘所發生的那些小奇蹟的話，你一定會受不了的。一個瓣膜可能會關閉不打開；一條動脈可能分叉，讓你可能因此而死掉。任何時候都有可能。你的小城市裡充滿了各種奇蹟。」說著，他在我的鬢邊印上一吻。

「我的天啊。」我抓緊了他。

「你不會相信統計數字顯示，有多少人在晚上上床睡覺之後，就再也沒有醒過來了。正常、健康，而且年紀甚至一點都不老的人。」

「你為什麼要告訴我這些？這就是你腦子裡在想的事情嗎？」

這是他沉默最久的一次。「我曾經腦子裡一直都在想這些。不過現在不會了。」

「我想，我只要知道我身體裡都是白骨和鮮紅色的血液就可以了。我現在為什麼要去想我是不是今天晚上就會死掉？」

「你現在應該知道我為什麼沒辦法和別人閒聊了。很抱歉，我父親在那塊蛋糕上大作文章把你嚇壞了。他是在嫉妒，因為他沒有辦法放開自己去享受一些事物。我想我有好幾年沒有吃過蛋糕了。天哪，感覺真好。」

「我們是一對墮落的小豬。要不要下樓去看看還有沒有剩下的蛋糕？」

他帶著有所保留的希望看著我。「你不走了？」

我想起了我要搭巴士回家的計畫。「對，我不走了。」

還好他還坐在梳妝台上。因為這代表著當我更加靠近，想要把他的臉捧在我的手心裡時，我只需要微微地踮起腳尖就可以做到。這代表著我可以去感覺飛舞在我們之間的那些火花，去感覺他寬慰的嘆息，那比糖還要甜美的嘆息。他的脈搏在我的手指底下跳動。是因為我們所玩的一場錯綜複雜的遊戲，才讓我們走到了這個瞬間。

還好他還坐在梳妝台上，因為這樣，我就可以將他的唇拉向我。

25

當我吻他的時候，他吐出的氣息是如此的長，直到那口氣完全吐盡為止。我想要再幫他把氣填滿。一直到過了夢幻般的幾分鐘之後，我才發現我一直在用我的吻告訴他：*你很重要。你對我來說很重要。這很重要。*

我知道他明白，因為當他的一根手指滑過我洋裝側面的縫線，經過我的肩膀停留在我的頸背上時，他的手微微地顫動了一下。他也在對我訴說一些事：*你是我想要的人。你一直都很漂亮。這真的很重要。*

他彷彿永無止境般地把玩著我洋裝的拉鍊，最終將它拉下，發出了一聲宛若一根針劃過唱片的聲音。他加深了他的吻，而我也在他的雙膝之間向他更加貼近，就算野馬也不能把我從這個男人身邊和這間房間裡拖走。我會一直吻他，吻到我筋疲力竭地死去。當我感覺到他尖銳的牙齒末端落在我的唇上時，我知道我不是唯一一個這樣想的人。

我任憑洋裝掉落在地上，隨即踏出洋裝，彎身把它拾起。害羞讓我稍微躲到了洋裝後面，直到我覺得自己看起來實在太傻，才不得不把洋裝拿開。為了讓洋裝看起來順滑，我不得不在洋裝底下穿了一件象牙色的連身馬甲內衣，就像一件小小的泳衣，內衣下襬還有幾條小吊帶夾住我的絲襪。這可不是我的睡龍睡衣。

喬許看起來彷彿腸子被刺了一刀一般。

「我的老天。」他微弱地說道。

我把洋裝遞給他，然後雙手放在胯上。儘管他的手正忙著把我的洋裝整齊地對摺起來，然而，他的眼神卻似乎要把我身上的每一道線條和曲線都吞噬掉。我的腿短得可笑，同時又失去了高跟鞋的加持，但是，他看著我的模樣卻仍然讓我的膝蓋發軟。

「你有點太安靜了，小約。」我把手指滑到身上這件荒謬東西的肩帶下，停了下來。我可以看出他的喉嚨正在嚥著口水。

我把雙手放到他的脖子上，緊緊地勒了一下，隨即又把手放了下來。他結實、渾厚的肌肉散發出的熱度，在我手掌底下擴散。我往前站得更近，把臉貼向他的喉嚨，深深地吸了一口氣。我闔上雙眼，央求自己要記住這一刻。求求你，當你百歲的時候都還要記得這一刻。

他把手向下滑到我的腰際，雙手托住我的臀，當我開始在他的喉嚨上親吻時，他加重了力道，雙手緊緊地捏住了我。

「脫掉衣服。現在就脫掉。」我聲音沙啞地哄騙著他。於是，他帶著恍惚的神情，開始把襯衫的釦子解開。當他把襯衫抖掉時，我可以從梳妝台鏡子裡的倒影看到他的背。「你身上還有漆彈留下的瘀青。我也是。」

我空著的一隻手開始在他胸口摸索，我不再親吻他，只是看著自己的手在他的肌膚上遊走。他的肌肉就像樂高玩具一樣，一塊一塊地堆疊在一起。我壓了壓手指，看著他的肌肉瞬間回彈起來。他的手一直都沒有離開過我的臀，不過，手指卻已經向下在搓揉著吊住我絲襪的小繩結。為了不讓自己發出大聲又尷尬的呻吟，我再度吻了他，蠕動著身體向他靠近。

「我都計畫好了。」他終於又發出了聲音，並且輕輕地將我往後推到床邊。他把床罩掀開，輕輕鬆鬆地就把我放到床上躺了下來。

「這會比飯店房間再浪漫一點。」

喬許在想浪漫的事？這讓我的心臟簡直難以承受。他在我的唇上吻了一下，那樣的輕柔讓我不由得想要哭泣。

「看吧，」他貼在我的唇上說著。「露西，我並不恨你。」他帶著些許的羞澀，試探性地用舌頭輕輕觸著我的舌頭。然後用手肘撐在床上，把我圍在了他雙臂的二頭肌裡，這讓我想起了他把我壓在樹幹上，用身體掩護著我，為我擋住好幾顆漆彈的攻擊。

我一直都在掩護你。

我嘆了一口氣，而他則順勢吸了一口氣。「就是這樣……」

我在他的重量下伸了伸手腳，扭動著身體。「你實在太魁梧了，讓我覺得渾身都在發燙。」

「而你實在太嬌小了。我很好奇，我們的身體會如何呼應對方。從我們認識的那天開始，我就一直在想這個問題。」

「噢，想當然耳。在那個重要的日子裡，你從頭到腳地打量我，然後就看向了窗外。」

他用最輕柔的方式咬著我的喉嚨。手指在我的頭頂上方和我的十指相扣，我們握住了彼此的手。我們是怎麼回到這一刻的？怎麼在怒火燃燒中回到了這溫柔的時刻？這一刻是如此的甜美、如此的輕柔，如此的喬許。

「如果今晚我們上床了，我不要你事後又對我做出什麼詭異的反應。」他稍微撐起身體，眼神嚴肅地說道。「你不會又要嚇死了吧，會嗎？」

「我不知道。非常可能。」我企圖開玩笑，不過他卻一點都不欣賞我的玩笑。

「但願我知道我擁有了你多少。我能得到多少？」他再度吻著我的喉嚨，手指也把我抓得更緊。

「在面試之前，你可以擁有我的全部。」我埋在他的肌膚裡說著，這讓他顫抖地吐出了一口氣，彷彿我給他的不是短短的幾天，而是永遠。

我們再度開始親吻，我的大腿抵在他胯下造成的摩擦，讓他微微地加重了他的節奏。他的唇是那麼地濕潤、柔軟又令人愉悅。他停了下來，即便只是為了好好吸一口氣，我都不允許地將他立刻拉回。

不知道經過了多久，他用手纏住我的肩帶。他帶著無限遐想地用手指拉緊肩帶，隨即又輕輕地把它彈回我的肩上，接著又重複了一次。

「拉鍊在側面。」我告訴他。技術上來說，我想，我的口吻幾近哀求。

他完全無視於我說的話，只是逕自把手指滑落到我胸口的蝴蝶結。「這是我見過最小的蝴蝶結。」說著，他俯身咬著蝴蝶結。

我們的節奏是那麼地緩慢，就算我睜開眼的時候發現天已經亮了，我也不會驚訝。他向來都和我預期的完全不一樣。溫柔而非強硬。柔緩而不急躁。害羞勝過莽撞。當我躺在喬許身下，經歷著源源不絕的愉悅時，我的前男友們和他們計時般的前戲，在此刻都成了遙遠的回憶。

他的手滑進我的髮絲裡，他的指甲在我頭皮上的摩擦讓我起了一身的雞皮疙瘩。他舔了舔我的肌膚，然後俐落地跪到我的雙腳之間，彷彿想要好好地看著我。這樣對我來說正好。我看著他的胃部在收縮起伏，不禁發出了聽起來像是喔，天啊的聲音。

「你為什麼看起來會是這副樣子？」

「除了上健身房，我沒有其他更好的事可以做。」

「你現在有了。」

我坐起身，讓嘴唇劃過他那些肌肉，然後，我做了一件我一直想要做的事。我終於把雙手放在了他的臀上，感覺實在太棒了。

他的手滑進了我的頭髮裡，我也開始磨蹭著他的腹部。我無法自已。當我在他的腹部發現些許的毛髮後，我抬起了視線，只見他的胸口上彷彿覆蓋了一層金色的灰塵，灰塵直線般地往下延伸，最後隱沒在了他西裝褲的腰帶底下。

「淫蕩的眼神。」他顫抖地對我說道。

「我不是開玩笑的。我想要聞你。你一直都好好聞。」語畢，我把鼻子壓在他的皮膚上，用盡全身的力氣吸了一大口氣，逗得他大笑。我仰起頭看著他，也跟著咧開了嘴。

他的手指停在我身體側邊的拉鍊上。

「我全身都是瘀青。」我預警地告訴他，然後縮緊小腹，盯著他的腹肌。

「你害羞的時候很性感。我會慢慢來的。」說著，他拉下我一邊的肩帶，讓它垂落在我的手臂上。然後把另一條肩帶也同樣地拉了下來。他咬了咬自己的嘴唇說道：「我得坐下來。我覺得自己太高了。」

我們花了幾秒鐘的時間很快地變更了姿勢。他靠坐在床頭板上，讓我坐在他的雙腿之間，把背靠在他的身上。他扶著我的肩膀，我閉上了雙眼讓他開始搓揉著我，這是有史以來最甜美的按摩，也是時間點最奇怪的按摩。大部分的男人這時候恐怕都已經拉下了我的拉鍊，開始下一個步驟了，但是他並非大部分的男人。

「你生病的時候就是這樣坐著的。」

在他持續的按摩下，我們之間肌膚摩擦的效應開始向外擴散。他撥開我的頭髮，將嘴唇烙印在我的脖子邊緣。此時，我已經幾乎想不起自己叫什麼名字了。

他的手滑進了我的綢緞馬甲裡，將我赤裸的胸部捧在手裡。緩緩地、溫柔地，我感覺到他的手指輕輕地捏住了我。

「噢，就是這樣。」他在呻吟聲中，把嘴唇重新壓在我的脖子上。

我聽到自己發出的聲音。那種在極度疼痛下猛然吸一口氣的聲音。只不過，我一點也不疼痛，而是感到自己已經達到了一半的高潮。

「想像我們即將要做的一切。」他幾乎是在對自己說著。

「我不要想像。我要知道。」我的雙腳在床單裡無助地翻動，彷彿被電到了一樣。

「你會知道的。不過，今晚並不夠，我已經可以感覺到了。我一直都告訴你，我需要好幾天的時候，甚至幾個星期。」

我幾乎沒有注意到拉鍊被拉了下來。他幫我脫下了我的伸縮馬甲，那雙大手撫過我的感覺太過美妙，讓我絲毫沒有意識到身上的衣服已被褪去。他寵溺著我、輕拍著我，我的皮膚感覺到了暖意，一切是那麼的美好。當我睜開雙眼時，他的呼吸宛如蒸氣般地在我的耳下發燙，而我的米色內衣也已經攤在了我的腰際。他解開我絲襪頂端的吊帶，從我的肩膀上俯身看著我。

「嗯。」他用手指勾住我臀邊的衣服，沿著我的腿拉下，讓我身上除了絲襪之外毫無遮掩。我看著他還穿著西裝褲的腿，那讓我的赤裸顯得更加單薄。我縮起雙膝，試著要把自己遮掩起來，但是這麼做實在沒有什麼意義。他在我耳後發出了溫和撫慰的聲音。一隻大手撫過我的臀、我的大腿，然後扣住了我的腰。另一隻手也跟著游移而上。

「露西，」他似乎只能說出這句話。「露西。我今晚要如何才能全身而退？真的。怎麼樣才可以？」

我又起了一身的雞皮疙瘩。我也在想著同樣的事。我讓自己的頭垂向一邊，我們重新開始親吻。

我聲音沙啞、難以呼吸地說：「我會死在今晚。求求你把褲子脫了吧。」

「我要把你這句話繡在枕頭上。」他的話讓我笑到幾乎岔氣。

「你真好笑。我一直都覺得你很好笑。雖然我很想笑，但是我絕對不可以笑出來。」

「啊，那是你的規則之一。」他滑下床，把手放在他腰帶的扣環上。「所以，那個遊戲的目的就是不能笑？」

「目的是要讓對方笑出來。好了。我開始覺得冷了。」我似乎開始失去耐性了。他拉起床單和毯子蓋在我發抖的身上。當他試著要把褲子上的拉鍊往下拉時，我看著他的模樣，彷彿淪為了一個色迷心竅的變態。

「我有我自己的規則。而我的遊戲目的也不一樣。」

看著喬許脫掉西裝褲已經讓我進入了另一個層次。他身上只剩下這件黑色的彈性短褲，而褲子前襠已經嚴重地變形了。

「告訴我，快點。」

在他拉下短褲的瞬間，我不由自主地張大了嘴。看來，我發燒時的幻覺還遠遠比不上此刻的真相。正當我要告訴他，他看起來有多麼耀眼時，他卻啪一聲地把燈關掉，讓我們陷入一片黑暗裡。

「不要！喬許，這太不公平了。把燈打開。我要看著你。」

我朝著床頭的燈胡亂揮舞著手，然而，當他鑽進毯子之際，我立刻感受到了他貼在我肌膚上的身體傳送給我的體溫，我們同時發出了不敢置信的聲音。我們的肌膚相連，感受著彼此的溫度。

我不知道他到底在哪裡。他似乎就在我身上的每個地方。我可以感覺到他的呼吸埋藏在我的頭髮裡，但一陣輕微的翻滾之後，他的嘆息又出現在了我的肋骨上。這份不安和渴望在他的一隻手滑過我的肋骨時，嚇得我幾乎跳了起來。

他用另一隻手褪去我的絲襪，滑順地把它們拉下我的雙腿。他撫摸著我的腳踝，然後溫柔地捏了捏我的小蠻腰。我可以感受到他的手在我身上四處探索。

「你怎麼會這麼柔軟，真是不可思議。不管我的手落在你身上的哪一個地方，你都能恰到好處地貼合在我的手裡。我說的一點都沒錯。」

他說著開始示範起來。喉嚨、胸部、肋骨、胯部。然後，他讓我見識到他的嘴也可以同樣完美地和我貼合。他的每一個吻、每一次的按壓，都讓我的皮膚發燙。當他為我舔去我皮膚上悄悄滲出的汗水時，我聽到了遠處傳來一陣聲響，隨即意識到那是發自我體內的聲音。他完全不理會，也沒有因此而放過我。他完美的唇任意地在我身上遊走，一吋一吋地，彷彿在地圖上蓋章一般。我喜歡他所做的一切，然而，我急需讓自己的手在喬許那具完美的胴體上獲得解放。當他愛撫過我上半身的背脊時，我開始發出哀求的耳語。

「求求你讓我撫摸你。」

他心軟地把我翻過身來，我終於可以把我的手放在他的脖子上，再滑到他手臂頂端壯碩的肌肉上。我捏著他的肌肉、咬他，用雙手搓揉著他的二頭肌下方，試著掂掂看他的手臂有多重。這實在太愉悅了，可以如此地撫摸著別人。他綢緞般的肌膚讓我的手掌在揉捏時忍不住顫抖。我的唇和他身上我所能吻過的每一處也都貼合得恰到好處。我的眼睛在黑暗中適應著，當我緩緩地測試著我新發現的每一吋肌肉、每一塊肌腱和關節時，我看到了閃爍在他眼裡的微光。

黑暗中，我讓自己滑向他的身體，緊貼著他，感受著他的嘆息，然後將他拉到我的身上。

「我很重。我會把你壓扁。」

「我已經活夠了。」

他大笑著，聲音沙啞而愉悅，於是他順從了我，緊緊地把我壓在他的身體底下，我陷入了床墊裡，半個肺裡的空氣幾乎都被壓了出來。

「噢，感覺真好。真的很重。我太喜歡了。」

大約過了一分鐘之後，他跪起身，因為我已經快要被壓死了。我把手往下探去，握住了他那耐人尋味的硬挺之處。他任憑我愛撫把玩著，直到他每一個斷斷續續的喘息都讓我相信他隨時都可能崩潰，因為我而崩潰。我想不出我還能怎麼贏過他。然而，我很快就感覺到他的嘴貼在了我的髕骨上，開始吻著我的大腿。

我不得不笑出來，一則是因為他的鬍碴刺得我發癢，再則是因為我想起了我們在制服上的爭執，不過那是上輩子的事了。他張口吻著我的大腿，低聲說著什麼我聽不清楚的話。感覺上像是讚美的言語；他溫熱的呼吸裡伴隨著舔舐和輕咬，以及更多的吻。我永遠也抗拒不了他溫柔的嘴唇施壓在我身上的力量，也毫不懷疑他的意圖。我看著黑暗中的天花板，不由自主地打開了雙腿。

第一次的碰觸彷如漩渦。就像舔著一支正在融化的冰淇淋甜筒的頂端。我用力吸了一口氣，用力到幾乎就要發出打呼的聲音。他吻了我的大腿內側作為獎勵，這已經足以讓我無法再吐出人類的語言了。

第二次是一個吻，我想起了他獨家的第一次約會之吻；聖潔的、溫柔的、不涉及舌頭的吻。那是一種對未來的承諾。我抱住了一顆枕頭，暗自決定他再也不能和其他人進行第一次約會，永遠都不可以。

第三次的接觸依舊是個吻，然而，這個吻卻從聖潔崩解成了慾望的吻，只是崩解的過程是如此的緩慢，以至於我幾乎不知道它在何時出現了改變。他有的是時間，而隨著時間一分一秒地過去，我的身體在放鬆的同時卻也繃得更緊了。我發現自己又可以開口了，因此試著讓自己聽起來清晰又有條理。

「我想，人資手冊裡沒有任何關於做這件事的規範。」

我可以感到他的顫抖和呻吟。「很遺憾，你說得沒錯。」他一邊說著，一邊展現著人資所沒有的規範，足足持續了不知道多久。

我在顫抖中越來越接近那股令人目眩的爆發，我感覺到自己下一秒就要爆炸了。老實說，我很驚訝自己居然撐了這麼久。我伸出一隻手往下抓住了他的頭髮，拉扯著他。

「我沒辦法承受了。求求你。我需要更多。更多更多。」我滑開身體，轉而抓住他的手臂，使出非人的力量將他一把抓了上來。他發出一聲縱容的嘆息，然後跪起身。而我也終於聽到了那聲錫箔撕開的神奇聲。

他接下來的這句話，語氣裡應該充滿了霸道，然而，顫抖和喘息卻完全削弱了他的霸氣。

「我終於要擁有你了。」

「我終於要擁有你了。」我回應他。

他放低了身體，床頭燈在我的驚訝中瞬間被打開。炫目的光線讓我閉上了眼睛，當我再度睜開眼睛時，發現他正凝視著我。那雙藍寶石般的眼睛正在對我的心施展著奇怪的魔法。

「嗨，奶油蛋糕。」我們的十指再度在我的頭頂上交纏在了一起。

他第一次的推進充滿了溫柔，而我的身體也欣然接受，然後一次又一次地接受。他把鬢邊貼在我的太陽穴上，發出了絕望的聲音，彷彿充滿了痛苦，彷彿他正努力地要撐過這一切。我不由自主地縮緊了身體，而他卻突然猛烈地往前挺進。我的頭差點就撞上了床頭板，讓我不禁失聲笑了出來。

「抱歉。」他對我說道，我只是吻了吻他的臉頰。

「不用道歉。再來一次。」

26

「我們從來沒有玩過這種**互瞪遊戲**，你現在就在我體內，而我們正在玩著這個遊戲。」他稍微扭動了一下臀部，立刻就讓我的眼皮開始顫抖了起來。

由於他是那麼巨大，但我卻這麼嬌小，因此，除了愉悅之外，我還預期著身體上的壓力，然而此時，讓我喉嚨發緊到無法回答的卻非外在的壓力，而是我的感情。當他開始純熟而自在地扭動著他的胯部時，他的雙眼和眼底的神情讓我無法言語。沒有過度的使勁、也沒有讓人牙齒打顫的緊張。他小心翼翼地控制著力道，讓我的身體隨著他擺動。這是我生命中最火熱的一刻。我無法處理得了自己的每一分感覺。一股近似嚇壞了的感覺開始在我的胸口升起。

在他的注視下，我無法保持鎮定。那雙激情的眼睛。熾熱、狂暴又無懼的眼睛。他想要我把一切都交給他。他要我的全部。

「和我說話。」他用鼻尖輕輕碰觸了我的鼻尖。他的呼吸沉重卻均勻。

「你是對的……你完全貼合了我，不知道為什麼。噢，感覺真好。」我幾乎無法說話。「我有點嚇到了。」

「真好，是嗎？」他帶著消遣地看著我。「我永遠都可以比好還要更好。」說著，他放開我的指尖，把雙手滑到我的大腿底下，把我抬離了床面幾吋。

「只要好就夠了，只要好就夠了。」我已經連話都說不清楚了。緊接著，我發出了一聲呻吟。

喬許．譚普曼真的、真的知道他自己在做什麼。

我的雙眼已經翻白到頭頂了。我知道我確實如此，因為他正帶著笑意地再次扭動了他的臀。毯子瞬間滑落，我就像第一排的觀眾，仰視著他收縮中迷人的肌肉，然後注視著他的臉。

「我不是好人。」他對我說道。我們開始慢慢地拉扯著彼此，然後是更多的肌膚摩擦。我從來沒有過這樣的感覺。這證明了過去和我在一起的男人沒有一個做對了。直到現在。

他在專注中微微皺起了眉頭。一定是他輕而易舉所製造的這個角度，打開了我體內的一個小開關。

「嘿。」他再度衝撞了一次，這股愉悅感是如此的強烈，讓我發出了一聲嗚咽的啜泣聲。於是，一次又一次的撞擊。我從來沒有玩過這樣的遊戲。

我已經沒有力氣把手臂舉向他的肩膀了。他每一次的挺進都把我往致命的終點更推近一步，我很確定那個終點無疑會要了我的命。

「累嗎？」我試著體貼他，然而他卻加快了速度。

汗水開始濕透我的肌膚。我的手無助地抓緊了床單。就算我重到難以搬動，他似乎也不在乎。我所能做的只是把肩膀壓在床墊上，企圖活下來。

「我要死了。」我警告他。「小約，我要死了。」

喬許抬起我的一隻腳踝跨在了他的肩上。他用手臂抱住我的腿，一邊煞有介事地端詳著我的臉，一邊更進一步地加快了速度。他緊皺著雙眉。當喬許點燃了我這輩子從來都不存在過的高潮點時，**互瞪遊戲**顯然是此刻最適合玩的一種遊戲。而我的高潮點也從此存在了。

「天哪，天哪……小約。」

當他笑著回應我時，我幾乎已經瀕臨毀滅。

這就是我的問題。這種狀況從未發生過。第一次和某個人發生關係向來都很尷尬，兩人得輪流試著了解彼此喜歡和不喜歡的舉動。性興奮不會同時發生，也不需要試著延遲高潮的來臨。但是，我現在就在這麼做。而他也知道。

「露西。不要再忍了。」

「我沒有。」我抗議著，但是我的謊言卻讓他加重了力道。我含糊地說了一聲謝謝。

「不客氣。」他說著把我抬得更高。我不知道他為什麼不會感到疲倦。我會寫一張感謝卡給他的個人教練。如果我的手從此還能再提筆的話。我咬著下唇。我不能讓它結束。我告訴了他。

「就這麼做，一直做下去。」我哀求他。我幾乎都要哭出來了。「不要停下來。」

「固執不是你的風格，奶油蛋糕。」

「我不能讓它結束。求求你，小約。求求你，求求你，求你了……」他把臉頰靠在我的小腿上。這是怎樣一個深情的動作啊。

「不會結束的。」他告訴我。

我可以看出他開始有點迷失了。他的眼睛在矇矓中熠熠生輝，我看到他將視線投向了天花板，祈求著什麼。他絲綢般的肌膚在燈光下散發著金色的光暈。

儘管這依然還是一記順暢的、深深的推進，就像他之前那樣，然而，我崩潰了。

將我淹沒的不是一股甜蜜、馴服的感覺。我緊咬著牙，抓緊他，掏空了自己。我所發出的痛苦聲，可能把飯店裡的每個人都吵醒了，但我無法忍住不叫出來。這太強烈了。我甚至差點踢中他的下巴，所幸他抓住了我的腳，也抓住了我。我體內的歡愉在沸騰，我的身體扭曲著、收縮著、震盪著，我已經全然地為喬許．譚普曼而瘋狂了。他說得沒錯。這樣一次還不夠。我需要好幾天、好幾週、好幾年。我需要幾百萬年。

我在墜落，完全地墜落，我往上看，只見他也同樣在墜落。

他彎身靠著我的腿，我可以感覺到他在顫抖中釋放了自己。他低頭看著我，眼神突然變得害羞，我伸出手揉了揉他的臉頰。

他小心翼翼地把我放下來。但我無法想像我能讓他離開。我用手臂摟著他的肩膀，在他的雙眉之間印下一吻，我的胸口有一種淨化了的感覺，彷彿我剛剛跑完了幾哩路。不過，他一定感到自己宛如完成了鐵人三項。

他抬起頭看著我。「你還好嗎？」他溫柔地低語。

「我是個鬼魂，我已經死了。」

「我不知道我這麼致命。」他說著開始從我身上抽離，彷彿帶著痛苦般地緩緩地抽離。我央求著說道：不要，不要，不要。我上癮了，完完全全地上了癮，我已經在想著下一次了，儘管這一次的興奮還在我的血液裡奔騰。我的身體企圖留住他，不過他只是吻了吻我的額頭，向我道歉。

「我很抱歉，我得這麼做。」他說著轉身走進了浴室。我看著他的背面，然後讓自己跌落在枕頭上。

我這輩子最棒的一次性愛。我所見過最迷人的背。

「是真的嗎？」他的聲音從浴室裡傳來。彷彿我心裡的話已經大聲說了出來。

我把前臂遮在眼睛上，試著讓自己的呼吸平緩下來。我感覺到床墊往下一沉，他拉起毯子蓋在我冰涼的肌膚上，然後關上了燈。

「你會讓我受不了的。不過，真是夠猛了，小約。真是夠猛了。」我又口齒不清了。

「你才夠猛呢。」他說著，讓我鑽進了他的臂彎。我把臉頰貼在他的臉上，在他的汗水裡感到滿心的歡喜。

「我們來想一個遊戲，等我們睡醒時就可以開始玩。如果你又表現出一副怪裡怪氣的樣子，我會受不了的。」

「我們會禮貌地互道早安，然後再來一遍。」我聽起來好像我剛剛中風了一樣。我把耳朵貼在他的胸口，在他的笑聲中安然入睡。

我居然活到了早上。當我洗手時，我抬頭看著鏡子裡的自己。

「噢，糟了。」

「怎麼了？」

我把浴室的門打開一條縫。戶外的光線穿過厚重的窗簾，在房間裡投下了朦朧的微光。

「我忘了卸妝。我現在看起來又像艾利斯．庫柏了。」

我的眼影暈成了一片黑色，讓我的眼睛看起來變成了一種嚇人的乳藍色。

「又像？你以前看起來像艾利斯．庫柏嗎？」

「對啊，我生病的那天早上，當我看到我自己時，我差點尖叫出來。」我刷完牙，把頭髮綁成了一個髮髻。

「我喜歡你看起來有點迷幻的樣子。」

「哈，那你會喜歡我現在的樣子。」

我正在淋浴，當我試了幾次都沒有辦法把飯店那塊迷你肥皂打開時，我聽到淋浴房的門被打開的聲音，他冷靜地加入了我，彷彿這是我們每天都會做的事情。慾火讓我興奮了起來；一種喜悅和恐懼的混合感。

「這是一塊奶油蛋糕尺寸的肥皂。」他說著從我手中拿走肥皂，用牙齒把包裝咬開。他把那個硬幣大小的肥皂擠出來，用食指和拇指拎了起來。

「我會很享受這個澡的。」

他絲絨般的金色皮膚上掛著一道道的水痕，讓我看得目瞪口呆，有好幾分鐘的時間裡，除了看著他之外，我什麼也沒辦法做。我伸出舌頭舔過嘴角，彷彿一隻餓狗一樣。水流順著他的每一塊肌肉往下沖刷，在他平坦的小腹蒙上一層光澤。

一片柔軟的毛髮從他的胸口正中央展開，彷彿扇子般地向左右兩邊對稱延伸，往下則如同一條細長的線條一路蔓延到肚臍。在被上百萬個只穿著內褲出現在廣告招牌上的傻男轟炸過之後，我幾乎忘記男人也有毛髮。我的視線跟隨著水流而下，映入眼簾的是更濃密的毛髮，以及硬挺的龐然大物。他渾身濕透，男性的象徵因為勃起而浮出美麗的青筋，如此懾人的畫面讓我的膝蓋頓時發軟。他曾經在我的體內。我需要再經歷一次。一次又一次地、無窮無盡地經歷。

「你真是……」我搖了搖頭。我不得不閉上雙眼，好記起要怎麼說英文。他完全超過了我所預期。我無法在一間飯店的玻璃淋浴房裡俘虜眼前這個高大的男人，而他正用那雙我深愛的眼睛在凝視著我。

「噢，不行，我太難看了。」在他佯裝悲慘的低語中，我感到肥皂滑過了我的鎖骨，開始在我的肌膚上畫圈，剛開始還有點濕黏，但隨即滑順了起來。

「我的私人教練很確定，在這些肌肉的偽裝下，絕對不愁沒有女人。這根本是浪費時間和精力。」

我睜開眼睛，我的雙眼看起來一定像在鴉片窩裡待了太久，因為他一看到我的眼睛就笑了。

我把拇指壓在他臉頰上的笑紋上。「你太迷人了。美到我無法相信。」

為了更清楚地欣賞他，我往後退，直到頂住了磁磚為止，而現在輪到他盯著我身上的每一吋端詳了。我要努力地壓抑著自己的手臂，才能不讓它們舉起來遮住我自己。和他完美的肌肉群相比，我看起來簡直就是一坨軟乎乎的東西。他從頭到腳地注視著我，眼神也隨之越來越深沉。

「過來。」他微弱地說道。我乖乖地把手交到他伸出來的手裡。

這是怎樣一種開啟一天的方式，呵。和我的同事兼死對頭一起洗澡。

不過，當這個念頭轉為實際行動之後，我知道這麼想實在太不合時宜了，我不能持續地欺騙自己。他把我從凍人的磁磚上拉開，讓我面對著蓮蓬頭，並且在把我推到蓮蓬頭底下之前先確認了水溫。然後，他從身後抱住我，這樣的姿勢除了依偎之外，我不知道還能稱之為什麼。我往後緊貼住他已然硬挺的下身，感受著他所發出的呻吟。

「你還好嗎？不會又怪裡怪氣的了？沒有嚇死吧？」他在我的胸下輕輕抹著肥皂泡沫，再往下延伸到我的肋骨。隨即又抓起我的手臂端詳著，然後比較了一下我們手掌的大小。

「沒有，我很好。為什麼我們就不用擔心你會變得怪裡怪氣？大部分的女孩都會擔心男人事後用晨訓的藉口來脫身。而就我們的狀況看起來，這也不是什麼不可能的理由。」

「我很早以前就已經為這件事準備好了，比你還早很多。」他似乎知道我不想把頭髮沾濕，因而將他濕滑的雙手放在我的臀上，稍微調整了一下我們的位置。

「噢。」

「是真的。」

「你準備了多久？」

「很久。」

「我從來都不知道。」

「我很會保守秘密。」他溫柔地笑道。

我抓住已經變成了半透明的肥皂，放在掌心裡，這讓我有了一個可以揉捏他身體的好藉口，而他只是逕自地舔著我下巴上的水珠。

我們注視著彼此，鼻子對著鼻子，在半閉闔的眼睛下，一切都在旋轉。除了冷冷的空氣，四周是一片無邊無際，然而，在這個蓮蓬頭下面的我們卻越來越熱，直到我相信自己幾乎已經出汗了。這一切都是因為這個吻。

當我親吻喬許．譚普曼時，時間彷彿不再存在。我不在乎太陽何時升上了天際，熱水何時會流盡，飯店何時得退房。而他也從容地配合著我的步調。他是個罕見的人；所有不可能的事在他身上都變成了可能。他的吻讓我只存在於當下。

在我過去的男女關係中，我向來都有一個難題：把我的理智關掉。然而，此刻卻只有我們的存在。我們的唇找到了自己的節奏；彷彿一個輕輕搖晃的鐘擺，不停地朝左右兩端畫出一道美麗的弧線，一遍又一遍地，直到我的整個世界裡只剩下他的身體、我的身體，以及灑遍我們全身、足以蒸發成雲朵的熱水。

親密這個字眼似乎並不足以形容他的一舉一動。他用拇指抬起了我的臉，其他的手指扶在我的耳後。當我企圖深呼吸時，他適時地將空氣注入了我的體內。我如夢似幻地側著頭，讓他捧住我的下巴。當我凝視他的瞬間，一股情感在我體內爆發並且擴散開來。他的微笑讓我知道，他從我的眼裡看見了我的悸動。

我無法記起他的手有多大，只是任憑它們在我身上摸索。他把手掌圈在我的肋骨上，緩緩地向上滑動，讓我知道自己是多麼適合被他握在掌心裡。當他的撫觸讓我再也難以承受時，他將我轉向牆壁，十指彷彿張開的翅膀一般地壓在我的肩胛骨上。

隨著他的指甲緩緩地往下滑動，他的耳語在我耳邊響起。

他在對我訴說我很漂亮。是最可口的草莓奶油蛋糕。是他口中永遠不會消失的味道。並且，他希望在我為我們做出決定之前，我可以確定，完完全全地確定。

他舔去我肩膀上的水滴，一隻諾大的手掌悄悄落在了我的大腿之間。我意識到自己踩在磁磚上的腳向兩側滑開了一吋。在我的顫抖中，他將一隻手臂環繞過我的鎖骨。

當他的指尖碰觸到我的瞬間，我聽到自己發出的聲音在我們四周迴響。隨著他在我肌膚上畫下的每一道溫柔的圓圈，他環繞在我鎖骨上的手臂也將我摟得更緊，我向後伸出了手，抓住他來回應著他。我們彼此的呻吟反彈在磁磚上，讓空氣裡響起了嗡嗡的回音。

「把你的一切都給我。」他在我的耳邊說著。而我也重複著他的話來回應他。那一身濕透發燙的肌肉緊貼著我、包圍著我，他的嘴在我的耳朵上輕啄，他強而有力的男性象徵握在我小小的手掌裡。不過，他並不介意我無法將他完全掌握；事實上，他已經開始呻吟。

我有自己的問題。例如，我得試著不發出那麼大的聲音，以免被我們房間外的人聽到。然而，在他那數不清次數的摩擦下，要我不發出聲音的困難遠遠超乎了預期。喬許半笑著發出噓聲制止我。我開始站不穩，而他則繼續用牙齒刮過我的頸線。我難以自制地握緊了攫住他的手。我們繃緊了全身的每一吋肌肉，然後在同一瞬間一起爆發開來。

這是一次盛大的綻放。他的臉頰貼在我頭頂上的磁磚，我們在顫抖中無言地注視著彼此。看著彼此陷入崩潰實在是一種奇特的感覺。我有一種預感，我想我會適應這種狀況的。

沒有任何適當的方法可以結束這樣的時刻。在經歷過那樣的爆發之後，誰還可能回到現實？這個飯店房間會需要一塊紀念牌匾的。

「噢，糟了！早餐時間快到了。我們得快點。我需要整理行李。」

「我們別去了。」他的手上下來回地把玩著我腰際和胯上的曲線。

「你母親在等著我們。快點。」

「我不要去。」他不高興地吼了一聲，把手滑向我的肩膀。

「不可以。」我回覆他之後立即掙脫他的手，走出了淋浴房。我用浴巾把自己包裹起來，然後看了一眼床邊的時鐘。

「快點，還有十五分鐘。快，快點。」

「我會續訂一天的房間。我們可以再待個幾個小時。我們可以住在這裡。」

「小約。我喜歡你母親。我不知道我想讓她高興是不是很遜的想法，而且我也不知道過了今天之後，我是不是還會見到她。我知道她很想念你。也許那就是我在這整個週末裡需要扮演的角色。強迫你再度和你的家人相處。」

「真貼心。強迫我做我不想做的事。還有，你當然會再見到她。」

「好吧。撇開這個不談。我受邀去參加早餐聚會，而我也會去。我快餓死了。你的性愛把我的精力都榨光了。至於你要怎麼做就隨便你了。」

我試著畫上一點眼影，並且把我的噴射火焰唇膏塗滿上唇的一半。見到他站到我身後，我不禁端詳起鏡子裡的我們。

我們之間的差異從來沒有這麼明顯過，或者說從來不曾如此挑動著我的神經。看到他那光芒四射的壯碩身軀和我的反差，讓我幾乎就要放棄下樓的決定。他撥開垂落在我脖子上的頭髮，低頭吻了我一下。我們的目光在鏡子裡交會，讓我顫抖地呼出了一口氣。

我想要告訴他，好吧，把這間房間租下來，讓我們此生都在這裡度過。如果我有更多的時間，我會讓你愛上我。這份領悟讓我感到窒息。

當他的雙臂把我擁得更緊、一個個的吻開始落在我的脖子上時，我怎麼可能會沒有看見他眼裡的激情。就算我活到一千歲，我也不可能忘記他吻我的方式。我們之間的這株新芽，有朝一日也許會長成驚人的大樹，只不過我嚴重地懷疑，它能否在真實的世界裡存活下去。至於我們所在的這個與世隔絕的泡泡？它並非現實的世界。但願它是，而我也希望我們可以住在這裡。我應該要大聲告訴他我的想法，但是，我沒有這個勇氣。我閉上了眼睛。「我們可以先去吃早餐，然後火速地開車回到你的公寓。」

「好吧。對了，唇膏很好看。」

我試圖把還沒塗完的唇膏塗好，然後用面紙壓了壓嘴唇。在我來得及把面紙揉成團丟掉之前，他拾起了面紙，拿在手裡欣賞著。

「像個紅心。」

「你要不要去買一張白色的帆布，我可以幫你在帆布上印下無數的吻。這樣你就可以記得我。」

我對他俏皮地眨眨眼，好讓自己的語氣聽起來夠輕快。不過，我所預期的嘲諷並未發生。相反地，他轉身走出了浴室。幾分鐘之後，等我把化妝包夾在手臂底下走出浴室時，他已經穿上了一件牛仔褲和紅色的T恤。

「我從來沒看你穿過紅色的衣服。為什麼彩虹所有的顏色都很適合你？」

他把我的手機放在我的包包旁邊，還有那朵他從西裝領口拿下來的白玫瑰。

「那是你自己認為如此吧。」他拉上他袋子上的拉鍊，然後站在窗邊，眺望著水面。

我從我自己的袋子裡翻出牛仔褲和一件黑色的喀什米爾毛衣。我很慶幸自己帶了這件衣服。

這裡的空氣比我向來習慣的更冷、也更新鮮。我開始套上衣服，不過他並沒有看著我。我輕輕地彈跳了一下，好讓牛仔褲的拉鍊可以拉上，而他依然沒有轉過頭來。即便我大聲地在我的胸口噴上香水時，他的鼻子也不曾動過一下。

「早餐會很順利的。」

「是啊，當然。」他輕聲地說。

我把腳套進一雙平底鞋裡，然後決定讓凌亂又沾著濕氣的髮髻維持原狀。我走到他身後抱住他的腰，將臉頰靠在他肩胛之間的凹槽上。

「告訴我怎麼了。」

「我只是你的一夜情。這是我一直努力想要避免的事。我一直想要建立些什麼，而不要讓你有結束的感覺。」

「不是的。喂。我怎麼會讓你有這種感覺？」我扯著他的手肘，直到他轉過身來面對著我。

「你在言語中不斷地表現出好像這一切已經結束了。要用唇印來讓我記住你？我到底為什麼會需要記住？」

「我們很快就不會在一起工作了。」

「我想要你想了那麼久，並且為此經歷了那麼多、放棄了那麼多，並不是只為了擁有你一晚。一個晚上遠遠不夠。」

他是對的，當然。面試的結果就像一把鐮刀般地掛在我們上方。我的心裡閃過一絲不耐。

「今晚我可以待在你的公寓嗎？」這是我唯一能想得到的話。「我可以睡在你的床上嗎？」

「我想可以吧。」他悻悻然地回答。

我回頭看著房間裡的那張大床。一個房間何以能夠造就出這麼大的改變？也許他也在想著同樣的事。他輕輕地吻了吻我的眉頭，而我只覺得淚水開始刺痛著我的雙眼。

退房的時候，我瞄了一眼房費的收據。那大概是這間神奇的飯店房間一整個星期的費用吧。他在收據上潦草地簽下看似佐羅的簽名，然後把我摟近他的身邊。我的臉頰很自然地貼在了他的胸口。

「你們住得愉快嗎？」

儀容整齊的櫃檯人員一邊辦理著退房的手續，一邊對著喬許露出有點過頭的笑容。她似乎很自然地忽略了我的存在，或者她只是因為喬許而感到目眩神迷。我看著她一絲不苟地綁在腦後的金髮，還有在那棕褐色皮膚上顯得有點過亮的淺粉紅色唇膏。標準的飯店芭比娃娃。

「是的，謝謝。」他漫不經心地回答。「淋浴房的水壓很棒。」

我抬頭看著他的臉，注意到他的嘴角調皮地牽動了一下，加深了他的笑紋。

櫃檯人員肯定正在想像著他入浴的模樣。她的目光從他的二頭肌轉到電腦螢幕上，再從螢幕滑向了他的臉。她在收據上釘上訂書針，再把收據摺起來，尋找著完美的信封來裝他的收據，而隔壁櫃檯的住客所拿到的，顯然只有一張赤裸裸的收據。

她漫無目的地處理著其他的小事，這樣她就可以多看幾眼他身上的小細節。她為他說明飯店的貴賓計畫，以及他下次入住時可以享受到一瓶免費的酒，也許還會有她橫躺在床上吧。然後，她再三確認了他的地址和電話號碼。

我帶著不悅地將這一切看在眼裡。他並沒有注意到，只是開始親吻著我的鬢邊。不過，誰能怪她呢？

一個這種身材的男人，還有這樣的一張臉孔，行為舉止又是如此貼心和溫柔？要是我看到這幅畫面，也同樣會覺得有點想死，不過，我現在是他那貼心、溫柔之舉的對象。這就彷彿是看到一名滿身瘀青的夜店保鑣，擁抱著一個穿著小短裙、正在學步的小女娃；或者就像一個格鬥士朝著他坐在前排的愛人拋著飛吻。野蠻粗獷的男子氣概與柔情之間的反差，無疑是這個地球上最迷人的東西。

喬許是這個地球上最迷人的東西。

當她看著我時，我在她的眼神裡看到了明顯的猜疑。我緩緩地把手放在他的胸口。意思是，他是我的。我內心裡那個充滿妒意的女山頂洞人無法不反擊。

「需要把你的車開過來嗎？」

「需要。」喬許在我開口說「不用」的同時說道。

「不用，我們要去吃早餐。我們可以把行李留在這裡嗎？」

「當然可以。」她瞄了一眼喬許光溜溜的左手，再看了看我的左手。

「謝謝你，譚普曼先生。」

「如果我們會再回來這裡的話，我需要一只假的結婚戒指戴在你的手上。」當我們穿過大廳走向餐廳時，我發牢騷地說道。

喬許差點就被自己的腳絆倒。「你為什麼這麼說？」

我們走過舞池的時候，我可以看到清潔人員正在把一大串和明蒂昨晚那件衣服同樣顏色的粉紅色氣球拆下來。

「那個櫃檯人員都打算跳到你身上了。我不能怪她，不過，哎。我就站在那裡。我是什麼，隱形人嗎？」

喬許側過頭來看著我。「多麼原始的反應。」

我們才推開對開的玻璃門，他立刻就把我拉到一邊。我在門邊探出了脖子。一看到他的家人，我立刻舉起手揮了揮，但他卻把我拉回門邊，不明所以地責備我。

「是自助餐。」我愉快的心情充分流露在我的聲音裡。「看看那些可頌，有原味的，也有巧克力的。快點，沒剩多少了。」

「我最後一次懇求你。我們走吧。就家族而言，昨天一切都很順利。我們趁早走人吧。」

「然後呢？像末路狂花裡的塞爾瑪和路易絲那樣驅車離開這裡嗎？」

「他們都很喜歡你。」

「我本來就很受人喜歡。小約，別這樣。可頌耶。我就在你身邊。只要我在，沒有人可以傷得了你。我帶了隱形的漆彈槍。帶我過去，餵我吃麵包，然後開車載我回到你漂亮的藍色臥房。」

他輕輕地在我唇上落下一吻。我本能地回頭往櫃檯的方向看了一眼。

「別這樣，勇敢一點。忘掉你父親，把注意力放在你母親身上就好。當個紳士吧。我要過去了。」

語畢，我穿過房間，完全不知道他是否有跟上來。如果沒有的話，就真的有點難堪了。

27

艾琳和安東尼，還有明蒂與派崔克一起坐在靠窗的一張桌子。當我走近時，所有的人都暫停了聊天。我像個笨蛋一樣地揮了揮手。每一張臉上都寫滿了驚訝。

「嗨。」

「露西！哈囉！」艾琳首先回過神來，然後看了看桌子。噢，沒有多餘的椅子了。我們只不過遲到了五分鐘。他們顯然並沒有預期到我們會出現。喬許懶散地走了過來，謝天謝地。

「快點，快點！」我開始環視著其他的桌子。

「多幾張椅子。」艾琳倒抽了一口氣地說著。她完全明白。如果他走到這裡卻發現根本沒有我們的位子，他一定又會退縮了。

安東尼坐在桌子另一頭父親的主位上，繼續看著手中摺疊著的報紙。等等，那是醫學雜誌。老天。他的表現就像是完全沒有注意到餐廳裡還有其他人的存在。

在一陣騷動之下，我從鄰桌借來了兩張多餘的椅子。等到喬許端著一盤可頌和一杯茶過來時，我們已經盡可能地隨意圍坐在桌邊、企圖把各自的盤子挪到它們原本的主人面前。

「早安。」每個人都同聲說道。

「嗨。」他謹慎地打了招呼，然後把盤子和茶放到我的面前。「我把最後幾個都拿來給你了。」盤子裡堆滿了可頌和草莓。他說著，在我的脖子邊上搓揉了一下。

「真貼心。謝謝你。」

「我去幫自己拿點東西。」他說著便走開了。艾琳喜憂參半地看著他，隨即又看著安東尼。

我對著明蒂笑了一笑，讓她知道我已經不再難過。我甚至也許還綻放著核彈級的高潮後光芒。她也試探性地對我回以一笑。

「你好嗎，譚普曼夫人？」

當我說這句話的時候並沒有想太多，然而，*譚普曼夫人*幾個字卻讓她渾身抖了一下。也許這麼稱呼她是基於我異於常人的同理心，不過我覺得自己似乎丟下了一顆震撼彈。這幾個字在我的耳邊響起，然後反彈到牆壁，直接彈回來射穿了我的骨頭。

「累壞了。我累到覺得自己好像在做夢。不過是好的那種夢。」她笑著看向桌布。

譚普曼夫人。多麼本能的稱謂。

「譚普曼夫人。聽起來好……」她用雙手遮住臉，嘆了一口氣，然後笑著，像個傻瓜一樣。滾出我的腦子吧，明蒂。

「很抱歉，我們選了一張小桌子。」艾琳開口說道，但我立刻搖了搖頭。

「沒關係。我得用我的套繩才能把他帶下來。」我假裝在自己頭上轉著繩子，逗得同桌的女士都爆笑出來。男士們則沉默地坐著，看報的看報，吃早餐的吃早餐。

「我可以想像。一個小女牛仔把他拖在身後，而他還在撞來撞去、氣呼呼地發出噴氣的聲音。」

「我不知道他為什麼要把所有的事都小題大作。」派崔克溫和地插嘴，說完趕緊喝了一大口咖啡。我有一種感覺，他向來一定都很忙，忙到他每一餐都只能痛苦地大口吞下滾燙的食物，連咀嚼的時間都沒有。也許醫生都這樣吧。吃東西只是為了攝取能量，無關享受。

「他很害羞。別理他。」

派崔克對我表現出的大姊姊模樣皺了皺眉，然後笑了。他朝著喬許看了一眼。

「害羞。哈。」我可以看到他臉上慢慢浮現出一抹領悟的表情，就像我昨天的感覺一樣。害羞的表現形式有很多種。有些人既害羞又溫柔，有些人則是害羞卻強硬。或者以喬許的例子來說，他的害羞外面裹了一層軍用級的盔甲。

「小約，露西，謝謝你們的禮物。」明蒂在喬許坐下時說道。她帶著笑意地看著我，顯然認為那是我挑選的。

「我一直都沒有機會看到他最後選了什麼。」我咬了一大口可頌說道。他把一隻手臂橫跨在我的椅背上，讓溫暖的手掌搭在我的肩膀上。

「最漂亮的沃特福德水晶香檳酒杯，上面還刻了我們名字的縮寫。還有兩瓶酩悅香檳。」

「選得好，小約。」

「婚禮很棒。」喬許對著她說。我看著他和她互相對望的眼神。這也許是他們分手以來第一次面對著彼此。我專注到幾乎就要顫抖，企圖想要捕捉任何殘存的心碎、慾望、憎恨和寂寞。如果我有鬍子的話，我的鬍子可能都要抽筋了。

「謝謝。」明蒂說完，再度注視著她的婚戒，然後帶著無可救藥的忠誠看著派崔克，我猛然看向喬許。如果他會出現什麼不當的反應，那一定就是現在了。他笑了一笑，看看他的盤子，然後看著我。他輕輕地吻了我的鬢角，我就這樣被說服了。

「你怎麼能對露西的事這麼保密到家，完全不告訴我們呢？」明蒂一邊說著，一邊切著她的葡萄柚。

「噢，你知道的。我把她藏在我的地下室裡。」

「這不像聽起來那麼糟。他的地下室還挺舒服的。」每個人聞言都笑了，除了安東尼以外，不過這也沒什麼好奇怪。

我心裡浮上一個全新的體認。我並沒有刻意在做什麼。這說明了我為什麼可以如此自在地坐在這裡，和陌生人一起吃早餐。如果他們喜歡我的話，很好。如果不喜歡的話，我也可以接受。不過，當我和我的家人坐在一起時，我也同樣可以感到這種懶洋洋的愜意。如果我把頭偏到某一個剛剛好的角度，我就可以把安東尼完全摒除在我的視線之外了。

明蒂細數著他們所收到的其他禮物。上午的陽光穿過雲層，讓派崔克全新的金戒指在隱約的陽光下微微閃爍，他時不時地彎起大拇指撫摸著戒指。明蒂則在一旁看著他，眼裡充滿了溫柔。

喬許的早餐是兩枚水煮蛋、一片全麥土司，還有一堆枯萎的菠菜。他兩口就喝光了他的咖啡。我看著自己的盤子，默默地在桌子底下戳了戳我的肚子。他的身體就像一座神殿，而我此刻則是一座奶油堆砌成的小屋。

「還要咖啡嗎？」我站起身，決定再幫自己拿一點水果。我不能只是坐在那裡吃著麵包。他攫住我的手腕，抬頭看著我。

留下來，他的眼神在對我說著。我溫和地拍了拍他，他才滿心不願地把他的馬克杯交給我。

「我很快就回來。還有人要咖啡嗎？」

我慢悠悠地操作著咖啡機。一切似乎都有一點不自然，我確實有想到自己其實才是闖入這個家庭的外人。我是餐桌上唯一一個不屬於譚普曼家的人。

當我困難地使用著長長的塑膠夾，企圖要夾起另一片西瓜時，我隱約聽到了一陣尖銳的語調。就在我往盤子裡堆疊葡萄的時候，我終於明白發生了什麼事。噢，糟了。

我匆忙地走回座位，放下我的盤子和喬許的馬克杯。只見明蒂眼神充滿恐懼地僵在座位上，而派崔克則是一副放棄了的模樣。

「我想要知道的是，你為什麼要丟掉醫學院預科的學習？連猴子都可以拿到MBA。」安東尼的書報已經放到了一邊，銳利的目光直接射在了喬許身上。

說真的，我只不過才離開餐桌大概兩分鐘而已。場面怎麼這麼快就惡化了？我想，核彈都有一顆紅色的按鈕，要按下那個按鈕並不需要花太多的時間。我把手放在喬許的後頸上，彷彿在抓著一隻攻擊犬的頸圈一樣。

「拜託。如果你有一點常識的話，你就會知道在全職工作的情況下，要拿到一個EMBA根本是不可能的事。但是我做到了。而且我還是以排名前百分之二的成績畢業的。我收到了四份工作的約聘，其中兩家公司甚至到現在都還在打電話給我，想要挖角。」

「如果這個學位那麼難念的話，我很驚訝你居然念完了。」安東尼說道。「我以為你最大的嗜好就是半途而廢。」

「喂。」我站在原地脫口而出，然後發現自己的一隻手正扠在胯上。

「露西，他們只是……」艾琳不確定該怎麼辦。「安東尼，也許你應該和小約到外面談。」

坐在附近的其他客人都放低了手中的刀叉，流露出各種不同程度的好奇或尷尬。

喬許尖酸地大笑說道：「為什麼，這樣我們就可以來場舊式的格鬥嗎？他會很喜歡的。」

安東尼翻了翻白眼。「你需要——」

「對自己嚴格一點嗎？你打算這麼對我說嗎？打從我出世以來，你一直在對我說的一句話？」喬許說著，惱怒地抬起頭看著我。「我們現在可以走了嗎？」

「我想，也許你們需要把這件事攤開來談一談。」不然的話，另一個五年又會這樣過去。

「她就是那種不知分寸的類型。」安東尼對著艾琳說道。「太好了。」

喬許的眼睛兇狠地瞇了起來。「不要批評她。」

「哼，她沒辦法不讓自己置身事外。」

「不要說了。」艾琳憤怒地制止安東尼。「我只要求你有點禮貌。閉嘴就好。」

我看著安東尼，而他也看著我。他的眼裡充滿了嘲笑，然後從頭到腳地把我看了一遍。他哼了一聲，隨即看向窗外，順著他的妻子，緊緊閉上了嘴。

噢，天啊。這種事我這輩子絕對不要忍受兩次，而且這次竟然又是來自譚普曼家的人。我的脾氣爆發了。

「你兒子天賦異稟到不可思議。專注、不可置信地聰明。他在維持一間出版社的經營上有著很大的貢獻。」

「什麼貢獻？舔郵票嗎？還是接電話？」我們四目相對。

我大笑道：「你真的以為那是他在做的事嗎？」

「我不要坐在這裡，讓你用這種態度對我說話，小女孩。我看過他電子郵件上的署名。CEO助理。我不知道你自以為你是誰。」

他企圖要重建他的權威，以為這樣我就會坐下來，當個乖乖的小女孩。喬許想要保護我的本能讓他從椅子上站了起來，不過我揮了揮手讓他坐下。

讓我來。

「我是一個比你還了解你自己親生骨肉的人。他是公司財務和銷售部門要上報的對象。他們怕他怕得要死。曾經有一次，一名四十五歲的男人在會議室外面的走廊上，求我幫他把文件交給小約，這樣他就可以不用參加會議了。我曾經看到整個團隊像螞蟻一樣地奔走，一而再、再而三地核對著他們的數字報告。即使那樣，小約也總還是能夠抓到他們的錯誤。然後就會有人要難過一整天了。」

安東尼又開始咆哮著其他事情，但我打斷了他。我的憤怒足以讓我掐死他。老實說，我真的可以把手勒在他的脖子上，用力地掐他。

我是高舉槍枝的蘿拉．卡芙特，眼裡熊熊燃燒著懲罰的火焰。

「貝克斯里書店之所以沒有在合併之前關門，是因為小約建議公司減少百分之三十五的人力。我曾經因為這樣而恨他。因為那樣做太過冷血。但是他就是可以這麼冷血，那是你想像不到的。然而，那也意味著另外一百二十個人得以保住他們的飯碗、繼續付他們的貸款。所以，不要再把他說得什麼也不是。噢，我還知道一件事，小約在公司合併的談判中，扮演了不可或缺的角色。公司的一名律師曾經在廚房告訴我說，讓我引用他的原話，他是個『他媽的不好惹的人』。」

我似乎停不下來。彷彿我正在淨化什麼東西一樣。

「他的老闆，也就是公司的聯合CEO，只不過是掛名的CEO而已，就像一隻肥嘟嘟的、邋遢的癩蛤蟆。他吃藥吃到腦子不清楚，甚至連鞋帶都綁不好。小約才是讓公司運作的人。我們兩個都是。」

我看著每一個人。而喬許則把手指插進了我牛仔褲的腰帶裡。

「很抱歉，我在這裡大吵大鬧。不過我喜歡你們每一個人，除了你以外。」我狠狠地瞪了安東尼一眼。

「我和他相處的時間比和任何人都長，所以我必須告訴你，你不知道你擁有的是什麼。你有小約。他是個奇怪又難相處的混蛋。大半的時間裡我都很恨他，而且他也讓我抓狂，很明顯地，這根本就是遺傳。你剛才看我的樣子，就和小約第一次見到我的時候一模一樣。從頭到腳，然後看向窗外。你知道關於我的一切嗎？你知道關於他的一切嗎？我不認為如此。」

「我曾經試著要推他一把。有些人就是需要別人的推動。」安東尼說道。

「你不可能魚與熊掌兼得。你不能完全無視於他的存在，還要踐踏他的選擇。」

安東尼舉起手揉著眉毛，彷彿頭很痛一樣。「我父親就推了我弟弟一把。」

「那他覺得很高興嗎？」

他把眼光挪開。我猜，他弟弟應該不怎麼高興吧。「他不是醫生。面對這個事實吧。」

安東尼瞪視著我。

「不過，我希望你知道一件事。如果他想要的話，他可以成為醫生。他可以成為任何他想要的他媽的人物。沒有什麼是因為意外而發生的。沒有什麼是因為他不夠優秀，所以才沒有做到的。一切都是他自己的選擇。」

我氣呼呼地坐下來。明蒂和派崔克目瞪口呆地面面相覷。天啊，整個房間裡的人都張大了嘴坐在自己的位子上。我聽到有人開始鼓掌，但是立刻又停了下來。

「我很抱歉，艾琳。」我喝了一大口茶，顫抖的雙手讓茶差點就灑在了我自己的上身。

「你不用因為那樣為他辯護而道歉。」她微弱地說道。我猜她所謂的那樣應該是指我像頭發狂的母獅子吧。

我鼓起勇氣看向喬許。只見他看起來一副極度震撼的模樣。

「我……」安東尼拖著聲音開口說道，我也極盡所能地瞪著他。這種尖刻無情的怒視，我不知道對他兒子做過了幾千次。

「我……呃。」他清了清喉嚨，看著他自己的刀叉。

「你要說什麼，譚普曼先生？不介意分享吧？」我的勇氣實在驚人。

「我對你的工作不太了解，小約。」每個人的嘴張得更大了，只有我沒有。我絕對不會讓他感到滿足的。我直視著他的眼睛，揚起了眉毛，在腦子裡對著他的腸子捅了一把生鏽的魚刀。

「我會……有興趣和你多聊聊你的工作，小約。」

我打斷他。「你現在知道他很成功了？你現在知道他可能就要被晉升為一家大型出版社的首席營運官了？你現在有東西可以去告訴你的高爾夫球友了。」

「是板球。」派崔克在一旁告訴我。「他打板球。」

我給了安東尼他一輩子都沒有遇到過的訓斥。他說不出話來。感覺太好了。

「就算他在郵件收發室工作，你也應該要愛他，並且以他為傲。就算他沒有工作、發了瘋、住在橋下，你也應該如此。我們要走了。艾琳，很高興能來，我很高興認識你。明蒂、派崔克，再次恭喜你們，好好享受你們的蜜月。很抱歉我剛才大吼大叫。安東尼，這兩天真是太開心了。」

我站起身。「現在，我們要飆車走了，就像塞爾瑪和路易絲在末路狂花裡那樣。」喬許起身走到他母親旁邊，吻了一下她的臉頰。她無助地抓住了他的手腕。

「我什麼時候可以再見到你？」她抬頭看著喬許，也看著我。

我可以看到喬許咬緊了下巴，甚至可以聽到他口中正準備好要說出的藉口。他可能想要完全消失在譚普曼家族裡。不過，我卻先開口說了一句連我自己都感到驚訝的話，特別是我剛剛才和他們所有人說了再見，彷彿已經做過了永遠的道別。

「如果你最近能進城來的話，我們可以和你一起午餐。然後再去看場電影。安東尼，也歡迎你一起來。」

他原本已經稍微放鬆了一點點的下巴，此時彷彿在微風中擺動一般。

「不過，前提是你已經準備好要有禮貌，而且想要開始再度認識你兒子。我想，你知道沒有人可以再折磨小約了。除了我以外，因為他太喜歡被我折磨了。」

「你和我得談一談。到外面去。就是現在。」艾琳起身，指著通往戶外花園的法式落地窗。

安東尼看起來就像個走向絞刑架的人。當一頭和我一樣的瘋狂母獅出現的時候，我絕對看得出來。

我牽著喬許的手，穿過看我們看得出神的觀眾們。

「免費招待，」收銀台人員對我說道。「女士，那比劇院的演出精采多了。」

我從櫃檯人員那裡拿回我們的行李，謝天謝地，這次不是那個金髮慾女。不然的話，我可能會用迴旋踢把她的頭踢掉。我們步伐一致地走出大廳，彷彿電視裡兩名為正義奮戰的地方檢察官。

我請泊車人員把我們的車開過來，然後轉過身。

「好吧，罵我吧。」我剛才製造了一個難以置信的尷尬場面。我可以看到一些正在等計程車的飯店賓客在談論我。**那個餐廳意外事件**可能會有二十個不同的八卦版本，而我即將就要成為每一個版本裡的主角了。

喬許把我從地面上抱了起來。「謝謝你。」他對我說道。「非常感謝你。」

當我們親吻時，我聽到了一些掌聲。

「我救了你沒讓你感到生氣嗎？男孩子都不需要別人營救的。」

「你眼前這個男孩需要。而且，我甚至會讓你選擇你要當哪個角色。塞爾瑪，還是路易絲。」他說著，在我們的車被開過來時把我放了下來。

「你長得比較好看，我想，你就當塞爾瑪吧。」

他把駕駛座往後滑到適當的位置。在我們駛離飯店大約半個街區之後，喬許突然爆笑了出來。

「你對我父親說，這兩天真是太開心了。」

「你說得好像我是個很糟糕的電視編劇，那種以為小孩子都會這樣講反話的編劇。」

「沒錯。真是太好笑了。」他用拇指拭去眼角的淚水。

「不過，我為你母親感到難過。她看起來好像大受打擊。」

「不用擔心，她會好好教訓他的。」

「我相信。那就是她和我為什麼那麼合得來的原因。」

他一邊開車，一邊思索了好一會兒。「我不知道經過這件事之後，我要怎麼和我父親相處。」

「沒什麼不能克服的。」我企圖相信我自己的話。

我把車窗搖下來一點，讓微風吹拂在臉上。陽光灑在我的腿上帶來了溫暖，而喬許的臉上也再度浮上了笑容。

我甚至不讓自己去想這一切將會如何結束。

如果車程通常要五個小時的話，我發誓喬許只用了三個小時。不過，當我們飛馳在鄉間、把鹹鹹的海風拋諸腦後的時候，幾個小時對我們來說並不算什麼。

陽光穿過我們行經的樹叢，在我們的手臂上映照出檸檬和黃銅色調的光影，也照亮了我們的眼睛。他的眼睛成了一對閃爍的藍寶石，而我的則是一對綠松石。我的臉反射在車側的後視鏡裡，但我卻幾乎認不出自己。

我不一樣了。今天的我是一個全新的人。今天是一個值得紀念的日子。

我永遠都會把這段歸途當作一段記憶裡的電影蒙太奇，我知道我就置身其中。每個細節都是如此地鮮明、如此地栩栩如生。我知道，有一天我會需要這些回憶。

這段蒙太奇是由某個法國人所執導。法國人偏好使用敞篷車，不過此時車窗是搖下來的，因此這就另當別論。空氣異常的溫暖，並且瀰漫著一股忍冬和剛割過的青草味。

蒙太奇的主角是一名漂亮的女孩，塗著噴射火焰鮮紅色唇膏的嘴，正朝著一名俊美的男子微笑。男子戴著一副超級酷炫的太陽眼鏡，讓人看了立刻就想給自己也買一副。

他把她的手放到嘴邊，輕輕印下一吻。對她訴說著某些動聽的話語，讓她立刻開懷大笑。這時，你會想要在遙控器上按下暫停，然後購買出現在影片中的物品，不管他們賣的是什麼。快樂、更好的人生、紅色唇膏和太陽眼鏡。

影片的配樂應該是動人心弦的獨立製作音樂；既帶著希望，又要有愛恨交織的歌詞，讓人感到莫名其妙的心碎。不過，相反地，現實裡的背景音樂，卻是我在某個標註著健身房的iPod音樂播放清單裡發現的一九八〇年代的微金屬音樂。

「你那些肌肉真的是在聽毒藥和邦喬飛的時候練出來的。」我大聲地說道，而他也沒有否認。這裡只有我們，車窗開著，音響大聲地播放著，道路彷如舌頭一樣地蜿蜒曲折在我們前方。

我們跟著音樂一起哼唱。那些我已經好幾年都沒有再聽過的歌詞，從我的口中自然流瀉而出。他的手指也在方向盤上跟著節奏打拍子。這一刻，生活比呼吸還要容易。

我們一路都沒有停車。彷彿只要我們一停車，即便只是暫停休息一下，現實都會把我們抓住。我們是搶劫銀行的盜匪，是逃離寄宿學校的孩童，是私奔的青少年。

我的袋子裡有一瓶水，還有喬許的一盒薄荷糖。在我們彼此的分享下，它們比一桌盛宴還要美味。

我終將對自己承認，這段蒙太奇為什麼會如此重要。我可以試著相信是因為週一早上就要來臨了，是因為兩名同樣優異的得獎人頭上只掛了一面獎牌。也或許是因為我感覺到自己充滿了生命力。我是如此年輕，對於自己生命即將發生重大改變的事實，充滿了恐懼和戰慄。

也可能是因為反抗權威以及起身對抗某個惡人所帶來的快感；營救某人和身為強者的興奮。在乎某人；像一頭母獅般寵愛、保護，以及為他辯護的激動。

又或者是因為空氣裡春天的味道；我們行經的四葉草田、籬笆上的紅玫瑰、車子的皮椅和喬許肌膚的味道。

不，都不是；而是因為一份新的認知，認知到某件無法改變的、永遠都將存在的事實。隨著車輪的轉動，隨著我脆弱脈搏裡的血液流動，這份全新的認知在我的腦子裡不停地反覆循環。從現在開始的每一刻，我體內的瓣膜都可能因為我肚子裡來自可頌的膽固醇而關閉。我隨時都可能死掉。

但是我沒有死掉。我睡著了，我的臉頰貼在溫暖的座椅上，我的臉面對著他，就像一直以來的那樣，也彷彿永遠都會這樣。

當我的眼睛睜開一條細縫時，我們已經身在車庫裡了。

「我們到家了。」他說。

我想到了一件不可思議的事。一件長久以來我應該要想到的事。因此，我立刻閉上眼睛佯裝睡覺。

「你得醒了。」他輕聲地說著，然後吻了我的臉頰。這是一個奇蹟。

我愛喬許・譚普曼。

28

我們走進了他的公寓，他把我過夜用的袋子和他的袋子一起放到臥室裡，彷彿我也回家了。我借用了他的浴室，當我從浴室出來時，他正在幫我泡茶，專注的神情不亞於一名科學家。

他看了我的臉一眼。「噢，不，不要告訴我。」

我的胃咚地掉出了我的體外，我緊緊抓住流理台邊緣。他知道。他會讀心術。我的眼睛瞪得像兩顆愛心一樣。

「你又嚇死了。」他平淡地說道。除了尷尬地眨眼和咬著嘴唇之外，我不知道還能做什麼。

他看著他的大門。他的動作太快，我過不了他那一關。

「想都別想。到沙發上去坐好。」他怒斥著我。「去。快去。」

我脫掉鞋子，走到客廳，像顆球一般地把自己蜷縮在他的沙發上，抱住那只緞帶靠墊。

他說得沒錯，我又嚇死了。而且是終極程度的嚇死了。我完全發不出聲音來。

我在我的腦袋裡和自己偷偷地交談。

你愛他。你愛他。你一直都愛他。你對他的愛比對他的恨還要多。每一天，你都看著這個男人，你知道他的每一個顏色、每一個表情和表情裡的細微差別。

你所玩的每一個遊戲都是為了和他互動。和他說話。讓他的目光落在你身上。都是為了想讓他注意你。

「我真是個大白痴。」我吸了一口氣。

我睜開眼睛，差點尖叫出來。他正站在我面前，手上拿著一個馬克杯和一只盤子。

「我實在無法容忍這種程度的驚嚇。」他說著，給了我一個三明治，然後把馬克杯放在咖啡桌上。他在消失了幾分鐘之後再度出現時，手上多了我的灰色羊毛毯。

他就像知道我受到了某種驚嚇般地把我裹在毯子裡，又給我了一只枕頭。天知道我的臉現在看起來是什麼樣子。我剛才在浴室裡的時候，還刻意不看著鏡子裡的自己。

我在牙齒打顫下拿起了一塊漂亮的三明治。三明治的做工十分細緻，甚至還以對角線的方式切成了兩半；那是我最喜歡的切法。

我像隻花栗鼠般地嚼著三明治，用我的小爪子撕著麵包皮。我骨碌碌的眼睛就像兩只晶亮的釦子，臉頰因為嘴裡塞滿三明治而鼓了起來。

「我叫醒你之後，你就沒有說過一個字。你看起來像被轟炸過一樣震驚。你的手還在發抖。低血糖嗎？做惡夢了？還是暈車？」

他放下他的盤子，碰都沒有碰他的三明治。

「你還覺得很累，還在胃痛。」喬許隔著毯子開始揉著我的腳。當他再度開口時，他的聲音低到我幾乎聽不到。

「你意識到你和我在一起是犯了一個大錯。」

「不是。」滿嘴的食物讓我口齒不清。我閉上雙眼。他眉頭上憂心忡忡的皺紋讓我看了好難過。

「不是？」

我的感覺好糟。我正在毀掉我們歸途中那些美好的能量。

「今天是星期天。」我在經過一番深思熟慮之後說道。

「明天是星期一。」他回應道。我們默默地啜飲著各自的馬克杯。**互瞪遊戲**又開始了，我心裡湧出了一堆我急切想要問的問題，但是，我不知道要如何開口。

「真心話大冒險。」他打破沉默。他永遠都知道該說什麼。

「大冒險。」

「膽小鬼。好吧，我敢打賭，你可以把我冰箱裡那整罐芥末都吃掉。」

「我還以為會是什麼性感的冒險。」

「我會給你一根湯匙。」

「真心話。」

「你為什麼嚇壞了？」他咬了一口三明治。

我深深嘆了一口氣，嘆到我的肺都痛了。「我還沒準備好要面對這一切，而且，我有一些可怕的感覺和念頭。」

他端詳著我，想從我的臉上找出任何說謊的跡象。但是他什麼也找不到。我說得很簡單，但是我說的是實話。

「真心話大冒險。」

「真心話。」他眨都沒有眨眼地說著。下午低垂的陽光透過窗戶映照在室內，讓我可以看到他深藍色的眼球表面。我不得不閉上眼睛，直到他的美所帶來的痛苦得到緩解。

「你行事曆裡的那些記號是什麼？」我突然想起了他的行事曆。他上次並沒有回答；這讓我懷疑他這次會給出答案。

他笑著看了看他的盤子。「那有點幼稚。」

「你不管做什麼都不會讓我感到驚訝。」

「我在記錄你穿的是洋裝還是裙子。D，或者S。我們吵架的時候，我就會做個記號；當我看到你對別人笑的時候，我也會做個記號。還有，當我希望我可以吻你的時候。至於那些圓點，只是代表我的午餐休息時間而已。」

「噢。為什麼？」我的胃發出了顫抖的聲音。

他想了一下。「當你只能從一個人身上得到一點點的時候，不管得到的是什麼，你都會接受。」

「你那樣做多久了？」

「從B&G合併之後的第二天開始的。第一天根本是一片混亂。我向來都傾向用統計數字。抱歉。這種事說出來好像有點誇張。」

「但願我也有想到那樣做，如果這樣說會讓你覺得好過一點的話。我也一樣很誇張。」

「你很快就破解那些襯衫密碼了。」

「你為什麼連襯衫都要按照順序穿？」

「我想要看看你是否有注意到。一旦你注意到了，你就會覺得很惱火。」

著。

「我一直都有注意到。」

「嗯，我知道。」他笑了笑，我也跟著笑了。我感覺到他把我的腳放在手裡，開始輕輕地揉著。

「那些星期幾襯衫一直給人一種出乎意料的慰藉。」我躺回沙發，然後注視著天花板。「不管發生什麼事，我都知道當我走進辦公室的時候，會看到白色、米白色、奶油色、淺黃色、芥末色、粉藍色、臥室藍、淺灰色、海軍藍、黑色。」我伸著手指數著。

「你忘記了，可憐的芥末色已經被剔除了。反正，你很快就不會再看到我那些愚蠢的襯衫了。貝克斯里先生已經告訴面試小組要在週五前做出決定。」

「那不就是面試的隔天。」我一直以為結果會在面試一週或者兩週後才揭曉。所以說，下週五我要嘛就是個贏家，要嘛就會失業？「真讓我覺得不舒服。」

「他告訴他們說，如果他們不能在面試開始的五分鐘內就弄清楚誰才是對的候選人，那他們就是智障。」

「他最好不要企圖影響面試小組。我們得要公平競爭。呃，我還沒想過直接對貝克斯里先生報告，而沒有你在中間當緩衝的問題。我告訴你，小約，那個傢伙的眼睛像X光一樣。」

「我想用酸劑把他的眼睛弄瞎。」

「你在你的抽屜裡放了一瓶酸劑？」

「你怎麼會不知道。你不是一直都在窺視我的辦公桌和我的行事曆。」

他的語氣裡有著一絲責備，不過，當他把拇指按壓在我的足弓、讓我發出了一聲咕嚕的叫聲時，他的眼神卻依然溫和。

「如果我得到這份工作的話，你就會辭職？」他輕聲地說道。

「對。我覺得很遺憾，不過我必須這麼做。一開始，我是因為自尊心的關係才這麼說。但是現在這顯然是唯一的選擇。我希望你知道。如果他們決定你更適合這個職務的話，我會很高興地辭職。我會為你高興，小約。我發誓。我比任何人都清楚，你為了這份工作付出了多少。」

我微微地弓起身，發出一聲嘆息。「你會成為我的老闆。那會有多火辣，只要一有機會就和首席營運官親熱，不過，我們一定會被抓到的。」

「如果是你拿下了這份工作呢？」

「我不能期待你辭職，但是我不能當你的老闆。我會指派你做一些不恰當的任務，然後，珍妮特也會因此中風。」

「如果我成為你的老闆，我會把你操到不行。用力地操你。」

「嗯，那我一整個晚上都會做春夢。」

「你告訴我父母說，我可能即將成為公司的首席營運官。你是認真的嗎？或者你只是把它當作幫我吹噓的內容之一？如果你不是認真的也沒關係。」

「如果我是面試小組成員的話，我會把我們兩個的履歷擺在一起做比較，這樣一來，你可能就把我比下去了。你的工作表現實在太好了。我一直都很欣賞你能把工作做得那麼好。」

我揉了揉胸口，試著撫平心裡的痛。

「未必如此。除了履歷之外，還有面試。你那麼有魅力。沒有人不會在第一眼看到你的時候，就對你感到傾心。」

「你才是。我看過你在竭盡所能時，那種付諸行動的樣子。你就像一九五〇年代的政客一樣，比圓滑還要圓滑。」

他笑著說道：「不過，你很愛B&G，而公司裡的每個人都恨我。那是我所沒有的優勢。加上你還有你的最高機密武器，那個丹尼花了他自己一整個週末都在做的東西。」

「是啊。」我把眼光挪開。

「那一定和電子書有關。我又不是笨蛋。」喬許說道。

「你就不能當一次笨蛋嗎？一次就好，我想對你保密。」

「你現在就在對我保密。我們還沒有真正談到你為什麼嚇壞了的根本原因。」

「我們不會談到的。」我說著用毯子蓋住自己的頭。

「真成熟。」他說著把手換到我的另一隻腳上，捏著我的腳趾，然後玩著他自己的大拇指。

「你沒辦法對我保密太久。我太了解你了。我會讓你說出來的。」

「我顯然就是一本敞開的電子書。」我在毯子底下的黑暗中呻吟了一聲。「貝克斯里先生告訴你有關我的數位化企劃嗎？拜託你不要在這件事上扯我後腿，小約。拜託你。我的整個簡報都是建立在這個基礎上的。」

「你真的認為我會這樣對你嗎？」

「不會。呃，也許吧。」

我原本以為會聽到尖銳的反擊，然而，他什麼也沒說，只是繼續按摩著我的腳。

我把毛毯從臉上掀開。「我們第一次見面的時候，你為什麼不對我笑，然後說，很高興認識你？那我們這段時間以來就一直都會是朋友了。」我覺得這彷彿是一個悲劇。我失去了那麼多，而我們已經沒有時間了。

「我們永遠也不可能當朋友。」

我試著把腳抽回來，但他卻緊緊握住。

「這就是痛點所在之處。」他捏著我的足弓。

「我一直都想和你當朋友。但是你當時根本不對我笑。從那時候起，你就一直佔上風。」

「我不能對你笑。如果我當時讓自己對你回報笑容、又和你當朋友的話，我當時可能就會愛上你。」

他用的都是過去式，我內心裡的喜悅頓時遭到了扼殺。因為他當時沒有對我笑，所以他現在並沒有愛上我。我試著不去理會這個想法。

「在我們的電梯之吻後，你也那樣對我說過。我們不可能成為朋友。」

「我那時在生氣。我要送你去見丹尼，而你竟然打扮得那麼火辣。」

「可憐的丹尼。他人那麼好。你得為掛他電話的事向他道歉。他什麼也沒做，只是單純對我友善而已，而我能給他的，也只不過是兩次小小的約會，還讓他損失了一個週六。」

「他吻過你。」當他說這句話的時候，他看起來彷彿想要摧毀整個宇宙。「而且，他幫你做那個工作，也不是完全出於好心。」

「如果是在不同的情境下，他會是個很棒的男朋友。」

喬許連續殺人狂的目光又出現了。「不同的情境。」

「我猜，你打算把我鎖在你的地下室，讓我成為你的性奴隸吧。」我們的對話就像在走鋼索一樣。只要踏錯一步，他就會知道。他會知道我陷入了愛河，然後我就會開始搖晃，並且跌下鋼索。而底下完全沒有安全網的防護。

「我沒有地下室。」

「真讓我遺憾。」

「我會買一棟有地下室的房子給我們住。」

「好吧。你找房子的時候，我可以和你一起去嗎？」

儘管一股毀滅的感覺正一點一滴地融入我的血液裡，我還是露出一臉的微笑。我喜歡這種我們在開玩笑的時候所締造出來的能量。那是一種最愉快的感覺，因為我知道他永遠都會準備好完美的答案。我從來都沒有見過像他這樣的人；無論是聊天還是親吻，都能讓我不自覺地上癮。

「真心話大冒險。」過了一會兒之後，他又提出來。

「還沒輪到我。」

「輪到你了，真的。」

「真心話。」我別無選擇。不然他一定又要我吃芥末了。

「你相信我嗎？」

「我不知道。我想要相信你。真心話大冒險？」

他眨眨眼。「真心話。從現在開始都只能選真心話。」

「你曾經和女朋友一起住在這裡嗎？」

「沒有。我從來沒和別人住在一起過。你為什麼這麼問？」

「你的臥室很像女孩子的房間。」

喬許對著自己笑道：「你有時候真的很智障。」

「謝謝。喂，我應該回家嗎？我明天沒有衣服可以穿了。」

「你相信嗎，我有自己的洗衣機和烘乾機。」

「真新奇。」我走進他的臥室，跪在地上打開我袋子的拉鍊。「希望伊蓮娜不會注意到我穿同一件衣服。」

「我敢說，B&G唯一會那麼注意你的人，就是那個等一下要幫你清洗換洗衣服的人。」

我坐在腳跟上，看著他的臥室。他把我送給他的藍色小精靈放在床邊，還有一些花瓣已經攤開、鬆散了的白玫瑰。他沒有花瓶，所以用了一個罐子來插花。我閉上雙眼。完全不能動彈。

我是那麼地愛他。彷彿有一根線穿過了我，在我身上穿出了幾個洞。每一次的拉扯，都把愛縫在了我的身上。我永遠也無法把自己從這樣的感覺裡解開，而愛的顏色顯然就是他臥室裡的這個蛋殼藍。

當他的腳出現在門口時，我拿起我的髒衣服抱在胸前。「不准看我的小褲褲。」

「看的話就太不禮貌了。」他認同地說。「我會把眼睛閉上的。」

我起身坐在他的床上。雙手撫摸著床罩，把玩著上面的絲線。我在他的枕頭上捶了一拳。他會做夢。他會繼續生活。他會在沒有我的情況下繼續做著這些事。他看到我坐在床上，把頭埋在了自己的手裡。

「奶油蛋糕。」他叫了我一聲，我知道他是真的很後悔。

這是最奇怪的感覺了。我需要向他傾訴。他是那個我不應該相信的人，但我愛他的這個秘密讓我幾乎就要爆炸了，這讓我覺得好痛。

「跟我說話。我想要知道你為什麼難過。讓我了解。」

「我好怕你。」我怕他發現我最大、最新的秘密。

他看起來並沒有遭到冒犯的模樣。「我也很怕你。」

當我們的唇碰在一起時，感覺就像第一次接觸一樣。此刻，這股淺藍色的愛在我體內竄流，是那麼的濃密。我企圖往後退開，但他卻輕輕地讓我在床上躺了下來。

「勇敢一點。」他對我說道。「別這樣，露西。」

當我們再度親吻時，我的嘴裡填滿了我的心和他的呼吸。在他感受著我的恐懼時，我可以感覺到自己在顫抖。

「啊，」他說。「我想，我開始明白問題是什麼了。」

「不，你不明白。」我把頭轉開。在這混亂的一天即將結束之際，夕陽穿透他輕薄的窗簾，綻放著珠光般的美麗。這一刻就此凝結，在蓋上今天的日期章之後，將會從此封存在我的記憶裡。

他吻著我，彷彿他是明白我的，彷彿他是了解我的。我舉起手將他推開，但他卻扣住了我的手指。我咬著他，他只是輕輕在我的唇邊笑著。我彎起膝蓋，想要藉此匯集足夠的力氣轉開，但他又伸手從我的腿下方勾住了我。

「你害怕的時候看起來很漂亮。」他對我說道。

當他把嘴滑到我的耳際時，我一句話也說不出來。他嘆了一聲。我的世界隨即又縮小了一點。當他吻著我的鬢角時，我知道他正在想著我內心裡那些小小的奇蹟，這讓我的眼睛湧起了第一顆的淚珠。淚水滑下我的臉頰，一路滑落到我的脖子上。

「問題越來越清楚了。」他告訴我，然後為我舔去淚水。

我把手伸進他的頭髮裡，他彷彿蓋章一般地在我的脖子上落下無數的吻，我不自主地將他壓得更貼近。他的每一個吻都讓我在愛情的漩渦裡墜落得更深。當他撫摸著我時，我畏縮了。

「讓小約醫生看看。」他說著一把脫掉了我的毛衣和T恤。

他的手平穩地撫過我的喉嚨，沿著我的胸罩滑過我的胸口，來到我的腹部。擴散在房間裡的明亮光線，讓他可以清楚地看到我的每一條血管和隱約的淤彈傷痕，他俯視著我，完美的睫毛彷如一把撐開的扇子。頓時，我又感覺到了一股淚水湧起。

我是如此地愛他，我知道我再也無法隱瞞。這份感情震撼著我，讓我沐浴在燎原的星火裡。他的手指輕輕揉著我肌膚上的傷痕，當他開口時，他的話語讓我更加難以隱藏自己的感情。

「我很抱歉，讓你因為我而經常傷痕累累。我應該要保護你，讓你不受到我的傷害。很久以前，我就已經給自己設定了一個預設值。有點類似在我可能遭到攻擊之前就先發動攻擊。而你一直都是那個被我攻擊的人，每一天、每一週、每個月，但你面對的方式是任何人都做不到的。」

我試著開口，但是他卻搖了搖頭，繼續往下說。

「每一天、每一分鐘，我只是坐在那裡，看著你。我對你所做的事，是我這一生中最糟糕的錯誤。」

「沒關係的。」我試著告訴他。「沒關係的。」

「不。我不知道你是怎麼應付得了我的。我很抱歉。」說著，他的唇貼上了我肋骨上的瘀青。

「我原諒你。你忘了嗎，我也一直沒有讓你好過。」

「但是，如果我當日也對你回以一笑的話，你就不會那樣了。」

「但願你有對我笑。」我破掉的聲音背叛了我。也許我也可以說，但願你能愛我。我屏住呼吸。以他異於常人的聰明頭腦，我知道他正偷偷地在把一切的點點滴滴都串連起來。我掙扎著往床頭移動，但他卻輕易地爬過我，把我的頭扶到他的枕頭上。

「那不會造成什麼不同。在我看到你的那一刻，我就愛上你了。」

我往後墜落，穿過了他的床。他將一隻手臂環繞過我的腰。我抖動了一下，彷彿他抓住了墜落中的我。

「你愛……什麼？我？」

「露辛達・伊莉莎白・哈頓。就是這個人。」

「是我。」

「露西，天空鑽石草莓王國的繼承人。」

「也是我。」

「你可以給我看什麼證件，好讓我確認嗎？」他的眼睛在發光，而那抹我最愛的微笑正在他的臉上綻放。

「可是，我愛你啊。」我可以聽得出我的聲音裡充滿了難以置信的懷疑。他笑著說：「我知道。」

「你為什麼總是什麼都知道？」我踢著床墊說道。

「我是幾分鐘前才知道的。因為你正在心碎。」

「我沒辦法對你隱瞞任何事。這是最糟糕的。」我企圖把臉埋進枕頭裡。

「你不需要對我隱瞞任何事。」他用手指抬起我的下巴吻了我。

「你很可怕。你會傷害我。」

「我想，我是有點可怕。但是，我絕對不會傷害你。任何會傷害你的人都將會明白什麼叫做可怕。」

「你恨我。」

「我從來都不恨你。連一秒鐘都沒有恨過你。我一直都愛著你。」

「證明給我看。你沒辦法證明的。」我對自己丟出了這個他贏不了的挑戰感到很滿意。他翻身側躺，把臉頰貼在他的二頭肌上，讓我看得心跳加速。

「我最喜歡的顏色是什麼？」

「太簡單了。藍色。」

「哪一種藍？」

「臥室藍！」我指著臥室的牆壁。「牆壁、你的襯衫、我的洋裝，全都是淡淡的蒂芬妮藍。」

他把我拉起身坐在床上，然後自己走到床尾。當他打開他的衣櫥時，只見所有的襯衫都按照顏色的順序整齊地吊掛在裡面。

「小約，你這個怪胎。」我指著衣櫥開始大笑，然而他卻抓住我的腳踝，一把將我拉到了床尾。從衣櫥裡的全身鏡裡，我看到自己終於坐在他蛋殼藍臥室裡的床上。他的牆壁和我的眼睛有著同樣的藍色。我竟然如此遲鈍。

「可是，那是世界上最漂亮的藍色。」

「我知道。天哪，露辛達。我原本以為在你看到這個房間的那一刻，我就會被識破了。」

他在我身後的床上坐了下來，抬起了一隻膝蓋，讓我直接往後倒進了他的懷裡。

「我實在無法理解，怎麼會有人看不出自己眼睛的顏色。」

「看來，我看不出的還不止一件事。嘿，小約。」

「嗯，奶油蛋糕。」

「你愛我。」我在鏡子裡看到他對我聲音裡的困惑和好奇露出了笑容。

「從我看到你的那一刻起、從你對我笑的那一刻起，我就覺得自己好像從懸崖上往後跌了下來。這種感覺一直都沒有停止過。我一直試著要拉你和我一起墜落。只是，我用的是最糟糕、最惡劣，也最笨拙的方式。」

「長久以來，我們對待彼此的方式都太可怕了。」我感覺得到他的尷尬，他開始用手揉捏著我。「我的意思是，可怕到我們還能重新開始嗎？」

「是時候開始一場新的遊戲了。一場叫做**重新開始**的遊戲。」

我笑了。我充滿希望的眼睛裡閃爍著耀眼的光芒。我很確定，在這個新的遊戲裡，公司合併將會是發生在我身上最刺激、最激情，又最具挑戰性的一件事。「很高興認識你。我是露西．哈頓。」

「喬許．譚普曼。叫我小約就可以了。」我看到他對我回報著令人目眩的笑容，不過，這回我正式地哭了。淚水簌簌地滑落到我的脖子上。

「小約。」

「聽起來像是從你口中發出來的天籟之音。」

「小約，拜託。我們才剛當了一分鐘的同事，你就想要打情罵俏了。讓我把我的外套掛起來。」

他解開了我的胸罩。「讓我來。」

「謝謝。」我們對著鏡子玩著**互瞪遊戲**，很快地，他的眼睛就開始變得深沉。他的雙手已經停在了我白皙的肌膚上。

「我在一個草莓農場長大。那個農場是以我命名的。」

「我很喜歡草莓。我患了草莓相思病，所以很常吃草莓。我可以幫你取個綽號，叫做奶油蛋糕嗎？這直接就暴露出我愛你的事實。」

「你愛我！我們才剛認識一分鐘而已。」

「我確實愛你。很抱歉，但是，我的效率就是這麼快。我希望我這麼說不會太唐突，不過，你的眼睛實在太不可思議了，露西。你一眨眼就會要了我的命。」

「你太圓滑了。真想不到啊。我也愛你，很愛很愛。每一次你那雙深藍色的眼睛瞄到我時，我就覺得好像輕輕被電到了一樣。」

我往後伸出手，試著脫掉他的T恤。他立刻就幫我把衣服扯掉了。

「從我見到你的那時候起——沒錯，就是一分鐘以前——我就一直很好奇，在這件衣服底下的你是什麼樣子。天哪，你的這副胴體。但是，我想要的是你的才智，還有你的心，而不是這具迷人的偽裝軀殼。」

他看著天花板。「我想，這個週末我會把我的臥室重新粉刷。油漆的時候我可能會覺得很煩。我會很高興和我的現任女友告別，一個高挑又無聊、叫做明蒂・泰利斯的金髮女郎。她不是你，這讓我很痛苦。我獨自睡在這間露西藍的房間裡，過著絕望的獨身生活，這樣的事實會在我最終將一切都告訴你的時候變得更加浪漫。」

語畢，他把我抓進床單裡，躺在我的身後，讓我的臉頰枕在他的二頭肌上。他吻了吻我的脖子，讓我渾身止不住地顫抖。

「聽起來是個不錯的計畫。這會很值得的。絕望，哈？好吧，告訴我，**重新開始**的遊戲目的是什麼？」

「和其他的遊戲一樣。目的是讓你愛我。」

「我的目的只是讓你笑。真遜。」

「如果這麼說可以讓你好過一點的話，我可以告訴你，我每天從公司開車回家的路上都快笑死了。」

「是讓我覺得好過一點了。不過，你贏了。我得永遠認清一個事實，所有的遊戲你都贏了。」我相信我的嘴可能已經不高興地嘟了起來。他把我翻過身，讓我趴在床上，開始沿著我的背脊親吻。

「你現在相信你已經知道一切了嗎？」

有那麼一瞬間的時間裡，我們的肌膚相互輝映；我的皮膚在他的親吻下微微地顫抖著。

「相信。如果你獲得了那份工作的話，我會替你高興的。」

「我已經辭職了。上週五是我上班的最後一天。珍妮特也到十樓來過，把所有的手續文件都處理好了。我現在是在休假中。」

「什麼鬼？」我脫口而出地說道。

「任何意味著我無法擁有你的事，我都不想要。那對我來說都不值得。」

「那我就沒有機會和你競爭了。」我不知道是該笑還是該尖叫。

「你還是得在面試中和其他競爭者互別苗頭。據我所知，其中一個人很具競爭力。獨立的面試小組也許會認為你完全沒有這個能力。」

我用手肘戳了他一下，讓他不由得笑了出來。

「不過，你一直都知道你可能可以拿下這份工作的。我擔心以後我們吵架的時候，你會提起這件事。」

「我已經找到了解決辦法。那是一個非常權謀的做法，即便你都會承認它是個完美的解決方案。這個做法可謂集我們那些競爭伎倆之大成了。」

「我不敢問是什麼。」

「我是B&G最大競爭對手山德森出版公司的新財務長。」

「小約。什麼？不是吧。」

「我知道！我是個邪惡大師！」他說著，吻了吻我的頸背，我扭了一下翻過身來。

「你到底是怎麼做到的？」我覺得渾身虛脫。

「他們糾纏我很久了，一直要我去和他們聊一聊，所以我就去了。我告訴他們，我要在他們倒閉之前，好好整頓他們亂七八糟的財務狀況。他們說好。沒有人比我自己更驚訝了，不過，我隱藏得很好。」

「那就是你請一天假的原因？」

「是啊。而且我得買一個火柴盒小汽車給你。他們花了好久的時間才把正式的聘書給我。所以我才說，我不需要任何的幫助來打敗你。我並不想打敗你。」

我緩緩地撫摸著他的肩膀，以及他手臂上迷人的曲線。「所以，就是那麼回事。」

「我還提出了幾項利益衝突的聲明。」

「例如？」我看到他的眼角因為回憶而瞇了起來。

「我公開表示，我將會和B&G即將上任的首席營運官談戀愛。」

我可以想像他從容而冷靜地告訴他們的畫面。

「你不會真的這樣說吧。他們接受嗎？」

「我的新老闆似乎覺得這還滿甜蜜的。每個人都是浪漫主義者。我還需要簽署一些保密條款。如果我告訴你任何事情的話，我就會被告。還好，我在面對你時，總是可以擺出一張撲克臉。」

「噢，天啊，貝克斯里先生會有多生氣？他可不是什麼浪漫主義者。」

「他氣壞了。他差點就叫保安上來了。還好伊蓮娜及時進來平息了場面。當我告訴他們我離開的理由時，他們都很能理解。伊蓮娜說，她早就知道了。」

「你離開的理由。」

「我只剩一個週末可以讓你愛上我。」

他的話讓我嚇得目瞪口呆。「你不是那樣對他們說的吧。」

「我是那樣說的。你真應該看看珍妮特的表情。」

「這真是一場豪賭，小約。這簡直是太可怕了。」

「還好已經值回票價了，謝天謝地。」他把唇貼在了我的肌膚上，隨即嘆息著、呼吸著，彷彿我是一個他永遠都不想醒來的夢境。他吸著我的氣息，宛如無可救藥地上了癮。

「你確定你將來不會恨我嗎？你放棄了一個很大的機會，小約。」

「我會整天都淹沒在數字裡。我可以繼續我的奮鬥，去拯救一家出版公司免於財務崩潰的命運。」

「千萬不要再讓任何人哭泣了。是時候展現你真正的自我了。你其實是個**大好人**。」

「我不敢保證。不過，對我而言，這個山德森的職務是真的比較適合我。最好的一點是，這代表我每天晚上回家的時候，你都會窩在我的沙發上。這是我最好的決定了。」

「每天晚上？噢，長假的時候可不行。我要回天空鑽石一個星期。我想你那時候應該不會太忙吧。」

「帶我一起回去。」他一邊說，一邊親吻著我的肩膀。「我知道怎麼走。我已經有路線計畫了，飛機加上租車。我會盡力取悅你父親的。我知道我會對他說什麼。」

「我不懂你要去那裡幹嘛。」

「我得去，這樣我才能從頭開始，才能了解你的一切。」

「你是真的很喜歡草莓。」

「我愛你，露西・哈頓。很愛很愛，你不知道我有多愛你。請當我最好的朋友。」

我無可救藥地陷入了愛河。我決定要大聲喊出來，「我愛上了喬許・譚普曼。」

他在我耳邊低聲地回應道：「終於。」

我突然往後退開。「我得要改掉我電腦的密碼。」

「噢，是嗎？改成什麼？」

「I-love-Josh。」

「4eva。」

「你偷看過我的密碼？」

他把我翻過身躺著，然後笑著俯視我，眼睛裡流露出惡作劇的光芒。

我完全無能為力。當他白色的床單覆蓋在我身上時，憎恨遊戲就宣告結束了。這是很原始的。這是一個奇蹟。而且永遠地結束了。

「啊，好吧。4eva，永遠。那我們現在應該玩什麼遊戲？」我抬頭看著他，開始了我們的互

瞪遊戲，直到他的眼睛因為回憶而閃爍。

「那個**或者什麼**的遊戲真的讓我很好奇。你可以讓我知道那個遊戲要怎麼玩嗎？」

語畢，他用毯子把我們團團蓋住，將整個世界擋在了毯子外面。他的笑聲揚起，那是這個世界上我最喜歡的聲音。

在隨即而來的靜默中，他的唇印上了我的肌膚。

就讓真正的遊戲開始吧。

Lámour
Love More
15

黑特冤家

The Hating Game

黑特冤家/莎莉.索恩作;李麗珉譯.-- 初版.-- 臺北市:春天出版國際文化有限公司, 2022.03
面; 公分.--(Lámour love more ; 15)
譯自: The Hating Game
ISBN 978-957-741-500-4(平裝)

874.57　　111001818

ISBN 978-957-741-500-4
Printed in Taiwan

作　者　莎莉・索恩
譯　者　李麗珉
總編輯　莊宜勳
主　編　鍾靈

出版者　春天出版國際文化有限公司
地　址　台北市大安區忠孝東路四段303號4樓之1
電　話　02-7733-4070
傳　眞　02-7733-4069
E－mail　frank.spring@msa.hinet.net
網　址　http://www.bookspring.com.tw
部落格　http://blog.pixnet.net/bookspring
郵政帳號　19705538
戶　名　春天出版國際文化有限公司
出版日期　二〇二二年三月初版

定　價　470元

總經銷　楨德圖書事業有限公司
地　址　新北市新店區中興路二段196號8樓
電　話　02-8919-3186
傳　眞　02-8914-5524
香港總代理　一代匯集
地　址　九龍旺角塘尾道64號 龍駒企業大廈10 B&D室
電　話　852-2783-8102
傳　眞　852-2396-0050